grafit

Die niederländische Originalausgabe »Isabelle« erschien 1999 bei
Uitgeverij Luitingh-Sijthoff B.V., Amsterdam

Deutsche Erstausgabe

Chemnitzer Str. 31, D-44139 Dortmund
Internet: http://www.grafit.de
E-Mail: info@grafit.de

Umschlaggestaltung: Peter Bucker
unter Verwendung eines Fotos von Anna Attaway
Druck und Bindearbeiten: GGP Media GmbH, Pößneck
ISBN 3-89425-513-7
2. 3. 4. 5. / 2007 2006 2005

Felix Thijssen

Isabelle

Ein Fall für Max Winter

Kriminalroman

Aus dem Niederländischen von
Stefanie Schäfer

grafit

Der Autor

Felix Thijssen, geboren 1933 in Rijswijk/Niederlande, lebt mit seiner Frau seit 1985 in den französischen Cevennen in einem alten Templer-Schloss, wo er sechs Stunden täglich schreibt. Er ist Autor von zahlreichen Büchern, darunter Krimis, Western, Sciencefiction, und von Drehbüchern für Film und Fernsehen.

Isabelle ist nach *Cleopatra* (1999 als bester niederländischer Kriminalroman mit dem ›Gouden Strop‹ ausgezeichnet) der zweite Krimi mit Max Winter. Es folgten *Tiffany, Ingrid, Caroline, Charlotte* und *Rosa* (alle bei Grafit).

Gott gab uns ein Gedächtnis,
damit für uns auch im Dezember Rosen blühen.

James Burrie, *Peter Pan*

Für Fe Mylene

Und auch für Alice und ihre Limburger,
Jan Peter Sengers und Anja,
und zur Erinnerung an Gerrit.

1

In dem Moment, als Isabelle den Mann zur Tür im Eingangsbereich hereinkommen sah, ergriff sie ein so heftiges und verwirrendes Gefühl des Déjà-vu und des Wiedererkennens, dass ihr der Atem stockte und ihr Herz ein paar Schläge aussetzte. Ihr wurde schwindelig, ihr Blick trübte sich, der Boden des Restaurants schwankte unter ihren Füßen wie das Deck eines Schiffes, und sekundenlang hörte sie nur ferne Echos statt der gewohnten Geräusche von Löffeln in Tassen, Stimmen in der Küche und gedämpfter Musik.

Irgendwo schlug eine Tür zu, und schon war es wieder vorbei.

Der Mann war einfach nur ein Gast. Er sah weder wie ein Filmstar aus noch wie ihr Lieblingsprinz. Er ähnelte überhaupt niemandem, den sie kannte. Er war einer von Hunderten, die hier täglich kamen und gingen.

Vielleicht lag es an seinem Blick.

An dieser Stelle blieben zwar alle Eintretenden kurz stehen, um zu schauen, wo noch ein Tisch frei war, und um zu überlegen, ob sie vor der großen Fensterfront in der Sonne oder an der Zwischenwand im Schatten Platz nehmen wollten, doch Isabelle hatte den Eindruck, dass dieser Mann schnell und unauffällig die Umgebung und die Menschen überprüfte, dass er dies gewohnheitsmäßig tat und ihm nur wenig entging. Sie bemerkte, wie auch sie einer Prüfung unterzogen wurde. Der Schwindel blieb diesmal aus, als sie seinen Blick erneut auf sich gerichtet spürte, stattdessen stieg nun die sichere und reichlich beklemmende Gewissheit in ihr auf, dass dieser Mann ihr Leben verändern würde.

Ihr Verstand sagte ihr, dass das kompletter Unsinn war. Sie hatte nichts mit ihm zu tun. Sie war eine Kellnerin, zu jung für eine mysteriöse Vergangenheit und zu durchschnittlich für ungewöhnliche Ereignisse, übernatürliche Wahrnehmungen und einschlagende Blitze. Isabelle holte tief Luft, wodurch ihr Lächeln ein bisschen später auf ihrem Gesicht erschien als sonst.

Der Mann erwiderte es mit einem flüchtigen Nicken und kam auf sie zu. Am Zeitungstisch blieb er stehen, wählte aus den Tageszeitungen eine *Volkskrant,* bestellte beiläufig Kaffee und schlenderte mit der Zeitung hinüber zu der Seite mit Blick auf die Weiden.

Auch das überraschte sie, denn fast alle Besucher zogen die von Isabelle und ihren Kollegen so genannte »Straßenseite« vor, den rechten, größeren Teil des Restaurants mit einer spektakulären Aussicht auf die Autobahn und den dichten Verkehr über die neue Brücke.

Zehn Uhr morgens war meistens die ruhigste Zeit des Tages, und auf der »Straßenseite« waren nur zwei Tische besetzt. An dem einen saßen drei Damen, die nacheinander eingetroffen waren, was darauf schließen ließ, dass sie sich wohl hier verabredet hatten, um gleich zusammen in einem Auto nach Den Bosch zum Einkaufen zu fahren. Am anderen Tisch saß ein magerer, ungefähr vierzig Jahre alter Vertreter oder Buchhalter bei seiner dritten Tasse Kaffee und seiner ungefähr zehnten Zigarette, drei aufgeschlagene Klemmordner mit festen schwarzen Einbänden vor sich. Er tippte nervös auf einem Taschenrechner herum, schrieb Zahlen auf und strich sie wieder durch.

Auf der Seite mit Blick auf die Weiden saß niemand, außer dem Mann.

Er blickte von seiner Zeitung auf, als sie mit dem Kaffee zu ihm kam, und wieder hatte sie das Gefühl, als würde sie einer Prüfung unterzogen und als registrierten seine wachsamen Augen einfach alles, sogar die Tatsache, dass sie das linke Bein ein klein wenig nachzog, was sonst nie jemandem auffiel, vor allem nicht morgens früh, wenn sie von der Arbeit noch kein bisschen müde war.

Es dauerte nur den Bruchteil einer Sekunde, und dann lächelte der Mann, als wollte er sich entschuldigen. Ohne diese Wachsamkeit, die ihnen eine gewisse Kühle verlieh, blickten seine Augen freundlich. Er schob höflich die Zeitung beiseite und rutschte auf seinem Stuhl ein Stück zurück, um ihr Platz zu machen, damit sie das Tablett mit dem Kaffee abstellen konnte. Bei dieser Bewegung fiel ihr eine Narbe auf seinem linken Handrücken auf, ein kleiner Kreis verheilten Gewebes, als habe er sich irgendwann einmal an der Spitze eines glühenden Stabes verbrannt, etwa in einer Schmiede.

Aber der Mann sah nicht aus wie ein Schmied – er trug einen blauen Maßanzug, dazu ein etwas dunkleres Seidenhemd, goldene Manschettenknöpfe und einen teuren Schlips mit einer goldenen Krawattennadel. Er hatte wunderschöne Hände, trotz der Narbe, mit langen Fingern, die an die eines Pianisten erinnerten.

Wenn nicht viel zu tun war, versuchten sie und Letty oft, den Beruf bestimmter Gäste zu erraten. Hätte Letty gesehen, wie der Mann sich umsah, hätte sie ihn sofort für einen Gangster oder einen Bodyguard gehalten, aber Isabelle fand seinen Blick zu traurig oder vielleicht auch zu enttäuscht für einen Kriminellen. Er hatte das von Wind und Wetter gegerbte Gesicht eines Seglers, und in Kombination mit seiner Traurigkeit hätte sie sich dazu alles Mögliche ausdenken können, zum Beispiel, dass er schon jahrelang unter der Last schwerer Schuldgefühle gebeugt ging, weil er seine Frau nicht hatte retten können, als sie bei einem Sturm auf hoher See über Bord gegangen war, oder dass er auf der Flucht war, weil er seine Unschuld nicht beweisen konnte und für den Rest seines Lebens ins Gefängnis wandern würde, wenn sie ihn erwischten.

Letzteres war natürlich Unsinn, denn solche Leute ließen sich nicht am helllichten Tage in einer Raststätte blicken, außer ihr Gesicht wäre durch plastische Chirurgie bis zur Unkenntlichkeit verändert worden, und selbst dann war es noch die Frage, was sie ausgerechnet hier zu suchen hätten. Außerdem würden sie sich, wenn man einschlägigen Büchern und Filmen Glauben schenken wollte, keinesfalls mit dem Gesicht zum Fenster setzen, augenscheinlich völlig desinteressiert an dem, was sich hinter ihrem Rücken abspielte.

»Möchten Sie etwas dazu essen?«, fragte sie. »Vielleicht eine Bossche Bol?«

»Eine Bossche Bol?«

Isabelle besaß ein gutes Gehör, und sein leichter Akzent fiel ihr sofort auf, obwohl sie ihn nicht einordnen konnte. Er sprach mühelos und fließend Niederländisch, als sei es seine Muttersprache, trotzdem klang seine Aussprache ein wenig fremdartig, so als habe er eine beträchtliche Zeit seines Lebens eine andere Sprache gesprochen. Vielleicht hatte er lange im Ausland gelebt, was auch erklären würde, warum er nicht wusste, was eine Bossche Bol war.

»Das ist ein großer Windbeutel«, erklärte sie, »gefüllt mit Schlagsahne und mit Schokolade überzogen.« Sie lachte leise. »Ein bisschen klebrig.«

»Vielen Dank«, antwortete er. »Ich habe schon gefrühstückt.«

Sie sah, wie sich sein Gesichtsausdruck verfinsterte, als riefe das Frühstück unangenehme Erinnerungen in ihm wach. Er wandte das Gesicht ab und starrte hinaus auf das Weideland. Isabelle blieb noch einen Moment unentschlossen neben ihm stehen und betrachtete sein dickes, ziemlich struppiges honigblondes Haar. Aus der Nähe erkannte man, dass sich weiße Strähnen hindurchzogen, vor allem an den Schläfen, wodurch er eher wie fünfzig aussah als wie Mitte vierzig, worauf sie ihn zunächst geschätzt hatte.

Als er sich nicht rührte, drehte sie sich um und ging still zurück zum Tresen.

Die drei Damen von Tisch vier standen auf und machten sich zum Gehen bereit. Eine von ihnen kam zum Tresen, um zu bezahlen. Isabelle war nicht besonders gut im Rechnen, aber der neue Kassencomputer wies ein Rechteck mit bunten Feldern für Kaffee, Bier, alkoholfreie Getränke, Gebäcksorten und Gerichte aus der Küche auf, und alles funktionierte automatisch. Man brauchte nur die Felder für Kaffee und beispielsweise Apfelkuchen zu berühren und die jeweilige Anzahl einzutippen, und der Computer berechnete alles und druckte den Bon aus, wenn man auf »Gesamtsumme« drückte. Er zeigte sogar an, was man an Wechselgeld rauszugeben hatte, sodass man nicht mehr im Kopf rechnen oder Summen auf dem Block addieren musste. Die Angestellten gaben alles in die Kasse ein, und am Ende einer Schicht berechnete der Computer die Gesamtsumme der verzehrten Speisen und Getränke. Was übrig blieb, war das Trinkgeld, das gerecht unter allen Kolleginnen und Kollegen aufgeteilt wurde. Frauen gaben meist weniger Trinkgeld als Männer. Letty meinte, Frauen seien sparsamer, weil sie von einem meist knappen Haushaltsgeld eine Familie versorgen müssten, während Männer mit Spesen und Steuerquittungen mauscheln und dadurch freigiebiger sein könnten.

Isabelle rutschte von ihrem Barhocker, um die Tassen der Damen abzuräumen, aber Letty kam gerade aus der Küche und erblickte den erhobenen Zeigefinger des nervösen Buchhalters an Tisch zwei.

»Lass nur«, sagte sie zu Isabelle und nahm das Tablett mit.

Isabelle ließ sich dankbar zurück auf ihren Barhocker sinken.

Letty war ein Schatz. Einfach alle hier waren nett zu ihr. Der Manager hatte sogar extra für sie einen Barhocker hinter den Tresen stellen lassen, damit sie hin und wieder ihrer Hüfte Ruhe gönnen konnte, ohne dass es auffiel. Die Hüfte war ihr einziges Problem, ansonsten war sie so gesund wie ein Fisch im Wasser.

»Er möchte noch einen Kaffee«, erklärte Letty. »Ich bin hinten.«

Sie verschwand mit dem schmutzigen Geschirr, und Isabelle stand von ihrem Hocker auf, um dem Buchhalter seinen vierten Kaffee zu bringen. Der Mann hörte sie nicht kommen und machte vor Schreck eine plötzliche Bewegung, als sie an seinem Tisch erschien, sodass einer der Klemmordner und einige lose Blätter auf den Boden fielen. Er murmelte eine Entschuldigung und bückte sich, um seine Sachen zusammenzusuchen. Als er sich wieder aufrichtete, sah sie den Schweiß auf seinem Gesicht und den gehetzten Blick in seinen Augen. Er tat ihr Leid. Sie stellte ihm den Kaffee hin und lächelte aufmunternd, als könne ihm das bei seinen finanziellen Problemen helfen.

Isabelle kümmerte sich gern um andere Menschen. Sie wäre am liebsten Krankenschwester geworden, doch die Schulschwester am Stads- en Academisch Ziekenhuis hatte Isabelle entschieden davon abgeraten, nachdem sie ihre medizinischen Untersuchungsberichte studiert hatte. »In der Krankenpflege heißt es den ganzen Tag gehen und stehen, heben und schleppen; man ist immer auf den Beinen«, hatte sie zu bedenken gegeben. »Das ist wirklich kein geeigneter Beruf für dich.«

Für die Sache mit der Hüfte konnte man niemandem die Schuld geben. Gerard hatte sie einmal dazu zu überreden versucht, sich an einen Rechtsanwalt zu wenden. Heutzutage konnte man ja Ärzte und Krankenhäuser für den kleinsten Fehler verklagen und ein Vermögen an Schadenersatz fordern. Doch Isabelle wollte nichts davon hören. Diese Geschichte war vor sechsundzwanzig Jahren bei ihrer Geburt passiert, und niemand hätte sie verhindern können. Der alte Hausarzt und die Geburtshelferin hätten sie vielleicht gründlicher untersucht und dabei ihre ausgerenkte Hüfte bemerkt, wenn sie nicht völlig von der Aufregung in Anspruch genommen gewesen wären, die entstanden sein musste, als ihre Mutter zu verbluten begann.

Sie konnte es auch ihrer Mutter nicht verübeln, dass sie ihr Kind lieber bei Tante Maran bekommen wollte anstatt in einem Krankenhaus oder einem Geburtshaus, die natürlich besser ausgerüstet waren. Dort hätte man wahrscheinlich sofort festgestellt, was los war, und vielleicht wäre ihre Mutter jetzt noch am Leben. Sie selber würde jedoch auch lieber zu Hause gebären als in einem Krankenhaus, sofern sie jemals Kinder bekommen sollte.

Erst Jahre später, als ihre Hüfte schon längst operiert worden war und sie sie nur noch auf dem Spielplatz oder beim Turnunterricht ein wenig störte, erfuhr sie von Tante Maran, was genau geschehen war. Der Hausarzt hatte zwar rechtzeitig festgestellt, dass Isabelle falsch im Bauch ihrer Mutter lag, in einer Schulterlage, aber der Krankenwagen kam viel zu spät, weil er durch einen Verkehrsunfall aufgehalten worden war. Also versuchte der Arzt erst von außen und danach von innen, Isabelle zu drehen, wodurch sie in die Steißlage geriet und schließlich nur ihr linkes Beinchen hervorschaute.

Danach ging alles schief. Der Arzt und die Krankenschwester verloren die Nerven, weil sich die Geburt so lange hinzog und Isabelles Gehirn drohte, durch Sauerstoffmangel Schaden zu erleiden. Als sie endlich heraus war, transportierte man ihre Mutter in aller Eile in den Krankenwagen, der inzwischen eingetroffen war. Isabelle ließ man in der Obhut der Geburtshelferin und Tante Marans zurück, denen ihr Hüftschaden nicht auffiel, und ihre Mutter starb im Krankenwagen, bevor dieser das Krankenhaus erreichte.

Manchmal fühlte Isabelle sich schuldig, weil ihre Mutter sterben musste und sie mit ihrer Hüfte so glimpflich davongekommen war, von der man eigentlich kaum etwas sah und die ihr höchstens ein bisschen Beschwerden bereitete, wenn sie länger als eine Stunde auf den Beinen war.

Eigentlich hatte sie ihr Leben lang mit allem Glück gehabt. Es gab nichts, womit sie hätte unzufrieden sein müssen. Draußen schien die Sonne, sie hörte ihre Lieblingsmusik, und im großen Restaurant war es ruhig. Der Buchhalter an der »Straßenseite« und der Mann auf der Seite mit dem Weidenblick waren die einzigen Gäste.

Isabelle erschrak, als sie von ihrem Barhocker hinter der Kasse aus den Mann totenstill dasitzen sah, den Rücken ihr zugewandt und den Kopf merkwürdig zur Seite abgeknickt, sodass er am zusammengerafften Gardinenstoff neben dem großen Fenster lehnte.

Eilig lief sie zu ihm hin.

Der Mann hatte die Augen geschlossen. Die Zeitung war über den Rand des Tisches hinweg auf seinen Schoß gerutscht. Seine Kaffeetasse war noch halb voll. Sie konnte nicht erkennen, ob er atmete.

Vorsichtig berührte sie seine Schulter. Mit einem Ruck drehte er den Kopf zur Seite. Für den Bruchteil einer Sekunde blitzte Argwohn in seinen Augen auf. Sie waren dunkelblau, wie Kornblumen.

»Pardon«, sagte sie. »Ich dachte ...«

Er rieb sich über das Gesicht. Wieder sah sie die Narbe auf seinem Handrücken.

»Haben Sie Kopfschmerzen? Ich kann Ihnen Aspirin bringen, wenn Sie möchten.«

»Wie spät ist es?«

»Halb elf.«

Diese Auskunft schien ihn zu beruhigen. Er nahm die Zeitung vom Schoß und faltete sie zusammen. »Nein danke, ich brauche kein Aspirin.«

»Sie waren eingeschlafen.«

»Ja, es ist sehr ruhig hier, und dazu die Musik ...«

»Bringt die Musik Sie zum Einschlafen?«, fragte sie geradeheraus.

Der Mann schaute sie an. Das Kornblumenblau wirkte freundlich. »Nein, ich finde sie schön.«

»Kennen Sie sie?«

»Nein, ich verstehe nichts von Musik, aber diese hier ist genau das Richtige, wenn man aus dem Hexenkessel da draußen kommt.« Er deutete mit einer knappen Kopfbewegung in Richtung der Autobahn hinter ihm. »Sie lässt mich die Zeit vergessen.«

Isabelle lächelte zufrieden. »Ich habe die Musik ausgesucht.« Sie lauschte einen Moment. »Das ist Gabriel Fauré.«

Sein Blick wanderte von ihrem Gesicht hinunter zu ihren Schultern und Brüsten. Das machte sie verlegen, und sie sagte rasch: »Ihr Kaffee ist kalt geworden. Soll ich Ihnen einen neuen bringen?«

Der Mann nickte. Sie nahm das Tablett und ging damit rasch zum Tresen.

Während sie den Kaffee einschenkte, schaute sie in seine Richtung. Er saß regungslos mit dem Rücken zu ihr und blickte auf das Weideland. Die *Barcarolle* ging zu Ende, und ein paar Sekunden lang blieb es still, bis eine *Nocturne* von Chopin einsetzte, die sie ausgewählt hatte. Auf der »Straßenseite« packte der Buchhalter seine Klemmordner zusammen und steckte sie in eine Tasche, machte aber noch keine Anstalten aufzubrechen.

Die ganze Szenerie wirkte ungewöhnlich hell, wie vor Kulissen aus Eis oder auf surrealistischen Gemälden, an die sie sich erinnerte. Vergeblich versuchte sie zu ergründen, warum dieser Vormittag etwas so Seltsames an sich hatte. Inzwischen trafen weitere Gäste ein, die ersten Kaffeetrinker, aber ihre Stimmen und Bewegungen waren anders als sonst, als nehme Isabelle sie aus der Ferne wahr, als stimme etwas mit ihren Augen und Ohren nicht.

»Solche Musik hört man nicht oft in Cafés«, sagte der Mann, als sie ihm seinen Kaffee brachte. »Sind es ausschließlich Klavierstücke?«

»Die meisten«, antwortete Isabelle. »Ich dachte, so etwas würde den Gästen gefallen.«

»Und Ihr Chef war damit einverstanden?«, erkundigte er sich mit freundlichem Spott.

»Zuerst dachte er, die Musik sei vielleicht nicht kommerziell genug.«

»Aber er ließ Sie trotzdem gewähren?«

»Ich habe einen Artikel über Musik in der Gastronomie gelesen.« Sie biss sich auf die Lippen. »Anscheinend haben immer mehr Leute sowohl allzu großen Lärm als auch das eintönige Gedudel satt, das man in Aufzügen und Kaufhäusern zu hören bekommt. Dabei kann man ja wirklich verrückt werden.«

Ungläubig zog er eine Augenbraue hoch. »Von Kaufhausmusik?«

»Ich schon«, erwiderte sie dickköpfig. »Na ja, wir betrachten es als Experiment. Sobald sich jemand beschwert, ist Schluss damit.«

Der Mann lächelte. »Ich zumindest werde mich nicht beschweren.«

»Letty sagt, sie fühle sich dabei manchmal wie in der Kirche.«

Er lauschte der Klaviermusik und verrührte die Milch in seinem Kaffee. »Wer ist Letty?«

»Meine Kollegin.« Sie schaute sich zum Tresen um. Letty stand am Computer und stellte die Rechnung für den Buchhalter zusammen. Isabelle fiel ein, wie merkwürdig es war, dass er jetzt den Vornamen ihrer besten Freundin kannte, aber nicht den ihren. Sie wandte sich wieder dem Mann zu und sah, dass er sie erneut aufmerksam betrachtete. Sein Blick wanderte gelassen von ihren Brüsten zurück zu ihrem Gesicht. Es schien ihn nicht zu stören, dass sie ihn dabei ertappt hatte.

»Es ist schöner als in der Kirche«, sagte er.

Isabelle nickte und kehrte an den Tresen zurück. Praktisch alle Männer gafften die Serviererinnen an; daran war sie gewöhnt. Sie und ihre Kolleginnen interessierten sich ja auch für gut aussehende oder interessante Männer. Die meisten der männlichen Gäste schauten nur oberflächlich hin, und dann konnte es einen schon irritieren, wenn man manchmal ihre Triebhaftigkeit ganz deutlich spürte und man mit den Augen auszogen wurde, als sei man ein x-beliebiges Lustobjekt. Gewiss hätte keiner dieser Männer mehr als nur eine halbe Stunde darauf verwenden wollen, festzustellen, ob sich unter der Kleidung noch etwas anderes als nur Brüste und Hintern verbarg.

Isabelle war sich nicht sicher, auf welche Weise der Mann auf der Seite mit dem Weidenblick sie angeschaut hatte, und ihr wurde bewusst, dass es sie ernsthaft interessierte. Letty trat beiseite, damit sie sich auf ihren Barhocker setzen konnte. Der Mann von Tisch zwei eilte ohne nach rechts oder links zu schauen, die Tasche fest unter den Arm geklemmt, an ihnen vorbei in Richtung Ausgang.

»Buchhalter«, murmelte Letty. »Die Bücher gefälscht, kriegt es nie wieder hin, wird morgen standrechtlich erschossen.«

Isabelle wachte auf. »Seine Frau tut mir Leid. Die muss es heute Abend ausbaden.«

»Kein Trinkgeld. Man sollte doch meinen, dass das jetzt auch keine Rolle mehr spielt, ein bisschen Trinkgeld mehr oder weniger.«

»Wie geht's denn eigentlich mit dir und Jos?«

Letty schüttelte ihre blonden Locken. »Ein andermal.« Sie schlug eine Ausgabe der Zeitschrift *Bauernhof* auf und blätterte sie rasch durch bis zu den Anzeigen im hinteren Teil.

Isabelle schaute ihr über die Schulter. »Meinst du, ein Bauer wäre besser als Jos?«

Letty kicherte. »Manchmal glaube ich, ein Gorilla wäre besser als Jos. Hier drin findet man immer nette Männer. Es gibt viele einsame Bauernsöhne. Die suchen eine Frau, die zu ihnen auf den Flevopolder zieht oder mit der sie einen gesunden Betrieb aufbauen können.«

»Aber das ist doch nichts für dich.«

»Manchmal wird auch jemand fürs Ausland gesucht, Frankreich, Kanada. Da kommt man schon ins Nachdenken. Wo liegt eigentlich Middelaar?«

»Keine Ahnung.«

»Hier, das wär doch was für dich«, meinte Letty. »Ein Witwer mit einem erwachsenen Sohn.«

»Für mich klingt das wie ein Patentrezept für Komplikationen«, erwiderte Isabelle. »Außerdem bin ich momentan nicht auf der Suche nach einem Freund.« Unwillkürlich warf sie einen Blick hinüber zu dem Rücken des Mannes auf der Weidenseite.

»Die wollen keinen Sex«, fuhr Letty fort. »Hör dir das mal an: Witwer und erwachsener Sohn auf hübschem Bauernhof vermissen weibliches Element in ihrem Leben und bieten ohne Hintergedanken Unterkunft für junge Frau, die die Natur und Tiere liebt und bereit ist, dann und wann ein wenig mit anzupacken.«

»Nett«, sagte Isabelle.

»Du redest doch immer davon, dass du irgendwann mal bei deiner Tante ausziehen willst, und wenn jemand die Natur und Tiere liebt ...« Letty grinste. »Und nett ist.«

»Aber wenn dieser Jemand nicht so unbedingt auf einen Bauernhof ziehen will?«

Leute kamen herein, setzten sich an die Tische, bestellten Kaffee. Die geschäftige Kaffee-Stunde vor dem Mittagessen. Die Gäste sahen jetzt wieder aus wie immer, als würde Isabelle durch Lettys Nähe wieder nüchtern.

»Erstens bin ich nicht nett«, sagte Isabelle. »Und zweitens mache ich lieber zusammen mit dir unser Restaurant in der Veluwe auf.«

»Vorausgesetzt, eine von uns gewinnt im Lotto.«

Fünfzehn Minuten später sah Isabelle, dass der Mann seinen Stuhl um eine Vierteldrehung verrückt hatte, um den Tresen im Blickfeld zu haben. Letty war gerade auf der »Straßenseite« beschäftigt und schaute ein-, zweimal diensteifrig in seine Richtung, aber er wartete, bis Isabelle hinter dem Tresen hervorkam, bevor er die Hand hob, als wolle er nur von ihr bedient werden.

»Ich muss leider gehen, ich glaube, mein Auto ist jetzt fertig«, sagte er, als sie neben ihm stand.

»Ist Ihr Auto kaputt?«

»Nein, es war nur in der Inspektion.« Er nickte in Richtung der modernen BMW-Werkstatt hundert Meter weiter. »Das dauert immer so ungefähr eine Stunde.«

Er zahlte und sagte: »Der Rest ist für Sie«, mit einem leichten Zögern, als widerstrebe ihm der Gedanke, ihr ein Trinkgeld zu geben.

Er stand auf, straffte den Rücken und zog sein Jackett an. »Vielen Dank«, sagte er dann. »Die Musik ist wirklich schön. Sie passen zu ihr.«

Isabelle lächelte verlegen.

Sie blieb einen Augenblick stehen, während er im Eingangsbereich verschwand, und setzte sich dann aus einer plötzlichen Eingebung heraus auf seinen Stuhl am Fenster mit Blick auf die Weiden. Sie versuchte, die Aussicht mit seinen Augen zu betrachten, aber es gelang ihr nicht. Der Stuhl war noch warm. Sie beobachtete, wie er das Restaurant verließ und den Parkplatz überquerte. Er ignorierte die offizielle Einfahrt, die einen Umweg bedeutete, trat stattdessen mit einem großen Schritt über den niedrigen Zaun des kleineren Parkplatzes hinter dem McDonald's hinweg und lief über den Schotterstreifen neben dem Wassergraben zur asphaltierten Straße dahinter. Kurz darauf überquerte er die Autobahnausfahrt, die das Restaurant von der BMW-Werkstatt trennte.

Na und, dachte Isabelle.

Sie hatte sich seine Verlegenheit wegen des Trinkgeldes nur eingebildet. Er war ja doch nur ein Gast, der irgendetwas mit ihr geredet hatte, um die Zeit totzuschlagen. Sie würde ihn niemals wiedersehen. Warum sollte sie also interessieren, auf welche Weise er sie angesehen hatte?

»Wir haben ihn auch für Sie gewaschen.« Staarink, der Werkstattleiter, blickte Ben forschend ins Gesicht. »Fühlen Sie sich nicht wohl?«

Ben schüttelte den Kopf. »Ich bin nur etwas müde, sonst nichts.«

»Wir arbeiten alle zu viel.« Staarink zog Bens Kreditkarte durch die Maschine und drückte auf verschiedene Knöpfe. »Wir sollten mehr Sport treiben oder mit unseren Frauen in die Berge fahren. Und uns dann mal nicht mit dem BMW, sondern auf Schusters Rappen und mit einem Rucksack auf dem Rücken fortbewegen.«

»Lassen Sie das nicht Ihre Verkäufer hören.« Ben grinste und nahm den Schlüssel vom Schalter.

Sein Auto stand vor dem gläsernen Showroom. Ben entriegelte es schon von weitem mit der Funkfernbedienung, öffnete die Fahrertür und setzte sich ans Steuer.

Das zittrige Gefühl ging vorbei. Er startete den Wagen und fuhr zum Tor hinaus auf die asphaltierte Straße. Er passierte die Autobahnauffahrt und verringerte vor der Einfahrt zum Restaurant unentschlossen das Tempo.

Er kannte noch nicht einmal ihren Namen, konnte sich aber an jedes Detail in ihrem Gesicht erinnern. Sie hatte hellbraune Augen, die der Farbe von Sherry glichen. Sie standen ein bisschen schief, als schiele sie leicht. Dieser besondere Blick verlieh ihr etwas Einnehmendes, ja, das war das richtige Wort. Sie hatte dunkles lockiges Haar. Wenn sie lachte, verzog sie Augen, Mund und Nase zu einer niedlichen Schnute, doch wenn sie ernst blickte, besaß sie ein sehr schönes ovales Gesicht, ein bisschen altmodisch und geheimnisvoll, wie das einer Schauspielerin in alten Schwarzweißfilmen, mit dem Ausdruck einer gewissen Unschuld, als könne unmöglich etwas Falsches an ihr sein. Sie zog ihr linkes Bein ein wenig nach und versuchte, dies zu verbergen.

Eine Serviererin.

Es hatte nur an der Musik gelegen, an diesem Moment

totaler Ruhe und der kurzlebigen Illusion von Frieden inmitten der sinnlosen Schlachten in einem kalten Alltagskrieg, der Irrtümer und dieser ewigen Unzufriedenheit, weil das alles niemals aufhörte und man auf seiner Flucht nie an ein Ziel gelangte.

Judith saß an seinem Platz und war dabei, die Papiere auf seinem Schreibtisch zu durchwühlen. Wütend blickte sie auf, als er das Büro betrat. »Wo kommst du her?«

»Tag, Judith«, erwiderte er. »Meinst du das im Ernst?«

»Ich warte hier jetzt schon seit einer Stunde auf dich, wie eine kleine Bedienstete. Kein Mensch weiß, wo du dich herumtreibst, noch nicht einmal deine Sekretärin.«

Sie sah perfekt aus, wie immer. Jedes Haar an seinem Platz, feine, elegante Stiefeletten, Pariser Mode und ein sorgfältig aufgetragenes Make-up: Nie konnte sie an einem Spiegel vorbeigehen, ohne zu kontrollieren, ob andere Menschen noch alles an ihr in Ordnung finden würden.

»Mein Auto musste zur Inspektion, und ich habe im Café neben der Werkstatt gewartet, bis es fertig war.«

»Und das konnte niemand anders für dich erledigen?«

»Die Firma läuft mir doch nicht weg. Ich musste einfach mal kurz raus. Was suchst du denn?«

»Das Schreiben aus Dortmund.« Ihre Augen blitzten. »Kalding hat es dir letzte Woche gegeben. Er hat gedacht, du würdest sofort etwas in der Sache unternehmen.«

»Ach so, dieses Schreiben.«

Sie schnaubte. Ben konnte sich nicht mehr vorstellen, wie ihm ihre schiefe Nase jemals hatte gefallen können. »Dieses Schreiben, genau. Was hast du damit gemacht?«

Er schüttelte den Kopf. »Ich weiß wirklich nicht, warum du hierher gekommen bist«, sagte er. »Hat Kalding dich angerufen?«

»Nein, aber einen Anruf von Müller aus Dortmund habe ich erhalten.«

»Zu Hause?«, fragte er ungläubig.

»Er hatte unsere Privatadresse. Er fragte nach meinem Vater. Er wollte ihn persönlich …« Judith schwieg einen Augenblick.

»Vielleicht hatte er noch eine alte Liste«, meinte Ben.

»Darauf wäre ich auch von allein gekommen. Ich habe es ihm erklärt. Er wollte den Chef persönlich sprechen, weil er befürchtete, sein Schreiben wäre im falschen Stapel gelandet, und schließlich eilt die Sache.«

»Du hättest dir die Mühe sparen können, indem du mich angerufen hättest.«

»Das habe ich getan, aber du warst ja nicht da.« Ihre Stimme wanderte ein Stückchen in die Höhe. »Du sitzt seelenruhig in einem Café, während uns ein Millionenauftrag entgeht.«

Ben ging auf sie zu und blickte auf seinen Stuhl. »Lässt du mich jetzt wieder an meinen Schreibtisch?«

»Könntest du mir vielleicht erst mal meine Frage beantworten?«

»Ich werde ihnen heute noch Bescheid geben, dass sie ihre Fenster besser anderswo bestellen sollten.«

Judith starrte ihn an. Sie hatte ihre Stimme jetzt wieder unter Kontrolle. »Und das entscheidest du, ohne auch nur einmal mit mir darüber zu reden?«

»Es gibt keinen Grund, sich darüber aufzuregen«, sagte er. »Ich habe mit Kalding ausführlich darüber gesprochen und mich in der Fabrik eine Stunde lang mit Bart Wilkes beraten.«

Sie presste die Lippen aufeinander. »Du meinst also, du und der Buchhalter, ihr entscheidet, dass wir kein Interesse daran haben, endlich in Deutschland den Durchbruch zu erzielen!«

»Kalding ist kein Buchhalter; er ist Wirtschaftsprüfer und unser Finanzchef.« Sie schaffte es jedes Mal, dass man alles haarklein erläuterte und in sinnlose Präzision verfiel. »Und Wilkes ist unser Produktionsleiter und der Fabrikmanager. Zusammen mit dem leitenden Direktor sollten die beiden doch in der Lage sein, eine einfache Entscheidung zu treffen.«

»Du hast wohl vergessen, dass das meine Firma ist«, entgegnete sie.

Unbewegt erwiderte Ben ihren Blick. »Dazu gibst du mir ja wohl kaum die Gelegenheit.«

Sie stand von seinem Stuhl auf. Er ließ sie an sich vorbeigehen und verabscheute sich selbst, weil er sich wieder einmal zu einem Streit hatte hinreißen lassen. »Judith«, sagte er beschwichtigend. »Natürlich ist das deine Firma. Ich verstehe nichts von Metallfensterrahmen. Aber schließlich hast du behauptet, dass jeder, der über ein bisschen gesunden Menschenverstand verfügt, mit Hilfe einiger sachkundiger enger Berater diesen Betrieb leiten könne. Und was den gesunden Menschenverstand anging, kam ich dafür in Frage. Warum redest du nicht selbst einmal mit Wilkes?«

Sie blieb neben seinem Stuhl stehen. Der Zwischenraum zwischen seinem Schreibtisch und der Rückwand wurde zu einem beklemmenden Korridor. »Ich wüsste nicht, worüber«, entgegnete sie. »Wilkes braucht nur zu tun, was man ihm sagt.«

Das machte ihn wütend. »Dein Vater hat glücklicherweise anders über seine engsten Mitarbeiter gedacht!«

»Verdammt!«, fuhr sie ihn an. »Was ist denn so schlecht an dem Geschäft mit Dortmund?«

»Alles, das meinen jedenfalls Wilkes, Kalding und ich mit meinem gesunden Menschenverstand. Das fängt schon beim Zeitrahmen an. Es geht um zwölfhundert Fenster in acht verschiedenen Abmessungen. Um die in der vorgesehenen Frist anzufertigen, müsste Wilkes zwanzig zusätzliche Arbeitskräfte einstellen, ganz zu schweigen von den benötigten Maschinen und den vielen anderen Einrichtungen. Das Ganze würde neben unserer normalen Produktion laufen, und wenn der Auftrag erledigt wäre, müssten wir die Leute wieder auf die Straße setzen. Frag Kalding, was das kosten würde. Da sie außerdem zwanzig Prozent Rabatt auf den Katalogpreis fordern, machen wir dabei keinerlei Gewinn, sondern kommen plus/minus null oder mit Verlust aus der Sache raus. Das wäre in dem Fall nicht weiter schlimm, wenn Müller in Deutschland noch sechs Neubaugebiete an der Hand hätte und wir fortlaufend mit weiteren Aufträgen rechnen könnten, aber es handelt sich um eine einmalige Order. Er will es mit uns nur mal versuchen, und das ist das Risiko nicht wert.«

Sie hörte ihm mit feindseligem Gesicht zu und sagte dann: »Vielleicht kann dir van Doorn ja heute Abend klar machen, dass eine Ausweitung unserer Geschäftsbeziehungen nach Deutschland nur Vorteile für uns mit sich bringen würde.«

Ben seufzte unhörbar, als sie an ihm vorbeiging, aber an der Tür blieb sie noch einmal stehen und fragte höhnisch: »Du wirst doch wohl in den vier Jahren, die du hier arbeitest, mal etwas von Verhandeln gehört haben?«

Beinahe wäre er darauf eingegangen, sagte aber dann: »Warum fährst du nicht nach Hause? Du hast doch bestimmt Angenehmeres zu tun, als dich hier wegen nichts und wieder nichts aufzuregen.«

»Angenehmeres?«, fragte sie eisig. »Mit den Kindern spielen vielleicht?«

Schon bevor sie das Gebäude verlassen hatte und wieder in ihrem Mercedes saß, bereute Judith ihre Bemerkung. Schließlich konnte Ben nichts dafür, dass er unfruchtbar war.

Manchmal verfluchte sie sich selbst wegen dieses stets einsatzbereiten Stachels, den sie in sich trug und mit dem sie viele Dinge zerstörte, bar jeder Logik oder Vernunft. Zuzustechen gehörte einfach zu ihrer Natur; sie war wie ein Skorpion, der den Frosch stach, der mit aller Kraft versuchte, ihn über den Fluss zu bringen – und dabei selbst ertrank. Tief in ihrem Herzen liebte sie Ben noch genauso wie vor vier Jahren, als sie vor ihm dahingeschmolzen war wie ein Backfisch. Ben war zwölf Jahre älter als sie und etwas ganz Besonderes. Eine Aura von Abenteuer umgab ihn, und es schien, als sei alles an ihm großartiger und auch mysteriöser als bei anderen Männern.

Judith parkte im Zentrum und kaufte in der neuen Boutique von Claire Chevalier ein weinrotes Ensemble. Die Farbe passte gut zu ihrem blonden Haar. Sie betrachtete sich kritisch in dem großen Spiegel und lauschte den beifälligen Worten der Verkäuferin. Der wadenlange Rock fiel bis knapp über ihre modischen Stiefeletten, die Jacke war raffiniert geschnitten und verlieh ihr die Eleganz eines Mannequins. Sie besaß glatte Waden, schöne Beine.

Sie kontrollierte ihr Gesicht und ärgerte sich über die verräterischen Fältchen um Augen und Mund, die wohl kaum durch Lachen entstanden sein konnten. Ihr Gesicht schien magerer zu werden, wodurch ihre Wangenknochen stärker hervortraten. Vielleicht kam es vom Sherry. Vielleicht wurde sie auch einfach älter und genauso fleischlos und sehnig wie ihre Mutter. Ihre Zeit verstrich, sie war sechsunddreißig. Sie ging auf die vierzig zu, wie Ben manchmal spöttisch bemerkte, wenn er fand, sie benehme sich kindisch.

Judith stellte das Auto vor der Garage ab und ließ die Schachtel mit dem Kostüm von ihrem Chauffeur und Hausangestellten Johan vom Rücksitz nehmen. »Sie können den Wagen ruhig reinsetzen«, sagte sie. »Ich brauche ihn nicht mehr.«

»Soll ich Mary Bescheid sagen, dass sie den Lunch …«

»Nein danke, ich bin bei meiner Mutter.«

Sie wohnten in einer riesengroßen Backsteinvilla mit azurblau gedeckten, verschieden abgestuften Dächern, die von einem einen Hektar großen Grundstück umgeben war. Als sie Ben geheiratet hatte, hatte ihr Vater für ihre Mutter und sich einen Flügel anbauen lassen, sodass Ben und ihr die eigentliche Villa zur Verfügung stand. Zudem war hinter der Villa ein Swimmingpool von acht mal zwölf Metern angelegt worden, den Johan im Sommer jeden Tag mit Hilfe von Pumpen, Filtern und Chemikalien in Schuss hielt, in dem jedoch nur selten jemand schwamm. Das alles war natürlich für die Enkelkinder gedacht.

Für ihren Vater war Ben so etwas wie ein verloren geglaubter jüngerer Bruder gewesen. Sie ähnelten sich. Im Grunde seines Herzens hätte Bram Colijn nichts dagegen gehabt, wenn er ein kleiner Dorfschmied mit ein oder zwei Angestellten geblieben wäre, mit genügend Freizeit zum Angeln und ohne die Probleme eines Betriebs mit Millionenumsatz am Hals. Wenn ihre Mutter nicht so ehrgeizig gewesen wäre, hätte er niemals die alte Fabrikhalle gekauft, mit der vor vierzig Jahren alles angefangen hatte.

Judith wusste genau, dass sie ihrer Mutter glich. Im ersten Jahr, als sie noch in der Lage gewesen waren, normale Meinungsverschiedenheiten auszutragen, hatte Ben oft versucht, ihr klar zu machen, dass es wichtigere Dinge gab als gesellschaftliches Ansehen, Make-up, schöne Kleider und den ewigen Wettlauf um mehr Reichtum und Macht. Doch Judiths gesamte Existenz drehte sich um nichts anderes als um die Befriedigung ihres Geltungsdrangs in der High Society: um die guten Beziehungen zu Bankiers und Industriellen, um den Lionsclub und den Golfclub, die Lunchs mit den Damen und darum, im Wohlfahrtskomitee über eine neue Wasserpumpe für ein Dorf in Bangladesch zu beraten. Noch nicht einmal Kinder, falls sie die jemals bekommen sollten – was allerdings nicht wahrscheinlich war –, würden daran etwas ändern.

Carolien, ihre Mutter, saß am Marmortisch in ihrem hellen Wohnzimmer. Mit dem leichten Lilaton in ihrem grauen Haar, der glänzenden Shantungseide ihres Kleides und der doppelreihigen Perlenkette um den Hals bot sie wie stets den Anblick einer Dame. Mit kleinen Schlucken trank sie von ihrem chinesischen Tee, während ihre Haushälterin die Reste eines Mittagessens abräumte.

»Hast du schon etwas gegessen?«, fragte sie, als Judith hereinkam.

»Ich habe keinen Hunger.« Judith trat an das massive Büfett und schenkte sich einen trockenen Sherry in ein schmales, hohes Glas.

»Bets, machen Sie doch bitte ein paar Sandwiches für sie zurecht«, sagte ihre Mutter. Die Haushälterin nickte und verschwand.

»Du darfst dich nicht vernachlässigen, Kind«, sagte Carolien. »Du hast abgenommen.«

Judith hielt den Sherry in der Hand. Sie schaute ihre Mutter an und wusste nicht mehr, was sie hier eigentlich wollte, außer dass sie nicht in ihr leeres Haus zurückkehren mochte. »Heute Abend hole ich das schon wieder auf. Wir sind mit den van Doorns im La Provence zum Essen verabredet.«

»Was willst du anziehen?«

»Ich habe mir was Neues gekauft.«

»Meinst du Herbert van Doorn von der Crédit Lyonnais?«

»Ja, aber was spielt das schon für eine Rolle«, antwortete Judith matt.

Carolien runzelte die Stirn. »Was ist denn los?«

»Ich kann es dir nicht erklären.«

»Das ist doch Unsinn. Ich kenne mich genauso gut mit der Firma aus wie du.«

»Wir könnten für ein Butterbrot einen Betrieb in der ehemaligen DDR kaufen, aber Ben will noch nicht einmal den ersten großen Auftrag aus Deutschland annehmen.«

Ihre Mutter spitzte die Lippen und antwortete mit ihrer Standardfloskel: »Hör mal, mein Kind, mit Bram hatte ich genau dieselben Probleme, das weißt du ja. Gott hab ihn selig. Jetzt bist du an der Reihe.«

Judith schüttelte den Kopf. Sie betrachtete die eingerahmten Fotos von ihren Eltern und von sich selbst in verschiedenen Phasen ihres Lebens, als Kind, Jugendliche und Erwachsene. Ihr Vater im Smoking, als er vor sechs Jahren eine Auszeichnung in Empfang nahm, und auf verschiedenen Fotos in zu eng sitzenden dunklen Anzügen zwischen anderen führenden Mitgliedern der Handelskammer und des Unternehmerbundes, wo er sich nie wirklich in seinem Element gefühlt hatte. Die Fotos von Bram und Ben an Bord von Bens Segelboot mit dem berühmten Riesenkarpfen standen nicht dabei. Das einzige Foto von Ben war im Direktionsbüro ihres Vaters aufgenommen worden, als er nach dessen Tod offiziell den Posten als Direktor übernahm. Darauf trug er einen hellen Sommeranzug und wirkte selbstsicher, aber auch ein bisschen widerspenstig. In seinen Augen spiegelten sich Mitleid und Spott wider, als befände er sich nur auf der Durchreise, unterwegs zu einem Festival, und spielte dabei zum Spaß in der örtlichen Herberge eine kleine Gastrolle.

»Ada de Hoog kommt mich gleich abholen«, sagte Judiths Mutter. »Wir wollen Teresa besuchen. Sie ist gestern ins Krankenhaus gekommen. Wonach guckst du?«

Das Foto fiel um, als Judith es an seinen Platz zurückstellte. Sie nahm es wieder auf und klappte die silberfarbene Stütze heraus, sodass es stehen blieb.

»Vielleicht brauchst du Hilfe?«, meinte Carolien.

»Eher einen jungen Liebhaber.«

Ihre Mutter machte ein schockiertes Gesicht. »Judith!«

Judith drehte sich um. »Was meinst du denn damit, dass ich Hilfe bräuchte?« Sie trank ihr Glas aus und stellte es mitten zwischen die Fotos.

»Habt ihr euch gestritten?«

»Ist doch egal.« Judith schaute zu Bets hinüber, die hereingekommen war und eine kleine Silberplatte mit diagonal geschnittenen Sandwiches auf den Tisch stellte. Ihre Mutter warf einen anerkennenden Blick auf den Belag aus Lachsscheiben, Tomaten und Salatblättchen.

»Vielen Dank, Bets«, sagte sie. »Machen Sie doch bitte einen kleinen Obstkorb mit Trauben, ein paar Klementinen und Nüssen zurecht und legen Sie mir meinen braunen Mantel heraus, ich fahre gleich zu einem Krankenbesuch.« Sie schaute Judith an. »Hast du nicht Lust, mich zu begleiten?«

»Nein, danke«, erwiderte Judith. Bets schloss die Tür hinter sich. »Was hast du damit gemeint, ich bräuchte vielleicht Hilfe?«

»Na ja, ich weiß ja, wie du über Ärzte denkst ...«

Judith gab einen sarkastischen Laut von sich. »Einen Moment lang habe ich schon geglaubt, du würdest mir einen Besuch beim Psychiater vorschlagen. Aber was soll ich bei einem Arzt? Schließlich bin ich ja nicht diejenige, der etwas fehlt.«

»Ben lenkt sicher wieder ein«, meinte Carolien beruhigend. »Er trägt eine große Verantwortung, und dein Vater fehlt ihm.«

»Nach zwei Jahren müsste er doch allmählich drüber hinweg sein«, entgegnete Judith schroff.

Ihre Mutter seufzte. »Er muss sich eben eingewöhnen. Du wirst schon sehen ...«

»Vielleicht hat er sich einfach nie an uns gewöhnen können.« Judith nahm sich geistesabwesend ein Sandwich und biss hinein. »Manchmal habe ich das Gefühl, als wüsste ich im Grunde gar nichts über ihn.«

»Sprich bitte nicht mit vollem Mund«, ermahnte sie Carolien. »Ich habe deinen Vater auch nie richtig verstanden. Ich war immer diejenige, die alles in die Hand nehmen musste, genau wie du heute. Die Firma gehört jetzt dir; Bram war Gott sei Dank so vernünftig, dafür zu sorgen. Sei froh, dass du nach mir schlägst.«

Wie aus dem Nichts war er auf der Tanzfläche erschienen, dachte Judith bei sich. Am nächsten Tag Rosen, einen Monat später verheiratet. Jetzt, vier Jahre später, kostete es sie Mühe, ihr Lächeln aufzusetzen, auf das sie so häufig zurückgreifen musste, um dahinter ihre permanente Unzufriedenheit zu verbergen.

Der Türgong ertönte. »Meine Güte, da ist Ada ja schon«, sagte Judiths Mutter.

Ben schrak aus einer Art Trance auf, als seine Sekretärin um halb fünf mit der Briefmappe in sein Büro kam. Hanneke war fünfundvierzig und Mutter zweier Töchter im Teenageralter. Sie hatte ihn von Anfang an geduzt und betüttelte ihn manchmal, als sei er ihr drittes halbwüchsiges Kind. Sie legte die Mappe auf seinen Schreibtisch, wandte sich ihm zu und schlug die Seiten für ihn um, sodass er die Briefe einen nach dem anderen unterzeichnen konnte.

Er achtete überhaupt nicht auf den Inhalt, und nach dem dritten Brief hielt sie die Seite einen Augenblick lang aufgeschlagen. »Ich habe Renate gebeten, mein Deutsch zu korrigieren«, sagte sie. »Ist es so in Ordnung?«

Ben nickte abwesend. Er unterzeichnete den Rest, stand auf und nahm seine Anzugjacke, die er über die Rückenlehne seines Stuhls gehängt hatte. »Ich muss jetzt gehen.«

Hanneke ging mit der Mappe unter dem Arm einen Schritt rückwärts. »Bist du zu Hause erreichbar?«

»Nein, ich glaube nicht.«

»Judith hat mich gebeten, dich daran zu erinnern, dass ihr um sieben Uhr im La Provence mit den van Doorns zum Essen verabredet seid«, sagte Hanneke. »Sie hat um halb sechs noch einen Termin beim Friseur bekommen und fährt von da aus direkt zum Restaurant. Ist das der Anzug für das Dinner? Du hättest das Jackett besser auf einen Bügel hängen sollen.«

Ben hielt geduldig still, während Hanneke Ermahnungen murmelnd die Falten aus dem Kragen seines Jacketts herauszupfte und anschließend seine Krawatte zurechtzog.

»Ich danke dir, Hanna«, sagte er. »Ist gut so. Ich muss jetzt wirklich los.« Er sah den unsicheren Ausdruck in ihren Augen und fügte hinzu: »Mach dir keine Sorgen. Es kommt schon alles wieder in Ordnung.«

»Ich habe den Streit natürlich mitbekommen«, sagte sie. »Schließlich sitze ich direkt nebenan. Vielleicht solltest du ...« Sie sprach ihren Satz nicht zu Ende und trat zurück. »Aber selbstverständlich geht mich das nichts an.«

Ben nickte und ging an ihr vorbei zur Tür.

»Man muss Geduld haben«, hörte er sie dann doch noch sagen.

Eilig lief er den Flur entlang und ignorierte das dringliche Gefuchtel Kaldings hinter der Glasscheibe von dessen Büro.

Geduld, dachte er. Wozu?

Er war sich darüber im Klaren, dass ihre Kinderlosigkeit nur ein vorgeschobener Grund war und nicht die eigentliche Ursache. Es gab eine ganze Reihe von Ursachen, die ihnen das Leben in Langeweile, Unzufriedenheit und einem trübseligen kalten Krieg sauer werden ließ. »Judith ist eine schwierige Frau, genau wie ihre Mutter«, hatte Bram ihm einmal in einer Anwandlung von Niedergeschlagenheit anvertraut. »Wenn man ihr etwas sagt, gibt sie einfach keine Antwort, sodass man das Gefühl hat, das Gleiche ständig noch mal sagen zu müssen. Sie kommandiert einen rum und sagt, man solle endlich den Aschenbecher leeren, obwohl sie sieht, dass man das selber gerade vorhatte. So was kann einen zur Weißglut treiben. Sie wissen alles besser, sowohl Judith als auch ihre Mutter. Dabei haben beide einen scharfen Verstand, einen schärferen als ich, das muss man zugeben.«

Bram hatte sich sein halbes Leben lang in Geduld geübt und dabei wenig mehr erreicht, als dass er gelernt hatte, den ganzen Hickhack zu ignorieren, seiner Frau ihren Willen zu lassen und seine eigenen Wege zu gehen.

Der BMW stand auf dem reservierten Direktorenparkplatz, markiert durch das Kennzeichen auf einem kleinen Pfahl vor den sorgfältig gepflegten niedrigen Parksträuchern. Ben warf einen Blick um sich, während er den Wagen aufschloss. Wie schon vor zwei Wochen hatte er wieder das seltsame und unbestimmte Gefühl, beobachtet zu werden.

Links ab, rechts ab, dachte er, als er die Vorfahrtstraße erreichte und vor dem Stoppschild hielt. Dies waren die kleinen Entscheidungen, die alles verändern konnten, die einen hierhin bringen konnten oder dahin, vielleicht auch irgendwann an einen Ort, an den man besser nicht gelangt wäre, weil dort das ganze Leben durcheinander geriet.

2

Im Restaurant war jetzt viel mehr Betrieb. Zur Straße hin saßen bereits Gäste beim Essen, und Gabriel Fauré wurde vom lautstarken Reden und Lachen einer lärmenden Gruppe Bier trinkender junger Deutscher übertönt, die wahrscheinlich zu dem Kleinbus mit deutschem Kennzeichen gehörten, den er draußen auf dem Parkplatz hatte stehen sehen. Auf der Seite zu den Weiden hin war es ruhiger. Zwei junge Frauen und ein junger Mann bedienten.

Die Serviererin mit den blonden Locken kam zu ihm, um die Bestellung aufzunehmen.

»Bringen Sie mir bitte einen Kaffee«, sagte er. »Ist Ihre Kollegin schon weg?«

Sie schaute ihn neugierig an. »Welche Kollegin denn?«

Er lächelte nervös. »Die junge Frau mit der Musik.«

»Ach so, Isabelle.« Die Serviererin schaute sich um. »Nein, sie muss hier irgendwo sein. Möchten Sie sie sprechen?«

»Nein, ich dachte nur ... sie hat doch heute Morgen hier bedient.« Er biss sich wegen seiner eigenen Dummheit auf die Lippen; natürlich hatte sie heute Morgen hier bedient.

Letty warf ihm einen eigenartigen Blick zu und nahm Kurs auf den erhobenen Finger eines Gastes auf halbem Weg zum Tresen. Als sie sich umsah, saß der Mann mit dem Rücken zum Restaurant und schaute hinaus auf das Weideland.

Isabelle kam mit einem Tagesgericht für einen Tisch an der Straßenseite aus der Küche. Als sie zurückkehrte, hielt Letty ein kleines Kaffeetablett für sie bereit.

»Bring du's ihm«, spottete Letty. »Tisch sechzehn. Er hat extra nach dir gefragt.«

Isabelle blickte hinüber. Sie erkannte den Rücken des Mannes wieder und spürte, dass sie rot wurde.

Letty sah es und kicherte. Die jungen Deutschen winkten nach Bedienung, und sie nickte zum Zeichen, dass sie käme. »Die junge Frau mit der Musik«, flüsterte sie schnell. »Er trägt allerdings einen Ehering.«

»Na und?«

»Ich meine ja nur.« Letty machte sich auf den Weg zu den Deutschen. Gerda kam mit einem Tablett voller leerer Teller und Gläser. Isabelle riss sich zusammen und nahm das Kaffeetablett.

Der Mann sah auf, als sie neben ihm stehen blieb. Sein Gesichtsausdruck erhellte sich, als sei er froh, sie zu sehen. Isabelle stellte den Kaffee ab. Er trug noch denselben blauen Anzug und dazu die goldene Krawattennadel.

»Bitte schön«, sagte sie.

»Sie haben viel zu tun«, meinte er.

»So ist es immer um diese Zeit. Aber wir sind jetzt auch zu mehreren.«

»Daran hätte ich denken sollen«, meinte er. »Dass es jetzt wohl nicht so gut passt.«

Dass was nicht so gut passt?, dachte sie, antwortete aber: »Macht doch nichts.«

Er blickte um sich. »Ich hätte mich gern ein bisschen mit Ihnen unterhalten, aber vielleicht wäre es heute Morgen günstiger gewesen.«

Isabelle schaute ihn bedauernd an. »Tja. Müssen Sie denn nicht arbeiten?«

»Doch, schon.« Er presste die Kiefer zusammen. »Ich versuche nur gerade herauszufinden, was für mich wirklich wichtig ist. Ich kenne Sie ja nicht einmal.«

Isabelle wusste nicht, wovon der Mann redete, hatte aber trotzdem das Gefühl, alles zu verstehen. Es war, als würden seine Augen zu ihr sprechen, während sich sein Mund nur bewegte.

»Ich bin Isabelle«, sagte sie.

Er nickte und sah sie wieder an.

Das machte sie verlegen; sie stotterte: »Ich muss weiterarbeiten«, und ließ ihn allein.

Dann und wann warf sie einen Blick in seine Richtung, während sie Bestellungen zwischen den Tischen und der Küche hin- und hertrug und an der Kasse auf ihrem Hocker saß, weil ihr Bein allmählich müde wurde. Der Mann blieb einfach dort sitzen, als warte er auf etwas.

Isabelle wurde nervös und auch ein bisschen wütend. Nicht, weil er dort saß, sondern wegen ihrer eigenen Verwirrung und dieses seltsamen Gefühls, das sie heute Morgen schon verspürt hatte und das jetzt verstärkt wiederkehrte, nämlich, dass dieser Mann wichtig für sie war und sie einen Entschluss fassen musste. Glücklicherweise hatten alle viel zu tun, und niemand achtete auf sie, sodass ihre Verwirrung nicht weiter auffiel.

Sie traute sich nicht, zu ihm hinzugehen und ihn zu fragen, ob er noch etwas bestellen wolle, obwohl er seinen Kaffee schon längst ausgetrunken haben musste. Sie winkte Eelco zu, er solle mal zur Weideland-Seite hinübergehen, und sah, wie er bei dem Mann stehen blieb und das leere Kaffeetablett mitnahm. Kurz darauf brachte er ihm ein Mineralwasser mit Zitrone.

Er wartet auf mich, dachte sie.

Isabelle sah, wie die Bremer-Schwestern das Lokal betraten und in die Küche gingen, um noch rasch etwas zu essen und sich umzuziehen, bevor sie um sechs Uhr Isabelle und Letty ablösen würden.

Letty kam hinter den Tresen und stellte sich neben sie. »Tisch sechs. Na, wie steht's mit dem Ehering?«

»Frag ihn doch selber«, antwortete Isabelle ziemlich spitz und tippte die Codes für die Rechnung der beiden Fahrer an Tisch sechs ein.

»Er hat doch nach dir gefragt. Hat er denn gar nichts gesagt?«

Isabelle schüttelte den Kopf.

»Vielleicht ist er Privatdetektiv«, meinte Letty. »Er hat so einen Blick, dem nichts entgeht. Aber sein Anzug ist zu teuer dafür. Wollen wir heute Abend hier essen?«

Die Frage brachte Isabelle durcheinander, weil sie wieder das unwirkliche Gefühl hatte, dies sei kein Tag für die normale, alltägliche Routine. Letty war ihre einzige Freundin, und sie fühlte sich schuldig, weil sie ihre Gefühle vor ihr verheimlichte. Letty war Optimistin, aber vor allem war sie überaus praktisch veranlagt, und man konnte jederzeit auf sie zählen. »Gut, machen wir.« Isabelle errötete fast, als sie das sagte.

Letty bemerkte ihre Verwirrung nicht. Sie nahm Isabelle die Rechnung aus der Hand und ging damit rasch zu den Fahrern. Isabelle nahm das Telefon und rief ihre Tante an, um ihr Bescheid zu sagen, dass sie im Restaurant essen würde. Das tat sie oft, in erster Linie um die bedrückende Stille in dem altmodischen Haus, allein mit ihrer Tante, zu vermeiden.

»Schade«, sagte Tante Maran. »Ich habe frischen Fisch

vom Markt mitgebracht. Wann kommst du denn nach Hause?«

»Weiß ich noch nicht.«

»Du hörst dich irgendwie komisch an. Hast du was?«

»Tante Maran, ich muss jetzt auflegen.«

»Ich mache mir immer Sorgen, wenn ich nicht weiß, wo du bist.«

»Ich komme nach Hause, bevor es dunkel wird«, versprach Isabelle und legte den Hörer auf.

Der Mann saß immer noch dort. Er machte keine Anstalten zu zahlen oder etwas zum Essen zu bestellen. Er wartete auf sie.

Isabelle schaute auf die Wanduhr. Zehn vor sechs.

Sie fühlte sich von ihm angezogen. Sie stand von ihrem Hocker auf, ging hinüber zur Seite mit Blick auf die Weiden und blieb neben seinem Tisch stehen.

»In zehn Minuten habe ich Feierabend«, sagte sie. Ihre Stimme zitterte ein wenig.

»Ich heiße Ben«, sagte er und schaute sie an. Er wirkte genauso durcheinander wie sie. »Ich möchte nicht ... ich meine, vielleicht hast du etwas anderes vor oder musst nach Hause ...«

»Ich muss nirgendwohin«, antwortete sie.

Er blickte an ihr vorbei ins Restaurant. »Ich warte auf dem Parkplatz«, sagte er. »Ist dir das lieber?«

Sie nickte und verließ rasch seinen Tisch.

Am Tresen fiel ihr ein, dass er wahrscheinlich hatte bezahlen wollen. Sie hielt nach Letty Ausschau, die gerade in der äußersten Ecke an der Straßenseite Bestellungen aufnahm. Isabelle zog rasch ihre Handtasche unter dem Tresen hervor und eilte in den Umkleideraum. Sie zog ihre Dienstkleidung aus, einen dunkelvioletten Rock und eine etwas hellere Bluse, stopfte sie in ihren Schrank und schlüpfte rasch in ihre eigenen Kleider. Sie schloss ihren Schrank und trat durch die Angestelltentür in den Eingangsbereich.

Dort blieb sie stehen. Durch die Glasscheibe sah sie, wie Ben zur Kasse ging. Eelco stand am Computer.

Isabelle lief schnell die Treppe hinunter. In der Damentoilette war niemand. Sie wusch sich die Hände, öffnete ihre Tasche und holte den Lippenstift heraus. Sie schminkte sich selten, trug nur manchmal ein wenig Lippenstift auf, in einem weichen Geranienrot, und hin und wieder einen Hauch von Lidschatten.

Sie zog ihre Lippen straff. Sie sah nicht besonders gut aus, war eher mollig als schlank, hatte volle Lippen und Augen, die ein bisschen schräg standen. Manche Männer behaupteten, gerade dadurch wirke ihr Gesicht so apart, aber diese Art von Sprüchen nahm sie nicht ernst. Spöttisch betrachtete sie ihr Spiegelbild. Zu allem Überfluss hinkte sie auch noch, jedenfalls ein ganz kleines bisschen. Sie dachte an Ben und hatte plötzlich Angst, dass sie sich in ihm täuschte, dass er genauso war wie alle anderen und nur mit ihr ins Bett wollte.

Mit Gerard war es nur am Anfang ein paar Mal nett gewesen. Danach schien es, als sei er ihrer überdrüssig geworden, und das Ganze wurde zu einer Art Gewohnheit, die ihr immer weniger bedeutete und sie nur noch selten befriedigte. Gerard brachte ihr nie etwas mit, während sie seine Kleidung wusch, für ihn kochte und seine abscheuliche Mietwohnung sauber hielt. Zunächst hatte er so getan, als möge er ihre Musik, aber nach einem halben Jahr fand er, das sei Gezumsel für alte Damen. Nie mehr sagte er ihr, dass sie schön sei, noch nicht einmal mehr, dass sie einen hübschen Silberblick habe.

Als sie eines Tages früher von der Arbeit nach Hause kam, weil sie Kopfschmerzen hatte, fand sie ihn mit einem Mädchen im Bett, das er mit seinem Taxi aufgelesen hatte. Ordinärer ging es nicht. Was ich hier sehe, ist ein Klischee, hatte sie gedacht, als sie in der Tür des Schlafzimmers stand, die Panik des Mädchens und Gerards Machogehabe vor Augen. Vielleicht waren Klischees das

Einzige, was sich einem für alle Zeiten einprägte. Sie hatte ihren Koffer gepackt und war zurück zu Tante Maran gegangen, die sich natürlich die Bemerkung nicht hatte verkneifen können, das habe sie von Anfang an kommen sehen.

Danach hatte es noch ein paar andere Männer gegeben, aber sie machte sich zunehmend große Sorgen wegen Aids. Ihr fiel auf, dass die Männer, mit denen sie ausging, immer schon am ersten Abend mit ihr ins Bett wollten und Kondome verabscheuten. Sie sagte sich, wenn sie das bei ihr so machten, dann wohl auch bei allen anderen, und das war ihr einfach zu riskant.

Vor einem Jahr hatte sie beschlossen, lieber zu warten, bis sie einem Mann wirklich vertraute.

Isabelle spitzte die Lippen und fragte sich, wie man jemand anderem vertrauen konnte, wenn all die Irrtümer, die man beging, deutlich zeigten, dass man noch nicht einmal sich selbst über den Weg trauen konnte.

Sie dachte an seine Augen und an seine Hände, die eine mit der Narbe und die andere mit dem Ehering, und an das Gefühl der Verwirrung, das ihr die Kehle zuschnürte. Sie hegte oft insgeheim die Hoffnung, dass der ganze mit Irrtümern gepflasterte Weg vorherbestimmt war, weil irgendwo eine zweite Hälfte für einen existierte, die nur darauf wartete, entdeckt zu werden. Sie hatte immer befürchtet, sie würde zu gegebener Zeit den Richtigen nicht erkennen oder sie könne den Falschen dafür halten.

Eine Frau mit einem kleinen Mädchen an der Hand kam in die Toilette, und Isabelle packte ihre Sachen zurück in die Tasche, machte sie zu und eilte nach oben. Im Eingangsbereich blieb sie wieder stehen. Noch konnte sie zurück. Letty sah sie auch und hob ihre freie Hand mit fünf gestreckten Fingern. Noch fünf Minuten.

Isabelle winkte ihr zu und ging zum Ausgang. Sie ließ den Blick über die Reihen der geparkten Autos schweifen und lief die gefliesten Stufen der Eingangstreppe hinunter.

Ein Stück weit entfernt saß jemand in einem großen Auto und las Zeitung. Sie ging hin, aber als sie näher kam, sah sie, dass es kein BMW war und dass es sich um jemand anderen handeln musste. Sie erkannte die *International Herald Tribune,* die sie auch im Restaurant hatten. Als der Mann seine Zeitung ein wenig sinken ließ, sah Isabelle sofort, dass es nicht Ben sein konnte. Sie wandte verlegen den Blick ab und drehte sich zur anderen Seite des Parkplatzes um.

Er ist weg, dachte sie. Ich stehe hier wie eine Närrin.

Ich habe Letty nichts gesagt, schoss es ihr durch den Kopf. Ich brauche nichts zu erklären, ich kann einfach zurückgehen, ich kann mit Letty zusammen essen und vor Einbruch der Dunkelheit zu Hause bei Tante Maran sein.

Als sie in Richtung der Eingangstreppe zurückging, ertönte ein Hupen. Dicht neben dem Ausgang rollte ein dunkler BMW aus einer Parklücke und hielt an.

Isabelle erschauerte vor Erleichterung. Sie rannte hin. Sie sah, wie Ben zur Beifahrertür hinüberreichte, und sie zog sie weiter auf und stieg ein. Es war ein großes, teures Auto, alles roch neu, und der Sitz war wunderbar weich. Sie betrachtete die Innenausstattung und mied seinen Blick. Sie wusste nicht, was sie sagen sollte.

»Hast du Angst?«, fragte Ben.

Sie schüttelte den Kopf. Sie hatte keine Angst, sie war nur durcheinander. Heimlich schaute sie ihn von der Seite an. »Ich weiß nicht, was du von mir willst«, sagte sie.

»Das weiß ich selbst nicht so genau.« Ein Lächeln erhellte sein Gesicht. Sie fühlte sich seltsam beruhigt.

»Hast du Zeit, irgendwo essen zu gehen?«, fragte er.

Isabelle nickte. »Ich habe mein Auto hier stehen.«

»Möchtest du es mitnehmen?«

»Ich kann es auch später abholen.«

Er schaltete und fuhr zur Ausfahrt. »Ich kenne ein hübsches Restaurant am Wasser«, sagte er. »Es ist nicht sehr weit von hier.«

Ben bog links ab und fuhr unter der Autobahn hindurch nach Waardenburg und von da aus über die Landstraße bis nach Geldermalsen. Der abendliche Berufsverkehr war dicht. Hin und wieder schaute er gewohnheitsmäßig in den Rückspiegel. Es versetzte ihm immer einen kleinen Schock, wenn er ein amerikanisches Auto sah. Bei diesem handelte es sich um ein älteres Pontiac-Modell, das ihnen hinter drei anderen Pkws folgte. An der nächsten Ampel bogen zwei der Autos links ab, und Ben behielt den Spiegel im Auge, als er langsam durch die schmale Hauptstraße von Geldermalsen fuhr. Er wusste, dass es keinen vernünftigen Grund für seine Paranoia gab, atmete aber trotzdem erleichtert auf, als der Pontiac den Blinker setzte und hinter ihm in eine Parklücke fuhr.

»Wie alt bist du?«, fragte Isabelle.

»Achtundvierzig«, antwortete Ben.

»Ich bin sechsundzwanzig.«

Ben nickte. Direkt hinter der Brücke bog er links ab und fuhr am Flüsschen Linge entlang. Alles war grün und warm, die Obstbäume blühten. Kurz vor dem zweiten Dorf verließ er den Deich und folgte der Parallelstraße durch die Ortschaft. Auf dem Platz neben einer alten Kirche hielt er an. Unter den Linden waren noch ein paar andere Autos geparkt. Ben schaltete den Motor aus und wandte sich zu Isabelle.

»Ist es hier?«, fragte sie.

»Nein, ein kleines Stückchen außerhalb des Dorfs. Aber es ist ein so schöner Abend, wir könnten zu Fuß hingehen, wenn du nicht zu müde bist.«

»Ich bin nicht müde.«

»Du hast doch den ganzen Tag gearbeitet. Hast du Probleme mit deinem Bein?«

Sie errötete. »Nein. Ich habe nie Probleme mit meinem Bein. Ich kann damit nur nicht Krankenschwester werden.«

»Wärst du gern Krankenschwester geworden?«

»Ach, das ist lange her.«

Sie stiegen aus, und Isabelle ging um das Auto herum. Sie schaute ihn an und sagte dann: »Ich komme mir ziemlich schäbig vor neben dir in deinem teuren Anzug.«

»Den habe ich extra fürs Abendessen angezogen«, sagte er mit einem gewissen Spott.

Sie schüttelte den Kopf. »Aber du konntest doch vorher gar nicht wissen, dass wir essen gehen würden.«

»Isabelle, du siehst wunderbar aus.« Er sah ihr Zögern und nickte. »Du hast Recht. Der Anzug gehört zu einem anderen Anlass. Halt das doch bitte mal kurz.«

Sie hielt seine Brieftasche aus weichem Leder in der Hand, während er sein blaues Jackett auszog und einen sahnegelben Pullover von der Rückbank nahm, den er locker um die Schultern legte. Er warf das Jackett ins Auto und schloss es ab. »Besser so?«

Sie lächelte und gab ihm die Brieftasche wieder, die er in die Hosentasche steckte. Dann hielt er die Hand auf, mit der Handfläche nach oben, sodass sie das weiße, verhärtete Gewebe der Narbe von der anderen Seite sah. Sie legte ihre Hand darauf, und so spazierten sie aus dem Dorf hinaus.

Alles wirkte warm und strahlend im rötlichen Goldglanz des späten Sommerlichts. Die ganze Welt duftete nach Frühling.

Das Gasthaus Zum alten Ochsen befand sich in einem großen restaurierten Deichbauernhof, hinter dem sich das Wasser kräuselte. Auf dem schmalen Uferstreifen links neben dem Gasthaus standen sechs kleine Bungalows mit Reetdächern, versteckt zwischen Weiden und Koniferen.

Isabelle blieb stehen. »Bist du hier schon öfter gewesen?«, fragte sie.

»Nein, ich bin heute zum ersten Mal hier.« Ihm war klar, dass das unglaubwürdig klang. Ohne ihre Hand loszulassen bückte er sich zum Straßenrand hinunter und pflückte mit der freien Hand eine Pfingstrose. »Das Gasthaus ist mir eines Tages im Vorbeifahren aufgefallen«, erklärte er entschuldigend. Isabelle nahm die Pfingstrose entgegen und steckte sie in ihren Pulli. Wenn sie ein ernstes Gesicht machte, ähnelte sie einer romantischen Postkartenschönheit, doch wenn sie lachte, kniff sie die Augen zusammen und ihr ganzes Gesicht kräuselte sich um ihre Nase herum, sodass man einfach mitlachen musste.

Im Restaurant waren nur zwei Tische besetzt. »Sie können sich setzen, wohin Sie möchten«, sagte die freundliche Wirtin.

Isabelle schaute zur Seite und sah, wie Ben das Gasthaus musterte, mit derselben Wachsamkeit wie heute Morgen das Restaurant. Es dauerte nicht lange, dann entspannte sich sein Gesicht wieder, und er lächelte sie an. »Such du uns etwas aus.«

Der Raum war groß, aber niedrig. Die Decke bestand aus schweren Holzbalken, der Fußboden war rot gefliest, und in der Mitte befand sich ein großer offener Kamin, in dem auf Tischhöhe unter einer riesigen, eisernen Schornsteinklappe dicke Holzscheite brannten. Die Tische waren aus altem Eichenholz gefertigt und mit rosafarbener Tischwäsche, Kerzenständern, Gläsern, Besteck und Zinnvasen mit Narzissen gedeckt. Um sie herum standen traditionelle Stühle mit hölzernen Armlehnen und aus Peddigrohr geflochtenen Sitzen. Eine alte Ritterrüstung hielt an der Wand aus Backstein neben einem dunklen Gemälde Wache, auf dem mittelalterliche Troubadoure zu sehen waren. Die Lampen waren alten Wagenrädern nachempfunden, und überall hingen und standen Grünpflanzen sowie Gegenstände aus Kupfer und Zinn. Orchestermusik von Mozart klang unaufdringlich aus verborgenen Lautsprechern. Isabelle wählte einen Tisch an einem der Bleiglasfenster mit Aussicht auf den Fluss, in Höhe des offenen Kamins, sodass sie die warme Glut spürte.

»Ganz anders als bei uns«, bemerkte sie.

Die Wirtin brachte ihr einen Portwein und Ben einen Cognac, und sie studierten die in Leder gebundenen, handgeschriebenen Speisekarten. Er schaute sie über den Rand hinweg an. »Fühlst du dich wohl?«

»Ja«, antwortete sie. »Ich bin nicht einmal mehr nervös. Es ist ein bisschen ...«

»Ein bisschen was?«

»Als du meine Hand gehalten hast, hatte ich wieder dieses Gefühl, als würde ich dich schon sehr lange kennen, obwohl ich überhaupt nichts von dir weiß. Ich kann es nicht erklären.«

»Ich kenne das so auch noch nicht«, sagte er.

Sie spürte, dass er nicht gerne über sich selbst sprach. Er erzählte, dass er in einem Waisenhaus aufgewachsen und später, mit achtzehn, zur See gefahren war. Vor vier Jahren hatte er geheiratet und arbeitete nun in der Firma, die seit dem Tod seines Schwiegervaters seiner Frau gehörte. »Möchtest du, dass ich dir von meiner Frau erzähle?«

Isabelle schüttelte den Kopf. »Hast du Kinder?«

»Nein.«

»Warum nicht?«

»Ich glaube, ich kann keine Kinder zeugen.« Er schaute ihr ins Gesicht. »Findest du das schlimm?«

Einen Moment lang war sie verwirrt. »Ich weiß noch nicht, was ich davon halten soll«, antwortete sie schließlich. »Woher willst du das überhaupt wissen?«

»Judith ist einmal schwanger gewesen, aber sie hat abgetrieben.«

Isabelle erschrak unwillkürlich. »Warum?«

»Sie lebte mit dem betreffenden Mann schon in Scheidung. Aber jedenfalls kann es nicht an ihr liegen.«

Isabelle war froh, dass die Vorspeisen serviert wurden, sodass sie eine Weile nichts zu sagen brauchte. Sie hatte Räucherlachs auf Toast mit Kapern bestellt, Ben die Pastete nach Art des Hauses. Ein junger Mann im Smoking brachte den Wein. Ben probierte, ohne eine große Show daraus zu machen, wie manche Männer es taten. Es war ein leckerer roter Gigondas.

Sie beschloss, die Kinder und die Frau zu vergessen, und fragte: »Warum bist du heute Morgen eigentlich ins Café gekommen?«

»Einfach köstlich«, sagte er. »Probier mal.« Er drückte mit dem Messer ein wenig von der Pastete auf ein Stück Baguette und reichte es über den Tisch. Sie öffnete den Mund und spürte seine Fingerspitzen an ihren Lippen. »Dein Auto war doch bestimmt schon öfter in der Inspektion«, beharrte sie.

Er nickte. »Manchmal passieren eben Dinge, von denen man sofort weiß, dass man sie für den Rest seines Lebens niemals mehr vergessen wird. Der Tag heute gehört für mich dazu. Ich weiß nicht genau, wie es kam. Oder doch, ich könnte dir schon einen Grund nennen, aber der spielt jetzt keine Rolle. Normalerweise holt jemand von der Werkstatt mein Auto ab und bringt es auch wieder zurück, oder jemand von der Firma erledigt das. Aber heute Morgen wollte ich einfach mal kurz raus, und deshalb habe ich es selbst in die Werkstatt gebracht. Das ist zwar einerseits Zufall, aber andererseits musste es auch so kommen, weil ich dir sonst nie begegnet wäre. Das hört sich vielleicht trivial an, aber wie könnte ich mich sonst ausdrücken? Ich kann mir noch nicht mal mehr vorstellen, dass das erst heute Morgen war.«

Sie schwieg einen Moment und sagte dann: »Ich arbeite dort schon seit vier Jahren.«

Ben lachte leise. »Glaubst du, du wärst vor vier Jahren auch mit einem wildfremden Mann zum Essen ausgegangen?«

»Ich weiß nicht.« Sie schaute auf ihren Teller. Im Grunde wusste sie es schon. Zufall war so etwas wie ein Verkehrschaos, zu dem ja immer die verschiedensten Umstände führten. Vor vier Jahren war sie noch nicht mit

Gerard zusammen gewesen, aber das war noch nicht einmal der Punkt. Nein, der Zufall stellte einfach unmögliche Bedingungen an Ort und Zeit und Zusammentreffen und genau die richtigen Einzelheiten; wäre Ben früher gekommen, wäre es zu einem anderen Zeitpunkt gewesen, im Restaurant hätte mehr Betrieb geherrscht, jemand anderes hätte ihn bedient. Sie hätte ihn womöglich nicht einmal bemerkt, wenn sie zum Beispiel schlechter Laune gewesen wäre und es draußen geregnet hätte. Vor vier Jahren hätten die Details nicht gestimmt, und Ben wäre ein Gast gewesen wie alle anderen.

Sie trank von ihrem Wein, und Ben schenkte ihr nach. Sie hatten beide die Tournedos mit Crêpes und Roquefortsauce bestellt.

»Erzähl mir von deiner Musik«, bat Ben.

»Ich habe früher einmal Klavierunterricht gehabt«, sagte sie. »Als ich noch zur Schule ging. Tante Maran besitzt ein altes Klavier, ein Pleyel, eigentlich zu schlicht für Bach und dergleichen. Ich stümpere ein bisschen darauf herum, nur so für mich. Manchmal denke ich, die Komponisten wären mir bestimmt böse, wenn sie wüssten, dass ich ihre Stücke als Hintergrundmusik in einer Autobahnraststätte spiele.«

»Bestimmt nicht«, meinte Ben. »In den Salons, in denen Chopin auftrat, haben die alten Damen doch auch meistens dabei ein Nickerchen gemacht. Wer ist denn Tante Maran?«

»Eigentlich ist sie meine Großtante, sie war eine Tante meiner Mutter. Ich habe mein ganzes Leben bei ihr verbracht, abgesehen von einem Jahr, in dem ich bei einem Freund gewohnt habe.« Sie schaute aus dem Fenster und erschrak, als sie sah, dass es schon dunkel war. »Oh je, ich muss sie anrufen.« Sie stand auf.

»Tante Maran?«

Isabelle nickte. »Ich muss ihr Bescheid sagen, dass es später wird.«

Ben schaute ihr nach, als sie die Wirtin nach dem Telefon fragte und eilig in den Flur ging. Einen Augenblick lang erschien ihm ihr Weggang wie ein Bruch, als trete sie damit aus dem Kokon von Intimität heraus, den sie um sich gesponnen hatten, und er bemerkte, wie ihm der Gedanke, dass sie ein anderes Leben in einer anderen Welt hatte, beinahe unerträglich war. Dabei hatte auch er selbst ein anderes Leben; es war ein unvernünftiges und vor allem unerwachsenes Gefühl. Es war ein unerwachsener Tag.

Er schaute ihr nach, in ihrer khakifarbenen Hose und ihrer beigefarbenen Jerseybluse mit breiten Filet-Häkelborten an Kragen und Ärmeln. Ihre Kleidung war schlicht und passte haargenau zu ihr. Sein Herz krampfte sich zusammen, als die Tür zum Flur hinter ihr zufiel, weil ihm bewusst wurde, dass sie bald schon – heute, morgen? – vielleicht genauso durch eine Tür gehen und aus seinem Leben verschwinden würde.

Sie errötete leicht, als sie zurückkam, wodurch sie aussah wie ein Mädchen, das seinen Eltern weisgemacht hatte, es übernachte bei seiner Freundin.

»Und, war es ihr recht?«

Sie lächelte andeutungsweise und spießte das letzte Stück Tournedos auf ihre Gabel. Er war froh, dass sie eine gesunde Esserin war. Ganz offensichtlich machte sie sich keine unnötigen Sorgen um Kalorien oder ihre schlanke Linie. Sie gehörte nicht zwischen die Autobahnen. Sie gehörte auf ein Schiff oder barfuß zwischen die Muscheln am Strand.

»Erzähl mir doch etwas von deinen Eltern.«

»Ich weiß nicht, wer mein Vater ist«, antwortete sie. »Meine Mutter hat es Tante Maran nie erzählt. Sie ist bei meiner Geburt gestorben.«

Isabelle schwieg. Draußen wurde es dunkler, drinnen brannten Schirmlampen und Kerzen. Ben fand sie im Kerzenlicht anrührend schön.

»Zwei Waisenkinder«, sagte er.

»Jetzt hab ich es schon wieder gehört«, sagte sie. »Du hast einen Akzent. Wenn du Wörter aussprichst wie ›zwei‹ oder ›genau‹ oder ›Zufall‹. Als hättest du viele Jahre im Ausland verbracht und eine andere Sprache gesprochen.«

»Wahrscheinlich liegt das an meiner Zeit auf See. Ich bin auf vielen Schiffen gefahren, spanischen, französischen, panamaischen.« Er faltete die Hände unter dem Kinn. »Manchmal sehne ich mich nach einem besseren Klima«, sagte er. »Irgendwo am Meer. Du nicht?«

Wieder wurde sie rot. Das klang ja fast schon nach Zukunftsplänen.

»Und manchmal hast du so einen gewissen Blick«, fuhr sie fort. »Als wolltest du dich erst überzeugen, dass die Luft rein ist, bevor du weitergehst.«

Er gab ihr darauf keine Antwort. Der junge Mann im Smoking räumte ihre Teller ab, und sie bestellten Kaffee. Der Kaffee wurde in einer silbernen Kanne serviert, mit zwei Sorten Zucker, braunem Kandis und einem Schälchen mit Pralinen. Isabelle spürte die Wärme des Kaminfeuers auf ihrer Wange. Sie wusste nicht, wie es jetzt weitergehen sollte. Sie sah sich selbst schon im Dunkeln über den Deich laufen, zurück zu seinem Auto im Dorf. Sie dachte an ihr Auto auf dem Parkplatz der Autobahnraststätte, an Letty, die nicht wusste, wo sie war, an ihr Zimmer bei Tante Maran und daran, dass sie morgen früh um neun Uhr anfangen musste. Vielleicht war das alles ein Traum und sie wurde gleich wach und musste aufstehen.

»Isabelle?«, fragte er, drängend.

Verlegen sah sie ihn an und flüsterte: »Sag du es.«

Sie spürte seinen Blick auf sich. Er reichte über den Tisch und legte seine Hand auf die ihre. »Ich kann dich nicht gehen lassen«, sagte er. »Richtig so?«

Sie nickte. Ben erhob sich und ging zur Wirtin, die am Tresen neben dem Eingang stand. Er sprach mit ihr, und die Frau lächelte und nickte. Isabelle sah, wie Ben etwas in ein Register eintrug. Kurz darauf kam er zu ihr zurück. »Komm«, sagte er.

Er nahm sie an der Hand. Isabelle griff nach ihrer Tasche und folgte ihm ohne zu zögern. Die Wirtin führte sie aus dem Restaurant hinaus. Kugellampen erhellten den Plattenweg hinter den Bungalows. Die Luft war schwül und prickelnd, erfüllt von Blütenduft.

Die Frau schloss die Tür des letzten Bungalows auf und schaltete in einem kleinen Flur mit Backsteinwänden das Licht für sie ein. Isabelle betrat das Schlafzimmer, während Ben der Frau dankte und die Tür hinter ihr schloss.

Es war ein schönes Zimmer mit einer Balkendecke und doppelten Sprossentüren zum Fluss hin. Isabelle schaltete die Deckenbeleuchtung aus, sodass nur die Schreibtischlampe auf dem Sekretär und die beiden kleinen Lämpchen über dem Bett brannten.

Isabelle ging ins Badezimmer. Sie schaute in den Spiegel und holte tief Luft. Sie war nervös. Sie befühlte die luxuriösen Handtücher, die kleinen Hotelseifen und die Plastikfläschchen mit Shampoo und entdeckte zwei Bademäntel aus weichem weißem Frottee auf einer der cremeweißen Ablagen. Es gab eine Badewanne mit Dusche. Isabelle schloss die Tür, zog sich aus und duschte.

Ben saß mit dem Pullover um den Hals auf dem Bett, als sie in den Bademantel gehüllt aus dem Badezimmer kam.

Er stand auf und schaute sie an. »An dir ist alles genau richtig«, sagte er leise.

»Meine Haare sind nass«, stotterte sie. »Du machst mich nervös.«

»Was meinst du wohl, was du mich machst?« Er berührte sie nicht. »Zwei Minuten«, sagte er und ging ins Badezimmer.

Isabelle trat an die Türen, die nach draußen führten. Ben hatte die Gardinen zugezogen, aber sie zog sie wieder beiseite und machte eine der Türen auf. Das Licht aus dem Bungalow fiel auf eine schmale, mit Gartenplatten geflieste Terrasse. Dahinter lag ein zwei Meter breiter Rasenstreifen, der bis ans Wasser reichte. Auf der Terrasse standen niedrige Weidenstühle, doch sie blieb dicht bei der Tür auf den Fliesen stehen und schlang die Arme um den Körper.

Der Fluss kräuselte sich glitzernd zwischen Schilf und Weidensträuchern. Die Luft duftete nach einer würzigen Mischung aus Schlamm und Kühen und Pfingstrosen von den Weiden am anderen Ufer her. Sie hörte ein Rascheln im Schilf oder in den Sträuchern neben der Umzäunung, die links von ihr das Gelände abgrenzte. Enten, dachte sie. Teichhühner. Sie lauschte ihren kleinen Plätschergeräuschen.

Danach wurde es wieder totenstill. Es ist so friedlich, dachte sie. Wie bin ich hier hingeraten?

Ben trat hinter ihr in die Tür und zog sie an sich. Er schob seine Hände unter den Frottee und legte sie auf ihre Brüste. Er presste seinen Mund auf ihre Haare, und sein Atem war warm auf ihrem Kopf und auf ihrer Schulter, als seine Hände weiter nach unten wanderten, um ihren Bauch zu streicheln. Seine Finger schlossen sich um ihr Becken, und er drückte sie an sich, sodass sie durch den Bademantel hindurch seine Härte an ihrem Po spürte.

Er zog sie hinein. Er wollte die Tür abschließen, aber Isabelle hakte nur das Häkchen ein und ließ sie einen Spalt offen, um den Fluss riechen zu können, und schaltete das Licht auf dem Schreibtisch aus. Er wandte sich zu ihr und küsste sie auf den Mund. Sie öffnete ihre Lippen und spürte seine Zunge, versank in seinem Kuss. Ihre Bademäntel glitten zu Boden, und er schaute sie an, im sanften Licht.

Sie wollte, dass sie auch die Lämpchen über dem Bett ausschalteten, damit nichts um sie war, das mit der Realität zu tun hatte, keinerlei greifbare oder auch nur sichtbare Dinge.

Es war sehr dunkel, sehr still.

Isabelle fing an zu weinen, als sie zum Höhepunkt kam. Das ist sie, meine andere Hälfte, dachte sie. Ben lag auf ihr, sie fühlte ihn tief in sich, es war, als ließe er alles los, als entspanne er jeden Muskel, sie trug sein volles Gewicht, aber es schien, als wöge er nichts, als seien sie ein und derselbe Körper.

Sie hörte einen Windstoß in den Gardinen vor der Tür, und sie hielt ihn fest, die Arme eng um seinen Kopf geschlungen, sein Gesicht in der Wärme ihrer Schulter vergraben.

Als der grelle Schein ihre Augen blendete, hatte sie den seltsamen Gedanken, dies sei so etwas wie Leben und Tod zugleich.

Ben hob ruckartig den Kopf. Er versuchte, sich von ihr loszureißen, aber sie klammerte sich an ihm fest, weil sie nichts anderes hatte, um sich daran festzuklammern, als sie das Blitzen von Metall sah und den dumpfen Knall hörte. Schmerz brannte in ihrer Schulter. Sie sah Bewegung hinter dem Lichtkegel und hinter dem roten Regen, der auf ihr Gesicht fiel.

Dann setzte ihr Herz aus.

3

Missmutig inspizierte Inspecteur Theodoor Kleiweg den nackten Mann, der auf dem Rücken in dem blutdurchtränkten Bett lag, sowie die Schweinerei, die die Dorfpolizisten am Tatort veranstaltet hatten.

»Scheiße«, sagte er.

»Das nächste Mal lassen wir eine Frau sterben, um euch einen Gefallen zu tun, okay?«, entgegnete der Brigadier von der örtlichen Polizeidienststelle beleidigt. »Ihr könnt froh sein, dass wir noch schnell Fotos gemacht haben, bevor der Notarztwagen kam.«

»Ist sie bei Bewusstsein?«

»Keine Ahnung. Sie haben sie ins Bezirkskrankenhaus nach Leerdam gebracht. In ihrer Schulter steckt eine Kugel.«

»Ist jemand von euch bei ihr?«

»Natürlich. Sobald sie zu sich kommt, werden wir benachrichtigt, aber die Ärzte meinen, dass das noch eine Weile dauern kann. Sie wollen die Kugel rausholen.«

»Und aufheben, hoffe ich«, sagte Kleiweg trocken. Er zog seine Handschuhe an. Nicht dass das noch viel ausmachen würde. Man hatte keinen Laufgang markiert, und alle möglichen Leute waren einfach überall herumgetrampelt: Hotelpersonal, Sanitäter, der hiesige Arzt, vermutlich sogar die Polizisten selbst. Die Terrassentüren standen offen, und diverse Matschspuren verliefen kreuz und quer über den Wollteppichboden.

Natürlich konnte er es ihnen nicht verübeln. Wenn man mit einem solchen Anblick konfrontiert wurde und es einen Überlebenden gab, dachte man zuallererst daran, dieser Person zu helfen – jedenfalls, wenn die eigenen Reaktionen noch nicht von dem stadtgeprägten Instinkt für Verbrechen und das Aufspüren von Mördern getrübt waren.

»Gerichtsmediziner und Erkennungsdienst sind unterwegs«, sagte Kleiweg. »Nimm du sie bitte in Empfang.« Er nickte dem Brigadier zu und drängte ihn zurück durch den Flur. »Auf dem Deich stehen Gaffer«, sagte er. »Schick deine Leute zu ihnen raus und lass nachfragen, ob jemand etwas gesehen hat.«

»Wir haben sofort eine Befragung der Nachbarschaft eingeleitet«, unterbrach ihn der Brigadier in pikiertem Tonfall.

»Gut so«, antwortete Kleiweg und drückte die Tür hinter ihm zu, ohne dabei die Klinke zu berühren.

In dem kleinen Flur gab es nichts zu sehen, und er kehrte in das Schlafzimmer zurück. Es wirkte komfortabel und romantisch. Keine Spur von Gepäck. Die Kleidung des Mannes lag auf der Kofferablage. Sie war ungeordnet, weil die Beamten nach einer Brieftasche oder etwas Ähnlichem gesucht hatten, wodurch sie seine Identität hätten ermitteln können. Kleiweg sah nur Unterwäsche, eine blaue Hose, die eher zu einem Anzug gepasst hätte als zu dem dünnen Wollpullover, ein teures Seidenhemd und einen Schlips, an dem noch die goldene Krawattennadel befestigt war. Und wo war das Jackett?

Er warf einen Blick ins Badezimmer und sah die Kleider des Mädchens an einem Wandhaken hängen. Sie wirkten einfach und billig, vor allem im Vergleich zu denen des Mannes. Eine welke Pfingstrose steckte in der Wolle ihres beigefarbenen, mit Spitze abgesetzten Pullis. Die Blume rührte ihn. Auch die Jacke des Mädchens fehlte. Wo war die Brieftasche? Wo waren die Autoschlüssel? Wo war das Auto?

Kleiweg kehrte ins Zimmer zurück. Er hob den Pullover des Mannes hoch und fand darunter ein Paar goldene Manschettenknöpfe. Also kein Raubüberfall, aber danach sah das hier sowieso nicht aus.

Der Schwachpunkt waren vermutlich die Terrassentüren und nicht die Vordertür, die abgeschlossen und noch zusätzlich mit einer Kette verriegelt gewesen war. Deshalb hatten die Beamten hintenherum gehen müssen und anschließend die matschigen Fußstapfen hinterlassen. An den Terrassentüren befanden sich keine Einbruchsspuren, aber an einer baumelte ein Häkchen und an der anderen, die mit einem Drehriegel verschlossen werden konnte, befand sich eine Öse. Kein Problem, nur dass diesmal mehr hiereingekommen war als nur frische Luft.

Sie hatten sich sicher gefühlt.

Kleiweg steckte die Hände in die Taschen und beugte sich über die Leiche. Ein Mann um die fünfzig, körperlich in guter Verfassung. Dem Brigadier zufolge hatte die Frau auf dem Rücken gelegen und der Mann neben ihr, ungefähr so wie jetzt, als habe er dicht an sie gekuschelt auf der Seite geschlafen, einen Arm um ihren Körper geschlungen. Sie hatten sie vorsichtig unter dem Arm hervorgezogen und ihn so liegen gelassen. Bei Aufnahmen zu Identifikationszwecken würde man die Stelle, wo das austretende Geschoss ein Stück von der Stirn weggesprengt hatte, abdecken müssen.

Kleiwegs Blick fiel auf die Narbe am Handrücken des Toten. Mit zwei Fingerspitzen hob er die Hand am Mittelfinger ein Stückchen hoch, um sich die Innenfläche anzusehen. Die Narbe konnte von einer Schusswunde stammen, aber sie musste mindestens zehn Jahre alt sein.

Das Blut hatte einen großen Teil des Bettes durchtränkt, doch am konzentriertesten und dunkelsten war es am Rand des Kissens und darunter, dort, wo die Schultern des Mannes lagen. Kleiweg schaute sich erneut die Stelle an, wo die Kugel in den Hinterkopf des Mannes eingedrungen war, und versuchte im Geiste, ihre Bahn nachzuvollziehen. Jedes Kind konnte erkennen, dass der Körper sich nicht in seiner ursprünglichen Position befand.

Er hatte die Fotos noch nicht gesehen, doch wenn die Kugel hinten links in den Schädel des Mannes eingetreten und rechts vorne wieder ausgetreten war, wonach sie in der linken Schulter der Frau stecken blieb, musste sie, als der Schuss fiel, nicht nur unter ihm gelegen haben, sondern auch ziemlich weit oben am Kopfende.

Auch ohne das Kamasutra als Gebrauchsanweisung konnten sich beim Sex Hunderte verschiedener Stellungen ergeben. Diese kam Kleiweg so vor, als passe sie eher zum Ausklang des Ganzen. Er konnte sich natürlich irren, aber die Geschossbahn und die Blutflecken verrieten, dass die beiden sich in einer typischen Position danach befunden hatten: Die Frau lag auf dem Rücken, praktisch mit dem Scheitel am oberen Querbrett, während der Kopf ihres Liebhabers unterhalb ihres Kinns oder zwischen ihren Brüsten ruhte. Vielleicht hatte sie die Hände um seinen Kopf gelegt und ihn an sich gedrückt. In diesem Fall waren womöglich ihre Hände verletzt worden, je nachdem, wo sie sich befunden hatten. Vielleicht hatte sie ein Geräusch gehört und den Kopf gerade noch rechtzeitig losgelassen, bevor die Kugel abgefeuert wurde. Doch das war nicht das Problem. Das Problem war, dass sie verlagert worden sein musste. Wenn Brigadier Stokman die Wahrheit sagte und niemand die Position der Körper verändert hatte, musste der Mörder den Mann an der Schulter gefasst und neben die Frau gerollt haben. Danach hatte er sie auf dem Bett ein Stück weiter nach unten gezogen. Warum? Wollte er kontrollieren, ob er auch sie ausgeschaltet hatte?

Kleiweg schüttelte den Kopf. Vielleicht war die Frau in diesem Moment, oder ein wenig später, noch bei Bewusstsein gewesen und hatte sich selbst weiter nach unten manövriert, einfach weil sie sich verstecken wollte. Dann zerbrach er sich umsonst den Kopf darüber.

Er blickte zur Tür. Der Mörder brauchte nur das Häkchen zu lupfen. Lautlos kam er herein. Vielleicht waren sie halb eingeschlummert. Der Mann hatte vielleicht ein Geräusch gehört, aber da war es schon zu spät. Die Frau dagegen könnte den Mörder gesehen haben.

Schweres Kaliber, Hochgeschwindigkeitsgeschoss, quer durch den Kopf, auf direktem Weg hinein und wieder hinaus, stecken geblieben in der Schulter der Frau. Aus der Nähe wahrscheinlich, fast ein Kontaktschuss. Ob sich um die Wunde herum Schmauchspuren befanden, musste die Autopsie ergeben. Niemand hatte einen Schuss gehört, aber wahrscheinlich hatte der Mörder einen Schalldämpfer benutzt.

Kleiweg hörte, wie jemand zur Vordertür hereinkam. Er schaute sich noch einmal um. Er erwartete nicht, dass der Erkennungsdienst viele Spuren und Fingerabdrücke finden würde. Alles wies auf einen Profikiller hin, der den Mann vielleicht schon seit einer Weile verfolgt hatte, hier seine Chance gewittert und sie genutzt hatte. Diese Leute trugen Handschuhe und hinterließen weder Knöpfe noch Kleidungsfasern, weder Zigarettenkippen noch Visitenkarten.

Der junge Beamte vor der Tür des kleinen Hotels wirkte nervös. Seine Blicke huschten zwischen den Neugierigen auf dem Deich und der Reihe von Bungalows hin und her. Er war noch nie bei den Ermittlungen in einem Mordfall dabei gewesen, geschweige denn, dass er je mit eigenen Augen anderswo als im Kino eine Szene wie die heute Morgen im Bungalow gesehen hatte.

Stotternd stieß er seine Worte hervor. »Wir waren um halb elf hier, nein, um zehn Uhr vierzig, Koos Berends und ich. Mevrouw Danzig hat um kurz vor halb elf angerufen, sie hat auch den Arzt geholt. Die Kette lag noch vor der Tür, und …«

»Ich kann mir gut vorstellen, dass du dich erschrocken hast«, meinte Kleiweg.

»Der Brigadier hat gesagt, dass wir auf keinen Fall einfach so hätten reingehen dürfen.«

»Jetzt mach dir darüber mal keine Sorgen. Ihr habt getan, was ihr tun musstet.«

Der junge Polizist schaute ihn dankbar an.

»Ihr musstet also außen herumgehen. Standen die Türen zum Garten offen?«

»Eine von ihnen. Mevrouw Danzig sagte, sie sei nur angelehnt gewesen, aber sie sei lieber nicht reingegangen.«

»Alles, was ich wissen muss, ist, wie es dort aussah und was genau du gemacht hast, als du reingegangen bist.«

Der Beamte nickte. »Wir haben nichts angefasst, zuerst jedenfalls nicht. Später hat der Brigadier in der Kleidung nach Papieren gesucht. Ich bin erst allein reingegangen, um nachzuschauen, ob sie noch leben, habe den Puls am Hals gefühlt, aber ich hab nichts gespürt, ich dachte, sie wären alle beide tot, das war dumm von mir, aber ich hab's wirklich nicht gemerkt.«

»Vielleicht lag sie im Koma. Dieser Zustand ist kaum vom Tod zu unterscheiden«, meinte Kleiweg tröstend. »Wie lag das Bettzeug?«

»Die Decke am Fußende, halb auf dem Boden, das Laken zur Hälfte über sie gebreitet.«

»Als hätte es die ganze Zeit so gelegen oder als hätte jemand anders es so über sie gedeckt?«

Der Beamte schien verwirrt. »Das konnte ich nicht erkennen. Koos ist vor der Tür stehen geblieben, und ich habe angerufen. Zuerst kamen der Fotograf und der Brigadier, und kurz darauf der Arzt. Der Doktor hat dann gesehen, dass die Frau noch lebte. Der Notarztwagen war Gott sei Dank schon unterwegs ...«

»Also hat niemand die Körper in eine andere Stellung gebracht, bevor die Aufnahmen gemacht wurden?«

»Das weiß ich mit hundertprozentiger Sicherheit.«

Kleiweg bedankte sich bei ihm und ging ins Hotel. Er fragte sich, warum er der Tatsache, dass die Lage der Körper verändert worden war, so viel Bedeutung beimaß. Vielleicht lag es einfach nur daran, dass ihm der Grund dafür nicht einleuchtete. Wenn der Mörder kontrollieren wollte, ob die Frau noch lebte, hätte er doch nur den Mann von ihr wegwälzen müssen. Das hatte er offensichtlich auch getan, aber außerdem hatte er sie auf dem Bett weiter hinuntergezogen, hin und her bewegt und verlagert, bis sie sich in der Position befunden hatte, in der man sie schließlich fand. Vielleicht hatte er etwas gesucht. Aber sie waren beide nackt, also was glaubte er, finden zu können?

Mevrouw Danzig stand mit verschränkten Händen am erloschenen Kamin. Das Hotel war geschlossen, und außer ihr befand sich niemand im Speisesaal. Kleiweg ging auf sie zu. Sie nickte schweigend, als er sich vorstellte. Sie machte den Eindruck einer ausgeglichenen Person, aber im Moment stand sie unter Schock.

»Meinen Sie, dass man sehr viel Wirbel um diese Sache machen wird?«, fragte sie besorgt.

»Wir werden alles tun, um das zu verhindern«, versicherte er ihr.

»Es ist furchtbar«, sagte sie. »Als ich so gegen zehn Uhr nichts von ihnen sah oder hörte, habe ich im Bungalow angerufen, um zu fragen, ob sie frühstücken wollten … und als niemand abnahm, bin ich hingegangen. Ich hatte meinen Generalschlüssel bei mir, kam aber nicht zur vorderen Tür hinein, weil die Kette vorgelegt war. Also bin ich außen herumgegangen. Die Terrassentür stand halb offen …«

»Setzen wir uns doch einen Augenblick«, schlug Kleiweg vor. »Vielleicht sollten Sie etwas trinken. Das muss ja ein schlimmer Schock für Sie gewesen sein.«

Sie nickte und wandte ihr Gesicht ab.

»Ein Schluck Cognac ist jetzt bestimmt das Richtige«, sagte er.

Sie ging an die Bar und kehrte mit zwei Gläsern Cognac zurück. Er führte sie zu einem der ungedeckten Tische und rückte ihr einen Stuhl zurecht. Steif setzte sie sich hin.

»Gestern Abend also«, begann er. »Hatten die beiden reserviert?«

»Nein, aber wir hatten nicht viel zu tun. Nur zwei Tische waren besetzt; der Brigadier hat die Namen der Gäste zu Protokoll genommen, sie kommen häufiger zu uns.«

»Sind sie mit einem Wagen gekommen?«

»Ich habe keinen gesehen, sie sind einfach so hereingekommen. Draußen steht auch kein Auto, also … vielleicht mit dem Taxi?«

»Trug der Mann ein Jackett?«

»Nein, nur ein Hemd, und er hatte einen Wollpullover um die Schultern gelegt.«

»Hatte die Frau eine Handtasche dabei?«

Sie dachte nach. »Jetzt, wo Sie es sagen … ja, sie trug sie bei sich, als sie fragte, ob sie telefonieren dürfe. Ein kleine schwarze Handtasche.«

»Sie wissen nicht zufällig, wen sie anrief?«

»Nein.«

»Wurden seitdem von diesem Apparat aus noch weitere Gespräche geführt?«

»Das hat der Brigadier mich auch schon gefragt. Er hat gleich die Wiederholungstaste gedrückt, aber da hat sich nur die Polizeistation gemeldet, die ich selbst angerufen hatte.«

Unterschätze niemals Brigadiere, dachte Kleiweg und wandte sich wieder der Hotelbetreiberin zu. »In Ihrem Beruf erwirbt man doch sehr viel Menschenkenntnis«, sagte er. »Welchen Eindruck hatten Sie denn von den beiden?«

»Ein verliebtes Pärchen. Ich hatte das Gefühl, dass sie sich noch nicht sehr gut kannten, aber ganz ineinander aufgingen. Ich fand die junge Frau sehr sympathisch.«

»Den Mann nicht?«

»Das wollte ich damit nicht sagen.«

»Meinen Sie, dass es ihre erste Verabredung war?«

Mevrouw Danzig nickte. »Ja. Dass sie über Nacht blieben, schien aus einer spontanen Anwandlung heraus zu geschehen, denn sie hatten ja keinerlei Gepäck bei sich.«

»Haben Sie sie eingetragen?«

»Na ja …« Sie wurde verlegen. »Nicht richtig offiziell, also ich habe keine Visitenkarte, tut mir Leid, der Brigadier hat schon einen Blick in das Gästebuch geworfen, aber der Mann hat nur seinen Namen hineingeschrieben, Alex Hinstra, aus Hengelo. Sie hatten zu Ende gegessen, tranken danach noch Kaffee, und da kam der Mann zu mir und fragte, ob sie hier übernachten könnten. Das war so gegen zehn Uhr. Wir haben oben ein paar Zimmer, aber er wollte lieber einen von den Bungalows. Der hinterste war der einzige, der frisch zurechtgemacht war. Ich habe sie dorthin gebracht. Er sagte, dass sie so gegen neun zum Frühstück kommen würden. Deshalb habe ich um zehn Uhr nachgeschaut.«

Sie trank von dem Cognac, seinem Eindruck nach, um das Schuldgefühl zu verdrängen, das sie wegen ihrer halbherzigen Registrierung plagte. Die örtliche Polizei würde ihr zweifellos deswegen die Leviten lesen.

»Haben Sie nichts Ungewöhnliches gesehen oder gehört, als Sie sie zum Bungalow gebracht haben?«

»Nein, das habe ich dem Brigadier auch schon gesagt. Hier ist es abends sehr still, höchstens fährt dann und wann mal ein Auto über den Deich …«

»Und nachts? Wohnen Sie hier über dem Restaurant?«

»Ja, zusammen mit meinem Sohn und meiner Tochter, beide arbeiten auch hier. Keiner von uns hat etwas Außergewöhnliches gehört. Vielleicht, wenn wir einen Hund hätten …«

Ein Polizist in Uniform folgte den beiden Schwestern, die die Bahre aus dem Operationssaal und durch den Flur des Bezirkskrankenhauses rollten. Das Mädchen lag unter einem Laken. Eine Flasche hing an einem Haken über ihr, und eine durchsichtige Flüssigkeit tropfte durch einen Plastikschlauch, der unter einem Verband an ihrem Handgelenk verschwand.

»Bitte warten Sie hier«, sagte eine der Schwestern zu dem Beamten, als sie eine Tür erreichten. »Die Frau Doktor kommt gleich.«

Der Polizist wartete auf dem Flur, während die Schwestern die bewusstlose Frau in dem kleinen Krankenzimmer auf ein Bett hievten und mit Schläuchen und Monitoren verbanden.

Eine Frau im Arztkittel kam den Flur entlang und lächelte den Polizisten an. »Sie warten wahrscheinlich auf das da«, sagte sie freundlich und überreichte ihm einen kleinen Plastikbeutel. »Wir haben sie nicht sauber gemacht, das war doch richtig, oder?«

Der Beamte betrachtete durch das Plastik hindurch das blutige Stück Metall und steckte den Beutel in seine Uniformtasche. »Wann kann ich mit ihr reden?«

Die Ärztin runzelte die Stirn. »Das kann ich wirklich nicht sagen.«

»Ist sie noch in Narkose?«

Sie schüttelte den Kopf. »Wir haben sie nur örtlich betäubt, die Kugel war kein Problem. Aber sie hat einen schweren Schock erlitten. Sie liegt im Koma.«

»Und, dauert das lange?«

»Das kann man unmöglich vorhersagen. Körperlich fehlt ihr sonst nichts. Sie macht einen kerngesunden Eindruck. Ich habe das Gefühl, dass es nicht lange dauert, aber ich kann nichts versprechen. Es hängt davon ab, wie sie seelisch und geistig veranlagt ist, aber nach einem solchen Schock muss man mit allem rechnen, sogar mit einem zeitlich begrenzten oder teilweise dauerhaften Gedächtnisverlust.«

»Aber ich muss doch etwas in meinen Bericht hineinschreiben«, sagte der Beamte frustriert. »Wir müssen wissen, wer sie ist. Sie ist eine Mordzeugin.«

»Ja, und genau deswegen steht sie unter Schock«, erwiderte die Ärztin missmutig. »Sollen Sie etwa hier bleiben?«

»So lautet mein Auftrag. Heute Nachmittag werde ich abgelöst. Wir müssen sie bewachen.«

»Bewachen? Ist sie denn in Gefahr?«

»Wir müssen auf alles eingestellt sein.«

Sie schaute ihn geringschätzig an. »Ich hoffe, Sie sind auch darauf eingestellt, dass wir in diesem Krankenhaus keine Wildwest-Vorstellungen gebrauchen können.«

Sie ließ ihn stehen und verschwand im Krankenzimmer.

Tante Maran machte sich die größten Sorgen, als sie in der Autobahnraststätte anrief und erfuhr, dass Isabelle an diesem Morgen nicht zur Arbeit erschienen war.

Sie hatte schon kaum schlafen können, nachdem Isabelle sie gestern Abend angerufen hatte, um ihr mitzuteilen, dass es spät werden könne. Gegen Mitternacht wurde ihr klar, dass Isabelle die ganze Nacht wegbleiben würde. Sie wurde böse und unruhig und war tief enttäuscht, weil sie vermutete, Isabelle verbringe die Nacht bei Gerard und würde sich wieder von ihm becircen lassen.

Maran war siebzig Jahre alt und verstand nichts von jungen Leuten. Schon ihre Nichte Amanda hatte sie nicht verstanden, und Isabelle, Amandas Tochter, war noch eine Generation jünger. Sie hatte nicht die Chance gehabt, die Mutterrolle für Amanda zu übernehmen, und so etwas wie eine Großmutter für Isabelle zu werden war ihr einfach nie gelungen.

Maran mochte Kinder noch nicht einmal, sie war eine alte, unverheiratete Tante. Manchmal schaute sie in den Spiegel und sagte: »Alte Jungfer!« Glücklicherweise hatte sie etwas Geld geerbt, sodass sie sich ein Kindermädchen hatte leisten können. Sie hatte geglaubt, alles würde einfacher werden, sobald das Kind zur Schule ging, doch ihr Leben war nur noch komplizierter und aufregender und schwieriger zu ertragen geworden.

Sie hatte ihr Bestes getan. Sie hatte Isabelle bei sich behalten und großgezogen, weil sie das als ihre Pflicht gegenüber Amanda betrachtet hatte, oder eigentlich eher gegenüber ihrer Schwester Mechthild, Amandas Mutter. Für Mechthild wäre es eine furchtbare Vorstellung gewesen, dass ihre Enkelin in ein Waisenhaus gekommen oder von Fremden adoptiert worden wäre – so als wären die Strafe für ihre eigenen Sünden und der Fluch ihres Vaters von einer Generation auf die nächste weitervererbt worden.

Die Mertens gehörten früher zu den Familien, die das Rückgrat der ganzen Umgebung bildeten. Sie waren Mitglieder im Gemeinderat und von Gemeindekommissionen, es hatte einen Beigeordneten gegeben und einen Direktor einer Käsefabrik. Maran dachte oft an ihre Mutter, eine schüchterne, sanfte Frau, verheiratet mit einem Tyrannen. Mit ihnen hatte alles aufgehört, der Faden war zerrissen. Sie hatten nur zwei Töchter gehabt, die gehorsame Maran und Mechthild, die Freibeuterin. Maran entwickelte sich zu einer alten Jungfer, Mechthild wurde schwanger und brannte mit ihrem Ausländer durch.

Danach hatte Maran stets ohne ihre Schwester zurechtkommen müssen, und nach dem Tod ihrer Eltern hatte sie niemanden mehr, außer ein paar Cousins und Cousinen, die sich aber mit der Zeit und in dem Maße, wie Maran älter wurde und sich mehr und mehr zurückzog, immer weniger um sie kümmerten.

Und dann stand auf einmal Mechthilds Tochter vor der Tür. Hochschwanger.

Maran hatte sich jahrelang die Schuld am Tod Amandas gegeben. Sie hätte nie zulassen dürfen, dass das Mädchen bei ihr zu Hause niederkam, sie hätte darauf bestehen müssen, dass sie ins Krankenhaus ging. Dann würde sie jetzt noch leben.

Maran war sich natürlich darüber im Klaren, dass man im Leben unmöglich alles vorhersehen konnte und dass Unglücke nun einmal geschahen, aber das trug nur wenig dazu bei, ihre Schuldgefühle zu mindern.

Und nun war sie verantwortlich für Amandas Tochter, selbst wenn die jetzt angeblich erwachsen war und theoretisch in der Lage sein sollte, für sich selbst zu sorgen. Manchmal wünschte sie, sie wäre nicht zu Hause gewesen, als Amanda an ihrer Tür geklingelt hatte. Dann wäre das Mädchen vielleicht wieder weggegangen, sie wäre weitergezogen und irgendwo anders gelandet und hätte die einzige Verwandte, die ihr geblieben war, vergessen, ebenso wie Mechthild es getan hatte. Dann wäre Marans Leben unberührt geblieben: sonntags in die Kirche und jeden Tag der immer gleiche Rhythmus von Bügeln, Staubsaugen und Einkaufengehen, bei dem sie sich sicher fühlte. Alles wäre so einfach geblieben, wenn sie ihre Tür vor diesem Mädchen und vor der Erinnerung an all die dunklen Dinge aus der Vergangenheit verschlossen gehalten hätte. Aber sie hatte sie geöffnet und eine ebenso düstere Zukunft hereingelassen.

Judith knallte wütend den Hörer auf die Gabel. Mit klickenden Absätzen kam ihre Mutter über den Marmorfußboden zu ihr hin.

»Und?«

»Und was? Die glauben, ich hätte sie nicht mehr alle. ›Ach, er ist also eine Nacht weggeblieben, Mevrouw? Was erwarten Sie denn jetzt von uns? Er ist ein erwachsener Mann, Mevrouw. Erwachsene Ehemänner sind öfter mal nachts unterwegs.‹«

»Vielleicht hatte er einen Unfall.«

»Die Polizei hat nichts von einem Unfall gehört. ›Nein, Mevrouw, da brauchen Sie sich keine Sorgen zu machen, darüber wüssten wir längst Bescheid. Er hatte doch Papiere bei sich? Und was ist mit seinem Auto?‹« Judith stampfte mit dem Fuß auf. »Ich habe ihnen das Kennzeichen durchgegeben. Das liegt jetzt bei denen auf dem Schreibtisch, und sie stehen grinsend drum herum.«

»Sie brauchen die Autonummer doch nur in den Computer einzugeben, dann sehen sie sofort, ob sein Wagen in einen Unfall verwickelt war. Das machen die doch bestimmt routinemäßig.«

»Ich fühle mich wie die betrogene Ehefrau. Die Polizei glaubt, mein Mann sei bei seiner Geliebten und lacht sich schief.«

»Hör auf«, sagte Carolien. »Du quälst dich doch nur selbst.«

»Vielleicht haben sie Recht, und er hat tatsächlich eine Geliebte.«

»In dem Fall kannst du froh sein, dass du ihm gegenüber auf einen Ehevertrag bestanden hast«, bemerkte Carolien sachlich. »Die Firma bleibt auf jeden Fall in deinem Besitz.«

»Aber vielleicht war das auch ein Fehler. So, als wolle ich ihm keine Verantwortung übertragen, weil ich nicht genügend Vertrauen in ihn setze.« Judith ging hinüber zum großen Erker und ließ sich auf das Sofa fallen. Mit den Fingerspitzen fuhr sie über den weißen Lederbezug. Sie schaute ihre Mutter an. »Ich weiß noch nicht einmal, ob ich böse oder traurig sein soll. Hat Bram jemals eine andere gehabt?«

»Nicht dass ich wüsste.« Ihre Mutter setzte sich neben sie. »Und wenn du mal kurz deinen Verstand benutzen würdest, wäre dir klar, dass hier keine Geliebte im Spiel sein kann. Wenn es so wäre, hätte er sich einen anderen Abend ausgesucht oder er hätte sich für gestern Abend eine Ausrede ausgedacht, schließlich hattet ihr eine wichtige Verabredung. Ben würde dich nie einfach so sitzen lassen, ohne einen Grund dafür zu nennen. Er hätte sich zumindest bei dir gemeldet.«

»Er ist ein Gentleman, willst du wohl sagen«, meinte Judith spöttisch.

Sie dachte an die van Doorns und an die Verlegenheit, in die sie geraten war, als deutlich wurde, dass Ben nicht mehr erscheinen würde. Sie hatte ununterbrochen gelächelt, ein Lächeln wie eingefroren, hatte versucht, übers Geschäft zu sprechen, und sich Entschuldigungen für ihn ausgedacht. Schließlich war sie sogar zum Telefon im Eingangsbereich gegangen und hatte so getan, als führe sie ein Gespräch mit Ben, obwohl er sein Autotelefon nicht abnahm, bis sie irgendwann ihre Mutter anrief, um zu hören, ob die etwas von dem Scheißkerl gehört hatte.

»Er würde dich nicht im Stich lassen«, wiederholte Carolien.

»Und was ist, wenn er sich einfach aus dem Staub gemacht hat?«

»Was hat denn seine Sekretärin gesagt?«

»Hanneke ist nichts Ungewöhnliches aufgefallen. Sie hat ihm noch die Krawatte ordentlich zurechtgezupft und ihn an die Verabredung im La Provence erinnert. Gegen fünf hat sie ihn wegfahren sehen.«

»Ben würde dir das nicht antun, wenn er nicht einen guten Grund dafür hätte.«

»Was für ihn ein guter Grund ist, muss für mich noch lange keiner sein«, erwiderte Judith bitter. »Davon rede ich doch die ganze Zeit.«

Ihre Mutter schüttelte den Kopf und riet ihr: »Du solltest einfach ein bisschen Geduld haben. Ich hatte ein Vierteljahrhundert lang Zeit zu lernen, mit Bram umzugehen. Du bist erst seit vier Jahren mit Ben zusammen. Er hat mehr Potenz als Bram.«

Judith blickte ihre Mutter überrascht an und begann gegen ihren Willen zu grinsen. »Potenz?«

Carolien biss sich auf die Lippe. »Du weißt genau, was ich meine. Ben hat zumindest Geschäftssinn, mehr als Bram. Vielleicht hast du Recht, und du gibst ihm nicht ausreichend das Gefühl, dass es auch seine Firma ist. Es ist sehr schade, dass er keine Kinder zeugen kann, aber das heißt doch noch lange nicht, dass du nicht Mutter werden kannst, das habe ich dir schon öfter gesagt. Dafür gibt es Kliniken, das ist heutzutage kein Problem mehr, es wäre dein Kind.«

Judith ließ den Kopf sinken und starrte auf den Marmorfußboden. »Ich will einzig und allein ein Kind von Ben«, flüsterte sie. »Ich will nicht, dass das Sperma eines anderen Mannes in mich hineingespritzt wird.«

»Der Spender bleibt anonym.«

»Eben darum. Es wäre nicht von Ben.«

Carolien blickte ihre Tochter von der Seite an. Sie hatte Mitleid mit ihr. Judith besaß alles, was sie sich nur wünschen konnte, außer der Fähigkeit, einen Mann an sich zu binden. Sie trug diesen Stachel ewiger Unzufriedenheit in sich, der alles kaputtmachte und der von der Mutter auf die Tochter vererbt worden war. Erst mit dem Älterwerden wurde er stumpfer, und dann war es zu spät. Sie selbst hatte das Glück gehabt, dass Bram einfacher gewesen war als Ben und sich mit ihren Launen abgefunden hatte. Vielleicht hatte er auch einfach gelernt, sie zu ignorieren.

»Wenn du ihn so sehr liebst, warum machst du es ihm dann so schwer?«, wollte sie fragen, aber sie wusste, dass Judith ihr darauf keine Antwort geben konnte, ebenso wenig, wie sie selbst jemals eine Antwort darauf gefunden hatte. Bram war wenigstens so klug gewesen, zu begreifen, dass sie einem Geschlecht von Hexen entstammten und dass das Hexenartige in der weiblichen Linie weitervererbt wurde, von Generation zu Generation, von der Mutter auf die Tochter.

Kleiweg saß auf der Wache in Geldermalsen und sprach mit dem Bezirkskommandanten, als ein Polizeibeamter hereinkam und meldete, er habe in der Nähe des Gasthauses einen BMW entdeckt, der anscheinend niemandem gehörte.

»Was heißt das, in der Nähe?«, fragte sein Chef.

»Er steht auf dem Kirchplatz in Tricht, von da aus sind es nur fünf Minuten zu Fuß«, erklärte der Beamte errötend. »Ich hatte ihn heute Morgen schon dort stehen sehen. Da habe ich mir noch nichts dabei gedacht, aber jetzt steht er immer noch da.«

»Und, was denkst du dir jetzt dabei?«

Der Beamte zuckte verwirrt die Achseln. Kleiweg kam ihm zu Hilfe. »Hast du das Kennzeichen überprüft?«

»Das macht mein Kollege gerade.« Der Beamte warf Kleiweg einen dankbaren Blick zu. »Ich habe mich im Café nebenan erkundigt und auch ein paar Leute aus der

Nachbarschaft gefragt. Niemand weiß, wem das Auto gehört.«

Ein anderer Beamter erschien hinter ihm im Flur und reichte ihm ein Blatt Papier. Der erste Polizist kam ein paar Schritte weiter in das kleine Büro herein und legte das Papier auf den Schreibtisch seines Chefs. Der schaute es an und gab es dann Kleiweg.

»Bernard Visser in Maren-Kessel. Wo liegt denn das?«

»An der Maas, mit der Fähre über den Fluss in Richtung Oss«, sagte der Beamte.

Der Chef schüttelte den Kopf. »Der Tote hieß Alex Hinstra und nicht Visser.«

»Vielleicht hat er im Gasthaus einen falschen Namen benutzt«, meinte Kleiweg.

»Auf der Rückbank liegt ein blaues Jackett«, bemerkte der Beamte eifrig. »Es könnte zu seiner Hose passen.«

»Ist das Auto abgeschlossen?«, fragte der Bezirkskommandant.

»Ja, ich habe es auch nicht berührt, sondern nur durch die Fenster geschaut. Es ist ein praktisch neuer BMW, schwarz. Sollen wir ihn aufbrechen?«

»Auf keinen Fall«, entgegnete Kleiweg. »Aber trotzdem danke, gute Arbeit.«

Der Chef entließ den Beamten mit einem kurzen Kopfnicken und holte aus der Tiefe einer seiner Schreibtischschubladen ein Telefonbuch hervor.

Es gab keinen Hinstra in Maren-Kessel, jedoch einen Visser, aber die Adresse war eine andere als die, die die zuständige Behörde für das Autokennzeichen ermittelt hatte. Vielleicht hatte jemand einen Fehler gemacht.

Der Bezirkskommandant schaute Kleiweg abwartend an, sodass dieser letztendlich zum Telefon griff und die Nummer wählte. Schließlich war er es, der bei der Mordkommission arbeitete. Niemandem machte es Spaß, taktvolle Telefongespräche mit Angehörigen führen zu müssen, und schon gar nicht mit einer Frau, die nicht nur noch nicht wusste, dass sie Witwe war, sondern deren Mann außerdem ermordet worden war, während er mit einer anderen Frau in einem Hotelbett lag.

Ein Mann meldete sich. »Visser.«

»Guten Tag, Meneer«, sagte Kleiweg höflich in den Hörer. »Ich bin auf der Suche nach einem Meneer Bernard Visser beziehungsweise seiner Frau.«

»Mein Name ist Cor Visser«, erwiderte der Mann. »Ich kenne keinen Bernard. Und meine Frau hoffentlich auch nicht.«

»Und Sie fahren auch keinen schwarzen BMW?«

»Dass ich nicht lache. Meine Frührente reicht gerade mal für ein Moped.«

»Gibt es vielleicht noch einen anderen Meneer Visser in Maren-Kessel? Wir haben hier eine Adresse am Provinciale Weg.«

»Kann schon sein. Ich wohne am Kweekdijk und ich kenne keinen anderen Visser, nicht hier jedenfalls.«

Der Bezirkskommandant suchte bereits im Computer unter der Adresse nach. »Was für ein Gedöns«, murmelte er. »Man sollte doch meinen, dass diese Kennzeichen-Spezis ... Moment mal, hier haben wir's ja, Provinciale Weg. Zwei Anschlüsse unter derselben Hausnummer. Beide auf den Namen Colijn.«

Kleiweg stellte sich hinter ihn und schaute auf den Bildschirm. »Vielleicht gehört er zum Personal.«

»Na klar, der Gärtner. Der wohnt da zur Untermiete und fährt einen nagelneuen BMW.«

Kleiweg griff nach dem Telefon und wählte eine der Nummern. Eine Frau meldete sich mit einem schwachen »Hallo?«.

Kleiweg nannte seinen Namen und fragte, mit wem er spreche.

»Mit Bets, der Haushälterin von Mevrouw Colijn.«

»Fährt der Mann von Mevrouw Colijn einen schwarzen BMW?«

»Sie haben bestimmt die falsche Nummer. Mevrouw Colijn ist Witwe, ihr Mann ist vor drei Jahren gestorben.«

Kleiweg zog eine müde Grimasse in Richtung des Bezirkskommandanten und fragte geduldig: »Könnte ich sie kurz sprechen?«

»Sie ist nebenan, bei ihrer Tochter«, erklärte die Haushälterin. »Die hat eine andere Nummer, soll ich sie Ihnen geben?«

Kleiweg seufzte. »Wohnt dort vielleicht jemand, der einen BMW fährt?«

»Sie meinen bestimmt Meneer Ben, ich kenne mich nicht so gut aus mit Autos. Sie meinen einen schwarzen Wagen?«

»Meneer Ben Visser?«

»Ja, Meneer Ben, er ist ihr Mann.«

»Warum ist der Anschluss dann auf den Namen Colijn angemeldet?«

»Weil Judith da wohnt, die Tochter von Mevrouw Colijn.«

Kleiweg gab auf. »Vielen Dank.« Er unterbrach die Verbindung und schaute den Bezirkskommandanten an. »Einen Moment lang habe ich geglaubt, ich würde verrückt, aber jetzt wird mir die Sache allmählich klar.«

»Hier läuft eben vieles anders als in der Großstadt.«

»Das auch. Aber jedenfalls wohnt unter der Adresse ein Ben Visser, und die beiden Witwen sind zu Hause.«

»Die beiden Witwen?«

»Die Mutter ist offensichtlich schon eine Zeit lang Witwe, und die Tochter ist es wahrscheinlich heute Nacht geworden.« Kleiweg griff nach seinem Jackett. »Erklär mir doch bitte, wie ich zu dieser Fähre komme.«

Um elf Uhr rief Tante Maran nochmals in der Autobahnraststätte an.

Nein, Isabelle sei nicht aufgetaucht und sie hätten auch nichts von ihr gehört. Sie fragte nach Letty. Die war da.

Sie kannte Letty, weil sie Isabelle ein paar Mal abgeholt hatte, um mit ihr zusammen ins Kino oder anderswohin auszugehen.

»Ich mache mir ein bisschen Sorgen«, erklärte Tante Maran, als Letty sich am Telefon meldete. »Weißt du, wo ich diesen Gerard erreichen kann? Ich habe bei ihm zu Hause angerufen, aber vielleicht hat er inzwischen eine andere Nummer, ich habe noch die alte von vor einem Jahr. Da geht niemand ans Telefon.«

»Sie ist nicht bei Gerard, Mevrouw«, sagte Letty voller Überzeugung.

»Ach. Woher weißt du das?«

»Das ist für immer aus und vorbei, machen Sie sich darüber mal keine Sorgen.«

Aber Tante Maran machte sich Sorgen, und ihr wurde bewusst, dass es ihre Sorgen nur vergrößern würde, wenn sich herausstellte, dass Isabelle tatsächlich nicht bei Gerard war. Dann tappte sie nämlich völlig im Dunkeln. »Wolltet ihr nicht zusammen essen?«

»Stimmt«, antwortete Letty. »Aber um sechs Uhr war sie plötzlich verschwunden.«

»Aber man verschwindet doch nicht einfach so!«, entgegnete Tante Maran entschieden. »Sie wird doch wohl irgendetwas gesagt haben?«

»Nein, das hat sie nicht, Mevrouw«, antwortete Letty pikiert. »Sie war auf einmal weg. Sie ist mir keine Rechenschaft schuldig. Und wenn jemand etwas von ihr gehört haben müsste, dann doch wohl Sie. Schließlich wohnt sie bei Ihnen und nicht bei mir.«

Tante Maran unterdrückte ihre Verärgerung über den frechen Ton dieser Göre. Unter normalen Umständen hätte sie aufgelegt, aber sie hatte niemand anderen, mit dem sie reden konnte.

»Isabelle hat mich so gegen acht Uhr angerufen«, bekannte sie. »Sie hat gesagt, sie sei mit einem Freund essen gegangen und es könne spät werden.«

»Hat sie nicht gesagt, von wo aus sie angerufen hat? War sie in einem Restaurant?«

»Nein, sie hat mir nicht gesagt, wo sie war.«

»Na ja ...«, meinte Letty zögernd. »Meiner Meinung nach wird sie jeden Moment von selbst wieder auftauchen, sie ...« Wieder schwieg sie einen Moment und sagte dann abrupt: »Vielleicht hat sie einfach nur eine schöne Nacht mit einem Freund verbracht.«

Tante Maran schluckte. »Hätte sie dich in diesem Fall nicht ins Vertrauen gezogen?«

»Doch, normalerweise schon. Ich meine, wir haben keinerlei Geheimnisse voreinander.«

»Aber du weißt nichts von einem Freund?«

»Nein, Mevrouw. Sie hat mir nichts erzählt.«

»Es könnte also jeder x-Beliebige sein?«

»Nein, Isabelle wirft sich nicht einfach dem Nächstbesten an den Hals«, sagte Letty nachdrücklich. »Bei Gerard mag ihr das passiert sein, aber jetzt kommt das ganz sicher nicht mehr vor.«

»Warum hast du dann von einer schönen Nacht mit einem Freund geredet? Wenn du gleich darauf behauptest, sie würde nicht so ohne weiteres mit einem Fremden mitgehen?«

Letty war einen Augenblick lang aus dem Konzept gebracht. »Ich möchte doch nur nicht, dass Sie sich Sorgen machen«, sagte sie dann. »Sie würde wirklich nicht einfach so mit jemandem mitgehen. Aber sie könnte sich doch auch Hals über Kopf verliebt haben?«

»Vielleicht ist sie entführt worden«, meinte Tante Maran.

»Aber dann hätte sie doch nicht um acht Uhr angerufen, um Ihnen Bescheid zu sagen, dass alles in Ordnung ist.«

»Ich rufe jetzt die Polizei an«, beschloss Tante Maran.

4

Kleiweg begriff, weshalb es zwei Telefonnummern gab, als er die große blaue Villa mit dem separaten Seitenflügel sah, der offenbar vor noch nicht allzu langer Zeit angebaut worden war.

Eine Frau von Mitte vierzig öffnete die Tür. Sie trug eine weiße Schürze und sah nicht aus wie die Frau des Hauses. Während er sich vorstellte und nach Mevrouw Colijn fragte, erschien eine andere Dame in der Diele.

»Was gibt es denn, Mary?«

»Der Meneer hier ist von der Polizei.«

»Na sieh mal einer an. Vielen Dank, Mary.«

»Ich bin ein bisschen verwirrt«, bekannte Kleiweg lächelnd. »Spreche ich mit Mevrouw Visser oder mit Mevrouw Colijn?«

»Ich bin Judith Visser. Gibt es Neuigkeiten?«

Die Haushälterin verschwand. Kleiweg runzelte die Stirn. »Neuigkeiten?«

»Ich nehme doch an, dass Sie hier sind, weil ich heute Morgen Ihre Kollegen angerufen habe.«

»Warum haben Sie uns denn angerufen?«

»Wegen meines Mannes natürlich, deshalb sind Sie doch gekommen, oder nicht? Obwohl ich den Eindruck hatte, dass man mich nicht sonderlich ernst genommen hat.«

»Darf ich fragen, in welcher Dienststelle Sie angerufen haben?«

»In Oss.«

»Ich bin von der Kriminalpolizei.« Kleiweg gab ihr seinen Dienstausweis. »Darf ich eintreten?«

Sie sah sich den Ausweis an. Ihr Ärger verflog, und sie begann sich Sorgen zu machen. Sie war eine schlanke Frau, fast mager, mit grünen intelligenten Augen in einem schmalen Gesicht, das mit seinen hohen Wangenknochen und der klassischen Kinnpartie attraktiv gewesen wäre, wenn sie nicht einen so verbitterten Zug um den Mund gehabt hätte. Sie war elegant gekleidet und sorgfältig geschminkt, als habe sie vor auszugehen oder als sei sie jederzeit auf unerwarteten Besuch vorbereitet.

Sie gab ihm seinen Ausweis zurück, nickte und drehte sich schweigend um. Kleiweg schloss die Tür und folgte dem Klicken ihrer Absätze auf dem Marmorfußboden durch den Flur, bis er in ein riesiges Wohnzimmer mit weißen Wollteppichen, großen weißen Sitzmöbeln und einem offenen Kamin in einer Backsteinwand gelangte. Eine ältere Ausgabe von Judith Visser erhob sich aus einem Sessel und nahm ihre Lesebrille ab.

»Das ist meine Mutter«, stellte Judith sie vor. »Meneer Kleiweg, von der Polizei.«

Die ältere Frau musterte Kleiwegs hochwertigen Anzug und betrachtete ihn offenbar eines Händedrucks und ihres Vornamens für würdig. »Ich bin Carolien Colijn«, sagte sie. »Was ist geschehen?«

»Wir können noch nichts Genaues sagen«, antwortete Kleiweg vorsichtig und sah Judith an. »Wir haben das Auto Ihres Mannes in einem kleinen Dorf in der Nähe von Geldermalsen gefunden. Es wurde dort ganz einfach abgestellt.«

Die beiden Frauen erwiderten abwartend seinen Blick. Kleiweg wusste nicht, wie er es anfangen sollte. »Das Auto ist auf den Namen Colijn gemeldet«, sagte er, um die Sache hinauszuschieben. »Das ist doch nicht der Name Ihres Mannes?«

»Nein«, sagte Judith. »Aber bei uns läuft alles auf den Namen Colijn, denn den kennt jeder. Es hängt mit unserer Firma zusammen. Mein Vater hat sie gegründet, eine Fabrik für Metallfensterrahmen, in Oss.«

Ben Visser spielte also die bescheidene Rolle eines Prinzgemahls, dachte Kleiweg. Judith hatte sich neben ihre Mutter gesetzt. Er sah, wie ihre Unruhe wuchs, aber keine von beiden schien der Typ Frau zu sein, der in Ohnmacht fiel.

»Wann haben Sie Ihren Mann zum letzten Mal gesehen?«, fragte er.

»Gestern, im Büro. Abends hatten wir eine Verabredung in einem Restaurant. Wir wollten beide getrennt dorthin fahren. Aber Ben ist nicht gekommen, und er hat auch nicht angerufen.«

»Ist so etwas schon öfter vorgekommen?«

»Nein, noch nie. Deshalb habe ich auch heute Morgen die Polizei angerufen.« Judith schwieg einige Sekunden lang. »Ich bin gerne dazu bereit, Ihre Fragen zu beantworten, aber dürfte ich vielleicht erst einmal wissen, warum Sie hier sind?«

Kleiweg nickte. Der einzige Gegenstand, durch den er den ermordeten Mann mit dem Auto in Verbindung bringen konnte, war das blaue Jackett auf dem Rücksitz, das zu seiner Hose zu passen schien. Er tastete in seiner Innentasche nach dem Foto, das in Geldermalsen aus einer der polizeilichen Aufnahmen herausgeschnitten worden war. Die übel zugerichtete Stirn hatte man hastig retuschiert.

Judith genügte ein einziger Blick. »Das ist er – Ben!«

»Ihr Mann wurde heute Morgen tot aufgefunden«, sagte Kleiweg.

Einen Moment lang schienen die beiden Frauen es nicht zu begreifen. Dann sah er, wie sich Judiths Gesichtsausdruck veränderte, und sie fuhr zurück, als blicke sie plötzlich in einen tiefen Abgrund vor ihren Füßen. Ihr Mund formte ein lautloses O. Sie griff blindlings mit einer Hand nach ihrer Mutter, die regungslos in ihrem Sessel saß.

»Es tut mir Leid«, sagte Kleiweg.

Judith stand abrupt auf und verließ den Raum. Kleiweg schaute ihr nach. Carolien Colijn sagte: »Lassen Sie sie einen Moment in Ruhe.«

»Selbstverständlich.«

»Kann ich Ihnen einen Kaffee anbieten?«

Verwundert blickte er auf. »Nein, vielen Dank.«

Er wusste, dass Menschen auf erschütternde Nachrichten unterschiedlich reagierten. Manche klammerten sich an alltägliche Höflichkeitsfloskeln und Rituale, um ihre Gefühle unter Kontrolle zu behalten. Mevrouw Colijn jedoch wirkte, als wäre Selbstbeherrschung ihr zur zweiten Natur geworden. Sie saß kerzengerade da, strich über den Stoff ihres Rocks und fragte ruhig: »War es ein Unfall?«

»Nein«, antwortete Kleiweg. »Es sei denn, das Ganze war ein Irrtum. Hatte Ihr Schwiegersohn Feinde?«

»Ganz gewiss nicht. Er war ein netter Mann.«

Es klang wie eine Grabinschrift. »Seien Sie mir nicht böse, wenn ich das frage, aber es geht um Dinge, die uns vielleicht weiterhelfen können ...«, begann er behutsam. »Die Ehe Ihrer Tochter – könnten Sie mir etwas darüber erzählen?«

»Was möchten Sie wissen?«

»Waren sie glücklich verheiratet?«

Sie zögerte nicht lange. »So glücklich, wie es unter den gegebenen Umständen möglich war.«

»Unter welchen Umständen?«

»Ben und Judith haben keine Kinder. Meine Tochter würde es vielleicht abstreiten, aber ich weiß, dass sie darunter sehr stark litt. Judith ist zwar kein mütterlicher Typ und ihr Leben ist von anderen Dingen ausgefüllt, mit denen sie ihre Kinderlosigkeit kompensiert, außerdem ist sie sehr ehrgeizig, genau wie ich. Dennoch glaube ich, dass das Ausbleiben einer Schwangerschaft sie verbitterte und dass ihre Ehe darunter gelitten hat.«

»Sie kennen Ihre Tochter anscheinend sehr gut.«

»Ja. Sie ist eine Kopie meiner selbst«, antwortete Carolien ruhig.

Kleiweg schaute in die Richtung, in die Judith verschwunden war. »Nicht ganz«, bemerkte er.

»Sie ist jünger als ich, das ist alles.«

Er unterdrückte ein Lächeln. »Warum blieb die Ehe kinderlos?«

»Ben konnte keine Kinder zeugen. Ich habe meine Tochter dazu angeregt, sich in einer Klinik behandeln zu lassen, heutzutage gibt es doch so viele Möglichkeiten, aber beide können Ärzte nicht ausstehen, und für Judith ist schon allein der Gedanke an eine künstliche Befruchtung unerträglich.«

»Waren sie lange verheiratet?«

»Etwas über vier Jahre.«

»Kommt er hier aus der Gegend? Kennen Sie seine Familie?«

»Nein.« Sie zögerte einen Moment. »Ich weiß nicht viel über ihn. Die beiden haben sich auf einer Silvesterparty kennen gelernt, und schon einen Monat später waren sie verheiratet, alles ging sehr schnell. Damals lebte mein Mann noch, er mochte Ben sehr, er war wie ein Sohn für ihn. Ben hatte keine Verwandten, er ist in einem Waisenhaus aufgewachsen und schon in jungen Jahren zur See gefahren, auf Öltankern und so weiter. Soviel ich weiß, ist er immer Seemann gewesen.«

Sie blickte auf, als Judith hereinkam. Sie hatte sich das Gesicht gewaschen und frisches Make-up aufgelegt, ein klein wenig zu hastig, wodurch eine schwache Spur von Schwarz unter ihrem linken Auge zurückgeblieben war. Ihre Mutter klopfte auf die Armlehne des Sessels neben ihrem.

»Geht es, mein Kind?«, fragte sie.

Judith ignorierte ihre Mutter. Sie setzte sich hin und wandte sich direkt an Kleiweg. Es schien, als habe sie sich wieder unter Kontrolle.

»Wo ist es passiert?«, fragte sie nur.

»In einem Hotel in der Nähe von Geldermalsen.«

Sie zog eine Augenbraue hoch. »Was hat Ben da gemacht?«

»Das wissen wir noch nicht genau.« Kleiweg hatte eine ziemlich genaue Vorstellung von dem, was Ben da gemacht hatte, aber er beschloss, den zweiten Schock noch ein wenig hinauszuzögern. »Er wurde nach Den Bosch überführt«, sagte er. »Ich hoffe, dass Sie ... Jemand von Ihnen wird ihn dort identifizieren müssen.«

Sie ging darüber hinweg. »Wie ist es passiert?«

»Er wurde erschossen.«

Sie starrte ihn an, mit offenem Mund. »Ermordet?«

Kleiweg nickte.

Sie brauchte eine Weile, um diesen Schock zu verarbeiten. »Könnte es nicht ein Einbrecher gewesen sein, oder vielleicht war es ein Irrtum? Sind Sie sicher, dass man es auf Ben abgesehen hatte?«

»Alles weist darauf hin. Es wurden keine Wertgegenstände gestohlen.«

»Um welche Uhrzeit ist es geschehen?«

»Wahrscheinlich gegen Mitternacht.«

»In einem Hotelzimmer? Lag er im Bett?«

»Ja.«

Ihre grünen Augen glichen dem Wasser eines Fjords. »Geldermalsen, das liegt gerade mal zwanzig Minuten von hier entfernt. Ich nehme kaum an, dass er in einem Hotel abstieg, weil er zu müde war, um noch nach Hause zu fahren.«

Kleiweg erwiderte ihren Blick. »Er war nicht allein«, gab er zu.

Ihrer Mutter entfuhr ein Seufzer. »Judith ...«

»Was ist?«, brauste Judith auf. Kleiweg erkannte, dass die Mutter Unrecht hatte und dass Judith nicht nur jünger war, sondern auch zur Hysterie neigte. »Findest du nicht, dass ich ein Recht darauf habe, es zu erfahren? Meinst du vielleicht, dass es mir egal sein sollte? Ben war mein Mann! Er ist ermordet worden, während er mit einer anderen Frau im Bett lag!« Wütend schaute sie Kleiweg an und fragte: »Wer war diese Frau?«

»Das wissen wir noch nicht. Man hat sie ins Krankenhaus gebracht. Sie liegt im Koma.« Er spreizte die Finger.

»Also kann der Mordanschlag auch ihr gegolten haben? Könnte es nicht ihr Mann getan haben oder ihr Freund?«

»Das würde mich wundern.«

»Warum?«

Er schüttelte den Kopf. »Es sieht nicht danach aus ...« Er suchte nach den richtigen Worten, schaute ihr in die Augen. »Es sieht nicht nach einem Verbrechen aus Leidenschaft aus. Der Täter hat keinerlei Spuren hinterlassen. Und er hat all ihre Papiere mitgenommen. So etwas tun Profikiller, wenn sie wissen, dass ihr Opfer am Tatort nicht bekannt ist und seine Identifikation die Polizei eine Weile aufhalten wird. Dadurch gewinnt er einen Vorsprung.« Er dachte nach und fragte dann: »Sagt Ihnen der Name Alex Hinstra etwas?«

»Ist das der Mörder?«

»Nein, unter diesem Namen hat sich Ihr Mann im Hotel eingetragen, als er das Zimmer buchte.«

Judith schaute ihre Mutter an, die den Kopf schüttelte, wie Kleiweg glaubte, nicht so sehr deshalb, weil sie den Namen nicht kannte, sondern eher, weil sie ihre Tochter ermahnen wollte, die Sache auf sich beruhen zu lassen. Judiths geschwollene Augen waren jetzt völlig ausdruckslos, als sei ihre Wut einer inneren Leere gewichen. »Ich kann mir keinen Menschen auf der Welt vorstellen, der Ben hätte ermorden wollen«, sagte sie matt. Sie stützte die Ellbogen auf die Knie und starrte zu Boden.

Carolien unterbrach die Stille. »Wie geht es nun weiter?«

»Jemand wird ihn offiziell identifizieren müssen«, antwortete Kleiweg. »Wir müssen eine Autopsie durchführen, dafür haben Sie sicherlich Verständnis. Und ich brauche Ihre Zustimmung, damit wir das Auto aufbrechen können.«

Carolien nickte. »Weiß die Presse schon Bescheid?«

»Nein, noch nicht. Aber auf Dauer ist es unvermeidlich, dass die Sache publik wird.« Er sah ihren Gesichtsausdruck und fügte hinzu: »Das liegt nicht in unserer Hand, Mevrouw. Wir können nur alles daransetzen, um …« Tja, dachte er, alles woran setzen? Den Schaden zu begrenzen? Die unerfreulichen Details zu verschleiern? Aber die ganze Geschichte schrie förmlich nach der Aufmerksamkeit der Medien. Er sah schon im Geiste die Schlagzeilen vor sich: FABRIKDIREKTOR LIQUIDIERT – NACKT IM BETT MIT SEINER GELIEBTEN.

Er hatte den Eindruck, dass Carolien Colijns Sorge wegen des Skandals und der Aufmerksamkeit der Öffentlichkeit mindestens genauso groß war wie die Trauer um den Verlust ihres Schwiegersohnes. Ihr war natürlich nur allzu gut bewusst, dass die Medien zwar einerseits mutmaßliche Täter schützten, indem sie nur deren Initialen veröffentlichten, die vollen Namen der Opfer hingegen laut hinausposaunten.

Sein Piepser meldete sich, und er warf einen Blick darauf. Dienststelle Geldermalsen. Er steckte das Gerät weg und sagte: »Als Erstes müssen wir die Identität der jungen Frau feststellen.«

»Der jungen Frau?«

»Ja, sie scheint gerade erst Mitte zwanzig zu sein.«

»Auch das noch«, sagte Judith verbittert.

»Ein Meter sechzig bis fünfundsechzig, dunkle Haare, hellbraune Augen, schlanke Figur, ein bisschen mollig vielleicht«, fasste Kleiweg zusammen. »Haben Sie irgendeine Ahnung, wer sie sein könnte?«

»Absolut nicht. Ich kann mir diese ganze Situation überhaupt nicht vorstellen. Ben ist doch gar nicht der Typ, der irgendwelche Huren aufliest.« Sie stockte, den Mund noch halb geöffnet, als sei sie sich unmittelbar bewusst geworden, dass sie von ihm in der Gegenwart sprach. »Jedenfalls nicht, soweit ich weiß«, fuhr sie dann mit einer gewissen Dickköpfigkeit fort.

Genau, dachte Kleiweg. Vielleicht war das das Problem gewesen.

Maran Mertens saß neben dem Telefon. Sie hatte eine Häkelarbeit begonnen, um die Zeit totzuschlagen, aber sie war zu nervös, um etwas Vernünftiges zustande zu bringen. Als das Telefon läutete, ließ sie vor Schreck die Häkelnadel fallen. Die Nadel rutschte von ihrem Rock auf den Boden, und Maran dachte daran, wie mühsam es sein würde, sie wieder aufzuheben, eine Hand schwer auf die Tischkante gestützt, erst ein Bein zur Seite, dann in die Knie gehen und steif und aufrecht in die Hocke, um ihren siebzigjährigen Rücken zu schonen.

Sie nahm den Hörer ab. »Mertens hier.«

»Polizeidienststelle Geldermalsen«, sagte eine weibliche Stimme. »Sie haben uns angerufen ...«

»Aber ich habe nicht in Geldermalsen angerufen«, antwortete Maran entrüstet. »Bei unserer örtlichen Polizeidienststelle habe ich angerufen, und da hat man mich nicht besonders ernst genommen.«

»Kann sein, Mevrouw, aber die Kollegen haben trotzdem die Information in den Computer eingegeben, dass Ihre Nichte vermisst wird, und möglicherweise haben wir sie gefunden. Circa fünfundzwanzig Jahre alt, ein Meter fünfundsechzig groß, dunkle Haare ...«

»Was ist passiert?« Maran presste ihre freie Hand auf die Brust. »Hatte sie einen Unfall?«

»So ähnlich, Mevrouw ... aber wir möchten gerne sichergehen, dass es sich wirklich um Ihre Nichte handelt. Wenn Sie einverstanden sind, schicken wir Ihnen einen Wagen vorbei, der Sie abholt.«

»Einen Wagen?«, fragte Maran erschrocken. »Aber was ist denn passiert? Ist sie tot?«

»Nein, Mevrouw, sie liegt im Krankenhaus, sie ist verletzt, aber nicht schwer, sie schwebt zumindest nicht in Lebensgefahr. Können wir Sie denn jetzt abholen lassen?«

»Ja, bitte«, antwortete Maran verwirrt und legte den Hörer auf die Gabel. Mühsam erhob sie sich aus ihrem Stuhl mit der geraden Rückenlehne. Sie hielt nach der Häkelnadel Ausschau, konnte sie aber nirgends entdecken. Vielleicht war sie unter den Tisch gefallen.

Mit steifen Gliedern ging sie in den Flur und strich vor dem altmodischen Spiegel mit einer Bürste über ihr graues Haar. Sie zog die Schublade darunter auf und holte ein graues hauchdünnes Tuch heraus, das sie sich um den Hals wickelte und im Kragen ihres dunkelblauen Kleides feststeckte. Sie entschied sich für den grauen Mantel und setzte vorsichtig ihren Filzhut auf. Als sie zurücktrat und in den Spiegel schaute, erkannte sie, dass sie wie zum Kirchgang gekleidet war.

Kleiweg sah die rüstige alte Dame am Arm einer Polizistin in Zivil über den Flur des Krankenhauses kommen. Sie sah aus wie eine Dorfausgabe von Königin Elizabeth.

»Mevrouw Mertens?«

Die Dame ließ den Arm der Beamtin los und blieb stehen. »Ich bin die Tante von Isabelle. Sind Sie der behandelnde Arzt?«

Kleiweg reichte ihr die Hand. »Inspecteur Kleiweg, Kriminalpolizei.«

Bei dem Wort »Kriminalpolizei« ließ sie sofort seine Hand los. Stirnrunzelnd wandte sie sich an die Beamtin, die neben ihr stand. »Ich dachte, sie hatte einen Unfall?«

»Jetzt lassen Sie uns doch erst einmal feststellen, ob es sich tatsächlich um Ihre Nichte handelt«, schlug Kleiweg vor. »Bitte kommen Sie kurz mit mir.« Er drehte sich um und öffnete ein paar Schritte weiter eine Tür. Er nickte der Polizistin zu, die bei ihrem Kollegen draußen auf dem Flur blieb, und folgte der alten Dame ins Krankenzimmer.

Tante Maran blieb erschrocken stehen, als sie Isabelle an Schläuche und Monitore angeschlossen im Bett liegen sah, bis hoch zum Kinn mit einem Laken bedeckt, sodass ihre verbundene Schulter nicht zu sehen war. Isabelle hatte die Augen geschlossen, und Maran konnte nicht erkennen, ob ihre Nichte von selbst atmete oder ob sie künstlich beatmet wurde. Ihr Gesicht war blutleer, aufgedunsen und teigig.

»O mein Gott«, seufzte Tante Maran. Sie trat nach vorn, weil sie dachte, dass man von ihr erwartete, ihre Nichte zumindest einmal zu berühren, war aber froh, als Kleiweg sie am Arm zurückhielt.

»Sie kann sie nicht hören«, sagte der Inspecteur.

Tante Maran schaute ihn entsetzt an. »Was ist denn passiert?«

»Ihre Nichte hat Glück gehabt. Sie schwebt nicht in Lebensgefahr und wird wieder ganz gesund werden.« Er warf einen Blick auf Isabelle und sagte in gedämpftem Ton: »Bitte kommen Sie mit auf den Flur. Sie liegt zwar im Koma, aber man sagt, dass manche Komapatienten trotz ihres Zustands genau hören können, was ...«

»Im Koma?«, unterbrach sie ihn.

Er geleitete sie höflich zurück in den Flur und zog die Tür hinter sich zu. Ein paar Meter weiter unterhielt sich die Beamtin mit einer Krankenschwester.

Kleiweg erklärte, was passiert war. Tante Maran hörte ihm mit unbewegtem Gesicht zu. »Ich kann das einfach nicht verstehen«, sagte sie. »Isabelle hat mich gestern Abend noch angerufen und gesagt, sie sei mit einem Freund essen gegangen und es könne spät werden.« Verwirrt schwieg sie. »So etwas würde sie normalerweise niemals tun. Ich kann das kaum fassen.«

»Sie meinen, sie würde niemals so ohne weiteres mit einem Mann auf ein Hotelzimmer gehen?«

Tante Maran biss sich auf die Lippen. Es fiel ihr schwer, über solche Dinge zu reden. »Sie hatte einmal einen Freund, bei dem hat sie auch ein Jahr lang gewohnt, Gerard hieß er. Nachdem es aus war, ist sie wieder zu mir gezogen. Sie ist wirklich nicht so eine, die ... Sie wollte vor Einbruch der Dunkelheit zu Hause sein.« Maran schüttelte den Kopf.

»Sagt Ihnen der Name Ben Visser etwas?«, fragte Kleiweg.

»Ist das der Mann, der ...?«

»Ja. Er ist tot.«

Wieder schüttelte sie den Kopf, jetzt entschiedener. »Ich habe diesen Namen noch nie von ihr gehört.«

»Würde sie es Ihnen erzählen, wenn sie einen Freund hätte?«

»Ich denke schon.« Sie schaute ihn an. »Eigentlich ist sie meine Großnichte. Ich habe sie aufgezogen. Ihre Mutter ist bei ihrer Geburt gestorben. Einen Vater gab es nicht. Es gab niemand anderen. Wenn ich nicht für sie gesorgt hätte, wäre sie in ein Waisenhaus gekommen.«

Kleiweg nickte. Er spürte eine kurze Aufwallung von Mitleid für das Mädchen, das ein Vierteljahrhundert lang keine anderen Verwandten gehabt hatte als ihre Großtante, die nicht gerade den Eindruck erweckte, als habe sie ihre kleine Nichte abends zur Gutenachtgeschichte auf den Schoß genommen oder sie vor dem Zubettgehen mütterlich umarmt.

»Sind Sie nicht verheiratet?«, fragte er.

Sie schüttelte den Kopf. »Ich habe immer mein Bestes getan«, sagte sie matt. »Schulen, Hausarbeiten, Klavierstunden, sie hat ihr eigenes hübsches Zimmer, sie ist nach der Geschichte mit diesem Gerard zu mir zurückgekommen, und selbstverständlich habe ich sie sofort wieder aufgenommen. Sie hatte eine gute Stellung. Sie hatte alles, was sie brauchte, und jetzt das ...« Sie seufzte. »Was könnte ich denn sonst noch tun? Ich bin eine alte Frau.«

Ob sie ein Mensch war oder ein Fisch oder ein Ding, Isabelle wusste es nicht. Sie trieb unter Wasser wie ein Fisch, aber sie konnte sich nicht bewegen. Das Wasser war glasklar, und sie sah die Oberfläche über sich, ein dünner Spiegel aus gelblichem Licht, der glitzerte und sich durch kleine Wellen und Strömungen kräuselte. Der spitze Bug eines Bootes brach durch den Spiegel, sie sah, wie der Rumpf das Wasser verdrängte, und sie geriet in Panik, weil sie eine Vorahnung von dem hatte, was der Mann auf dem Schiff tun wollte, und sie bewegte Arme und Beine, kam aber nicht vom Fleck, als ruderten ihre Gliedmaßen durch Luft anstatt durch Wasser. Der Rumpf des Bootes wurde schwärzer und größer, so dunkel wie der Mann, der darin stand, mit dem Ding in der Hand. Für einen Moment blieb alles still. Die Silhouette des Mannes hob sich vor dem Licht des Spiegels ab. Dann kam eine träge Bewegung, und sie sah den Speer, die Harpune, ein Schatten aus schwarzem Metall, der durch das Wasser auf sie zukam. Sie konnte ihm nicht entgehen, sie hatte keine Flossen, keine Kiemen, keine Arme, sie konnte nur auf das blendende Licht starren und auf den unentrinnbaren dunklen Schaft, der sich durch das Wasser bohrte und in ihren Körper eindrang.

Sie schrie.

»Ganz ruhig«, sagte jemand in weiter Ferne. »Doktor!«

Sie spürte, dass sie auf dem Rücken lag, genau wie damals, aber das Gewicht war weg.

Die Stimme war nicht die von Ben, sondern gehörte einer Frau. Isabelle hielt die Augen geschlossen und versuchte, ihre Zehen zu fühlen, ihre Beine, ihren Bauch. Irgendetwas steckte in ihrem Arm, aber es tat nicht weh. Der Schmerz konzentrierte sich nicht mehr auf eine bestimmte Stelle in ihrer Schulter, sondern durchzog dumpf ihren ganzen Körper. Ihr war schwindelig, und sie fühlte sich wie betäubt. Sie hatte an Ben gedacht, und nun sah sie ihn vor sich.

»Eine Harpune durch seine Hand«, murmelte sie mit trockenem Mund.

»Isabelle?«

Sie blinzelte. Ein Mann beugte sich über sie, hinter ihm eine gleichmäßig weiße Zimmerdecke. Isabelle bewegte den Kopf und sah eine Krankenschwester neben einem Tropf stehen. Beim Anblick der Schwester füllten sich ihre Augen mit Tränen.

»Ich bin Doktor Emmering«, sagte der Mann. »Sie haben einen Unfall gehabt und liegen im Krankenhaus.«

Isabelle bewegte die Lippen. Der Arzt machte der Schwester Platz, die mit einer Hand Isabelles Kopf anhob und ihr einen kleinen Becher Wasser an die Lippen hielt. Isabelle trank.

»Sie sind zwei Tage lang bewusstlos gewesen«, erklärte der Arzt. »Aber es wird alles wieder gut. In einer Woche dürfen Sie nach Hause. Gestern haben Sie Besuch von Ihrer Tante gehabt.«

»Wo ist Ben?«, flüsterte Isabelle.

»Sie müssen jetzt stark sein.« Der Arzt verschwand aus ihrem Blickfeld, und sie hörte nur noch seine Stimme. »Hat jemand unter dieser Nummer angerufen?«

Isabelle schloss die Augen, das Dunkel war sicherer als das Licht. Sie sah den scharlachroten Regen. Ben war tot. Sie hatte noch nie jemanden verloren, und schon gar nicht ihre andere Hälfte, aber nun kannte sie die Bedeutung dessen, was sie einmal gelesen hatte: Es war, als schlössen sich die Türen.

»Sie verliert wieder das Bewusstsein«, hörte sie die Krankenschwester sagen.

»Das ist ganz normal.«

Ben war tot. Ihre Herz krampfte sich zusammen. Sie sank zurück in die Dunkelheit.

Sie schrie erstickt auf in ihrem Alptraum, als der grelle Lichtschein auf ihren Augenlidern brannte. Ben lag schwer auf ihrer Schulter. Isabelle blinzelte mit den Augen. Ben war nicht da, und das Licht war weg, nur der Blitz glühte noch nach.

Ein Pfleger blickte auf den surrenden Fotoapparat in seinen Händen. Seine Finger öffneten und schlossen den Apparat, während Isabelle das Schlagen der Tür und die wütende Stimme einer Krankenschwester hörte. Ein Polizist kam fluchend herein. Ein kleiner Tisch auf Rädern fiel um, als er dem Pfleger die Kamera aus der Hand riss und den Mann aus dem Zimmer zerrte.

»Der Film«, murmelte Isabelle.

Die Krankenschwester beugte sich bestürzt über ihr Bett. Auf dem Schildchen an ihrem Kittel stand der Name Jolande. »Es tut mir Leid, Liebes«, sagte sie leise. »Du bist eine Sensation, auf die die Journalisten wild sind wie die Aasgeier.«

»Der Film, er hat ihn rausgenommen.« Isabelle packte sie am Arm.

Die Krankenschwester nickte. »Das geht schon in Ordnung ...« Dann begriff sie, was Isabelle sagte, und stieß einen Fluch aus. »Ich bin gleich wieder da.«

Eilig verließ sie das Zimmer.

Kleiweg erkannte die Krankenschwester wieder, die über den Flur auf ihn zugerannt kam. Er bremste sie ab und warf einen Blick auf ihr Namensschildchen. »Schwester Jolande. Was ist denn los?«

»Ein Fotograf war da«, keuchte sie. »Er hat Aufnahmen gemacht.«

»Mist! Wo ist der Kollege?«

»Er hat den Mann mitgenommen.«

Kleiweg schaute den Flur entlang. Ein Arzt ging von Zimmer zu Zimmer, Patienten in Schlafanzügen und Bademänteln spazierten herum. »Ich hoffe bloß, dass er die Kamera beschlagnahmt!«

»Isabelle hat gesehen, wie er den Film aus dem Apparat herausgenommen hat.« Niedergeschlagen blickte sich die Schwester im Flur um. »Vielleicht sind sie mit dem anderen Lift ...«

»Ich gehe ihn suchen«, beschloss Kleiweg.

Er ging den Flur zurück und blieb stehen, als er den Beamten durch die Luftzug-Schutztüren aus Plastik am anderen Ende kommen sah. Die Kamera baumelte an einem Riemen an seiner Hand.

»Wo ist der Fotograf?«, fuhr Kleiweg ihn an.

»Er war von irgendeinem Nachrichtendienst«, antwortete der Polizist verwirrt. Er war noch jung und hatte ein gut durchblutetes Gesicht, als käme er vom Land. »Ich habe seinen Fotoapparat konfisziert und seine Adresse aufgeschrieben, ich wusste nicht, was ich sonst noch hätte tun können, ich habe ihm gesagt, er würde noch von uns hören und dass er unter Umständen ein Protokoll …«

»Blödmann!«, schimpfte Kleiweg. »Gib mir die Kamera.«

Der Beamte lief noch röter an und begann zu protestieren. »Also jetzt hören Sie mal, Inspecteur …«

»Du stehst auf dem Flur, um aufzupassen, dass der Kleinen nichts passiert, dass niemand zu ihr reinkommt außer dem Arzt und den Krankenschwestern!«

»Aber er war doch als Pfleger verkleidet, er schob so einen Rollwagen, wie fürs Mittagessen, ich konnte doch nicht wissen, dass er nicht echt war. Er hat Hallo gesagt und ist reingegangen … und schließlich haben wir doch die Kamera!«

Kleiweg nahm ihm den Fotoapparat aus der Hand, drehte ihn um und öffnete mit einem Klicken den Deckel. Kein Film. Der Beamte schreckte zurück, als Kleiweg ihm den offenen Apparat direkt vors Gesicht hielt.

Der Mann schaute so verdattert drein, dass Kleiweg Mitleid mit ihm gehabt hätte, wenn er nicht so wütend gewesen wäre. »Du kennst den Arzt, du kennst die Krankenschwestern, Jolande und die andere, wie heißt sie gleich …«

»Ellen …«

»Ellen. Von jetzt an lässt du niemanden mehr hinein, ohne vorher bei einem von den dreien nachzufragen. Und wenn es die Königin wäre. Du lässt keinen Menschen rein!«

»Und was ist mit anderen Ärzten? Sie haben ja keine Ahnung, wie Ärzte sein können ...«, begann der Beamte.

»Vielleicht bist du dir nicht ganz darüber im Klaren«, sagte Kleiweg, »dass diese junge Frau Zeugin eines Mordes war. Der Mörder hat vielleicht geglaubt, dass sie tot war. Aber dann kommt ein Fotograf, und ihr Foto erscheint in der Zeitung. Der Mörder sieht das Foto und weiß, dass sie nicht tot ist. Vielleicht hat sie ihn ja gesehen. Der nächste unbekannte Pfleger könnte genauso gut der Mörder sein, der jegliches Risiko ausschließen will.«

Kleiweg drückte dem Polizisten die nutzlose Kamera in die Hand, drehte sich abrupt um und ging zum Zimmer des Mädchens. Er hoffte, dem Mann einen ausreichend großen Schrecken eingejagt zu haben, sodass er künftig den Medienzirkus vor der Tür abfangen würde. Die Chance, dass der Mörder hier auftauchte, war seiner Meinung nach allerdings gleich null.

Kleiweg klopfte und trat ein. Die Krankenschwester stützte Isabelle mit einer Hand im Rücken und zupfte die Kissen hinter ihren Schultern und ihrem Kopf zurecht. Kleiweg fand, dass sie schon besser aussah. Ihr Gesicht war zwar noch bleich, aber nicht mehr so aufgedunsen, und es hatte nicht mehr diese teigige Farbe. Ihr Blick war in sich gekehrt und erinnerte ihn an die Mona Lisa, nur dass sie keine Spur dieses rätselhaften Lächelns im Gesicht trug, das ihm persönlich immer in erster Linie traurig vorgekommen war. Sie war nicht mehr an die Monitore angeschlossen, und der letzte noch übrig gebliebene Schlauch führte zu einem Tropf.

»Hallo Isabelle«, sagte er. »Ich bin Inspecteur Kleiweg.« Er lächelte und nickte der Krankenschwester zu, die den Wink verstand. Sie griff nach dem Klingelknopf am Ende des Bettes und drückte ihn Isabelle in die Hand. »Klingel einfach, wenn du mich brauchst. Oder wenn du die Nase voll hast von dem Inspecteur, dann komme ich und werfe ihn raus.«

Isabelle nickte. Jetzt lächelte sie ein klein wenig, wodurch sie noch mehr der Mona Lisa glich.

Kleiweg nahm sich einen Stuhl. »Sie haben ein furchtbares Erlebnis gehabt«, sagte er. »Und ich verstehe, dass Sie es so schnell wie möglich vergessen möchten.«

»Vergessen?«, erwiderte Isabelle. »Wie könnte ich das vergessen?«

»Es gibt Leute, die Ihnen dabei helfen können. Vielleicht nicht unbedingt, alles zu vergessen, aber das Geschehene zu verarbeiten.« Er stellte den Stuhl hin und setzte sich neben sie, sodass er ihr ins Gesicht sehen konnte.

»Ich brauche keinen Psychiater«, sagte Isabelle. »Ich möchte nur wissen, was passiert ist. Niemand will es mir sagen.«

Er nickte. »Haben Sie noch Schmerzen?«

Sie schüttelte den Kopf. Ihre Unterlippe zitterte. »Warum ist Ben ermordet worden?«

»Das wissen wir nicht. Noch nicht. Ich hatte die vage Hoffnung, dass … Wie lange kannten Sie ihn schon?«

Sie schaute hinauf zur Decke und bewegte die Lippen, als zähle sie die Stunden, wie sie es wahrscheinlich schon hundert Mal getan hatte. »Vierzehn Stunden«, sagte sie dann. Sie wandte den Blick Kleiweg zu und schaute ihn an, als fordere sie ihn dazu heraus, eine Bemerkung darüber zu machen.

Liebe auf den ersten Blick, dachte er. Sie wirkte nicht wie der Typ für so etwas, aber vorläufig war sie für ihn ja noch genauso ein Geheimnis wie die Mona Lisa. »Wie kamen Sie beide in dieses Gasthaus?«

Sie schien nachzudenken, aber er sah ihr an, dass sie ihre Antworten schon längst durchdacht und vorbereitet hatte. »Ben kam um halb sechs in die Autobahnraststätte, in der ich arbeite, um mich abzuholen. Dann sind wir zu dem Gasthaus gefahren. Wir haben dort gegessen und dann beschlossen, dazubleiben.«

»Ich verstehe, dass es Ihnen schwer fällt, darüber zu reden.«

Sie biss sich auf die Lippe.

»Haben Sie bemerkt, dass Sie verfolgt wurden?«

»Nein.« Sie schüttelte den Kopf. »Überhaupt nicht.«

»Hat er jemanden angerufen? Hat er selbst einen Anruf erhalten?« Sie schüttelte auf jede Frage den Kopf. »Kann jemand gewusst haben, wo er war?«

»Ich glaube nicht«, flüsterte sie. »Es war ein spontaner Entschluss.«

»Ist Ihnen etwas Ungewöhnliches an ihm aufgefallen?« Er begriff, dass das eine unsinnige Frage war. Wie hätte sie wissen können, was an einem Mann gewöhnlich beziehungsweise ungewöhnlich war, den sie gerade einmal vierzehn Stunden gekannt hatte? »Wirkte er nervös oder unaufmerksam, hat er sich öfter umgeschaut?«

»Alles war ungewöhnlich«, sagte Isabelle leise.

Kleiweg seufzte. Ja, alles war ungewöhnlich bei der Liebe auf den ersten Blick, die sogar bewirken konnte, dass ein Mann von beinah fünfzig Jahren seine Frau mit ihren Gästen sitzen ließ und sich ohne ein Wort aus dem Staub machte. Die Schwierigkeit bestand darin, aus dieser allumfassenden Ungewöhnlichkeit die Hinweise für eine andere Art von Ungewöhnlichkeit herauszusieben.

»Er hat doch bestimmt ein bisschen von sich erzählt.«

Sie nickte und schloss die Augen. »Ben erwartete angenehme Dinge, nicht, dass ihn jemand ermorden würde.«

Ihre Stimme klang zutiefst traurig. Kleiweg sah das Glitzern zwischen ihren Augenlidern und legte seine Hand auf ihre, die, in der sie den Klingelknopf hielt. Er schwieg eine Weile.

»Ich weiß nicht, was ich jetzt tun soll«, flüsterte sie.

Er ließ seine Hand, wo sie war. »Uns helfen, den Täter zu finden. Haben Sie ihn gesehen?«

»Ihn?« Sie öffnete die Augen. Sie waren nass. »Es kann doch auch eine Frau gewesen sein.«

»Wieso denn eine Frau?«, fragte er freundlich.

»Er war verheiratet.«

»Seine Frau war den ganzen Abend mit anderen Leuten zusammen.«

»Vielleicht hat sie jemanden angeheuert.«

»Was haben Sie gesehen?«

»Es war dunkel. Ich dachte, ich hätte etwas gehört, dann kam ein greller Lichtblitz, ich glaube, es war eine Taschenlampe. Ich kann mich an keinen Schuss erinnern. Ich muss bewusstlos geworden sein.«

Kleiweg nickte. Er hatte von Anfang an gewusst, dass Isabelle nichts gesehen hatte, dass ihre Aussage ihnen nicht weiterhelfen würde und dass sie dieser Tatsache wahrscheinlich ihr Leben verdankte. Alles wies darauf hin, dass der Täter ein Profi war, einer, der einen Auftrag ausführte. Auftragskiller vermieden jegliche überflüssige Komplikation und hinterließen keine zusätzlichen Opfer, wenn es nicht unbedingt nötig war, weil sie wussten, dass man sie ansonsten nur umso hartnäckiger jagen würde.

Kleiweg gab Isabelle seine Karte in die Hand. »In ein paar Tagen werden Sie sich wieder besser fühlen, und vielleicht kommt dann Ihre Erinnerung wieder zurück«, sagte er ohne große Hoffnung. »Wenn das passiert, würden Sie mich dann bitte anrufen?«

»Ich war bewusstlos«, wiederholte Isabelle.

5

Als Judith die Tür öffnete, wurde sie von einem Lichtblitz geblendet. Ein Mann ließ die Kamera sinken, ein zweiter hielt ihr ein Mikrofon unter die Nase. »Mevrouw Visser?«

Judith knallte die Tür zu. Mary kam in den Flur.

»Wo ist Johan?«

»Im Treibhaus, glaube ich.«

Judith fluchte. »Zum Teufel mit den Orchideen!« Sie griff nach dem Telefon und wählte die Nummer von Johans Handy.

»Johan, hier stehen ein paar Scheißkerle mit Kameras vor der Tür. Bitte werfen Sie sie raus, schließen Sie das Tor ab und sorgen Sie dafür, dass keine Menschenseele ohne meine ausdrückliche Erlaubnis das Grundstück betritt!«

Sie legte den Hörer auf und fuhr Mary an: »Dasselbe gilt auch für Sie!«

»In Ordnung, Mevrouw«, sagte Mary.

Judith wandte sich an ihre Haushälterin und sagte: »Tut mir Leid. Im Grunde ist es sowieso egal. Wir können sagen oder verschweigen, was wir wollen, die denken sich ja doch einfach irgendeine Geschichte aus.«

»Das geht schon wieder vorbei«, meinte Mary tröstend.

»Vielleicht die Berichte in den Zeitungen und im Fernsehen«, sagte Judith. »Aber nicht das Gerede im Dorf. Noch in fünf Jahren wird man hier über nichts anderes tratschen.«

»Die Leute werden es schon verstehen«, sagte Mary.

Judith befand sich bereits auf dem Weg ins Wohnzimmer. Sie blieb abrupt stehen und drehte sich um. »Verstehen, was denn?«, fragte sie mit unheilvollem Unterton.

Nervös erwiderte Mary ihren Blick. »Na, dass Sie nichts dafür können.«

Judith lachte freudlos. »Dann verstehen die mehr als ich. Ich weiß noch nicht mal, ob ich nach dieser Schande hier wohnen bleiben kann.«

»Aber Sie können doch nichts dafür.« Mary raffte ihren Mut zusammen. »Es ist doch nicht Ihre Schuld.«

»Nein, ich habe nicht den Abzug gedrückt«, antwortete Judith. »Aber wie steht's mit dem Rest?« Sie schüttelte den Kopf und machte eine ungeduldige Bewegung. »Bitte lassen Sie mich jetzt allein.«

Sie musste sich an konkreten Dingen festklammern, um nicht verrückt zu werden. Abends lag sie allein im Bett, zum ersten Mal seit vier Jahren. Dort fühlte sie die Trauer und den Verlust, nicht weil ihr der Sex fehlte, der zuletzt sowieso immer rarer geworden war, sondern weil sie den Mann vermisste, den sie trotz der Streitigkeiten und des Grolls und der Kälte stets als den ihren betrachtet hatte. Sie nahm Tabletten, um schlafen zu können. Sie versuchte, sich nicht schuldig zu fühlen, aber es fiel ihr schwer. Ständig quälte sie dieser Schmerz, durch die Wirkung der Tabletten hindurch, bis in ihre Spukbilder und Alpträume hinein.

Tagsüber stürzte eine Flut von Problemen und Gefühlen auf sie ein. Sie musste sich mit der Polizei herumschlagen, mit den Medien und mit ihrer Mutter. Sie musste sich mit dem Dorf beschäftigen, mit ihren Bekannten und Verwandten, und ihren guten Namen verteidigen. Jeder Frau konnte es passieren, dass ihr Mann einmal fremdging, wahrscheinlich hatten die meisten ihrer Bekannten solche Männer, aber nicht jede hatte einen Mann, der bei dieser Gelegenheit erschossen wurde, wodurch der Seitensprung eine ganz andere Qualität erhielt und zu einem Drama wurde, das landesweite Aufmerksamkeit erregte und die Fotografen vor die Tür lockte.

Sie war in die Fabrik gefahren, weil sie sich davor nicht drücken konnte. Sie empfand nichts mehr für die Firma, es war, als sei ihr der Ehrgeiz zugleich mit Ben entglitten. Sie hatte Kalding zum Manager ernannt und Wilkes deutlich gemacht, dass sie keinerlei Unterbrechung in der Herstellung dulden würde. Sie verhielten sich mitfühlend und besorgt und äußerten ihr Beileid, aber sie spürte auch, dass alle sie mit diesem ganz besonderen Blick ansahen, sogar Hanneke. Der Blick, mit dem die Leute eben eine betrogene Frau anschauten.

»Wann findet die Beerdigung statt?«, fragte Hanneke.

Das war noch so ein Alptraum.

Glücklicherweise lag der Friedhof außerhalb des Dorfes, in Richtung Oss, und dort lag Ben in einem geschlossenen Sarg in der Trauerhalle des Bestattungsunternehmers. Sie hatten eine vollständige Autopsie durchgeführt, ohne vorher ihre Erlaubnis einzuholen.

»Tja, Mevrouw«, hatte der Inspecteur gesagt, »das ist so üblich. Ihr Mann ist ermordet worden, und außerdem wussten wir zu diesem Zeitpunkt noch gar nicht, wer er war.«

Sie hatte nicht weiter nachgehakt. Die Vorstellung von der Autopsie verursachte ihr Übelkeit, und sie wollte nicht daran denken. Sie hatte irgendwann einmal einen Dokumentarbericht darüber gesehen, der ihrer Meinung nach deshalb mitten in der Nacht gesendet werden musste, weil es sich um medizinische Pornografie handelte.

Judith griff nach dem Telefon und wählte die Nummer in Oss. Eine Sekretärin meldete sich, und Judith fragte nach Hogedoorn.

»Judith Visser am Apparat«, sagte sie zu dem Bestattungsunternehmer, und sie dachte bei sich, dass sie diesen Namen bald wohl niemals wieder würde aussprechen müssen. »Hat sich die Polizei noch einmal bei Ihnen gemeldet?«

»Die bestehen darauf, dass einer von ihnen anwesend ist. Ich habe denen das Problem erläutert, und sie haben sich einverstanden erklärt, nur einen Mann zu schicken.«

»Wozu ist denn das nötig?«, unterbrach sie ihn gereizt. »Der Mörder wird doch wohl nicht zuschauen kommen.«

»Das ist einfach so üblich«, sagte Hogedoorn. »Inspecteur Kleiweg kommt in Zivil und wird sich abseits halten. Die örtliche Polizei wird überhaupt nicht in Erscheinung treten, Meneer Kleiweg ist der Einzige, der weiß, dass es schon morgen früh um zehn stattfindet, anstatt nächste Woche, wie wir allen, die nachfragen, erzählen.«

»Fragt denn jemand?«

»Das Fernsehen weiß, dass Ihr Mann hier ist. Das

konnten wir nicht vermeiden, sie brauchten nur bei der Staatsanwaltschaft in Den Bosch anzurufen, und dort hielt man es nicht für nötig ...« Hogedoorn seufzte. »Es ist eben ein ungewöhnlicher Fall, Mevrouw.«

»Sie werden aber auch ungewöhnlich gut dafür bezahlt«, erinnerte ihn Judith. »Sie kriegen das volle Erste-Klasse-Honorar für lauter Dinge, die Sie gar nicht zu tun brauchen. Wie wollen Sie den Ablauf regeln?«

»Der Grabstein ist fertig, wir bringen ihn mit. Die Friedhofsverwaltung erfährt erst morgen früh, dass die Beerdigung um zehn Uhr stattfindet. Damit können wir das Gerede bei Ihnen im Dorf ...«

»Schon gut«, unterbrach ihn Judith erneut. »Und weiter?«

»Wir transportieren ihn in unserem unauffälligsten Wagen, begleitet von einem normalen Auto mit den vier Sargträgern. Haben Sie den Kaplan informiert?«

»Natürlich. Das ist alles geregelt.«

Der Kaplan hatte reagiert, als habe sie noch zusätzlich zu dem Mord selbst ein Verbrechen geplant. Sie hatte ihn eine halbe Stunde lang beknien und ihm letztendlich quasi einen neuen Gebäudeflügel für die Kirche in Aussicht stellen müssen.

»Nun, wenn das so ist, werden nur Sie und Ihre Mutter, der Inspecteur und die vier Träger anwesend sein«, sagte der Bestattungsunternehmer. »Und der Kaplan natürlich. Die Träger wissen, was sie zu tun haben, es sind meine besten Leute. Ich nehme an, dass alles innerhalb von einer halben Stunde vonstatten gehen kann und dass die Öffentlichkeit nichts davon erfährt. Wir tun alles, was in unserer Macht steht.«

»In Ordnung«, sagte Judith.

Wir verscharren Ben still und klammheimlich, dachte sie.

»Gestern Abend kam eine Frau zu uns in die Trauerhalle, Mevrouw Groenman war ihr Name. Sie sagte, sie sei die Sekretärin Ihres Mannes gewesen, und fragte, wann das Begräbnis stattfinden würde.«

Woher wusste Hanneke, wo Ben war?, fragte sich Judith. »Und, was haben Sie ihr gesagt?«

»Dass er wahrscheinlich nächste Woche Dienstag beerdigt würde.«

»Was wollte sie denn?«

»Nichts. Nun ja, sie hat eine halbe Stunde lang neben dem Sarg gesessen und ist dann wieder weggegangen. Andere Leute habe ich nicht gesehen.«

Ihr war, als klänge seine Stimme vorwurfsvoll, als nähme er es ihr übel, dass sie Ben so mutterseelenallein in seinem Sarg liegen ließ, aber seit seinem Tod sah und hörte sie überall Gespenster, und so war auch das wohl bloße Einbildung. Hogedoorn musste doch einsehen, dass sie kein Theater wollte. Keine Blumen, keine Karten, nur zwei Anzeigen im Nachhinein, eine von der Witwe Colijn und eine von der Firma. Ihre Mutter war glücklicherweise damit einverstanden. Keine Kränze, keine Reden und keine Heuchelei. Die Totenwache hielt sie abends, wenn sie allein im Bett lag. Das ging die Medien nichts an, das ging das Dorf nichts an, das ging niemanden etwas an. Sie durchquerte das Haus, verließ es durch die Hintertür und ging am Swimmingpool vorbei zum großen Treibhaus, wo Johan aus Achtung vor seinem früheren Chef nach dessen Tod die Orchideen weiterhin versorgt und am Leben erhalten hatte. Die Orchideen waren Brams Hobby gewesen, neben Angeln und Segeln gemeinsam mit seinem Schwiegersohn. Wer weiß, vielleicht konnten sie jetzt im Jenseits gemeinsam ihren Hobbys frönen.

Johan war nicht im Treibhaus. Judith ging die Reihen der empfindlichen Pflanzen ab und suchte in Gedanken zwölf von den schönsten aus, die sie morgen früh pflücken und mit zum Friedhof nehmen wollte.

Letty kam mit einer kleinen Reisetasche in der Hand und einer Zeitung unterm Arm ins Krankenzimmer. »Das Auto steht vor der Tür«, sagte sie. »Ich bin mit deinem gekommen. Ich bringe dich nach Hause und fahre dann mit dem Bus heim.«

Sie ließ die Tasche auf den Boden fallen, beugte sich über Isabelle und gab ihr einen Kuss.

»Du riechst nach Kampfer. Tun sie dir das in deine Medizin oder isst du Mottenkugeln?« Sie redete in einem fort. »Hier sind deine Sachen. Als ich sie ausgesucht habe, hat Tante Maran mir über die Schulter geguckt, als wolle ich heimlich deine sexy Unterwäsche nach hinten schieben.«

»Ich habe keine sexy Unterwäsche«, erwiderte Isabelle.

»Wenn man den Artikel hier liest, könnte man es aber meinen.« Letty wedelte mit einer überregionalen Tageszeitung. »Du siehst besser aus als beim letzten Mal. Auch besser als auf dem Foto.«

»Ist es sehr schlimm?«

Letty grinste. »Du hättest wohl kaum eine Chance, wenn die Leser sich zwischen dir und der Ehefrau entscheiden müssten.« Sie schlug die Zeitung auf und blätterte von hinten ein paar Seiten weiter nach vorn. »Willst du's jetzt sofort wissen oder wollen wir erst hier raus?«

»Ich kann erst gehen, nachdem der Arzt hier gewesen ist.«

Letty betrachtete ihre Freundin. Isabelle schien dünner geworden zu sein. Sie hatte zwar wieder etwas Farbe im Gesicht, aber ihr Haar wirkte stumpf und ihr Blick war weit weg und in sich gekehrt. Letty versuchte sich vorzustellen, wie es wäre, wenn ihr so etwas passierte wie ihrer Freundin. Sie hatte Mitleid mit Isabelle, aber das war nicht die richtige Medizin. Shampoo und Lippenstift, das war es, was sie brauchte.

»Irgendwann wirst du ja doch der Wahrheit ins Auge sehen müssen«, bemerkte sie.

»Ich wünschte, ich könnte einfach verschwinden«, sagte Isabelle. »Bis man mich vergessen hat und Ben und ...«

Letty nahm sich den Stuhl. »Du bist berühmt. Du könntest höchstens das Glück haben, dass morgen ein Minister ermordet wird oder man übermorgen Heroin in der Nudelsuppe vom Altersheim Abendruh findet. Du siehst also, es gibt noch Hoffnung. Wirst schon sehen, in zwei Wochen ist alles vorbei.«

Isabelle schwieg. Alles ging vorbei, nur nicht für sie. Sie war für alle Zeiten verändert. Ihr würden die Alpträume bleiben und der schreckliche Schmerz, und sie würde nie mehr dieselbe sein wie früher. Sie würde alles, ihre Umwelt und ihre Mitmenschen, für immer durch einen Schleier von rotem Regen sehen.

»Dein Leibwächter meint, niemand wüsste, dass du heute entlassen wirst«, sagte Letty munter. »Kein Mensch weiß, wo du wohnst, und wir nehmen gleich den Hinterausgang.«

»Ist der Polizist immer noch da?«

»Ja, aber ein anderer als letztes Mal. Er wollte kontrollieren, ob ich auch keinen Fotoapparat in der Tasche habe. Schwester Jolande hat ihn aber noch rechtzeitig bekehrt, bevor er seine Handschellen gezückt hat. Sie ist ein Schatz. Wann kommt denn der Arzt?«

»So gegen elf.«

»Ich hab den ganzen Tag frei. Du musst nicht sofort nach Hause zu Tante Maran. Wir können erst irgendwo einen Hamburger essen und danach vielleicht noch ins Kino gehen.«

»Bitte, Letty.«

»Ich will dir doch nur helfen«, meinte Letty. »Ich bin darin zwar nicht besonders gut, aber das ist wahrscheinlich niemand, außer Jesus Christus. Ich kann dir nicht über den Kopf streicheln und sagen: Ein Wunder geschehe, und alles ist wieder gut. Aber ich finde eben, dass du so bald wie möglich wieder auf die Beine kommen musst.

Abzuhauen nach Tahiti würde alles nur noch schlimmer machen, denn was solltest du da tun, außer den Sonnenuntergang zu betrachten und in Selbstmitleid zu versinken?«

Letty hatte natürlich Recht, aber sie konnte nicht wissen – und würde auch niemals verstehen –, wie es für sie war, die Welt mit diesen anderen Augen zu sehen. Isabelle warf einen Blick auf die quer zusammengefaltete Zeitung. Sie sah sich selbst im Krankenbett, mit geschlossenen Augen, weiß und klein und von Maschinen umringt. Auch ein großes Foto vom Gasthaus an der Linge war abgedruckt. Auf dem Bild wirkte es so anders, kühler und sachlicher, ohne die Gefühle, die dazugehört hatten. Sie starrte das dritte Foto an, auf dem eine attraktive Frau mit verschrecktem Blick in der Türöffnung einer modernen Villa zu sehen war.

»Ist das seine Frau?«

»Judith Colijn. Eine reiche Dame, sie wohnt dort zusammen mit ihrer Mutter, Carolien Colijn, die ist schon seit zwei Jahren Witwe. Warum hast du dir bloß einen verheirateten Mann ausgesucht?«

»Ich habe es nicht gewusst.«

»Aber ich hatte dich doch vor seinem Ehering gewarnt«, entgegnete Letty. »Hat er es dir denn nicht selbst gesagt?«

»Doch, natürlich. Gleich am Anfang.« Isabelle spürte, wie ihre Wangen warm wurden, als wäre sie von jemandem beleidigt worden. »Aber in dem Moment spielte es keine Rolle mehr«, fügte sie hinzu.

»Tut mir Leid.« Letty schob die Zeitung beiseite und nahm Isabelles Hand. Einen Moment lang saß sie still da und sagte dann: »Ich wollte dich das beim letzten Mal schon fragen. War es das alles wert?«

»Nicht, dass Ben sterben musste. Nichts kann seinen Tod aufwiegen.« Isabelle schaute ihre Freundin an. Sie wollte es ihr erklären, Letty war die Einzige, der sie es jemals würde erklären können. »Ansonsten war es das wert, ich würde alles andere dafür aufgeben. Aber es war keine Frage der Entscheidung. Ich hatte keine andere Wahl, das spürte ich die ganze Zeit, es war nicht einfach Liebe, es war wie nach Hause kommen, es war unvermeidlich, ich konnte nicht anders, und ich glaube, Ben auch nicht. Ich weiß nicht, ob du verstehst, was ich damit sagen will.«

»Nein, leider nicht.«

Isabelle sah, dass Letty sie nicht verspottete, sondern es ernst meinte. »Was steht über Ben in den Zeitungen?«

»Er wurde in aller Stille beigesetzt. Niemand war dabei außer den beiden Witwen.«

Isabelle kniff die Augen zu. »Das meine ich nicht.«

»Möchtest du es nicht selbst lesen?«

Isabelle drehte den Kopf zur Wand und flüsterte: »Es ist unhöflich, in Gesellschaft zu lesen.«

Letty nahm die Zeitung vom Bett und faltete sie zusammen. »Die Fabrik gehört seiner Frau, Ben war der Direktor. Sie haben vor etwa vier Jahren geheiratet. Keine Kinder. Die Zeitung weiß nur wenig über seine Vergangenheit zu berichten, seine Sekretärin hat gesagt, er sei in einem Waisenhaus groß geworden und nach der Höheren Schule zur See gefahren. Seine Frau weigerte sich, mit den Journalisten zu reden, war aber offensichtlich an dem besagten Abend mit ihm zum Abendessen mit einem Bankier und dessen Frau verabredet. Ursprünglich wollten sie gemeinsam hinfahren, aber Judith musste wohl erst noch zum Friseur. Das passt zu ihr – Friseur- und Schönheitssalons. Möchtest du noch mehr wissen?«

»Warum ist Ben ermordet worden?«

»Das weiß man nicht. Er hatte keine Feinde, das sagen zumindest alle, die von den Journalisten dazu befragt worden sind. Die Polizei glaubt, es könne jemand aus seiner Vergangenheit gewesen sein, aber sie haben keinerlei Anhaltspunkte, keine Spuren, nichts. Niemand hat den

Täter gesehen oder gehört. Du hast jedenfalls nichts damit zu tun. Das habe ich ihnen auch klar gemacht.«

Isabelle wandte ihr Gesicht mit einem Ruck Letty zu. »Du hast mit der Polizei gesprochen?«

»Na ja, eher die mit mir. Es war nicht zu vermeiden. Die haben bei unserem Chef vorgesprochen und Fragen gestellt wie: ›Gibt es hier jemanden, der sie gut kennt, oder hat sie vielleicht eine Freundin hier?‹ Das machen die immer so. Ich habe ihnen lediglich erzählt, dass der Mann bei uns Kaffee getrunken hat und ihr ins Gespräch gekommen seid und dass er dann nachmittags wiederkam. Ich habe gesagt, dass du ihn noch nie zuvor gesehen hattest, aber offenbar beschlossen hast, lieber mit ihm auszugehen anstatt mit mir zusammen zu Abend zu essen.«

»Das nimmst du mir wohl immer noch krumm.«

Letty schüttelte den Kopf. »Sei froh, dass sie dich außen vor lassen. Du hast nichts gesehen, denn du warst bewusstlos. Du bist nur die sexy Kellnerin, die sich zu einem Essen und dem Rest hat verführen lassen. Du hast mit dem Ganzen nichts zu tun.«

»Wenn es doch nur so wäre!«

»Warum?«

Isabelle griff nach Lettys Hand und zog sie zu sich hin. »Wenn ich mich doch einfach nur hätte verführen lassen wie ein leichtes Mädchen«, flüsterte sie. »Dann würde es weniger wehtun, und ich könnte es vergessen. Aber so war es nicht.«

Letty drückte ihre Hand.

Die Krankenschwester kam ins Zimmer, gefolgt vom Arzt, der fröhlich lächelte. »So, dürfen wir denn dann mal zu der Patientin?« Letty stand vom Stuhl auf und der Arzt beugte sich über Isabelle. »Na was denn? Tränen, weil Sie uns schon jetzt vermissen?«

»Nein, Mevrouw«, sagte Kleiweg. »Die Akte wird nicht geschlossen. Was ich Ihnen versuche zu erklären, ist, dass die Polizei keinerlei Hinweise hat, keinen einzigen Tipp und nicht die geringste Spur.«

Judith schritt verärgert über den Marmorfußboden zum Seitenfenster und schaute hinaus in den Garten. »Wie immer Sie es mir auch erklären: Sie wollen jedenfalls keine Zeit mehr auf die Ermittlungen verschwenden.«

»Es tut mir Leid, wenn Sie es so auffassen«, antwortete Kleiweg und blieb im weißen Sessel neben dem erloschenen Kamin sitzen. »Wir arbeiten weiter an dem Fall, nur mit geringerer Intensität. Unseren Möglichkeiten sind Grenzen gesetzt. Zu diesem Zeitpunkt stehen die Chancen, dass wir den Mörder je ausfindig machen, sehr schlecht. Alles weist auf einen Profikiller hin, der im Auftrag eines Dritten handelte und dafür bezahlt wurde.«

Judith betrachtete den Garten. Sie war innerlich zerrissen. Einerseits wollte sie wissen, wer Ben ermordet hatte und warum und wer diese kleine Nutte war, die ihr seine letzten Stunden gestohlen hatte. Innerlich kochte sie vor Wut. Doch andererseits schreckte sie vor den Folgen zurück, vor den Rechtsstreitigkeiten und der Aufmerksamkeit der Öffentlichkeit, und hätte die ganze Sache gern ebenso in aller Stille begraben wie Ben selbst, sodass der Rest der Welt diesen Skandal vergessen würde.

»Das bedeutet, dass der Mord nur aufgeklärt werden kann, wenn wir das Motiv finden«, hörte sie Kleiweg hinter sich sagen. »Die Leute, die mit Ihnen gemeinsam seinen Computer und seine Papiere durchforstet haben, konnten nichts finden, keinerlei Hinweise. Deshalb glaube ich, dass das Motiv nicht in der Gegenwart liegt, sondern in der Vergangenheit.«

Judith drehte sich um. »Und, haben Sie da etwas gefunden?«

Kleiweg schüttelte den Kopf. »Ihr Mann hat vor Ihrer Hochzeit eine Weile bei einer Bootswerft in Sneek gearbeitet. In dieser Phase hat sich offenbar nichts Ungewöhnliches ereignet. Ich denke eher an die Zeit davor.

Wir haben seinen Agenten in Singapur kontaktiert, bei der World Wide Shipping Agency. Die vermittelt Tausende Seeleute aller Nationalitäten. Sie verfügen über eine Computerliste aller Gesellschaften, für die Ben gefahren ist, aber wir können unmöglich nachvollziehen, ob in diesen zwanzig Jahren, in denen er auf so vielen verschiedenen Schiffen und Tankern in allen Erdteilen unterwegs war, möglicherweise etwas vorgefallen ist, das irgendwelche Leute veranlasst hat, ihn aus dem Weg zu räumen. Entschuldigen Sie bitte den Ausdruck …«

»Ben war kein Krimineller«, sagte Judith nachdrücklich. »Das wüsste ich.«

»Was ist mit der Narbe an seiner Hand?«, fragte Kleiweg. »Wissen Sie, wie er dazu gekommen ist?«

Sein beiläufiger Tonfall ließ sie unsicher werden. »Die stammt aus der Zeit, als er noch ein kleiner Junge war. Er wollte über einen Zaun mit spitzen Eisenstäben klettern. Ein Freund versuchte, ihn daran zu hindern, hängte sich an seine Beine, und ein Stab bohrte sich durch seine Hand.«

»Hat Ihr Mann Ihnen das erzählt?«

»Ja.« Die Geschichte hatte immer ganz natürlich geklungen, bis heute, wo sie vor einem stirnrunzelnden Polizisten stand. »Glauben Sie nicht daran?«

»Es sind eher die Pathologen und das gerichtsmedizinische Labor, die nicht daran glauben«, erwiderte Kleiweg. »Ihrer Meinung nach stammt die Narbe nämlich von einer Schussverletzung, die etwa acht bis zehn Jahre zurückliegt. Er könnte sie sich auf seiner letzten Seereise zugezogen haben. Sie steht möglicherweise in einem Zusammenhang mit seinem Abschied von der Seefahrt.«

»Was sagt denn der Agent in Singapur dazu?«

Kleiweg lächelte säuerlich. »Die Firma arbeitet ähnlich wie Manpower. Namen und Daten. Ben hat abgemustert, mehr spuckt der Computer nicht aus.«

Judith fragte sich, warum Ben in Bezug auf die Narbe gelogen hatte. Warum hatte er kaum Einzelheiten aus seiner Vergangenheit erzählt? Gab es noch mehr, wovon sie nichts wusste?

»Meine Theorie lautet, dass er vor Jahren einmal in irgendeine Geschichte hineingeraten ist und ihm als Folge davon ein Auftragskiller auf den Fersen war, der ihn jetzt erst gefunden hat«, sagte Kleiweg. »Die Kugel, die durch seine Hand gedrungen ist, war eine Neun-Millimeter-Patrone, das gleiche Kaliber wie die Kugel, die man aus der Schulter der jungen Frau herausgeholt hat. Das will noch nicht viel heißen, es handelt sich um eine weit verbreitete Parabellum-Munition, aber wenn man blind im Nebel herumtastet, neigt man dazu, sich an jede Kleinigkeit zu klammern.«

»Und diese ... Frau?«

Etwas im Klang ihrer Stimme ließ Kleiweg aufblicken, aber Judith starrte wieder aus dem Fenster, und ihr Profil verriet nichts. »Sie ist Serviererin in einer Autobahnraststätte, einfach nur ein nettes Mädchen. Sie hat nichts damit zu tun.«

»Außer dass sie den Tod meines Mannes verursacht hat.«

Er runzelte die Stirn. »Nehmen Sie es mir nicht übel, Mevrouw, aber das ist Unsinn. Die Frau war zufällig in der Nähe, als der Mörder seine Chance erblickte. Wenn es nicht dort geschehen wäre, wäre es früher oder später irgendwo anders geschehen. Es handelte sich um einen Auftragsmord, davon bin ich überzeugt.«

Judith schwieg. Sie glaubte nicht an die Komplotte und mysteriösen Hintergründe, auf die sich die Polizei berief, weil sie den Fall nicht lösen konnte. Zufällig gerade in der Nähe. Nackt im Bett. Es gab kein »irgendwo anders«. Es gab nur dieses Gasthaus und diese kleine Hure in Bens letztem Augenblick. Sie drehte sich um. Ihr Gesichtsausdruck war undurchdringlich. »Was haben Sie jetzt vor?«

»Wir haben die Daten per Computer weitergeleitet, auch international. Vielleicht kommt dabei etwas heraus.

Manchmal spielt auch der Zufall mit. Ein Häftling verplappert sich bei irgendeiner anderen Sache, einem Tippgeber kommt etwas zu Ohren, irgendwo klingelt es bei jemandem.«

»Vielen Dank, Inspecteur«, sagte Judith förmlich. Sie kam auf ihn zu und blieb viel sagend vor seinem Sessel stehen, mit einer Hand in Richtung Tür weisend. Es gab nicht mehr viel zu sagen.

Kleiweg stand auf. »Ich bin mir nicht immer sicher, was das Vernünftigste ist«, sagte er, »aber vielleicht sollten Sie versuchen, die Vergangenheit Ihres Mannes und diese ganze traurige Angelegenheit zu vergessen, und einfach Ihr Leben weiterleben.« Er hörte selbst, wie hohl seine Worte klangen.

Judith dankte ihm ohne eine Spur von Ironie für seinen guten Rat und ging ihm voraus in den Flur. Sie schloss die Tür hinter ihm und lehnte sich einen Augenblick lang dagegen.

Das Einzige, wofür sie dankbar sein konnte, war, dass sie die Polizei los war. Auch die Medien würden sie jetzt wahrscheinlich in Ruhe lassen, es gab nichts mehr zu holen, die Geschichte war erzählt. Ben war begraben, die Polizei weg, das Haus verlassen.

Judith konnte ihre eigene innere Leere nur mit Wut füllen. Die einzige Medizin, nach der sie verlangte, war Rache.

Sie rief Johan an, er solle ihren Mercedes vorfahren.

Letty servierte hinter der zugeschobenen, beweglichen Zwischenwand auf der Seite mit dem Weidenblick Kaffee. Ein errötender junger Salesmanager mit Flipchart und anderen Hilfsmitteln brachte Vertretern, die selbst einen erheblich erfahreneren Eindruck machten als er, Verkaufstechniken bei.

»Wieder eine, die Isabelle sprechen will«, sagte Eelco, als sie zurück an den Tresen kam. Er nickte hinüber zu

Tisch vier. »Sie will den Manager sprechen. Eine Journalistin, glaube ich.«

Letty folgte seinem Blick und wurde starr vor Schreck. »Vielleicht solltest du mal zum Augenarzt gehen.«

»Warum denn?«

Sie ging nicht weiter darauf ein. »Was hast du ihr geantwortet?«

»Dass Meneer van Houten beschäftigt ist und Isabelle Urlaub hat. Sie wollte ihre Adresse haben.«

»Aber du hast sie ihr doch wohl nicht gegeben?«

Eelco schüttelte beleidigt den Kopf. »Das haben wir doch so abgemacht. Dabei bräuchte man Nellie nur einen Hunderter zuzustecken, dann würde sie sofort damit rausplatzen. Übrigens habe ich das Gefühl, dass die Dame bald Krach schlagen wird, wenn van Houten noch länger beschäftigt bleibt.«

»Du hättest ihn doch auch in Urlaub schicken können.«

»Na klar.« Eelco schnaubte missbilligend. »Dann hätte sie mit einer anderen Ausrede angerufen, und er wäre plötzlich doch da gewesen. Solche Leute lassen nicht locker. Genau wie der Fotograf neulich, den ich mit einem Fußtritt aus der Küche rausbefördern musste, weil er dachte, dass Isabelle sich da versteckt hält. Was hast du vor?«

»Ach, lass nur.« Letty kam hinter dem Tresen hervor und ging über den Flur zum kleinen Büro des Managers.

Van Houten war ein gesetzter Mann in den Vierzigern mit Stalin-Augenbrauen unter einer fliehenden Stirn und einem kurzen militärischen Haarschnitt. Er glaubte an Ordnung und Autorität, und ein fehlerlos und einwandfrei funktionierendes Restaurant schien sein höchstes Lebensziel zu sein. Trotzdem kamen sie gut mit ihm aus, weil er sein Personal anständig behandelte und Verständnis für private Schwierigkeiten aufbrachte.

»Ein Problem an Tisch vier«, meldete Letty. »Eelco glaubt, die Frau sei eine Journalistin, aber sie ist die Witwe des erschossenen Freundes von Isabelle.«

Van Houten blickte verstört von seinen Papieren auf und legte eine Faust auf seinen Schreibtisch. »Bist du sicher?«

Letty trat an seinen Schreibtisch und blätterte die losen Zeitungsseiten mit Artikeln über den Mord durch. Sie fand die Seite mit dem Foto von Judith Colijn und hielt sie hoch.

»Tisch vier. Sie will den Manager sprechen. Bestimmt ist sie nicht gut auf Isabelle zu sprechen, deshalb wollte ich Sie lieber vorwarnen«, sagte Letty.

Van Houten nickte. »Langsam wird die Sache schmutzig«, sagte er. »Die Berichte im Fernsehen und in den Zeitungen – für uns ist das geschäftsschädigend.«

»Aber Isabelle kann doch nichts dafür«, gab Letty zu bedenken.

»Ach nein?« Van Houten trat hinter seinem Schreibtisch hervor. »Musst du nicht drinnen bei der Konferenz bedienen?«

Letty nickte und verließ hastig sein Büro.

Van Houten folgte ihr, langsamer. Im Restaurant nickte er Eelco zu und ging mit einem Lächeln auf dem Gesicht zu Tisch vier. Es war ruhig, Tisch fünf war nicht besetzt. Es saßen zwar Gäste an der Zwischenwand, aber van Houten konnte ungestört mit der Besucherin reden.

»Guten Tag, Mevrouw«, sagte er. »Sie wollten mich sprechen? Mein Name ist van Houten, ich bin der Manager. Darf ich mich setzen?«

Sie war eine attraktive, sorgfältig gekleidete Frau. Er roch ein teures Parfüm. Einige Muskeln in ihrem Gesicht bewegten sich, und er sah, dass es sie Mühe kostete, sich ein Lächeln abzuringen. Sie stellte sich nicht vor. Van Houten versuchte vergeblich, sich auszumalen, wie seine Frau sich fühlen würde, wenn sie mit einer solchen Situation konfrontiert würde.

»Ich versuche, eine junge Dame zu erreichen.« Er hörte, wie sie bei dem Wort Dame zögerte. »Eine Ihrer Serviererinnen, Juffrouw Mertens. Ich dachte, sie wäre vielleicht wieder zurück an ihrem Arbeitsplatz.«

»Darf ich fragen, warum Sie sie sprechen wollen?«, fragte van Houten.

»Der junge Mann, der mich bediente, weigerte sich, mir ihre Adresse zu geben.«

»Das darf er auch gar nicht. In diesem Fall gibt es sogar eine ausdrückliche Vereinbarung mit der Polizei, um zu verhindern, dass die Presse die junge Frau unnötig belästigt«, erwiderte er freundlich. »Wenn Sie möchten, können Sie ihr eine Nachricht hinterlassen, und ich werde dafür sorgen, dass sie sie erhält.«

»Ich bin nicht von der Presse.« Sie wischte mit den Fingern über das violette Tischtuch. »Ich möchte sie aus persönlichen Gründen sprechen. Sie ist doch schon lange wieder aus dem Krankenhaus entlassen worden. Wo wohnt sie?«

Er schüttelte den Kopf. »Tut mir Leid, das kann ich Ihnen nicht sagen.«

»Seit wann arbeitet sie hier?«

Van Houten blickte sie an, seufzte und sagte: »Mevrouw, Sie haben mein Mitgefühl. Ich kann Ihren Standpunkt verstehen, und es tut mir Leid, dass Sie Ihren Mann verloren haben, aber ich kann Ihnen nicht weiterhelfen.«

Ihre Mundpartie verhärtete sich. »Sie verstehen überhaupt nichts. Wer ist Ihr Vorgesetzter? Wer ist hier der Eigentümer? Oder ist das auch ein Geheimnis?«

»Nein, Mevrouw, aber er wird garantiert nicht über meinen Kopf hinweg ...«

Ihr Gesicht verzerrte sich. Sie fiel aus der Rolle, und es geschah so schnell, dass er sich mitten im Satz unterbrach und sie sprachlos anstarrte. Aus ihren Augen schossen Blitze, und Speicheltröpfchen traten ihr auf die Lippen. »Dieses Flittchen«, zischte sie. »Sie schützen eine ordinäre Nutte, die meinen Mann verführt hat, um ihn ausrauben zu können, zusammen mit ihrem Komplizen. Aber mein Mann ließ sich nicht so einfach berauben, und deshalb haben sie ihn umgebracht.«

Van Houten reagierte frostig. »Die Polizei ist da anderer Meinung«, sagte er abweisend. »Erstens wurde niemand beraubt und zweitens wurde das Mädchen selbst verwundet.«

»Verwundet?«, fuhr sie ihn höhnisch an. »Ein Schuss hat sich gelöst, weil mein Mann sich gewehrt hat und die es einfach stümperhaft angefangen haben.« Ihre Stimme wanderte in die Höhe. »Und was ist mit seiner Brieftasche? Wo ist die?«

Van Houten warf einen besorgten Blick um sich und sagte beschwichtigend: »Mevrouw, ich kann hier keine Szenen gebrauchen. Wenn es sich so zugetragen hat, wie Sie behaupten, dann wird die Polizei schon dahinter kommen. Aber es würde mich wundern. Ich kenne das Mädchen, und sie hat ganz bestimmt nichts mit dem Tod Ihres Mannes zu tun. Ich habe Verständnis für Ihre Gefühle, aber wenn ich Sie wäre, würde ich die Sache auf sich beruhen lassen.«

Die Hand mit dem Ehering krümmte sich wie eine Klaue um die Tischdecke. Dann riss sie die Tasche vom leeren Stuhl neben sich. Van Houten dachte, sie wolle bezahlen, und sagte rasch: »Ist schon gut, Mevrouw, lassen Sie nur.«

Sie erhob sich, presste die Tasche an den Körper und blickte sich im Restaurant um. Van Houten stand ebenfalls auf und verabschiedete sie mit einer angedeuteten Geste, in der Hoffnung, sie möge sich in Bewegung setzen und das Restaurant verlassen, bevor er die Polizei oder die Sanitäter mit der Zwangsjacke rufen musste.

»Mevrouw?«

Sie schaute auf seine ausgestreckte Hand und von da aus zu den besetzten Tischen hinüber, wo die Leute versuchten, so zu tun, als seien sie nicht neugierig. Dann sah sie ihn an und sagte in beherrschtem Tonfall: »Ich werde nicht eher ruhen, bis diese Hure für den Rest ihres Lebens hinter Gittern sitzt. Richten Sie ihr das aus, falls sie die Frechheit besitzt, sich hier je wieder blicken zu lassen.«

Sie ging wie über Glas zum Ausgang, öffnete die Tür und verschwand außer Sicht.

Die Alpträume suchten sie noch regelmäßig heim. Isabelle begann sich daran zu gewöhnen, mit schweißnasser Stirn und klammen Händen nachts im schmalen Holzbett ihres Zimmers hochzuschrecken. Sie hatte irgendwo gelesen, wie man böse Erinnerungen loswerden konnte, indem man sie einfach ergriff und aus dem Gedächtnis hinauswarf. Die Hindus benutzten diese Technik schon seit Jahrhunderten. Sie funktionierte, weil es sich bei der Gehirnaktivität um einen elektrischen Leitungsvorgang handelte. Elektronen waren nichts anderes als Materie, und Materie konnte man ergreifen und entfernen. Man brauchte nur die unerwünschte Erinnerung vom Rest seiner Gedanken zu isolieren und sich so stark auf sie zu konzentrieren, dass sie eine greifbare Form erhielt. In dem Zustand konnte man sie dann ins Zentrum der Stirn tragen und schwungvoll aus dem Kopf hinauswerfen wie ein Diskuswerfer. Wenn man es richtig anstellte, konnte man ihre Flugbahn verfolgen und sie außer Sicht verschwinden sehen.

Isabelle fiel es leicht, in ihren eigenen Kopf hineinzugehen. Sie sah die Erinnerungen an jene Nacht wie einen greifbaren Gegenstand vor sich, den sie wie in einem leeren Computerraum absondern, packen und kneten konnte. Sie konnte darauf herumtrampeln, bis sie nichts weiter waren als eine leblose Diskette, und sie wie aus einem Raumschiff hinaus ins All schleudern.

Nur Ben konnte sie nicht vergessen, und wenn sie an Ben dachte, kam alles wieder zurück, sämtlichen Fakirtechniken zum Trotz.

Manchmal spürte sie ein leichtes Beben auf ihrem Handrücken oder ihre Lippen fingen plötzlich an zu zittern. Sie blieb tagelang in ihrem Zimmer, zuerst im Bett, später angezogen. Sie versuchte, ein Buch zu lesen oder Klavier zu spielen, doch keine Zeile drang zu ihr durch, und sobald sie eine Taste anschlug und der verschlissene Kneipenton des alten Pleyel ertönte, traten ihr die Tränen in die Augen, weil sie sich nach der Musik sehnte, die sie in ihrem Kopf gehört hatte, als Ben durch die Glastüren getreten war, im Restaurant und in seinem Auto, und als sie zusammen über den Deich spaziert waren. Bis alles aufgehört hatte.

Mein Gott, dachte sie. Ich kann es nicht auseinander halten. Ich kann nicht an Ben denken, ohne das Blut zu sehen.

Sie ging nur zu den Mahlzeiten hinunter. Sie hatte keinen Hunger, aber Tante Maran zwang sie zum Essen. Alles erschien ihr farblos und fade, als habe jemand das Licht ausgeschaltet. Morgens Tee, Mischbrotschnitten mit dünnen Rauchfleischscheiben und dicker, runder Zwieback, um zwölf Uhr ein Brötchen und eine Tasse Bouillon, abends Kartoffeln und Gemüse, Gehacktes, Fisch vom Markt, ein Kotelett vom Metzger. Sie saß in dem erdrückenden Wohnzimmer mit der Plüschtischdecke und den Häkelkissen auf den grünen Sesseln und dem Sofa, das auf einer Seite schon ganz verschlissen und eingesunken war, weil Tante Maran seit hundert Jahren dort saß, auf ihrem festen Platz, mit einer Häkelarbeit vor dem Fernseher.

Tante Maran sprach nicht darüber. Sie redete nur über Dinge, die den Haushalt betrafen, dass sie einkaufen gehe und ob Isabelle vielleicht in der Zwischenzeit die Kartoffeln schälen könne. Manchmal spürte Isabelle ihren Blick. Sie konnte ihre Gedanken erraten. Sie erschienen ihr eher traurig als vorwurfsvoll. Es waren simple Gedankengänge über ihre Mutter, die sich von Männern hatte verführen lassen, und die Tochter, die ihrem Beispiel gefolgt war. Das Leben reduziert auf einen Zeitungsartikel. Tante Maran war siebzig Jahre alt und Isabelle konnte sich nicht vorstellen, wie sie als junges Mädchen ausgesehen hatte, geschweige denn als ein junges Mädchen, das sich bis über beide Ohren in jemanden verliebte und unbesonnene Dinge tat.

Am Samstagabend blieb Isabelle bei ihr und sah sich mit ihr zusammen einen Fernsehfilm an, anstatt sofort nach dem Kaffee nach oben zu gehen, wie sie es die ganze Woche über getan hatte. Sie schauten sich die Wiederholung eines alten Films an, *Zeit des Erwachens,* und Isabelle vertiefte sich gegen ihren Willen in die Handlung und bekam feuchte Augen, als das Mädchen den hilflosen Robert de Niro, der seinen Verstand erneut verlor, von seinem Stuhl zog und anfing, mit ihm zu tanzen.

Isabelle schrak auf, als Tante Maran den Fernseher ausschaltete. »Aber der Film war doch noch nicht zu Ende«, sagte sie.

Tante Maran nickte. Sie sah ihre Nichte an, als habe sie lange über das nachgedacht, was sie jetzt sagen wollte. »Vielleicht solltest du erst beichten, bevor du morgen zum Abendmahl gehst«, meinte sie dann.

Einen Moment lang war Isabelle sprachlos und stammelte dann: »Zum Abendmahl?«

»Du gehst doch zur Kirche, oder?«

»Ich ...« Isabelle fehlten die Worte. Meistens ging sie einmal im Jahr zusammen mit ihrer Tante zur Beichte, an einem der Nachmittage vor Ostern, mehr um ihrer Tante einen Gefallen zu tun, als aus ihrem eigenen Bedürfnis heraus. Außerdem kam sie jeden Sonntag mit zum Hochamt. Diese Gewohnheit hatte sie nur in der Zeit unterbrochen, als sie mit Gerard zusammen gewesen war, der von Glaubensdingen nichts wissen wollte. Danach begleitete sie ihre Tante sonntags wieder, zunächst aus Pflichtgefühl, allmählich aber mit wachsendem Vergnügen, weil das Hochamt für sie zu einer Art Ruhepunkt wurde, über dem sie den Rest der Woche vergessen konnte. Zum einen mochte sie das spezielle Sonntagsgefühl, zum anderen hatte die Kirchengemeinde einen guten Organisten und einen schönen Chor, und auch die Predigten waren meistens recht interessant, sodass sie ihnen gerne zuhörte und darüber nachdachte. Isabelles Gott sah allerdings anders aus als der von Tante Maran. Ihr Gott war ein Gefühl, so ein Gefühl, wie es die Menschen erfüllte, wenn sie einander anlächelten. Sie hatte es nie als Gebot oder als Verpflichtung betrachtet, zur Kirche zu gehen, und hatte dies auch nicht mit Gewissensfragen verknüpft, wie Tante Maran es ihr jetzt antrug. Und mit ihren fünfundzwanzig Jahren fühlte sie sich alt und klug genug, darüber selbst zu entscheiden.

»Was sollte ich denn zu beichten haben?«, fragte sie widerspenstig.

»Frag mich nicht. Ich war nicht dabei.«

Isabelle wurde wütend. »Ich weiß, was du denkst«, erwiderte sie gereizt. »Aber ich habe keinen Grund, mich schuldig zu fühlen. Und außerdem ist das meine Sache.«

Sie wollte noch mehr sagen, merkte aber, dass wohl nur noch zerbrochenes Geschirr ihren Gefühlen hätte Ausdruck verleihen können. Abrupt stand sie auf und sagte: »Es tut mir Leid, dass ich dir so viele Unannehmlichkeiten bereitet habe.« Dann verließ sie fluchtartig das Wohnzimmer und stieg die knarrende Treppe mit dem braunen Läufer und den Teppichhalterstangen aus Kupfer hinauf. Sie schloss ihre Zimmertür und ließ sich aufs Bett fallen, allein mit dem alten Klavier, ihren Büchern, ihren Kleidern im Schrank und ihren Erinnerungen – und den Alpträumen, die sie erwarteten.

6

Sie sahen friedlich aus. Ein Lächeln umspielte den Mund der alten Frau, vielleicht eine Folge der Leichenstarre, die sich nicht immer auf vorhersehbare Weise manifestierte. Doch wenn man die beiden so nebeneinander auf dem Rücken im Bett liegen sah, ordentlich im Schlafanzug, Hand in Hand, schien ihr Tod jedenfalls eine konsequente Folge sorgfältiger Überlegungen zu sein, als hätten sie sich mit dem Unabwendbaren abgefunden und ihren Frieden mit ihrem Entschluss gemacht, den sie anschließend mit derselben Sorge um Details und Ordnung ausgeführt hatten, die aus der Einrichtung ihres Schlafzimmers sowie des ganzen übrigen Hauses sprach. Sie hatten sich ausgezogen, ihre Kleidung weggehängt und sich die Zähne geputzt. Sie hatten sich ins Bett gelegt und die Tabletten geschluckt. Das Fläschchen stand auf einem der Nachtschränkchen, daneben ein Glas und eine halb leere Flasche Mineralwasser. Das Laken war über die Kante der pastellgrünen Daunendecke geschlagen und glatt gestrichen, als hätten sie ein ordentlich gemachtes Bett hinterlassen wollen. Es war vor allem ihr Werk gewesen, dachte Max Winter bei sich. Ihr Entschluss. Der Mann litt an Alzheimer, deshalb standen das Fläschchen, das Glas und das Wasser auf ihrer Seite des Bettes. Vielleicht hatte sie noch einen letzten Blick auf das Wrack geworfen, zu dem ihr Gatte geworden war, und hatte in sich hineingehorcht, um sicherzugehen, dass die Krebsschmerzen immer noch da waren und nur noch schlimmer werden konnten, bis sie auch mit Morphium nicht mehr beherrschbar wären. Das Kinn ihres Mannes wies Spuren von eingetrocknetem Speichel auf. Sie hatten genügend Gründe gehabt, sich davonzustehlen, ob er nun damit einverstanden gewesen war oder nicht.

Ihre Tochter saß unten im Wohnzimmer, in einem Gefühlswirrwarr von Trauer und Argwohn, wobei Letzterer überwog.

»Alzheimer und Krebs«, murmelte der Ermittler Simons. »Wenn es das ist, wonach es aussieht …«

Max Winter nickte. »Es ist das, wonach es aussieht.«

Manche Menschen hatten gelernt, den Tod statistisch zu betrachten, und konnten den Schmerz, der dazugehörte, von sich abschütteln. Solche Reaktionen sah man in den Augen vieler Polizisten. Doch Max spürte diesen Schmerz noch immer, als führe ihn jeder Tote einen Schritt näher an seinen eigenen Tod heran oder rufe in ihm Schuldgefühle wach, in Erinnerung an einen anderen Todesfall. Er fand kaum Trost in dem Gedanken, dass das Ehepaar sich aus freiem Willen für eine schmerzlose Weise des Einschlafens entschieden hatte. Er hatte hier nichts mehr verloren.

Der Gerichtsmediziner kam herein, gefolgt vom Fotografen und einem Mann von der Spurensicherung. Der Arzt zog eine Augenbraue hoch, als er Max Winter erkannte. »Was machst du denn hier?«

»Das wollte ich ihn auch gerade fragen«, sagte Simons. Er bedeutete Max, ihn aus dem Schlafzimmer zu begleiten, und blieb an einem Bleiglasfenster auf dem Flur stehen. »Also, warum bist du hier?«

Max hatte noch nie Grund gehabt, seinem früheren Kollegen etwas zu verschweigen. »Die Tochter hatte den Verdacht, ihre Mutter stehe unter dem Einfluss eines Arztes, der ihr das Erbe abspenstig machen wollte. Aber da steckt nichts dahinter.«

»Arbeitest du für Meulendijk?«

»Ja. Mal wieder einer dieser Paranoia-Aufträge, die unser Exstaatsanwalt mit Vorliebe mir aufhalst. Ich bin immer noch als freier Mitarbeiter für ihn tätig.«

Bart Simons schnaubte. »Woher willst du wissen, dass an dem Verdacht gegen den Arzt nichts dran ist?«

»Er ist der Hausarzt. Die Frau hat ihn um Adressen gebeten, und er hat ihr die einschlägigen Krebsforschungsinstitute empfohlen, falls sie ihr Geld denn unbedingt loswerden wolle. Rede doch selbst mal mit ihm.«

»Aber warum wendet sich die Tochter an dich, statt zuerst die Polizei zu informieren?«

»Sie war eben durcheinander.«

»Weil sie ihr Erbe los ist?«

Max zuckte mit den Schultern. »Es ist die übliche Geschichte, du kennst das ja«, erklärte er geduldig. »Die Eltern werden hilfebedürftig und fallen zur Last, die Kinder führen ihr eigenes Leben und verlieren die Lust, sie jeden Tag zu besuchen, geschweige denn zu versorgen, man entfremdet sich, vielleicht stand man sich auch vorher schon nicht sehr nahe, was weiß denn ich? Vielleicht glaubte die Mutter, Schenkungen seien steuerfrei. Aber was immer sie auch gedacht hat: Es war ihr Geld, und sie hatte keine Lust, alles ihrer Tochter zu hinterlassen. Ich habe keinerlei Unregelmäßigkeiten entdecken können. Sie hat eine halbe Million verschenkt, ich habe die Papiere gesehen. Es war ihre Entscheidung, der Rest sind Familienangelegenheiten. Es würde mich wundern, wenn du zu einem anderen Schluss kommen würdest.« Sein Piepser meldete sich. Er warf einen kurzen Blick darauf und schaltete ihn aus.

»Selbstmörder hinterlassen doch normalerweise einen Abschiedsbrief«, bemerkte Simons. »Die beiden nicht, und das kommt mir komisch vor.«

»Briefe schreibt man, wenn es etwas zu erklären gibt. Aber was gab es da noch zu erklären?«

»Hast du schon mit der Tochter gesprochen? Schließlich ist sie deine Klientin.«

»Ach Bart, hör schon auf. Ich bin hier fertig.«

Max tippte seinem Expartner kurz an die Schulter und machte, dass er wegkam. Im Auto rief er Meulendijk unter dessen direkter Durchwahl an.

»Einen Augenblick, bitte«, sagte der frühere Staatsanwalt, und Max hörte, wie er etwas zu jemandem in seinem Büro sagte, bevor er in die Warteschleife geschaltet wurde. Zehn Sekunden später meldete sich Meulendijk von einem anderen Apparat aus.

»Ich habe hier jemanden im Büro«, sagte er. »Aber erst mal kurz zu der Sache Celia Beulings. Ich höre gerade aus dem dritten Stock ...«

Die Scanner im Computerraum. »Richtig gehört. Die Eltern haben ihrem Leben selbst ein Ende gesetzt. Celia kann gerne zusammen mit ihrem Steuerberater zum Notar gehen, dann wird sie schon sehen, dass nichts unter der Hand verschwunden ist.«

»Schreib mir einen Bericht. Etwas anderes, in meinem Büro hier nebenan sitzt eine Dame, Judith Colijn ...«

Meulendijk besaß die störende Angewohnheit, seine Sätze nicht zu Ende zu sprechen, aber diesmal wirkte sein Zögern beabsichtigt.

»Wieder so ein Auftrag wie der hier?«, fragte Max spöttisch.

Meulendijk hüstelte in den Telefonhörer. »Ich gebe ihr deine Adresse. In einer halben Stunde kann sie bei dir sein.«

Plötzlich fiel Max ein, woher er den Namen Colijn kannte. Vor einem Monat hatte er in den Zeitungen gestanden. »Willst du damit sagen, dass ich sie als Privatklientin übernehmen kann und nicht wie sonst in deinem Auftrag?«

»Das erschien mir am günstigsten.«

»Ich kann dir nicht folgen.«

»Es ist nur eine Kleinigkeit ...«

»Ein Mord, bei dem die Polizei völlig im Dunkeln tappt: Das nennst du eine Kleinigkeit?«

»Es geht nicht um den Mord. Die Dame hätte gern eine Akte über diese junge Frau, und ich hielt es für übertrieben, dafür die ganze Maschinerie hier ...«

»Du meinst die Serviererin?«

»Wenn du nicht willst, schicke ich jemanden von uns … Aber soweit ich weiß, hast du gerade Zeit …«

»Schick sie vorbei«, sagte Max beschwichtigend.

Die Frau gab sich kaum Mühe, ihre Missbilligung zu verbergen, als Max sie in sein Büro einließ. Voller Skepsis blickte sie sich um und studierte kritisch das brüchige Leder seines Besucherstuhls, bevor sie sich in ihrem makellosen Rock darauf setzte. Max Winters Büro, in dem nur selten sauber gemacht wurde, bildete einen ziemlichen Kontrast zu dem erstklassigen Interieur bei Meulendijk. Max' erster Eindruck von Judith Colijn war, dass sie generell die Angewohnheit hatte, Möbel wie Menschen mit einem Blick zu mustern, als könne sie sich durch sie beschmutzen. Das Nächste, was ihm auffiel, und zwar ganz deutlich, war ihre Verbitterung.

Sie war eine schlanke blonde Frau, mit der man sich überall sehen lassen konnte, etwas, was sie wahrscheinlich von ihm keineswegs dachte. Das Attraktivste an ihrem Gesicht war die leicht schief stehende Nase, aber Max wusste, wie die meisten Endvierziger, dass hübsche und anziehende kleine Makel einem auf die Nerven gehen konnten, glich die Ehe erst einmal einer in Scherben gegangenen und wieder geklebten Teetasse. Der Bruch blieb sichtbar, und im Laufe der Zeit kamen immer mehr dazu, bis das ehemals hübsche Äußere hinter einem Netz von Sprüngen und Leimspuren in Vergessenheit geriet. Und zu dem Vergessenen gehörten in einer solchen Ehe auch die schönen Erinnerungen. Er betrachtete die Fältchen und Linien rund um ihre grünen Augen und die schmalen Lippen, die bei den einen vom Lachen und bei den anderen vom Gegenteil stammten, und fing an, sich ihre Angaben zu notieren.

»Ihr Mann hieß Visser, richtig?«

»Ich habe meinen Namen aus praktischen Erwägungen

heraus behalten«, erklärte sie abweisend. »Meine Firma läuft auf den Namen Colijn.«

Max legte seinen angenagten Kuli hin. »Was kann ich für Sie tun?«

»Sie wissen, was mit meinem Mann geschehen ist?«

Max antwortete ganz unverblümt: »Ihr Mann wurde in einem Gasthaus erschossen, während er mit einer Serviererin im Bett lag.« Er sah, wie sie schluckte. »Ich möchte Sie gleich von Anfang an warnen. Es ist unklug, der Polizei ins Handwerk zu pfuschen.«

»Ich will nur wissen, wer dieses Mädchen ist. Die Polizei ermittelt in einer ganz anderen Richtung. Ich will alles über sie wissen. Ich weiß noch nicht einmal, wo sie wohnt. Sie heißt Isabelle Mertens. Die Polizei hat ihre Adresse nicht an die Presse weitergegeben, offenbar um ihre Privatsphäre zu schützen, und auch mir haben sie sie nicht verraten.«

»Um zu verhindern, dass Sie ihr den Schädel einschlagen?«, erkundigte sich Max.

Judiths Augen blitzten. »Sie verstehen überhaupt nichts!«

»Dann erklären Sie es mir.«

Sie spitzte die Lippen. »Ihr Arbeitgeber bezeichnete es als einen einfachen Auftrag: Sie sollen lediglich eine Akte über eine Person anlegen. Wenn Ihnen das zu kompliziert ist, suche ich mir eben jemand anderen.« Ihr Griff um die Tasche auf ihrem Schoß wurde fester.

Max ließ ihr den »Arbeitgeber« durchgehen. »Das steht Ihnen frei«, sagte er. »Aber ich habe nun einmal das Problem, dass ich nicht nach Dingen suchen kann, wenn ich nicht weiß, warum ich nach ihnen suche.«

Meulendijk musste ihn in den höchsten Tönen gelobt haben, dachte Max, als die Frau sitzen blieb. Sie seufzte. »Sie meinen, dass ich noch einmal dieselben Fragen beantworten muss. Über meine Ehe und so weiter.«

»Das wäre ein Anfang.«

»Ich habe immer geglaubt, wir führten eine normale Ehe, obwohl wir beide recht verschieden waren. Für mich ist meine Firma sehr wichtig, während er diese Dinge weniger ernst nahm. Er war nicht so ehrgeizig wie ich. Was sonst noch? Wir haben keine Kinder.«

»Warum nicht?«, fragte Max.

Wieder biss sie sich auf die Unterlippe. Max sah eine Reihe schneeweißer Zähne. Ein Vorderzahn stand ein wenig schief, eine weitere Eigenschaft, durch die sie vielleicht wirklich hinreißend gewesen wäre, wenn sie nur jemand mit auf eine einsame Insel genommen und ihr dort den bitteren Zug um den Mund weggeliebt hätte, sodass ihre gesellschaftlichen Ambitionen bedeutungslos geworden wären. »Ben konnte keine Kinder zeugen. Aber das war nicht … Mit unserer Ehe war alles in Ordnung.« Sie suchte nach Worten. Ihre Verwirrung hinterließ einen Riss in ihrem Panzer und verlieh ihr etwas Verletzliches. »Ich hätte nie gedacht, dass es für ihn einen Grund gab, sich eine Geliebte zu nehmen. Natürlich war nicht immer alles eitel Sonnenschein, aber das gilt schließlich für jede Ehe. Glaube ich jedenfalls.« Letzteres fügte sie zögernd hinzu, während sie den Staub auf dem Holz seines Aktenschranks betrachtete.

»Sie glauben, dass die Frau ihn verführt hat«, half ihr Max. »Aber er wird doch zumindest daran beteiligt gewesen sein.«

Sie antwortete mit einem kurzen Nicken, legte aber sofort danach den Kopf schief, als wolle sie ihre Zustimmung verschleiern. »Welche Frau geht denn schon in der ersten Nacht mit einem Mann ins Bett?«

»Wer sagt denn, dass es das erste Mal war?«

»Wenn nicht, hätte ich es gewusst. Ich bin doch nicht blind. Ben und ich wollten an diesem Abend mit einem Bankier zu Abend essen. Es war ein wichtiger Termin. Wenn er dieses Mädchen schon länger gekannt hätte, hätte er sich an einem anderen Abend mit ihr verabredet.

Sie sind sich an diesem Tag zum ersten Mal begegnet, und er war so aus der Fassung, dass er es noch nicht einmal für nötig hielt, mich anzurufen und sich eine Ausrede einfallen zu lassen.« Sie schaute Max an. »Ich glaube, dass sie eine Prostituierte ist.«

»Der erste Teil ihrer Argumentation klingt vernünftig«, sagte Max nach einer kurzen Pause. »Ihre Verabredung zum Essen, kein Anruf, das erste Mal, das kann alles hinhauen. Aber das heißt noch nicht, dass sie eine Prostituierte sein muss. Liebe auf den ersten Blick gibt es durchaus.«

Judith stellte ihre Handtasche neben sich auf den Stuhl und strich mit den Händen über ihren grünen Rock, der perfekt zur Farbe ihrer Augen passte. »Ihr Büro ist eine richtige Bruchbude«, sagte sie dann. »Wenn der Staatsanwalt Sie mir nicht empfohlen hätte, hätte ich hier keinen Fuß hineingesetzt. Es sieht aus wie in einem schlechten Film. Sie könnten mehr Klienten haben, wenn Sie sie in einem anständigen Büro empfangen würden.«

Max lächelte sie an.

»Wenn sich Ben Hals über Kopf in sie verliebt hat, muss sie wirklich ein außergewöhnlicher Mensch sein«, sagte Judith. »Wenn dem so ist, möchte ich auch das wissen.«

Sie hielt ihre Hände ruhig und schaute ihn an. Winter sah genauso schäbig aus wie sein Büro. Er trug eine braune Hose, die er wahrscheinlich jeden Abend zwischen Matratze und Lattenrost legte, um ihr einen Hauch von Form zu verleihen, und dazu ein verschlissenes Jackett. Er war ein paar Kilo zu schwer, und das Haar auf dem Schädel über seinem markanten Gesicht lichtete sich. Er erinnerte sie vage an Ben, der auch zur Schlampigkeit geneigt und dieselben Züge von Widerspenstigkeit und Unnahbarkeit an sich gehabt hatte. Er reizte sie, weil sie spürte, dass er absichtlich kein Wort sagte, um sie aus der Reserve zu locken.

»Verstehen Sie, was ich meine?«, fragte sie schließlich.

»Sie meinen, außergewöhnlicher als Sie?«

Sie ignorierte seine Ironie. »Die Polizei glaubt, dass sie nichts mit dem Mord zu tun hat, aber ich bin nicht davon überzeugt. Seine Brieftasche ist verschwunden. Vielleicht war es Raubmord. Vielleicht hat sie mit einem Freund zusammengearbeitet und vielleicht kam dieser Freund herein, um Ben auszurauben, und die Situation eskalierte. Wie dem auch sei, ich will es wissen. Ich finde keine Ruhe, bevor ich es nicht weiß.« Judith stand auf. »Es bedeutet eine Kränkung für mich. Es ist, als würde mich jemand beleidigen und ich könnte nichts darauf erwidern.«

Eine Kränkung, das konnte er gut verstehen.

Isabelle hörte einen Vogel singen, direkt unter ihrem Fenster, das einen Spalt offen stand und nur locker von einem Häkchen gehalten wurde. Wahrscheinlich saß er im Weißdornbusch, der hinten im kleinen Garten stand. Vielleicht hatte der Vogel sie geweckt. Es konnte eine Amsel sein oder eine Meise oder vielleicht eine Nachtigall, sie kannte sich nicht so mit Vögeln aus, aber sein Gesang war das einzige Geräusch weit und breit, glasklar und paradiesisch. Er bewirkte, dass sie gern im Bett geblieben wäre, um nur dem Vogel zuzuhören.

Jetzt fing er wieder an. Er rief in ihr ein Verlangen nach Orten wach, die sie nicht kannte, an denen sie aber gerne wäre. Sie hatte gut geschlafen, ungestört von Alpträumen.

Das laute Klingeln des Weckers unterbrach jäh den Vogelgesang, und mit einem Ruck setzte sie sich auf. Mit einem Schlag schaltete sie den Wecker aus, und durch die plötzliche Bewegung wurde ihr für einen kurzen Moment schwindelig. Sie saß aufrecht und stellte sich vor, dass es andere Orte geben musste oder ein besseres Leben, wo man von Vögeln geweckt wurde anstatt von Weckern.

Isabelle stand auf und ging träge durch den Flur ins Badezimmer. Sie zog ihr Nachthemd über den Kopf und betrachtete die Narbe auf ihrem Oberarm, die noch ein bisschen gerötet war und manchmal etwas juckte. Die Narbe würde für immer bleiben, eine verblassende Spur von Ben, das Einzige, was ihr von ihm blieb. Sie wusste, sie würde ihr Leben lang an Ben denken, immer wenn sie im Spiegel die Narbe sah.

Tante Maran hatte schon Frühstück gemacht und schenkte Tee ein, mit den präzisen, behutsamen Bewegungen des Alters. Das Zimmer roch nach Velours und nach Bohnerwachs auf altem Holz, begleitet von einer Prise Kampfer und Staub. Seit der Nacht im Gasthaus nahm Isabelle Gerüche deutlicher wahr, und alles fühlte sich anders an, als hätten sich ihre Sinnesorgane irgendwie verändert. Die Stimme ihrer Tante wirkte ein bisschen schriller und ihr Klavier klang dumpfer, nur der Vogel hörte sich frisch und glasklar an, als könne kein menschliches Ohr seinen Gesang verzerren.

»Was lächelst du denn so?«, fragte Tante Maran.

Isabelle schüttelte den Kopf. Sie hatte Hunger und nahm sich noch eine Scheibe Brot, die sie mit einer Käsescheibe zusammenfaltete und mitnahm, als sie zur Tür ging. »Ich komme zu spät«, erklärte sie.

»Fahr vorsichtig«, mahnte Tante Maran automatisch. Isabelle erkannte, dass sie noch ihr übliches »Sei vor dem Dunkeln zu Hause« hinzufügen wollte, doch dann schloss ihre Tante abrupt den Mund und ihr Gesicht verhärtete sich. In einer plötzlichen Gefühlsaufwallung ging Isabelle zurück und küsste sie auf die Wange, bevor sie geniert davoneilte.

Sie erschrak unwillkürlich, als sie auf dem Parkplatz vor dem Restaurant einen BMW bemerkte, in genau derselben Parklücke, in der Bens Auto gestanden hatte. Aber der hier war alt und verbeult, und auf der Windschutzscheibe hatten die Scheibenwischer zwei dunkle Halbkreise im Schmutz hinterlassen.

Ihre Arbeitskleidung hing nicht in ihrem Spind. Es hing überhaupt nichts darin, der Spind war leer. Isabelle schloss die Tür und machte sich auf den Weg durch die Küche. Sie grüßte Egbers, den Chefkoch, der hinter seinem Hacktisch überrascht aufblickte und offenbar etwas sagen wollte, aber da war Isabelle schon durch die Schwingtür verschwunden.

Letty stand hinter dem Tresen, und ein unbekanntes Mädchen bediente auf der Seite zur Straße hin. Im Restaurant saßen nur wenige Gäste, was um diese Uhrzeit normal war. Nicht normal war die Musik, Aufzuggedudel von einem der alten Bänder. Auch Letty wirkte nicht normal, sondern bedrückt.

»Hi«, begrüßte Isabelle sie. »Wo sind denn meine Sachen?«

»Ich kann es nicht ändern«, sagte Letty. »Van Houten wartet auf dich.«

Isabelle spürte, wie ihr kalt wurde. »Ach so«, sagte sie leise.

»Möchtest du vorher erst mal eine Tasse Kaffee trinken?«, fragte Letty. »Hör mal, ich habe ...«

»Du kannst nichts dafür«, unterbrach Isabelle sie, schärfer, als sie beabsichtigt hatte. »Niemand kann was dafür. Ist das da meine Nachfolgerin?«

Als sie das Restaurant durchquerte, schaute ein Mann an Tisch acht auf, als erkenne er sie wieder. »Juffrouw Mertens?« Er machte Anstalten aufzustehen, aber Isabelle starrte stur geradeaus und ging weiter bis in den Flur. Sie klopfte an van Houtens Tür und platzte in sein Büro, ohne seine Reaktion abzuwarten. Er stand von seinem Schreibtischstuhl auf.

»Tag, Isabelle. Setz dich doch einen Moment.«

Isabelle ignorierte seine ausgestreckte Hand und erwiderte nichts. Sie hatte nie etwas gegen van Houten gehabt, aber sie war jetzt nicht in der Stimmung, es ihm leicht zu machen.

»Bitte setz dich doch«, sagte er noch einmal. »Das alles ist schon unangenehm genug. Ich habe diese Entscheidung nicht allein getroffen, aber ich will mich auch nicht hinter meinem Chef verschanzen, denn ich bin mit ihm einer Meinung. Du bekommst drei Monatsgehälter zusätzlich ausbezahlt, weil … Na ja, du hast hier gute Arbeit geleistet.« Er sank zurück auf seinen Stuhl, zog eine Schublade auf und überreichte ihr einen Lohnstreifen. »Der Betrag wurde bereits auf dein Konto überwiesen.«

Isabelle nahm das Stück Papier an und faltete es zusammen. »Warum?«, fragte sie.

»Du hast die Kündigung eingereicht, und deinem Wunsch wurde entsprochen«, erklärte van Houten. »Das ist günstiger für dich als andersherum. Ich will dir nichts Böses.«

»Ich kann mich aber gar nicht daran erinnern, gekündigt zu haben.«

Van Houten nahm eine distanzierte Haltung ein und erwiderte: »Es ist mir schleierhaft, wie du nach dem Grund deiner Entlassung fragen kannst. Fotografen, Journalisten, ein Fernsehteam sowie eine rachsüchtige Ehefrau haben uns die Tür eingerannt. Unser Name steht in allen Zeitungen. Wir alle hier haben versucht, dich in Schutz zu nehmen. Ich habe auch nie geglaubt, dass du etwas mit der Sache zu tun hattest, als letztes Jahr der Mercedes gestohlen wurde und die Polizei sich erkundigte, ob dein Freund hier aufgetaucht sei. Aber seit deiner letzten Aktion betrachten die Leute unsere Serviererinnen quasi als Prostituierte. Das ist nicht gut fürs Geschäft, ganz unabhängig davon, wie ich persönlich über das alles denke.«

Isabelle hielt sich zurück. Sie steckte den Lohnstreifen in ihre Tasche. Vielleicht hätte sie lieber sagen sollen, er könne sein Geld behalten, aber drei Monatsgehälter waren drei Monatsgehälter.

»Jetzt hör doch mal«, sagte van Houten beschwichtigend. »Es tut mir Leid, dass es so gelaufen ist. In einem halben Jahr erinnert sich kein Mensch mehr daran. Wenn du bis dahin noch nichts Besseres gefunden hast oder gerne hierher zurückkommen möchtest …« Er machte eine Handbewegung. »Meine Tür steht dir immer offen.«

Sie schluckte ihre Wut hinunter und blieb im Hinausgehen noch einmal stehen, als er sagte: »Isabelle?« Sie sah, dass ihm seine Frage schwer fiel, er sie sich aber trotzdem nicht verkneifen konnte. »Warum hast du das getan?«

»Was habe ich denn getan?«, fuhr sie ihn an. »Ihn ermordet vielleicht?«

Er schüttelte den Kopf. »Warum bist du mit ihm mitgegangen?«

Er wirkte plötzlich linkisch und pubertär, sodass sie fast Mitleid mit ihm bekam, aber es ging ihn nichts an. »Einfach so, aus Spaß«, antwortete sie und öffnete mit einem Ruck die Tür.

Im Eingangsbereich fing Letty sie ab. »Und?«

»Job ade.«

Sie wollte weitergehen, aber Letty griff sie am Arm. »Was willst du denn jetzt machen?«

»Fensterscheiben einwerfen. Nach Honolulu trampen. Ein Restaurant aufmachen mit Huren, die glauben, sie seien Serviererinnen.«

»Red nicht so 'n Scheiß«, sagte Letty. »Ich halte die Augen für dich offen, okay?«

Isabelle nickte und verließ das Restaurant. Sie blickte über die Weiden und dachte daran, dass sie nun frei war und machen konnte, was sie wollte. Sie spürte, wie ihr die Tränen in die Augen traten, weil ihr die Freiheit so unermesslich groß erschien, und so leer.

Max fuhr ihr hinterher. Es war kein Kunststück zu erraten, was vorgefallen war, wenn man eine junge Frau zur Arbeit gehen und sie zehn Minuten später mit ziellosen Bewegungen und abwesendem Blick wieder herauskommen sah.

Der Auftrag war einfach und das Objekt seiner Ermittlungen machte es ihm leicht, weil es auf nichts achtete. Isabelle fuhr an den Autobahnauffahrten vorbei, und Max folgte ihr entspannt, bis sie mit ihrem kleinen Renault durch Waardenburg fuhr. Dort hielt sie bei einer Telefonzelle an.

Max fuhr an ihr vorbei und parkte dreißig Meter weiter. Er stellte den Motor ab, drehte sich um und beobachtete das Mädchen durch die Heckscheibe, über die Rückenlehne seines Autositzes hinweg. Sie stand in der Zelle und führte ein Telefongespräch. Sie hatte einen Schreibblock dabei, auf dem sie sich Notizen machte.

Nachdem sie aufgelegt hatte, kam sie wieder aus der Zelle heraus und stieg in ihr Auto. Max hatte schon die Hand am Zündschlüssel, aber die junge Frau fuhr nicht los. Sie lehnte sich zur Seite und wühlte in ihrem Handschuhfach herum. Ihre Hände blieben Max verborgen, aber durch die Bewegungen ihrer Schultern und die Art, wie sie dann und wann aufsah, als müsse sie nachdenken, kam es ihm vor, als schreibe sie etwas auf ihren Block.

Das Ganze dauerte fünf Minuten. Dann reichte sie wieder zur Seite, und er sah, wie sie einen Briefumschlag zuklebte. Der Umschlag verschwand außer Sicht, wahrscheinlich legte sie ihn aufs Lenkrad, um die Adresse draufschreiben zu können. Kurz darauf stieg sie aus und ging mit dem Umschlag in der Hand auf dem Bürgersteig in Richtung des Tunnels, der unter der Autobahn hindurchführte.

Max stieg ebenfalls aus und schlenderte auf seiner Straßenseite ein Stück weit zurück. Sie betrat ein kleines Postamt; er nahm an, um eine Briefmarke zu kaufen. Autos und Mopeds fuhren vorbei. Weiter weg dröhnte der Autobahnverkehr. Er eilte zurück zum Wagen, als er sie, ohne den Umschlag, wieder aus dem Postamt herauskommen sah.

Isabelle stieg in ihr Auto und fuhr aus der Ortschaft heraus. Max musste bremsen und praktisch am Straßenrand anhalten, als sie einmal unentschlossen um den Kreisverkehr herumkurvte, bevor sie scheinbar willkürlich an einer der Ausfahrten abbog. Er folgte ihr am Ortsschild nach Neerijnen vorbei, wo sie anscheinend auch nicht hinwollte, denn sie fuhr in derselben ziellosen Manier geradeaus weiter den Deich hinauf.

Max verringerte die Geschwindigkeit. Auf der Deichstraße war sein BMW ungefähr so unauffällig wie ein brennender Dornbusch auf dem Weg nach Jericho.

Das Mädchen passierte die letzten Häuser und folgte dann dem Deich, der durch Wiesen und Überschwemmungsgebiete führte. Max kurbelte das Seitenfenster herunter. Er hörte das träge Brummen von Traktoren. Das Wetter war herrlich. Bauern wendeten das Heu, an anderer Stelle grasten schwarzbunte Kühe im leuchtenden Grün. Ein Reiher schwebte über eine mit Schilf durchwachsene Weidenanpflanzung. Dahinter glitzerte der Fluss.

Max bremste und ließ sein Auto an den Straßenrand rollen, als die junge Frau die Geschwindigkeit drosselte und ihren Renault auf dem Damm am Ende der niedrigen Weidenpflanzung parkte. Ohne nach links oder rechts zu schauen, kletterte sie über den Zaun und ging den Deich hinunter. Den Renault ließ sie unabgeschlossen stehen. Ihre Tasche trug sie bei sich. Unten am Deich verschwand sie hinter den Weidensträuchern außer Sicht. Vielleicht musste sie dringend aufs Klo.

Max wartete im Auto. Als das Mädchen nach ein paar Minuten noch nicht zurückgekehrt war, holte er sein Fernglas aus dem Fach im Armaturenbrett und stieg aus. Er hängte sich das Fernglas um den Hals und spazierte über den Deich zu ihrem Auto. Neben dem Renault blieb er stehen und betrachtete über den Metallzaun hinweg die Überschwemmungsgebiete. Es war eine friedliche Landschaft mit Schilfstreifen, Weiden und von schmalen Gräben durchzogenen Wiesen, die sich vom Deich aus in

Wellen abfallend Hunderte von Metern weit bis hin zum niedriger gelegenen Flussdeich erstreckten. Insekten summten, Kiebitze taumelten durch die lauen Lüfte, weiße und blaue Schmetterlinge flatterten auf der Suche nach Nektar umher, den man förmlich riechen konnte. Hinter dem Außendeich glitten Frachtschiffe vorbei, geräuschlos, weil Max die Brise im Rücken hatte, sodass er nur die Traktoren auf der dem Land zugewandten Seite hören konnte.

Er erblickte das Mädchen erst, als sie das Ende der Weidenpflanzung erreichte, eine immer kleiner werdende Gestalt, die durch die Wiesen in Richtung Außendeich lief, wo das Gras spärlicher und dünner wurde. Sie ging zielstrebig, ohne sich umzuwenden oder nach links oder rechts zu schauen, als wüsste sie genau, wo sie hinwollte. Ihm kam der beunruhigende Gedanke, dass der Brief vielleicht ein Abschiedsbrief gewesen war und er gleich die hundert Meter in zehn Sekunden würde zurücklegen müssen, falls sie sich entschließen sollte, für immer über den Deich zu verschwinden.

Sie schien ihm zwar nicht der Typ dafür zu sein, aber er kannte sie ja bisher nur vom Sehen und konnte sich irren. Sie hatte noch nicht einmal ihr Auto abgeschlossen. Ein linierter Schreibblock lag aufgeschlagen auf dem Beifahrersitz.

Max blickte um sich. Der Deich war menschenleer. Er öffnete die Beifahrertür und sah, dass sie die Autoschlüssel mitgenommen hatte. Das beruhigte ihn einigermaßen. Sie war einfach nur vertrauensselig, wie vermutlich die meisten Leute hier.

Er nahm den Schreibblock und blätterte die weißen linierten Seiten durch. Auf dem ersten Blatt konnte er keinen Schreibabdruck feststellen, sie musste ein Blatt abgerissen und die weiche Pappe des Umschlags als Unterlage benutzt haben. Im Handschuhfach fand er eine Mappe mit Autopapieren zwischen Papiertaschentüchern,

Kugelschreibern, einer Schachtel Aspirin und einer angebrochenen Rolle Pfefferminzbonbons, dazu eine noch verschlossene Schachtel Binden, einen Schraubenzieher und ein mit einem Gummiband zusammengehaltenes, eingerolltes Heft. Max schob das Gummiband von der Rolle und betrachtete verwundert den Umschlag einer Sammlung von Klavierstücken, die *Nocturnes* von John Field.

Er notierte die Adresse, die auf ihren Autopapieren stand, und legte alles zurück ins Handschuhfach. Er stieg aus und ging hinüber zum Zaun, lehnte sich an die obere Metallstange und stellte sein Fernglas ein.

In der Ferne sah er, wie das Mädchen den niedrigen Deich erklomm und sich, oben angekommen, hinsetzte. Sie saß mit dem Rücken zu ihm, sodass er nur ihre dunklen Locken über der grünen Sommerjacke erkennen konnte. Wahrscheinlich schaute sie auf den Fluss oder lauschte mit geschlossenen Augen den Sommergeräuschen.

Sie hätte über alles Mögliche nachdenken können. Über diesen unbegreiflichen Impuls, der in ihrem Leben das Unterste zuoberst gekehrt hatte. Über die Tatsache, dass sie entlassen worden war und nicht so leicht eine andere Arbeit finden würde, nachdem man sich in den Medien über sie das Maul zerrissen hatte. Max versuchte sich vorzustellen, wie sie sich fühlen musste. Sie hätte seine Tochter sein können, doch er hatte keine Töchter und wusste nichts über junge Frauen. Er wusste noch nicht einmal besonders viel über seine Freundin Marga, die sich mit Hilfe ihrer Mischung aus irdischen und überirdischen Instinkten zweifellos besser in ihre sechundzwanzigjährige Geschlechtsgenossin hätte hineinversetzen können. Vielleicht war dies der richtige Moment, zu dem Mädchen hinüberzuspazieren und sie nach dem Grund für ihre unbegreifliche, spontane Tat zu fragen.

Er hatte den Auftrag von Judith Colijn angenommen, und er nahm auch ihr Geld an, aber er hatte keine Ahnung, was er in seinem Bericht über dieses Mädchen schreiben sollte. Berichte enthielten Tatsachen und Umstände, der Rest war etwas für den Psychiater. Wie und was und wo. Das Warum allerdings war nicht bei diesem Mädchen zu finden, das einzig und allein dem Impuls seiner Verliebtheit gefolgt war und nun wie ein Wrackteil des Zufalls und des Schicksals am Ufer zurückgelassen wurde. Das Warum, das Max beschäftigte, war die Frage nach dem Mord an Ben Visser. Es war das polizeiliche Warum, die Suche nach dem Motiv, das man meistens nur auf dem Wege des Wie und des Was entdecken konnte. Mit diesen Dingen beschäftigte sich CyberNel. Bei Isabelle Mertens handelte es sich um eine sechsundzwanzig Jahre alte Serviererin. Sie konnte lesen und schreiben, sie menstruierte und spielte Klavier. Wobei Letzteres das Einzige war, was man nicht unbedingt von ihr erwartet hätte.

Das Mädchen rührte sich nicht. Max ließ das Fernglas sinken. Sie wollte allein sein. Das erschien ihm der beste Abschluss für einen kurzen, bündigen und gut bezahlten Bericht. *Isabelle Mertens hört dem Gras beim Wachsen zu und will in Ruhe gelassen werden.*

7

Max parkte seinen BMW vor der neuen Garage unter den Apfelbäumen und betrat den Bauernhof. Marga erschien in der Wohnzimmertür, und er umarmte sie. Manchmal vergaß er seine Vergangenheit, und der verwegene Gedanke keimte in ihm auf, dass er mit dieser Frau gerne verheiratet wäre, aber Marga pflegte solche Anwandlungen unverzüglich im Keim zu ersticken. Da sie zu jung war, um den revolutionären Überschwang gegen Ende der sechziger Jahre bewusst miterlebt zu haben, musste ihr wohl die Vorstellung, die Ehe sei etwas für Beamte und Dummköpfe, aber nicht für eine verrückte Künstlerin wie sie, auf genetischem Wege eingeprägt worden sein.

Hinter ihr räusperte sich jemand. »Deine Zweitfreundin ist da«, sagte Marga und trat einen Schritt beiseite.

CyberNel lag zusammengerollt auf dem Sofa, mit dem für sie typischen Gesichtsausdruck einer geheimnisvollen Katze. Max schaute sie verwirrt an. »Was für Geschichten hast du ihr denn aufgetischt?«

»Na, na«, sagte Marga spöttisch, bevor Nel ein Wort sagen konnte. »Du willst doch nicht behaupten, dass du nie mit ihr im Bett gewesen bist.«

Max fing an zu grinsen. Margas Sechziger-Jahre-Vorstellungen betrafen zwar die Abneigung gegen den Trauschein, aber nicht unbedingt die offene Partnerschaft. Zwar hatten sie sich weder Versprechungen gemacht noch waren sie gegenseitige Verpflichtungen eingegangen, aber sie würde auf eine andere immer ein bisschen eifersüchtig sein. Max sah Nel an und antwortete: »Doch, ein Mal, glaube ich.«

»Was soll das heißen, glaubst du?«

»Er ist vor meinen Computern eingeschlafen«, half Nel. »Er war ziemlich betrunken.«

Nel sah aus wie ein zu klein geratenes sexy Raubtier in engen schwarzen Jeans und einem ebenfalls schwarzen Jeanshemd, kurz geschnittenen Haaren und Sommersprossen auf der Nase.

CyberNel war besessen von Elektronik und Computern. Als sie noch bei der Polizei arbeitete, hatte sie ihre Fähigkeiten nie nutzen können, und nach einer kurzen Ehe mit einem Verkehrspolizisten, die eines natürlichen Todes, an Langeweile, starb, war sie ausgestiegen und hatte sich selbstständig gemacht. Seitdem hatte sie sich bei diversen Institutionen mit speziellen Sicherheitsprogrammen einen Namen gemacht.

»Gut, das war das erste Mal«, sagte Marga. »Und danach?«

»Nie wieder«, schwor Max.

»In den ganzen zwei Jahren, in denen ihr Tag und Nacht zusammengearbeitet habt?« Marga runzelte die Stirn. »Tag und Nacht?« Sie musste selbst darüber kichern.

»Er ist nicht mein Typ«, erklärte CyberNel.

»Wer ist denn dann dein Typ?«

»Kaum einer.«

Nel war genauso unangepasst wie Marga, vielleicht fühlte sie sich hier deshalb sichtlich wie zu Hause. Bei Marga brauchte man keine konventionellen Umgangsformen. Nel war sechs Jahre jünger als sie, aber Max konnte auf einen Blick feststellen, dass die beiden auf einer Wellenlänge lagen.

Sie wechselten einen verschwörerischen Blick. »Du hättest sie mir nicht verheimlichen sollen«, meinte Marga sinnierend.

Max schaute Nel argwöhnisch an. »Woher wusstest du, dass du mich hier finden würdest?«

»Sie hat ein gutes Gefühl für Zahlen«, antwortete Marga. »Was man von mir nicht behaupten kann. Ich habe ein gutes Gefühl für Makkaroni. Nel bleibt zum Essen.« Sie nahm sich ein Sieb und ein Messer, um im Garten Salat abzuschneiden. »Gib ihm schon mal was zu trinken.«

Sie verschwand in der Tenne. CyberNel sprang geschmeidig auf und öffnete den Schrank mit den Getränken, als wäre sie hier zu Hause. »Als du bei mir gefrühstückt hast, warst du doch noch gar nicht mit ihr zusammen.« Sie reichte ihm den Sherry. Ihre grünen Augen trieben ihren Spott mit ihm.

»Dieses Frühstück ist und bleibt für mich ein rätselhafter Euphemismus.«

»Vollkornbrot und Orangensaft, und du wolltest Tee statt Kaffee.« Nel ließ sich zurück aufs Sofa sinken. Er setzte sich auf den schwarzen niedrigen Tisch davor und lehnte sich zu ihr hinüber, das Glas in der Hand. Ihr Grinsen veränderte sich allmählich in ein leichtes Lächeln. Sie sagte: »Du hast ins Schwarze getroffen.«

Max schwieg für einen Moment. »Hast du noch mehr rausgefunden?«

Nel schaltete mühelos um. »Nicht über die Serviererin, aber ich glaube, dass es da auch nur wenig zu finden gibt. Sie ist Waise, ihre Mutter starb bei der Geburt. Sie ist bei ihrer Großtante aufgewachsen und hat immer bei ihr im Haus gewohnt, mit nur einer Unterbrechung von gut einem Jahr, da war sie in Utrecht unter der Adresse eines gewissen Gerard Linders gemeldet. Vor einem Jahr zog sie zurück zu ihrer Tante. Sie arbeitet schon seit fünf Jahren in der Autobahnraststätte, auch in der Zeit, als sie in Utrecht wohnte.«

»Hast du was über diesen Gerard?«

»Dreißig Jahre alt, Junggeselle, von Beruf Taxifahrer. Er ist vorbestraft, saß ein paarmal wegen Autodiebstahl und Versicherungsbetrug im Knast. Autos klauen, umlackieren und ab nach Polen, du weißt schon. Zweimal in Zusammenarbeit mit dem jeweiligen Besitzer, der dann die Versicherungssumme kassiert hat. Das war, bevor Isabelle bei ihm eingezogen ist.«

»Und, ist er danach auf dem rechten Weg geblieben?«

»Die Computer sagen ja, aber vor einem Jahr, kurz nachdem Isabelle mit ihm Schluss gemacht hatte, wurde ein Mercedes vom Parkplatz des Restaurants gestohlen. Die Polizei verdächtigte Gerard, konnte ihm aber nichts nachweisen. Ich weiß nicht, ob da was dran ist.«

»Hatte er ein Alibi?«

Nel verzog das Gesicht. »Er wurde vernommen, aber es ist nichts dabei herausgekommen. Vielleicht hat er Isabelle auf der Arbeit besucht, um sich mit ihr zu versöhnen, und hat dabei die Gelegenheit beim Schopf ergriffen. Möchtest du, dass ich ihn weiter durchleuchte?«

»Hm, Taxiunternehmen sind doch meistens ziemlich wählerisch und setzen nicht einfach jeden x-Beliebigen auf ihre Gehaltsliste.«

»Vielleicht hatte er einen guten Bewährungshelfer.«

Marga kam mit einem frischen Kopf Salat herein, fing an, ihn auf der Anrichte zu verlesen und zu waschen und sagte: »Frauchen muss kochen.«

»Soll ich dir helfen?«, fragte Nel.

»Auf keinen Fall«, protestierte Max. »Kochen ist eine Kunst. Du darfst gleich den Tisch decken, wenn wir beide fertig sind. Wie sieht's mit Ben Visser aus?«

CyberNel warf einen kurzen Blick auf Marga. »Irgendwas ist komisch an der ganzen Geschichte.«

Max grinste. »Ich glaube, die Polizei ist ganz derselben Meinung.«

Nel schüttelte den Kopf. »Die Polizei weiß mehr, als in den Berichten steht. Die Daten sind mit einem Code des Zentralen Polizeilichen Informationsdienstes gesichert ...«

»Eines Tages kriegen sie dich mal dran mit deiner Hackerei.«

»Solange die mein Programm verwenden, kann ich jederzeit rein. Aber ich hinterlasse keine Scherze mehr, das habe ich dir ja versprochen.«

Als Nel noch bei der Polizei arbeitete, hatte sie ein spezielles Programm entwickelt, um die Computer in der Abteilung des Zentralen Polizeilichen Informationsdienstes, abgekürzt CRI, zu sichern. Sie hatte sich allerdings, wie Programmierer es öfter tun, ein Hintertürchen offen gelassen, wodurch sie an große Teile der gespeicherten Information herankam. Ein wohlmeinender Polizeifunktionär hatte Max bereits gewarnt, dass sie allmählich damit auffiel.

»Was fehlt denn in den Berichten?«, fragte er.

»Hm. Der zuständige Oberstaatsanwalt für den CRI und den CID, den Kriminal-Informationsdienst, hat damit zu tun, da komme ich nicht dran. Aber die Codierungen, mit denen die Informationen gesichert sind, stehen meiner Meinung nach für Kontakte mit einer amerikanischen Behörde, ich könnte schwören, mit dem FBI.«

»Mist«, sagte Max verärgert. »Nicht schon wieder so eine kopflastige Organisation.«

Mitleidig zog Nel eine Augenbraue hoch. »Kopflastig wird es doch schon in dem Moment, wo es sich um einen Auftragsmord handelt.«

»Die Witwe glaubt an einen aus dem Ruder gelaufenen Raubüberfall, eventuell mit einem Freund als Komplizen, weil die Brieftasche ihre Mannes verschwunden ist. Weiß man, ob seine Kreditkarten benutzt worden sind?«

»Nein, nichts. Ich habe das Gefühl, dass die ganze Angelegenheit ganz nach unten in die Ablage geschoben wurde. Bist du schon bei dem Gasthaus gewesen?«

Max schüttelte den Kopf. »Vorläufig will ich der Polizei nicht in die Quere kommen.«

Nel wandte den Blick Marga zu, die mit Kräutern, Pilzen und Rosinen hantierte und zu ihnen hinüber an den Schrank mit der Hausbar ging, um eine Flasche Cognac herauszuholen.

»Kommt der auch in die Makkaronisauce?«, fragte Nel interessiert.

»Du wirst dich noch wundern«, antwortete Marga. »In meine Sauce kommen insgesamt dreizehn Zutaten.«

»Ich habe dir doch gesagt, dass es eine Kunst ist«, meinte Max. »Was ist mit diesem Hotel?«

»Ben Visser hat dort einen anderen Namen angegeben.«

»Das ist doch normal bei einem Seitensprung. Man hat dann nur das Problem, dass man bar bezahlen muss.«

»Er wurde aber ermordet, bevor er bezahlen konnte. Nein, die Sache ist die, dass der Name, den er benutzt hat, aus den Berichten verschwunden ist.«

»Vielleicht stand er gar nicht erst drin, weil sie ihn nicht für wichtig hielten. Lass mich raten, Jan Jansen?«

Unbeirrbar schüttelte sie den Kopf. »Ich habe lange genug bei der Polizei gearbeitet, um zu wissen, dass alles zu Protokoll genommen wird. Du hast das früher garantiert auch getan. Wenn sie den Namen unterschlagen, hat das etwas zu bedeuten. Insbesondere weil alles andere über Ben Visser akribisch aufgenommen wurde.«

»Lass mal hören.«

»Vielleicht ist es Zufall ...«

»Es gibt keinen Zufall.« Offenbar hörte Marga aufmerksam zu.

»Richtig«, stimmte Nel zu. »Dann ist es eben kein Zufall, aber Ben Visser war ebenfalls Waise.«

»Aha, zwei Königskinder.« Marga drehte die Gasflamme herunter und nahm ihr Weinglas in die Hand, das auf der Anrichte stand. »Ich habe darüber in der Zeitung gelesen, aber was immer auch behauptet wird, diese beiden sind sich begegnet und wussten, dass sie füreinander bestimmt waren. Mit sehr viel Glück passiert einem das einmal im Leben. Das arme Kind.«

Max dachte an Isabelle und wie sie am Fluss gesessen hatte. »Klingt ja so, als wärst du neidisch«, sagte er.

Marga klappte den Deckel auf einen Topf. »Stimmt.«

Nel ließ den Blick ein paar Sekunden lang auf Marga ruhen und sagte dann: »Judith Colijn hat erzählt, Ben Visser sei als Jugendlicher aus einem Waisenhaus davongelaufen und sei dann zur See gefahren. Vielleicht hielt man es nicht für wichtig, weil es so lange her ist, aber zwischen seiner Flucht aus dem Waisenhaus und dem Jahr, in dem er das erste Mal wieder offiziell irgendwo auftaucht, klafft eine Lücke von gut zwanzig Jahren. Ab 1973 hat er bei einer Arbeitsvermittlungsfirma für Seeleute in Singapur unter Vertrag gestanden. Vor sechs Jahren ist er wieder in den Niederlanden aufgetaucht, vor vier Jahren hat er Judith Colijn geheiratet. Ihr Vater besaß eine Fabrik für Metallfensterrahmen. Als er starb, wurde Ben Direktor. Das passt so gar nicht zu dem Bild, das sein vorheriges Leben ergibt. Warum entscheidet sich ein Abenteurer wie er plötzlich für einen Schreibtischjob in einer Fensterfabrik?«

»Vielleicht hatte er die Abenteuer satt? Er wurde allmählich älter, Judith Colijn war reich, Alleinerbin und ist zudem auch noch eine attraktive Frau.«

»Attraktiv vielleicht«, sagte Marga mit einem undefinierbaren Blick auf Max. »Aber sie war nicht seine große Liebe.«

Nel fischte eine grüne Olive aus dem Keramikschüsselchen, das Marga ihr hingestellt hatte. »Wie haben sich die beiden eigentlich kennen gelernt?«

»Ben Visser und Judith? Keine Ahnung. Warum?«

»Du bist der ehemalige Polizei-Inspecteur.«

Max nickte. Er wusste, worauf sie hinauswollte. »Das müssen wir überprüfen.«

Marga setzte sich zu Nel aufs Sofa und sagte: »Da komme ich nicht mehr mit.«

»Unsere Nel springt vom Hölzchen aufs Stöckchen. Sie spielt auf die zähe Ermittlungsarbeit an. Mord. Oder Raubmord?« Max schüttelte den Kopf. »Ich werde der Sache nachgehen, aber wenn an der Geschichte mit dem Freund von Isabelle etwas dran wäre, hätte die Polizei ihn schon längst verhaftet.«

»Genau das meine ich«, sagte Nel.

»Weißt du, was sie meint?«, fragte Marga.

»Nel meint, dass unser Mann Judith Colijn vielleicht aus noch einem anderen Grund geheiratet hat. Er hatte eine Narbe von einer Schussverletzung, vielleicht aus der Zeit, als er zur See gefahren ist. Er geriet in irgendetwas hinein, machte sich aus dem Staub und versteckte sich in seiner Ehe mit Judith. Vielleicht waren die schon jahrelang hinter ihm her, um sich zu rächen oder ihn zum Schweigen zu bringen. Sie setzen einen Auftragskiller auf ihn an. Der findet ihn und macht sich die Gelegenheit dieser Nacht im Hotel zunutze.«

Marga schaute Nel fragend an.

»Das ist die einzige Theorie, die mehr oder weniger stimmig ist«, sagte Nel.

»Aber wer sind ›die‹?«

»Das herauszufinden, damit verdient Max seinen Lebensunterhalt.«

Als sie Nel Stunden später zu ihrem Auto brachten und ihr zum Abschied nachwinkten, sagte Marga: »Sie ist etwas ganz Besonderes. Du solltest behutsam mit ihr umgehen.«

»Behutsam?« Max konnte sich nicht vorstellen, warum man für CyberNel Samthandschuhe brauchen sollte.

»Sie trägt irgendeinen Schmerz in sich. Vielleicht ist sie früher einmal von einem Menschen oder irgendeinem Ereignis sehr verletzt worden.«

Stirnrunzelnd starrte er sie an.

»Sie versteckt sich hinter dieser lässigen Kleidung und ihrem Blondschopf, aber ich glaube, dass sie mal etwas Schlimmes erlebt hat oder jemand sie tief enttäuscht hat.«

»Ich habe Nel immer nur als ausgeglichene Person erlebt, die genau weiß, was sie will«, antwortete Max. Und als Instrument, fügte er in Gedanken hinzu, als kleines, charmantes Maschinchen.

»Du irrst dich. Sei lieb zu ihr.«

Er sah ihr tief in die Augen. »Du bist in einer merkwürdigen Stimmung. Was ist denn los?«

»Hendrik hat mir geschrieben.«

»Der moderne Rembrandt?«

Sie wandte den Blick ab. »Sei doch nicht so albern.«

»Okay.« Max war Hendrik nie begegnet, reagierte aber immer übertrieben gereizt, wenn sie von diesem Mann sprach, einem Maler historisierender Bilder, der allerdings nicht das Talent des Künstlers van Meegeren besaß und mit dem Marga eine Weile zusammengelebt hatte, bevor er nach Irland ging. »Was schreibt der gute Hendrik denn so?«

»Ach, was soll's«, versetzte Marga beleidigt und ging zurück in ihr Bauernhaus.

Die Wohnung stank kilometerweit gegen den Wind und Max öffnete ein Fenster, bevor er anfing, sie zu durchsuchen. Er trug Handschuhe, kümmerte sich aber nicht um die Unordnung, die er veranstaltete. Er fand weder gestohlene Brieftaschen noch eine Neun-Millimeter-Pistole und auch keine Spur von Isabelle, noch nicht einmal ein Foto. Bei dem Bewohner handelte es sich um einen schlampigen Junggesellen, der einmal im Monat in einer rostigen Maschine seine Wäsche wusch und sie auf einem dieser Klappständer auf dem kleinen Betonviereck, das einen Balkon darstellen sollte, zum Trocknen aufhängte.

Die Wohnung befand sich im dritten Stock eines trostlosen Wohnblocks in einem heruntergekommenen Utrechter Stadtrandviertel. Ein Schlafzimmer mit einem ungemachten Doppelbett, ein grauer Kleiderschrank mit einem dunklen Schmutzring rund um den Schlüssel an der Tür, darin Pullover, Hosen und Unterwäsche. Einige Ausgaben des *Playboy* auf dem verschlissenen Bodenbelag. Eine stinkende Toilette und daneben eine Dusche, deren Kacheln durch Kalk und eingetrocknete Seifenreste grau angelaufen waren. In der Küche Tütensuppen und Cornedbeef-Büchsen, schimmeliges Geschirr auf der Granitanrichte und Pilskästen darunter. Im Wohnzimmer ein Fernseher mit Großbildschirm, ein Videorecorder und dazu eine umfangreiche Sammlung harter und weicher Pornos, CDs mit Countrymusik und Walzern von Johann Strauß. Möbelstücke eines Mannes, der kein Interesse an seiner häuslichen Umgebung besaß. Max fand nichts Interessantes in seinen Papieren und schon gar nicht im Bücherschrank.

Er konnte sich kaum vorstellen, dass Isabelle es ein Jahr lang in dieser Wohnung ausgehalten hatte, es sei denn, sie hätte permanent unter dem Einfluss von Alkohol oder Drogen gestanden. Eine andere Möglichkeit war, dass Gerard Linders nach ihrem Weggang sein Umfeld verwahrlosen ließ und sich als Kompensation der Pornografie hingegeben hatte. Max dachte bei sich: Wenn sie sich schon in diesem Mann so hoffnungslos getäuscht hat, warum dann nicht auch in dem anderen?

Geduldig wartete Max in der Diele, bis er hörte, wie jemand den Schlüssel ins Schloss steckte. Gerard Linders kam herein, warf die Tür hinter sich zu und ging, ohne sich umzuschauen, weiter in seine Wohnung hinein. Er blieb stehen, als er das Klicken des Türschlosses hinter sich hörte, drehte sich um und erstarrte vor Schreck.

»Tag, Gerard.«

Sprachlos starrte Linders Max an. Er war ein knochiger Mann in den Dreißigern, mit glattem Flachshaar und den tief liegenden Augen eines Fanatikers.

»Mach dir keine Sorgen«, sagte Max. »Hier gibt es nichts, was ich nicht schon früher einmal gesehen hätte. Man könnte direkt traurig werden bei so viel Vorhersehbarkeit.«

Linders fand die Sprache wieder. »Wer bist du?«

»Ich bin von der Verbrechensverhütung.«

»Verdammte Scheiße … Raus hier oder ich ruf die Polizei!« Linders blickte sich um, als suche er eine Waffe, fand aber nichts außer seinen eigenen Fäusten. Er brachte sie in Schulterhöhe und ging vorsichtig einen Schritt nach vorn.

Max steckte die Hand in die Innentasche seiner Jacke. »Von mir aus, dann machen wir es eben offiziell. Dann kannst du dir wieder einen neuen Job suchen. Noch eine Bewährungsstrafe zusätzlich oder gleich zurück in den Knast wegen Raubmord, unserer Fantasie sind da keine Grenzen gesetzt. Ich kann dir aber auch in die Kniescheibe schießen, nach der nordirischen Methode.« Während er sprach, ging er auf Linders zu, der Schritt für Schritt ins Wohnzimmer zurückwich. »Ein bisschen Blut und ein paar Knochensplitter fallen in dem Schweinestall hier sowieso nicht weiter auf. Dass hier ein Jahr lang eine junge Frau gewohnt hat, ist wirklich kaum zu fassen.« Max gab eine Reihe willkürlicher Äußerungen und Drohungen von sich, um den Mann aus dem Gleichgewicht zu bringen, eine Methode, die er schon so oft angewandt hatte, dass sie ihm zur Routine geworden war. Er sah zu seiner Zufriedenheit, dass Linders verwirrt in seiner Bewegung auf ein schmutzig graues Telefon zu innehielt. Max fuchtelte mit einer unsichtbaren Hand unter seinem Sakko herum.

»Egal, was ich hier drin habe, meine Legitimation oder das Passende für deine Kniescheibe – wenn ich es raushole, wird die Sache offiziell und genauso unwiderruflich wie Schwangersein, das gibt's auch nicht nur ein kleines bisschen. Kannst du mir noch folgen?«

Linders war zu verblüfft, um auch nur den Kopf zu schütteln. Unter der dünnen Lackschicht seines draufgängerischen Gehabes war er ein Weichei, ein kleiner Gauner von dem Typ, bei dem Max und Bart Simons unzählige Male die Good-cop-bad-cop-Taktik angewandt hatten. Vielleicht war die Zeit reif für die Good-cop-Nummer. »Setz dich.« Mit der freien Hand deutete Max auf das Sofa. »Du bist mich im Handumdrehen wieder los. Ich habe nur ein paar Fragen, sonst nichts.«

»Ich weiß nicht, wer du bist«, giftete Linders ihn an, »aber die Polizei ist schon längst hier gewesen.«

»Ich kann dir gerne helfen, dich hinzusetzen«, sagte Max in sanftem Ton. »Wenn das für dich zu kompliziert sein sollte.«

Linders warf einen Blick auf die Hand unter Max' Jacke und wich zurück, bis er mit den Kniekehlen das Sofa berührte. Er setzte sich hin.

»Ich arbeite für jemanden, der sehr böse auf dich ist«, sagte Max. »Das mit den Kniescheiben war nicht meine Idee. Niemand sieht mich kommen, niemand sieht mich gehen. Ob du redest oder blutest, mir soll's egal sein.«

»Ich hab nichts zu verbergen«, sagte Linders mürrisch.

»Wo warst du am Abend und in der Nacht des sechzehnten Mai?«

Linders' Augen wurden groß und er seufzte beinahe vor Erleichterung. »Ach, darum geht es?« Er musste andere Dinge auf dem Kerbholz haben. Er ratterte seinen Text herunter, als hätte er schon hundert Mal dasselbe erzählt. »Ich war mit meinem Taxi unterwegs, hatte Abendschicht. Musste später noch mal nach Schiphol fahren. Danach habe ich das Taxi in die Garage gebracht und bin nach Hause gegangen. Ich hab ein wasserdichtes Alibi. Die Polizei hat alle meine Angaben überprüft, auch bei meinem Chef. Ich hab nichts mit der Sache zu tun.«

»Wann hast du Isabelle Mertens das letzte Mal gesehen?«

»Ungefähr vor einem Jahr.«

»Bei ihrer Arbeitsstelle?«

»Was spielt denn das für eine Rolle?«

»Das letzte Mal, als du dort warst, wurde ein Mercedes vom eingezäunten Teil des Parkplatzes gestohlen.«

Gequält hob Linders den Blick. »Das hat mir keiner nachweisen gekonnt.«

Für mangelhafte Beherrschung der Grammatik konnte man niemanden hinter Gitter bringen. »Woher wusstest du, dass es sich um einen Langzeitparker handelte, der erst drei Tage später wiederkam? Hat Isabelle dir einen Tipp gegeben?«

Linders gab einen abfälligen Laut von sich. »Isabelle? Ich konnte die blöde Kuh doch kaum zurückhalten, sonst wäre die andauernd in die Kirche gerannt.«

»Wenn sie eine so blöde Kuh war, warum hast du sie dann noch mal besucht?«

»Einfach so, weil ich Lust dazu hatte.«

Max warf einen Blick auf den Videorecorder und sagte verständnisvoll: »Das leuchtet mir ein, sie ist ja auch ein klasse Mädchen. Stand sie auch auf gute Pornos?«

Linders legte den Kopf schief und verzog den Mund. »Sie sah besser aus als das meiste, was man da zu sehen bekommt.«

»Also habt ihr euch die Filme auch zusammen angeschaut?«

Er schüttelte den Kopf. »Nein, äh ... das ist nichts für sie.«

»Du warst also ein braver Junge, solange sie hier gewohnt hat.«

Linders schwieg; ein Moment schamhafter Verlegenheit, der seinem Gesichtsausdruck etwas Schuldbewusstes und Lausbubenhaftes verlieh. Max erhaschte einen Blick auf den Mann, in dem Isabelle sich vielleicht geirrt hatte. Er zog die Hand aus seiner Innentasche, nahm sich einen Stuhl und setzte sich rittlings darauf, die Arme über die Rückenlehne gelegt. »Es geht mich ja nichts an«, meinte er in vertraulichem Ton. »Ich versuche lediglich, mir ein Bild davon zu machen, was für ein Mensch dieses Mädchen ist, und ich glaube, du kennst sie besser als die meisten anderen.« Ein bisschen Honig ums Maul konnte nie schaden. Max sah, dass es wirkte.

»Warum?«, fragte Linders, schon weniger feindselig. »Was willst du von ihr?«

»Vielleicht hat sie etwas mit dem Mord zu tun.«

»Isabelle?« Er schüttelte den Kopf und schnaufte verächtlich. »Die könnte doch keiner Fliege was zuleide tun.«

»Du magst sie also schon noch ein wenig?«

Linders biss sich auf die Lippen. Max erkannte plötzlich, dass sie ihm fehlte. Die verwahrloste Wohnung, die Pornos und die Schlampigkeit waren Reaktionen auf einen Verlust, dessen Vorhandensein und Ausmaß ihm wahrscheinlich gar nicht bewusst waren und die sich für ihn nur in einem Gefühl der Öde und Leere äußerten.

»Wie hast du sie kennen gelernt?«, fragte Max in mildem Ton.

»In meinem Taxi, vor dem Bahnhof. Sie war auf dem Geburtstag ihrer Freundin gewesen, Letty, die arbeitet auch im Restaurant. Sie hatte den letzten Zug verpasst. Ich habe sie nach Hause gefahren. Sie setzte sich auf den Beifahrersitz, und wir kamen ins Gespräch.« Er zuckte mit den Schultern. »Sie war ein nettes Mädchen. Sie hinkt ein bisschen, aber nur wenn sie müde ist. Im Bett merkt man nichts davon.«

»Wann ist sie bei dir eingezogen?«

»Einen Monat später.«

»Warum?«

»Warum? Was glaubst du denn? Sie hat sich in mich verknallt.«

»Aber das hat nicht lange gedauert, oder?«

Linders drehte das Gesicht zum Fenster und schwieg missgelaunt.

»Ich frage mich nur, wie sie es ein Jahr lang bei dir ausgehalten hat«, sagte Max.

»Vielleicht hat es ihr hier besser gefallen als zu Hause«, murmelte Linders. »Diese alte Hexe, bei der sie gewohnt hat, ihre Tante ...« Er zog eine Grimasse. »Schon gleich beim ersten Mal ist sie rausgekommen und hat angefangen, Belle auszuschimpfen, dass sie viel zu spät dran wäre und dass sie ja wohl nicht noch eine Viertelstunde lang draußen mit dem Taxifahrer quatschen müsste. Ich hab zu ihr gesagt, Mevrouw, Ihre Nichte ist doch erwachsen, oder?« Er schaute Max an. »Ich hab gleich gemerkt, dass sie da garantiert wegwollte.«

Max dachte, dass Isabelle wohl einfach das Pech gehabt hatte, auf ihrer Flucht am falschen Ort zu landen. Die Telefonbücher waren voll von solchen Leuten. »Aber du warst ja wohl auch nicht ihr Typ«, sagte er treuherzig. »Du hast es nicht geschafft, sie zu halten.«

Linders schnaubte. »Sie war eine blöde Kuh. Ich bin, wie ich bin. Über manche Sachen kann ich mich echt aufregen. Scheiße!«

Es war ein altes, solides Haus in einer ziemlich langweiligen Straße. Backstein, graue Dachziegel, ein kleiner Erker, sauber angestrichen in Grün und in mattem Weiß, ein eisernes Gartentor und ein Vorgarten mit niedrigen Sträuchern links und rechts neben einem kurzen Kiesweg, der bis zur Eingangstür führte. Ein Klingelzug aus Kupfer.

»Mevrouw Mertens?«

»Ja?«

Eine ordentliche, rechtschaffen wirkende Dame um die siebzig, das dünne graue Haar oben auf dem Hinterkopf zu einem Knoten geschlungen, ein längliches Gesicht, graue Härchen auf dem Kinn und auf den Wangen, blaue Augen, kaum Falten. Sie trug ein dunkelgraues Kleid, dessen einziger Schmuck in einer antiken silbernen Brosche bestand. Sie machte den gleichen gediegenen Eindruck wie das Haus.

»Mein Name ist Max Winter. Ich arbeite für Staatsanwalt Meulendijk.« Er hielt seine Karte hoch und steckte sie wieder weg, bevor sie genauer hinschauen konnte. »Sie müssen sich keine Sorgen machen, wir hätten nur noch einige Fragen an Ihre Nichte. Ist sie zu Hause?«

»Nein ...« Er sah, dass sie noch etwas hinzufügen wollte, aber sie presste die Lippen aufeinander. Ihr Gesicht verriet eine eigenartige Anspannung.

»Kann ich sie irgendwo erreichen?«, fragte Max freundlich.

Die alte Frau schüttelte den Kopf. Sie schaute die Straße hinunter, als erwarte sie, Isabelle dort auftauchen zu sehen. »Worum geht es?«, fragte sie mit belegter Stimme. »Kommen Sie doch einen Moment herein.«

Sie führte ihn durch einen kurzen Hausflur mit einem braunen Läufer auf dem Marmorfußboden. An der dunkel tapezierten Wand neben der mit Holzfarbe gestrichenen Treppe, deren Stufen ebenfalls mit einem Läufer bedeckt waren, hing ein hölzernes Kruzifix. Das Haus roch alt, sauber und war sehr still, wie ein Kloster, doch anstatt kalkweißer Wände und einer spartanischen Einrichtung befanden sich in dem düster tapezierten Wohnzimmer ein großes altmodisches Sofa, ein poliertes Büfett, eine friesische Standuhr mit einem Kupferpendel, das laut tickend in seinem Kasten hin- und herschwang, gehäkelte Kissen und unechte persische Teppiche, gerahmte Schwarzweißporträts und ein Fernseher auf einem braunen Tischchen.

»Sie haben es wirklich hübsch hier«, sagte Max, nachdem er in einem schweren Lehnstuhl mit dem Rücken zum Erker Platz genommen hatte. »Wie Sie das Haus so in Schuss halten, einfach bewundernswert.« Er lächelte entwaffnend. »Dabei sind Sie doch auch nicht mehr die Jüngste.«

»Ich gehe auf die siebzig zu«, antwortete sie. »In meinem Alter braucht man kein Geheimnis mehr darum zu machen.«

»Ich weiß es auch nur, weil es in den Akten steht«, sagte er. »Ansonsten wäre ich nie darauf gekommen.«

Sie taute ein wenig auf. »Ich habe Glück gehabt. Ich stamme aus einer robusten Familie. Meine Freundinnen von früher sind alle im Altersheim oder liegen auf dem Friedhof. Ich komme auch noch dran, aber ich hoffe, dass ich das Altersheim überspringen kann.«

»Ihre Großnichte hat wirklich Glück, so eine Tante zu haben.«

Ein Schatten legte sich auf ihr Gesicht. »Es war nicht immer leicht. Ich habe getan, was ich konnte.« Max hatte den Eindruck, als sei das eine Standardfloskel von ihr.

»Hatte Isabelles Mutter keine anderen Verwandten?«

»Amanda hatte einen jüngeren Bruder, aber der ist, soviel ich weiß, ein paar Wochen nach seiner Geburt gestorben.«

»Soviel Sie wissen?«, fragte Max verwundert.

»Ja, Schwestern verlieren sich eben manchmal aus den Augen«, erwiderte sie bitter. »Schlimm ist das.« Sie warf einen seitlichen Blick zum Büfett und ging steifbeinig hinüber, um ihm eines der gerahmten Fotos zu zeigen. Es war ein altmodisches, von einem Fotografen aufgenommenes Bild, auf dem zwei ernst dreinschauende Mädchen mit geflochtenen Zöpfen und in dunklen Kleidern mit weißem Spitzenkragen zu sehen waren. Sie zeigte auf eines der Mädchen. »Das ist meine Schwester Mechthild, Isabelles Großmutter. Es war während des Krieges, wir waren im Internat bei den Nonnen. Mechthild war zwei Klassen über mir.« Sie schüttelte den Kopf, sank auf einen Stuhl mit gerader Lehne und rieb mit dem silbernen Bilderrahmen über die Plüschtischdecke. »Vielleicht liegt es in der Familie. Na ja, mit Ausnahme von mir. Ich bin nie schwanger geworden.« Sie erkannte Max' Verwirrung und gab ein unangenehmes Geräusch von sich. »Wollen Sie das wirklich alles hören?«

Sie wartete seine Antwort nicht ab, als sei sie froh, einmal darüber reden zu können. »Ungewollt schwanger – das passierte nicht nur Isabelles Mutter, sondern auch ihrer Großmutter, obwohl sie nicht verheiratet war. Damals war das eine Schande, und ganz besonders hier in Everdingen. Und dann noch von einem Ausländer. Mechthild hatte eine fürchterliche Auseinandersetzung mit meinem Vater. Dann ist sie mit dem jungen Mann durchgebrannt, und sie haben in Gretna Green geheiratet. Ich wusste noch nicht einmal, dass es das gab, so eine Art Schmiede in Schottland, wo man einfach so heiraten konnte. Seine Eltern waren offenbar auch dagegen. Ich weiß nicht, warum ich Ihnen das alles erzähle, vielleicht weil es manchmal einfach zu viel für mich wird.«

»Hatten Sie danach keinen Kontakt mehr zu Ihrer Schwester?«, fragte Max.

Sie schüttelte den Kopf. »Sie hat mir einmal geschrieben, aus Schottland, kurz nachdem sie geheiratet hatte. Sie schickte mir den Brief über eine Schulfreundin, aber ich konnte ihr nicht antworten, weil sie keine Adresse angegeben hatte. Ich glaube, sie hatte Angst, mein Vater könnte sie rauskriegen. Zwanzig Jahre später stand Amanda vor meiner Tür. Im achten Monat schwanger. Ihre Mutter hatte ihr vor ihrem Tod meine Adresse gegeben. ›Wenn du jemals in Schwierigkeiten geraten solltest, wende dich an meine Schwester Maran‹, hat sie gesagt. Da erfuhr ich erst, dass Mechthild schon seit fünf Jahren tot war. Ich bin die Einzige, die noch übrig ist. Außer Isabelle. Ich habe kein Glück mit meiner Familie.«

Max schwieg für einen Moment. »Und Amandas Vater?«

»Mechthild hat sich von ihm scheiden lassen, als Amanda drei war.«

»Was ist danach aus ihr geworden?«

Maran biss sich auf die Lippen und schüttelte den Kopf. »Ich weiß nur, was Amanda mir über sie erzählt hat. Mechthild kam nach ihrer Trennung zurück in die Niederlande. Sie war schwanger mit ihrem zweiten Kind, einem kleinen Jungen, der nur ein paar Wochen gelebt hat. Ich weiß, dass Mechthild unsere Mutter angerufen und versucht hat, ein Treffen zu arrangieren, aber mein Vater fand das heraus. Er wollte nichts mehr mit ihr zu tun haben und verbot jeglichen Kontakt. Er war ein schrecklicher Dickschädel. Ich weiß noch nicht einmal, wovon Mechthild gelebt hat.« Die alte Frau seufzte. »Vielleicht hatte mein Vater Recht, und meine Schwester hat einen Fluch auf sich und ihre Nachkommen geladen.«

»Das klingt ja wie im Alten Testament. Glauben Sie das wirklich?«

»Das behauptete mein Vater sein Leben lang, und es sieht doch aus, als würde er Recht behalten, oder nicht? Ich weiß nichts über die Ehe meiner Schwester. Amanda konnte mir nichts darüber erzählen, sie war erst drei Jahre alt, als Mechthild sich von diesem Mann scheiden ließ oder vielleicht weglief, selbst darüber bin ich mir nicht im Klaren. Ich sehe nur, dass sich bei Mechthilds Tochter die

Geschichte wiederholte, allerdings ohne Gretna Green. Ich weiß nicht, wer Isabelles Vater ist. Vielleicht wusste es Amanda selber nicht.«

»Warum hat Amanda nicht schon früher einmal Kontakt zu Ihnen aufgenommen?«

»Keine Ahnung.« Maran wandte den Blick ab. »Ich könnte es verstehen, wenn Mechthild meinen Vater gehasst hätte. Vielleicht hat sie versucht, die ganze Familie zu vergessen, und hat auch Amanda in diesem Sinne erzogen. Amandas Geschichte ist genauso traurig wie die ihrer Mutter. Sie war fünfzehn, als ihre Mutter starb. Sie wurde drogenabhängig, landete in Amsterdam. Vielleicht hat sie sich geschämt, weil sie als Prostituierte gearbeitet hat.« Letzteres flüsterte sie verschämt, als sei das ein Wort, das hier nicht offen ausgesprochen werden durfte. »Ich konnte nichts mehr daran ändern, es war zu spät. Sie war im achten Monat schwanger, als sie hier ankam. Sie starb bei der Geburt. Das Einzige, was ich tun konnte, war, für Isabelle zu sorgen. Und jetzt sieht es ganz danach aus, als würde sich die Geschichte wiederholen, egal, was ich tue.«

»Auf mich macht Isabelle den Eindruck einer normalen, gesunden jungen Frau«, sagte Max. »Sie hat Pech gehabt, das ist alles. Ihre Mühe ist bestimmt nicht umsonst gewesen. Sie kommt schon wieder auf die Beine.«

»Erst dieser schreckliche Gerard. Dann ein Mordfall! Und jetzt ...« Wieder biss sie sich auf die Lippen. »Ich weiß noch nicht einmal, wo sie ist. Sie ist fort.«

»Fort? Wohin denn?«

Sie schüttelte den Kopf, zog ein Taschentuch aus dem Ärmel ihres Kleides und betupfte sich damit die Augen.

»Vielleicht können wir Ihnen dabei helfen, sie zu finden«, sagte Max.

Maran nickte, steckte das Taschentuch zurück in den Ärmel und erhob sich steif aus ihrem Stuhl. Sie öffnete eine Schublade des antiken Büfetts und reichte ihm einen

Umschlag, in dem ein liniertes Blatt Papier steckte. Max entfaltete es und las die drei Zeilen in der runden weiblichen Handschrift.

»*Liebe Tante Maran, es tut mir Leid, dass ich mich so einfach davonmache. Ich muss einfach eine Weile für mich sein. Bitte mach dir keine Sorgen, ich bin an einem sicheren Ort und lasse bald wieder etwas von mir hören. Vielen Dank für alles, was du für mich getan hast. Isabelle.*«

»Einfach so verschwunden … genau wie ihre Großmutter«, seufzte Maran.

»Seit wann ist sie weg?«

»Meistens geht sie sonntags mit mir in die Kirche, aber am letzten Sonntag wollte sie zu Hause bleiben. Als ich zurückkam, war sie weg.«

»Hat sie Kleidung mitgenommen?«

»Zwei Koffer. Genau wie damals, als sie zu diesem Gerard gezogen ist. Ich habe gedacht, sie wäre vielleicht wieder zu ihm zurückgegangen. Deshalb habe ich im Restaurant angerufen und mit ihrer Freundin Letty gesprochen. Sie hat mir erzählt, dass Isabelle schon seit zwei Wochen nicht mehr dort arbeitet. Ich glaube, sie haben ihr gekündigt, wegen dieser ganzen Scherereien …«

»Haben Sie sich mit ihr gestritten?«

»Nein, das nicht. Isabelle war seit diesem … Ereignis sehr zurückhaltend, und ich war auch aus dem Gleichgewicht. Die Polizei im Haus …« Sie schüttelte den Kopf. »Ich habe ja schon einiges mit den Nachkommen meiner Schwester mitgemacht, aber dass man so was noch erleben muss!«

Max nickte mitfühlend. »Haben Sie irgendeine Ahnung, wo sie sich tagsüber aufhielt, nachdem sie ihre Stelle im Restaurant verloren hatte?«

»Nein, ich wusste gar nicht, dass man ihr gekündigt hatte. Sie ging wie immer morgens aus dem Haus und kam abends wieder. Letzte Woche kam sie mit Kratzern im Gesicht nach Hause, von Brombeeren oder Dornensträuchern, danach sah es jedenfalls aus. Ich habe sie gefragt, ob sie jetzt vielleicht auch im Garten des Restaurants arbeitete, aber sie sagte nur Nein und ging nach oben. Womit habe ich das verdient?« Die alte Dame schüttelte missmutig den Kopf. »Am nächsten Tag kam ein Brief für sie.«

»Wissen Sie, von wem?«

»Nein.« Sie verzog den Mund, sodass sich ringsum Falten bildeten. »Vielleicht hätte ich ihn öffnen sollen, den ganzen Tag habe ich überlegt, ob ich es tun sollte oder nicht. Es ist nicht meine Art, anderer Leute Post zu öffnen. Abends gab ich ihr dann den Brief. Ich habe sie gefragt, wen sie denn in Middelaar kennt ...«

»Middelaar? In Limburg?«

»Ja, das stand auf dem Poststempel. Isabelle antwortete, sie hätte dort Bekannte. Während ich in der Küche war, hat sie diese Leute angerufen, und ich hörte, wie sie sagte, sie würde am nächsten Morgen vorbeikommen. Ich habe sie gefragt, ob sie nicht arbeiten müsse, aber sie wollte nichts sagen.«

»Glauben Sie, dass sie in Middelaar ist?«

Sie spitzte die Lippen und sagte: »Von Bekannten in Middelaar habe ich noch nie gehört und eigentlich hatte Isabelle nie Geheimnisse vor mir. Sie hat ihr ganzes Leben bei mir verbracht. Ich bin ihre einzige Verwandte, aber ich war anscheinend nicht im Stande, ihr zu helfen. Ganz sicher wird es böse mit ihr enden, genau wie mit ihrer Mutter und ihrer Großmutter.«

Max lächelte der blonden jungen Frau zu, die eine Kellnerinnenuniform in zwei verschiedenen Violetttönen trug. »Letty van Dalen?«

»Ja, das bin ich.«

»Mein Name ist Max Winter. Haben Sie einen Moment Zeit? Ich würde mich gerne mit Ihnen unterhalten.«

Sie war in den Zwanzigern, hatte widerspenstiges Haar, das ihr bis auf die Schultern fiel, und offen blickende blaue Augen, die ihn jetzt argwöhnisch musterten. »Worüber denn?«

»Isabelles Tante möchte gerne wissen, ob mit ihrer Nichte alles in Ordnung ist«, antwortete Max. »Sie macht sich ein bisschen Sorgen …«

Das Mädchen verzog den Mund. »Ich kann Ihnen leider nicht helfen.« Sie war sichtlich zwischen Misstrauen und Neugier hin und her gerissen. »Ich bringe Ihnen einen Kaffee.«

Max ging ins Restaurant hinein und wählte einen Tisch an der Zwischenwand. Es war nicht viel los. Klaviermusik klang gedämpft und kühl wie Wasser aus verborgenen Lautsprechern. Draußen, vor den großen Fenstern, beschien die Sonne strahlend die Verkehrsströme auf der Autobahn. Er warf einen Blick hinüber zum Tresen, wo Letty etwas zu einem Kollegen sagte und die Kaffeemaschine mit denselben routinierten Gesten bediente, die Isabelle Tausende von Malen ausgeführt haben musste. Er fragte sich, wie es wohl war, hier zu arbeiten, und kam zu dem Schluss, es sei sicher angenehmer als in einer Fabrik oder im Büro.

Letty stellte ein kleines Tablett mit Kaffee vor ihn hin. »Ich weiß nicht, wo Isabelle ist, das habe ich ihrer Tante auch schon gesagt.«

»Machen Sie sich denn keine Sorgen? Sie beide sind doch Freundinnen?«

»Nein, ich mache mir keine Sorgen«, antwortete Letty. »Ich glaube, sie möchte einfach eine Weile weg von ihrer Tante.« Sie schaute Max mit zweifelndem Blick an und sagte vorsichtig: »Ich bin ein paarmal da gewesen. Ziemlich bedrückend, die Atmosphäre dort.«

Max lächelte. »Ich weiß schon, was Sie meinen, aber immerhin hat die gute Frau fünfundzwanzig Jahre lang für Isabelle gesorgt. Ich habe im Übrigen nicht vor, Ihrer

Freundin Unannehmlichkeiten zu bereiten, und Mevrouw Mertens ist zu alt, um überhaupt irgendjemandem Scherereien zu machen. Ich glaube, sie möchte einfach nur ein paar beruhigende Nachrichten hören.« Er zuckte mit den Schultern. »Isabelle hat von niemandem mehr etwas zu befürchten. Die Polizei hat keine Fragen mehr an sie, und für die Zeitungen ist sie Schnee von gestern. Das Einzige, was die Presse noch interessieren würde, wären neue Informationen über diesen Mann und warum er ermordet wurde«, fügte er etwas zusammenhanglos hinzu.

»Das kriegen die doch nie raus.«

Max rührte in seinem Kaffee. »Was meinen Sie, warum ist Isabelle mit ihm mitgegangen?«

»Ich weiß nicht, es passierte von einer Minute auf die andere. Wir hatten vor, zusammen zu essen, aber sie hat mich versetzt. Ich habe gesehen, wie sie zu ihm ins Auto gestiegen ist, so ein teurer BMW. Er war wohlhabend und er war verheiratet, ich habe sie noch vor seinem Trauring gewarnt.«

»Ist Isabelle der Typ dafür, sich Hals über Kopf zu verlieben?«

Letty grinste kurz. »Allein wegen seines Geldes wäre sie nicht mit ihm mitgegangen. So was würde ich vielleicht machen, aber nicht sie.« Sie sah ihm direkt ins Gesicht. »Isabelle ist anders als die anderen. Hören Sie diese Musik? Das sind ihre Bänder. Nachdem sie weg war, hat der Chef wieder dieselbe Kaufhausmusik laufen lassen wie früher, aber unsere Stammkunden haben gefragt, wo denn die schöne Klaviermusik geblieben sei, deshalb haben wir die jetzt wieder aufgelegt. Isabelle spielt auch selbst Klavier. Sie ist viel romantischer veranlagt als ich.«

»Also war es Liebe auf den ersten Blick?«, fragte Max ohne eine Spur von Ironie.

»Mir ist so was noch nie passiert«, antwortete Letty mit einem gewissen Bedauern. »Zuerst dachte ich, es wäre wieder wie bei diesem Gerard, bei dem ist sie doch nur eingezogen, weil sie bei Tante Maran schier verrückt wurde, es war eine Art Flucht. Aber im Krankenhaus hat sie mir erzählt, das mit Ben habe nichts mit einer bewussten Entscheidung oder mit Davonlaufen zu tun gehabt. Sie konnte einfach nicht anders. Sie war nicht in der Lage, es mir genauer zu erklären. Ich glaube, sie wollte damit sagen, es sei so etwas wie Schicksal gewesen.«

»Und es hat geendet wie bei den Königskindern«, meinte Max. »Das Wasser war zu tief.«

Letty erwiderte seinen Blick mit einer Unsicherheit, die ihr Gesicht schüchtern und zart werden ließ. »Ich habe solches Mitleid mit ihr«, flüsterte sie. »Was soll man denn machen, nachdem einem so was passiert ist?«

Max wusste keine Antwort darauf. »Haben Sie sie seit ihrer Entlassung noch einmal gesehen?«

Sie schüttelte den Kopf. »Sie hat mich noch am selben Vormittag angerufen und mich gebeten, ihrer Tante nicht zu erzählen, dass man ihr gekündigt hatte. Sie wollte einfach jeden Tag einen Vorwand haben, aus dem Haus zu gehen. Danach habe ich nichts mehr von ihr gehört. Ich dachte, ich lasse sie am besten für eine Weile in Ruhe.«

Max sah, dass sie etwas vor ihm verheimlichte. »War das der einzige Grund, warum sie Sie angerufen hat?«

»Nein, Sie bat mich auch um eine Adresse ...«

»Was für eine Adresse?«

Letty zögerte. »Das wird Ihnen auch nicht weiterhelfen, es ging um eine Chiffre-Anzeige in der Zeitschrift *Bauernhof* ...«

»Bitte sag Max zu mir«, sagte Max. »Um was für eine Anzeige handelte es sich?«

Letty errötete leicht. »Eine von diesen Kleinanzeigen; die lese ich immer. Wir haben noch darüber gelacht. Ein Witwer und sein Sohn boten einer Frau gratis Unterkunft, die Tiere und die Natur liebt.«

»Eine Heiratsanzeige?«

»Nein, da stand zumindest, sie hätten keinerlei diesbezügliche Absichten, sondern vermissten lediglich ein weibliches Element auf ihrem Hof, so was in der Art. Isabelle hat die Anzeige gefallen.«

»Hast du sie noch?«

»Vielleicht.«

Max schaute sie verwundert an. »Was meinst du damit: Vielleicht hast du sie noch? Kannst du sie mir geben?«

Sie schaute ihm forschend in die Augen und erwiderte kratzbürstig: »Ich will kein Geld dafür, falls du darauf anspielen solltest. Aber schließlich geht es hier um meine Freundin.«

»Ich habe nicht vor, ihr Unannehmlichkeiten zu bereiten«, erklärte Max nochmals.

»Genauso gut könnte sie aber auch in Italien sein. Ich muss jetzt wieder an die Arbeit.« Letty stand auf und ging in Richtung Tresen. Unterwegs wurde sie von Gästen aufgehalten und notierte sich deren Bestellungen auf ihrem Block. Sie schaute sich noch einmal nach Max um, bevor sie hinter der Zwischenwand verschwand.

Max lehnte sich zurück und rauchte eine Zigarette. Er hörte der Musik zu, die angenehm mit den gedämpften Stimmen und den übrigen Geräuschen des Restaurants verschmolz. Eine der *Kinderszenen* von Schumann. Er fragte sich, ob es Bauernhöfe mit Klavier gab, wohin man vor einem Fluch fliehen konnte, der über drei Generationen hinweg wirksam war. Nach fünf Minuten stand er auf und ging zum Tresen, um zu bezahlen. Letty stand ein ganzes Stück von der Kasse entfernt, und ein anderes Mädchen tippte den Preis für seinen Kaffee in den Computer ein. Als er sein Portemonnaie wegsteckte, drängte sich Letty an der anderen Serviererin vorbei und sagte leise: »Warte am Eingang kurz auf mich.«

Er verließ das Restaurant durch die Glastür und studierte die Karte von den Niederlanden, die im Eingangsbereich hing. Die Autobahnen bildeten ein immer dichteres, wirres Netz. Zehn Sekunden später trat Letty mit einer zusammengerollten Zeitschrift aus einem Seitenflur.

»Unter einer Bedingung«, sagte sie nervös.

»Also hat es doch seinen Preis?« Max lachte leise.

Letty presste die Lippen zusammen. »Vielleicht möchte sie nicht, dass ihre Tante erfährt, wo sie ist. Ich würde sie vorher gern besuchen gehen, dann kann sie selbst darüber entscheiden. Ich möchte, dass du mir ihre Adresse gibst und ihrer Tante nichts sagst, bevor du etwas von mir gehört hast.«

Max nickte. »Abgemacht.«

»Ich gebe dir meine Telefonnummer, falls du mich zu Hause erreichen willst.« Letty schrieb mit einem Kuli ihre Nummer auf die Zeitschrift, bevor sie sie ihm in die offene Hand drückte. »Seite siebenundsechzig«, sagte sie und ging eilig durch die Glastür zurück ins Restaurant.

Die Räder seines Wagens pflügten durch eine dicke Lage Kies, die weiß und glatt dalag wie frischer Schnee und wahrscheinlich zweimal pro Woche von einem Gärtner sauber gespritzt, glatt geharkt und mit Unkrautvernichtungsmittel behandelt wurde. Bei einer wachsenden Anzahl solcher außerhalb gelegener Häuser sollte das Knirschen des Kieses dazu dienen, den Dobermann zu alarmieren, aber es kam kein Hund um die Ecke gerannt, als Max seinen BMW quer auf der breiten Einfahrt vor der geflügelten Backsteinvilla parkte und auf dem Weg zur Eingangstür Spuren im Kies hinterließ.

Klingklong. Alles hier wirkte und klang ein klein wenig falsch.

Eine Dame mittleren Alters öffnete die Tür. »Mevrouw Colijn?«, riet er. »Max Winter. Ich möchte gern zu Ihrer Tochter.«

Mit einem abweisenden Gesichtsausdruck ließ sie ihn ein. Sie sah Judith ähnlich und war gewiss die genetische und pädagogische Quelle sowohl für ihre makellose Art sich zu kleiden und zurechtzumachen als auch für die etwas klinische Inneneinrichtung des Hauses. Weißer Marmor, weiße Teppiche, mit weißem Leder bezogene Möbel und sorgfältig arrangierte Rosen aus dem eigenen Garten in Vasen aus weißem Porzellan.

»Der Detektiv ist da«, meldete die ältere der beiden Witwen.

Judith stand auf, reichte Max die Hand und sagte mit einem kleinen Lachen: »Meiner Mutter gefällt es nicht, dass ich Sie engagiert habe.«

»Stimmt. Ben ist tot. Lasst die Toten die Toten begraben«, bemerkte diese daraufhin gereizt.

Max spazierte zum offenen Kamin, betrachtete eingehend das Gestell mit den Schürhaken und Zangen aus Kupfer und hielt sich heraus. Schließlich hatte er weder Psychologie noch Theologie studiert.

Judith nahm den Faden einer Diskussion wieder auf, die hier wahrscheinlich in mehreren Aufzügen geführt wurde und der schon ein wenig die Luft ausging. »Ich will wissen, was in ihm vorgegangen ist«, sagte Judith. »Du meinst, ich täte es aus Langeweile, aber das stimmt nicht. Vielleicht spielt Eifersucht eine Rolle, kann sein, aber das ist mir egal. Ich will mich nur nicht länger so ausgeschlossen fühlen. Schließlich war er mein Mann, und ich habe ihn geliebt.«

»In gewisser Weise jedenfalls«, erwiderte ihre Mutter in einem eigenartigen Ton.

Max drehte sich um und fragte: »Was wollen Sie damit sagen?«

Die ältere Frau musterte ihn mit kühlem Blick. »Ich bin nebenan«, sagte sie dann. »Ich werde Mary Bescheid geben.« Steif verließ sie den Raum.

Judith schwieg ein paar Sekunden lang und sagte dann: »Sie denkt dabei an meinen Vater. Den hat sie auch in gewisser Weise geliebt, und Ben war ihm ähnlich. Nicht äußerlich, sondern von der Mentalität her. Ben und mein

Vater waren am glücklichsten, wenn sie zusammen angeln oder segeln gehen konnten. Er war gelernter Schmied.«

»Dein Vater?«

Sie verzog kurz den Mund, weil er sie geduzt hatte. Dann nickte sie und deutete mit einer Geste auf die weißen Ledersitzmöbel. »Was haben Sie bis jetzt herausgefunden?«

»Ich heiße Max«, sagte er. »Nicht viel. Der frühere Freund der jungen Frau hat nichts damit zu tun, so viel ist sicher. Die Gründe für Bens Tod müssen in seiner Vergangenheit liegen.«

»Nein, ich meine über Isabelle.« Sie zögerte kurz, bevor sie den Namen aussprach, als fiele es ihr schwer.

»Isabelle hat ihre Stelle im Restaurant verloren …«

»Zu Recht.«

Max schwieg für einen Augenblick. »Sie spielt Klavier«, sagte er dann.

Judith warf einen verbitterten Blick auf den weißen Flügel. »Ich auch.«

»Auch heute noch?«

»Nein, ich habe Wichtigeres zu tun.«

Jedes ihrer Worte ging ihm auf die Nerven. »Vielleicht gibt es einen kleinen Unterschied zwischen den Pflichtstunden, die in euren Kreisen zum guten Ton gehören, und einem inneren Bedürfnis nach Musik«, meinte er schroff.

In ihren Augen blitzte Ärger auf und ihre Kiefermuskeln arbeiteten. »Auf wessen Seite stehst du eigentlich?«

Max lächelte. »Auf der Seite meiner Klientin. Ich tue das, womit man mich beauftragt, und du wolltest wissen, was Isabelle für eine Frau ist. Unter anderem spielt sie eben Klavier. Sie ist Waise, ihre Mutter starb bei ihrer Geburt, und sie ist bei ihrer Großtante aufgewachsen. Unter diesen Umständen könnte ein Mensch leicht verbittert, unzufrieden und mürrisch werden, aber ich hatte den Eindruck, dass Isabelle ein intelligentes, fröhliches, warmherziges und ein bisschen naives Mädchen ist. Ich kann mir gut vorstellen, dass ein Mann sich in sie verliebt.«

Judith sagte eine Weile nichts. »Wieso naiv?«

Max beschloss, den Familienfluch unerwähnt zu lassen. »Ich glaube, dass sie sich gelegentlich in Menschen getäuscht hat oder dass ihr Einschätzungsvermögen von ihrer Sehnsucht getrübt wurde, den ziemlich beklemmenden Verhältnissen bei ihrer Tante zu entfliehen.«

»Aber in Ben hat sie sich nicht geirrt?«, fragte Judith nüchtern.

»Ich weiß nichts über Ben«, erwiderte Max. »Vielleicht wirst du dich damit abfinden müssen, dass zwischen den beiden etwas geschehen ist, was sie den Rest der Welt einfach vergessen ließ. Genau wie Ben hat Isabelle sich einfach so davongemacht, Hals über Kopf, und darüber ihre Verabredung mit ihrer Freundin sausen lassen. Solche Dinge passieren eben. Ich weiß, dass das schwer für dich zu ertragen ist.«

»Woher willst du das wissen? Immerhin war ich seine Ehefrau.« In ihrer Wut klang das »du« jetzt selbstverständlich und beißend.

Eine Frau in weißer Schürze kam mit einem Tablett herein, um Kaffee zu servieren. Judith reagierte gereizt auf die Störung und schickte sie weg, sobald sie das Tablett auf dem weißen Marmortisch abgestellt hatte.

Max studierte sie, während sie mit der silbernen Kaffeekanne, dem Zucker und dem Sahnekännchen hantierte. Judiths Bewegungen hatten Klasse, als habe sie neben den pflichtgemäßen Klavierstunden auch Ballettunterricht erhalten. Neben ihrer Förmlichkeit besaß sie auch etwas Elegantes und Geschmeidiges, das sie attraktiv machte. Sie hatte eine gute Figur, schöne Beine und eine glatte, zart gebräunte Haut. Er fragte sich, wie sie wohl im Bett war und wie viel Leidenschaft sich unter diesem steifen Kostüm verbergen mochte.

»Habt ihr euch gut verstanden?«, fragte er. »Im Bett, meine ich?«

Sie hätte beinahe die Kaffeetasse fallen lassen, die sie ihm anreichte. Er konnte seinen Kaffee gerade noch retten. »Ich gebe zu, dass mich das nichts angeht.«

Sie zögerte. »Stimmt, das geht dich wirklich nichts an. Ich hatte an Ben nichts auszusetzen.«

»Bist du ihm jemals untreu gewesen?«

Sie spitzte die Lippen. »Ich käme gar nicht auf die Idee. Ich bin ... das liegt nicht in meinem Charakter.« Sie streckte ihre Hände und betrachtete die geranienrot lackierten Fingernägel. »Ich war seine Frau, ich war mit ihm verheiratet, aber für mich gibt es mehr, als nur Ehefrau zu sein. Ich habe stets auch noch andere Verpflichtungen gehabt. Die Fabrik, der Klub, karitative Arbeit. Ich bin da wie meine Mutter und habe einiges von ihr übernommen. Ich bin mehr als nur eine Hausfrau.«

Er lächelte, weil sie ihn so herausfordernd ansah.

»Ich will sie sehen«, sagte sie dann. »Das ist ja wohl das Mindeste.«

»Warum?«

»Ich bin neugierig. Ich will sie mir nur anschauen, in natura, nicht auf einem Foto. Kannst du dafür sorgen?«

»Sie ist weggezogen.«

Judith starrte ihn mit offenem Mund an. »Wie bitte?«

»Es hat nichts mit dem Mord zu tun«, sagte er beschwichtigend. »Sie wollte weg von ihrer Tante und eine Weile allein sein. Meine Kollegin ist dabei, ihren Aufenthaltsort zu ermitteln.«

»Deine Kollegin?«

Max grinste. »Eine ehemalige Polizistin, ein Computergenie. Isabelle hat auf eine Anzeige reagiert, wir finden schon heraus, wo sie ist.«

Judith runzelte die Stirn. »Warum kann ihr Verschwinden nichts mit dem Mord zu tun haben?«

»Weil Bens Tod mit seiner Vergangenheit zusammenhängt. Ich würde gerne in diese Richtung weiterermitteln. Du willst doch wissen, warum Ben ermordet wurde, oder?«

»Ich weiß es nicht.« Sie machte eine hilflose Handbewegung. »Ben war plötzlich da, und ich habe mich in ihn verliebt. Jetzt ist er fort …«

»Er war dein Mann, und sein Mörder läuft frei herum.« Es geht doch hier um mehr als um einen Seitensprung, wollte er noch hinzufügen, aber er hielt den Mund. Stattdessen sagte er: »Ich werde dich, was Isabelle betrifft, auf dem Laufenden halten.«

Sie nickte verhalten. »Meinst du, es gelingt dir, seinen Mörder zu finden?«

»Ich kann jedenfalls mein Bestes tun. Die Polizei ist sehr zurückhaltend, was diesen Fall angeht. Haben sie seine privaten Unterlagen durchsucht?«

»Ja.«

»Ich müsste auch einen Blick darauf werfen.«

Sie lachte kurz auf. »Meine Mutter kriegt einen Anfall.«

»Ben hat in diesem Hotel einen anderen Namen angegeben. Hat die Polizei dir das gesagt?«

Judiths Nasenflügel bebten. »Alex Hinstra«, antwortete sie.

»Hattest du diesen Namen vorher schon einmal gehört?«

Sie nickte. »Ben hat nie von seiner Vergangenheit erzählt, aber als ich mich einmal beklagte, dass ich so gut wie nichts über ihn wüsste, sagte er zum Spaß, er sei ein flüchtiger Mörder und hieße Alex Hinstra. Ich fand das nicht lustig, und jetzt, nachdem er diesen Namen an dem Abend gebrauchte, an dem er selbst ermordet wurde, finde ich es noch weniger komisch.«

»Hast du das auch der Polizei erzählt?«

»Nein. Ben kann alles Mögliche gewesen sein, aber ein Mörder war er nicht. Das war doch nur ein schlechter Witz.« Sie machte ein trauriges Gesicht. »Mein Vater hätte dir alles über Ben erzählen können, die beiden waren dicke Freunde.«

»Hat er dich nicht wegen deines Geldes geheiratet?«

»Nein, das glaube ich nicht. Er war nicht an Geld interessiert, was natürlich leicht war, denn wir hatten genug davon.«

»Hattest du je das Gefühl, dass du benutzt wurdest? Als sicherer Hafen, in den er sich geflüchtet hatte, um irgendwelchen Problemen zu entgehen?«

Sie seufzte und sah ihn gequält an. »Das sind sehr unangenehme Fragen. Ich weiß es nicht. Ich habe ihn geliebt und habe mich darauf verlassen, dass auch er mich liebte. Ich gebe zu, dass sich unser Verhältnis während des letzten Jahres verschlechtert hat. Wir waren beide daran schuld, obwohl meine Mutter meint, es habe daran gelegen, dass Bram gestorben ist, mein Vater. Ben wurde reizbar und unruhig, und ich musste ihm auf die Finger schauen, weil er anfing, die Geschäfte zu vernachlässigen.«

»Fühlte er sich vielleicht bedroht?«

»Davon habe ich nie etwas bemerkt.« Sie schüttelte den Kopf und sagte in einem kurzen Moment völliger Offenheit: »Das Einzige, was mir in der letzten Zeit hin und wieder durch den Kopf ging, war, dass er allmählich genug von unserer Ehe zu haben schien, oder meinetwegen von dem sicheren Hafen. Vielleicht fand er den Preis zu hoch?«

8

Als sie den Brief schrieb, hatte Isabelle daran gedacht, einen falschen Namen anzugeben, aber von dem Moment an, als sie das erste Mal auf das Grundstück fuhr und das kluge alte Gesicht von Fons Walman zwischen seinen Limousinkühen erblickte, wurde ihr klar, dass es falsch gewesen wäre, hier mit Lügen und Geheimnissen zu beginnen. Außerdem sahen die beiden fern und lasen Zeitung.

Fons Walman hatte ganz besondere Augen. Sie waren klein und meergrau, schauten durch einen hindurch und wirkten zugleich beruhigend. Sie brauchte ihm nichts zu erklären. »Schon klar, dass du nicht einfach so vom Himmel gefallen bist«, sagte er. »Wenn du darüber reden willst, kannst du das jederzeit tun.«

Er hatte den Krieg mitgemacht, und nachdem der vorbei war, hatte er als sechzehn Jahre alter Jugendlicher zusammen mit ein paar Kameraden die von den Deutschen requirierten Pferde aus Groningen zurückgeholt, dem nördlichsten Teil der Niederlande. Zu Fuß hatten sie sie quer durch das ganze Land zurück bis hinunter nach Limburg gebracht. Er hatte noch erlebt, wie die Mühle auf dem Jansberg in Betrieb gewesen war, dort, wo jetzt nur noch ein toter Reservoirweiher lag. Er kannte Hunderte von Geschichten: über Maas-Überschwemmungen, Napoleon, die Schlauheit der Füchse, die es auf seine jungen Truthühner abgesehen hatten, und über die Biberkolonie in dem Eichenwäldchen, das er und seine Frau Gertrude angepflanzt hatten, als sie hierher gezogen waren.

»Isabelle«, sagte er dann. »Wir sind hier immer glücklich gewesen. Ich kann mich über nichts beklagen.« Er nannte sie immer bei ihrem vollen Vornamen, Isabelle, mit einer würdevollen Höflichkeit, die gut zu ihm passte. »Wir leben im Überfluss unseres Bauernhofs«, sagte er. »Wir müssen uns nur vernünftig darum kümmern, das ist alles, und hin und wieder mit dem Kopf bei der Sache sein.«

Der alte Fons nahm seine Umgebung immer ganz bewusst wahr und erklärte oft, jede Form von irdischem Paradies sei letztendlich eine Frage des Gebens und Nehmens. Die Füchse und Greifvögel hatten hin und wieder das Recht auf ein Gänseei hier oder ein Küken dort, er würde nicht mit Kanonen auf die Spatzen in den Kirschbäumen schießen oder die Brennnesseln mit Unkrautvernichtungsmitteln ausrotten. Besser, man mähte das Unkraut regelmäßig ab und baute ringsherum einen soliden Hühnerlauf, um den Schaden gering zu halten.

Fons war ein kleiner, magerer Mann. Ihm fehlten ein paar Zähne im Unterkiefer, und manchmal trug er ein Oberkiefergebiss. Manchmal aber auch nicht. Man lernte ihn schnell schätzen und hatte ihn zunehmend gern, wenn man täglich seinen Geschichten und Ratschlägen lauschte, während man neben ihm Zäune reparierte, Stangenbohnen pflückte und sie danach in der Tiefkühltruhe verstaute oder Geranienstecklinge im Treibhaus unter den hohen Eichen pflanzte. Der Bauernhof lag außerhalb des Dorfes. Auf der gegenüberliegenden Straßenseite erstreckten sich Heuwiesen bis an die Maas, während auf der anderen Seite, wo sich die Landschaft wellig bis zu einem Hügelrücken hinzog, Eichenwäldchen und kleine Sumpfgebiete lagen. Es war eine unbeschreiblich grüne und friedliche Gegend. Ein Wunder, dass ihr niemand zuvorgekommen war, so als hätten sie in all den Wochen, die seit dem Erscheinen der Anzeige verstrichen waren, einfach nur auf sie gewartet.

»Doch, eine ist schon hier gewesen«, bemerkte Frans und schaute grinsend seinen Vater an.

»Hmm, das Lamm schmeckt aber lecker«, sagte Fons. »Was hast du reingetan?«

»Ein bisschen Salbei«, antwortete Isabelle. »Und Knoblauch natürlich.«

»Du kannst gut kochen. Besser als ich. Aber du brauchst nicht jeden Tag für uns am Herd zu stehen, das weißt du doch, nicht wahr? Wenn du in deinem Häuschen für dich sein möchtest, bleibst du einfach dort. Du bist zu nichts verpflichtet.« Er schaute seinen Sohn an. »Der ihr tolles, wie heißt das gleich wieder, Curriculum

Vitae, das war mir völlig wurst. Ihre Augen haben mir nicht gefallen. Knoblauch, das ist was Gesundes. Und Wein. Die sind nicht dumm, die Franzosen.«

Isabelle hatte nicht schlecht gestaunt, als sie gesehen hatte, dass hier zum Essen Wein getrunken wurde, und noch mehr, als sie den Weinvorrat der beiden im Keller entdeckt hatte. Sie kannte sich ein bisschen aus mit Wein, durch ihre Arbeit im Restaurant, und diese Tropfen hier gehörten zu den besseren Sorten. »Es ist wichtig, gut zu essen und zu trinken«, hatte Fons dazu gesagt. »Alles in Maßen, aber von guter Qualität. Das ist unser rechtmäßiges Erbe.«

»Sie hatte es auf ihn abgesehen«, behauptete Frans und wandte sich grinsend an Isabelle. »Ich glaube, sie hatte vor, meine Stiefmutter zu werden.«

»Mit schöneren Beinen und lustigeren Augen hätte sie vielleicht Chancen gehabt«, bemerkte Fons treuherzig. »Aber jetzt guckt mich doch mal an, mich alten, zahnlosen Knacker, das konnte man ihr doch nicht abkaufen! Sie war scharf auf einen rauchenden Schornstein, sonst nix.«

»Na ja, ich doch auch«, sagte Isabelle.

Sie konnte alles sagen, was ihr in den Sinn kam, sie fühlte sich bei Vater und Sohn absolut wohl. Das war das Allerbeste hier: die entspannte Atmosphäre. Sie fragte sich oft, wie die Walmans das hinkriegten. Sie hatten dieselben Probleme wie alle anderen Leute auch, sie hatten Frau und Mutter verloren, schienen aber die natürliche Fähigkeit zu besitzen, mit Schicksalsschlägen fertig zu werden und das Leben so zu nehmen, wie es kam. Limburgische Lebenskünstler.

»Du brauchtest einen warmen, sicheren Ort, das ist was anderes«, entgegnete Fons. »Vielleicht gefällt es dir ja auch so gut bei uns, dass du hier bleiben möchtest, aber es könnte sein, dass dir im Winter der Ölofen auf den Wecker geht.«

»Aber vielleicht gehe ich euch auch auf den Wecker«, meinte Isabelle.

Einen Moment sagte niemand etwas.

»Wir könnten auch Erdgas legen lassen«, bemerkte Frans dann. »Bis zur Straße sind es nur fünfzehn Meter, und ein Anschluss ist bereits vorhanden.«

Frans hatte dunkles glattes Haar und seine braunen Augen unter den femininen, langen schwarzen Wimpern erinnerten sie manchmal an einen Hirsch. Er war ebenso lernbegierig und an allem interessiert wie sein Vater und teilte dessen Leidenschaft für den Bauernhof, den sie als Luxus-Hof bezeichneten oder auch als Hobby-Bauernhof, weil sie nicht wirklich davon leben mussten. Fons bekam seine Rente und Frans, der Biologie studiert hatte, hatte eine halbe Stelle als Lehrer an einer höheren Schule in Venlo.

Frans musste um die dreißig sein, und er erschien ihr so sanftmütig, dass sie sich fragte, wie er wohl mit einer Klasse aufmüpfiger Teenager fertig wurde. Auch wunderte sie sich darüber, dass er nie geheiratet hatte und sie kaum ein Wort über Freundinnen hörte. Er war wirklich attraktiv, und sie hielt ihn für durch und durch zuverlässig. Er war jemand, auf den man sein Leben lang würde zählen können und der zu vielen Opfern und Zugeständnissen bereit wäre, um den Frieden zu bewahren. Nie hatte sie bemerkt, dass er sie angestarrt hätte wie manche männliche Gäste früher im Restaurant, die sie regelrecht mit den Augen ausgezogen hatten. Er besuchte sie auch nie allein in ihrem Häuschen. Wenn er kam, dann zusammen mit seinem Vater, und auch nur, weil sie zum Beispiel einen Kühlschrank unter die Treppe gerückt haben wollte. Frans' vollkommen natürliche Zurückhaltung war einer der Hauptgründe, warum sich Isabelle hier so wohl fühlte.

»Frans ist nicht besonders an Frauen interessiert«, erklärte ihr Fons, als sie ihn eines Morgens im Gemüsegarten beiläufig darauf ansprach. Er sah ihren Gesichtsausdruck und fing sofort an zu grinsen. »Nein, er ist keineswegs schwul, wenn du das vielleicht meinst. Er geht manchmal mit Mädchen in die Kneipe und auf Partys, und bestimmt geht er auch mit ihnen ins Bett. Aber das ist alles nichts Langfristiges, meistens enttäuschen sie ihn. Er wartet sozusagen auf die wahre Jakoba, und er hat es dabei nicht eilig. Das Warten macht ihm nichts aus. Natürlich würde ich eines Tages gerne ein Enkelkind auf den Knien schaukeln, aber er sagt immer: ›Keine Sorge, Papa. Irgendwann ist es so weit.‹«

Anfangs hatte sie die Vermutung gehegt, die Anzeige sei eine Idee von Fons gewesen, um seinem Sohn eine Frau zu besorgen, die sie erst testen konnten, um festzustellen, ob sie in die Familie und auf den Bauernhof passte. Aber so etwas hätte Täuschungsmanöver und Berechnung vorausgesetzt, quasi eine Art Komplott, alles Dinge, zu denen Fons kaum in der Lage zu sein schien, trotz seiner schlauen grauen Äuglein, hinter denen sich allerlei Überraschungen verbergen mochten.

Ihr Häuschen stand fünfzig Meter vom Bauernhof entfernt inmitten eines kleinen Obstgartens, umgeben von einer alten Weißdornhecke, in der eine Vielzahl von Vögeln nistete. Ein märchenhafter Ort. Ursprünglich war es ein Stall gewesen, bis Fons ihn von ortsansässigen Zimmerleuten und Maurern zu einem Ferienbungalow hatte umbauen lassen. Das Haus war aber nie zu diesem Zweck genutzt worden, weil Gertrude starb und Fons sich nicht für Touristen auf seinem Hof erwärmen konnte. Das Schlafzimmer befand sich im oberen Stockwerk, während das Erdgeschoss aus einem großen Raum bestand, der Wohnküche und gemütliche Sitzecke in einem war, mit Bücherregalen und einem Fernseher unterhalb der Fenster, von denen aus man einen Blick auf den Obstgarten und die Schafe hatte. Gegen Abend konnte man dort die Kaninchen unter einem Haufen trockener Zweige hervorkommen sehen. Die Kühe weideten etwas weiter entfernt auf dem tiefer gelegenen Stück Land mit den sumpfigen Stellen, rotbraune Limousinkühe, nicht mehr als ein Dutzend. Die Kälber liefen mit den Müttern und wurden mit einem Jahr als Schlachtvieh verkauft. Fons und Frans wären nie auf die Idee gekommen, Kälber in Kisten oder kleinen Verschlägen zu halten.

»Wenn man Milchwirtschaft betreibt, hat man bloß einen Haufen Gedöns und Ärger mit den Quoten«, hatte Fons ihr erklärt. »Ich bin zu alt dafür, und Frans hat seinen Beruf. Wir verkaufen Gänseeier an die Deutschen, die sind ganz verrückt danach. Manchmal schmieden wir abends Pläne, dann nehmen wir uns vor, Kirschen zu pflücken und so ein Schild an die Straße zu stellen. ›Frische Kirschen‹. Frans könnte seine Stelle aufgeben und wir würden Spargel anbauen, wie unser Nachbar zwei Höfe weiter, der verdient ein Vermögen damit. Aber am nächsten Morgen sagen wir uns dann, ach, wozu denn, wir brauchen das alles doch gar nicht.«

»Bestimmt hat Gertrude dich sehr geliebt«, sagte Isabelle.

Fons nickte. Manchmal wurde sein Blick wehmütig vor Trauer um seinen Verlust. »Sie war die beste Frau der Welt«, sagte er. »Viele Leute begreifen so was erst, wenn es zu spät ist, aber ich hatte das Glück, dass ich mir dessen bewusst war, solange sie lebte. Dadurch war bei uns alles anders.«

Isabelle hatte keine Alpträume mehr, aber Ben war allgegenwärtig. Manchmal gelang es ihr, ihn für einen halben Tag in den Hintergrund zu drängen, irgendwo in eine Ecke ihres Hinterkopfes oder in einen Winkel ihres Herzens. Ihr Umfeld trug das seine dazu bei. Aber wenn sie Fons über Gertrude sprechen hörte, fragte sie sich oft, wie es gewesen wäre, wenn Ben nicht ermordet worden wäre. Hätte das ekstatische Gefühl auch noch angehalten, wenn das alltägliche Genörgel begonnen hätte, wenn sie irgendwo darauf hätte warten müssen, ob er nun an diesem Abend kam oder nicht? Gute Vorsätze, Pläne für eine Scheidung, Hin und Her mit Rechtsanwälten, eine kleine Wohnung in der Stadt. Vielleicht wäre sie die glücklichste Frau der Welt geworden, aber vielleicht hätte sie sich auch nach ein paar Monaten wie eine x-beliebige Mätresse gefühlt.

Manchmal überkam sie eine Wut darüber, dass sie nie die Gelegenheit erhalten hatte, es auszuprobieren. So hatte sie nichts und wusste nichts, sie konnte es sich nur in ihrer Fantasie ausmalen.

Manchmal konnte sie sich nicht einmal mehr vorstellen, wie er ausgesehen hatte, dann musste sie sich das Foto anschauen, das sie aus einer Zeitung ausgeschnitten hatte. Es war eine schlechte Abbildung, schwarzweiß, und man konnte darauf nicht erkennen, dass sein Haar honigblond gewesen war, durchzogen von ein bisschen Grau, dass er blaue Augen gehabt hatte, oder wie sich sein Mund angefühlt hatte, als er auf ihr gelegen hatte und in sie eingedrungen war.

»Das hier ist kein Waisenhaus«, sagte die strohblonde Direktorin in leicht beleidigtem Tonfall, »sondern ein Kinderdorf. In den sechziger Jahren ist unsere Einrichtung hierher umgezogen. Heute verfügen wir über acht Wohneinheiten mit je zehn bis zwölf Kindern in verschiedenen Altersstufen, mit einer Art Vater und Mutter, die sie meistens beim Vornamen nennen. Die Kinder besuchen Schulen in der Stadt, und wir tun alles in unserer Macht Stehende, um ihnen ein normales Familienumfeld zu bieten.«

»Laufen viele von ihnen weg?«, fragte Max.

»Nein, nur wenige.« Sie wies mit einer Handbewegung auf das große Fenster in ihrem Büro. »Warum sollten sie auch?«

Er folgte ihrem Blick über den weitläufigen Komplex

mit viel Grün und einem Sportplatz, der hinter einer Reihe eckiger Bauten lag. Einheiten. Das Ganze wirkte freundlich und deprimierend zugleich. Wie immer sie es auch nennen mochten: Es war ein Ort, an dem niemand aus Spaß oder freiwillig seine Jugend verbrachte. Waise zu sein war etwas, wogegen man nichts tun konnte, man wurde es durch Umstände, auf die man keinen Einfluss hatte, es sei denn, man schoss seine Eltern selbst über den Haufen, aber in dem Fall landete man in einer geschlossenen psychiatrischen Einrichtung. Dies hier war eine offene Institution, es gab kaum Zäune und man hatte die Möglichkeit wegzulaufen – aber wohin? Hier konnte man umsonst wohnen und essen, man war mit Schicksalsgenossen zusammen und hatte Ersatzeltern. Vielleicht gab es genug zu lachen, um den Drang zum Weglaufen zu vergessen, und vielleicht war es hier besser als bei einer alten Tante.

»Ich kann mir vorstellen, dass das ein himmelweiter Unterschied ist«, sagte Max freundlich. »Ich meine, zwischen dem heutigen Kinderdorf und dem Heim, in dem Ben Visser als kleiner Junge lebte. Er ist weggelaufen und hat auf einem Schiff angeheuert, nicht wahr?«

»Das war vor meiner Zeit. Ich hoffe für Sie, dass meine Sekretärin Informationen darüber finden kann.« Sie hatte schöne Augen, aber ihre weißen Zähne waren so klein, dass ihr Gebiss ihn an das eines Kaninchens erinnerte. »Ich möchte Ihre Ermittlungen natürlich nicht behindern, aber um Ihnen die Wahrheit zu sagen, verstehe ich nicht recht, warum sich die Polizei dafür interessiert, warum und wie lange dieser Ben Visser als kleiner Junge in dem früheren Waisenhaus gelebt hat. Schließlich ist er doch jetzt tot, oder nicht?«

»Es muss nun mal sein«, sagte Max. »Die mühsame Kleinarbeit gehört eben dazu. Manchmal komme ich mir vor wie ein Staubsaugervertreter, der von Haus zu Haus geht.«

Sie lächelte nicht. »Das ist auch etwas, das vor meiner Zeit war. Wo Emma nur bleibt?«, fragte sie dann gereizt und stand abrupt auf. »Jedenfalls ist es für mich reine Zeitverschwendung, ich muss jetzt zu einem Meeting. Einen Augenblick bitte.«

Sie verließ das Büro. Die Tür blieb halb offen stehen, und Max hörte ihre ungeduldige Stimme im Nebenraum. Eine Frau antwortete ihr, so leise, dass er es nicht verstehen konnte, aber es klang untertänig. Er schaute sich im Büro um, das hell und kühl wirkte, mit schwedischen Möbeln auf einem seegrünen Teppichboden, Topfpflanzen und zwei Reproduktionen von Manet. Das graue Behördenmobiliar von früher gehörte ebenso der Vergangenheit an wie die Staubsaugervertreter.

»Emma wird Ihnen alles erklären, ich muss jetzt leider weg«, sagte die Direktorin, als sie zurückkehrte. »Emma, das ist Meneer Winter.«

Das Mädchen blieb mit einem altmodischen Register in der Hand in der Tür stehen.

Die Direktorin griff nach ihrer Handtasche, die auf dem Schreibtisch lag. Auf dem Weg zur Tür sagte sie: »Emma bringt Sie gleich hinaus.«

Max stand auf und lächelte die Sekretärin an. Sie trug eine Brille mit dickem Gestell und hatte kastanienbraunes Haar, das glatt herunterhing und ihr halb bis auf die Wangen fiel. Sie war mollig und trug ein braunes Wollkleid mit vielen Knöpfen, das altmodisch gediegen aussah. »Darf ich Emma sagen?«

»Natürlich. Alle nennen mich beim Vornamen.« Ihre Mundwinkel verzogen sich zu einem schüchternen Lächeln. »Ich habe Mevrouw Van Gestel gerade schon erklärt, dass wir keinen Ben Visser in unserem Archiv haben …«

»Aber er muss hier gelebt haben, jedenfalls in dem früheren Heim. Vielleicht ist das Archiv nicht mehr vollständig?«

»Doch, wir besitzen noch alle alten Register, und ich habe auch in den Jahren davor und danach gesucht, aber keinen Visser gefunden.« Das Mädchen setzte sich an den hellen Holztisch und legte den Registerband vor sich hin. »Oh, Pardon«, sagte sie dann errötend, stand hastig wieder auf und deutete auf einen Stuhl. »Bitte setzen Sie sich.«

»Wenn Sie mir nicht helfen können, werde ich Sie nicht länger aufhalten«, sagte Max deprimiert. »Er muss 1952 hierher gekommen sein, er wurde am 14. April dieses Jahres geboren.«

»Ich habe einen Jungen mit diesem Geburtsdatum entdeckt, der im Mai 1952 aufgenommen wurde. Aber er hieß nicht Ben Visser.« Sie schob an der Stelle, wo sie eine Karte zwischen die Seiten gelegt hatte, einen Finger in das Register und schlug es auf. »Sein Name war Alex Lafont.«

»Lafont?« Max zog sich einen Stuhl heran. »Ist dieser Alex Lafont auch weggelaufen?«

Das Mädchen warf einen Blick auf die Karte, die zur Hälfte mit unregelmäßigen Schreibmaschinenzeilen beschrieben war. »Nein, und deshalb glaube ich auch, dass er es nicht sein kann. Sie sind nur zufällig am gleichen Tag geboren. Dieser Junge wurde von einem Lehrer und dessen Ehefrau adoptiert, als er sechs Jahre alt war. Es tut mir Leid, dass ich Ihnen nicht helfen kann.«

Sie steckte die Karte zurück und wollte das Register wieder zuklappen, aber Max hielt sie mit einer Handbewegung zurück: »Vielleicht hieß das Ehepaar Visser, und er hat ihren Namen angenommen?«

Emma schaute in das Buch. »Nein, ihr Name war Hinstra.«

Max starrte sie an. »Hinstra?«

Sie schaute wieder auf die Karte. »Ja, aus Leeuwarden.«

Max notierte sich die Adresse und bedankte sich bei ihr. Da kam ihm noch ein Gedanke, und er fragte: »Hat sich vielleicht irgendwann vorher schon einmal jemand nach Alex Lafont erkundigt?«

»Nicht dass ich wüsste«, antwortete sie. »Nicht, seitdem ich hier bin jedenfalls, aber ich arbeite auch erst seit vier Monaten hier. Ich frage mal Mevrouw Van Gestel … Ach nein, die ist ja jetzt im Rathaus. Ich kann mich aber später bei ihr erkundigen, wenn Sie möchten.«

»Ja, gerne«, sagte Max. »Ich rufe dann deswegen noch einmal an, in Ordnung?«

Emma errötete, als habe er versucht, ein Rendezvous mit ihr zu vereinbaren.

Fons war natürlich sofort aufgefallen, dass sie blass und erschöpft aussah und sich morgens elend fühlte. »Bestimmt eine kleine Grippe«, meinte er. »Hast du warme Schlafanzüge? Die Nächte werden schon kühler. Vielleicht zieht es oben bei dir. Morgen früh gehen wir auf den Markt, direkt daneben ist der Arzt. Da lasse ich mich jedes Jahr im Herbst impfen.«

Es nieselte, als sie über die Landstraße fuhren, und tiefe Nebelwolken hingen über der Maas. »Mein Arzt ist ein alter Bock«, flüsterte Fons, als sie in der kleinen Gemeinschaftspraxis ankamen. »Geh lieber zu Doktor Vredeling, sie ist eine nette Frau.« Er ging ihr voraus zur Anmeldung, wo man ihn kannte. »Tag, Lucy«, sagte er zu der Empfangsdame. »Das ist meine Nichte Isabelle. Setz sie ruhig mit auf meine Versicherungskarte. Sie möchte zu Doktor Vredeling.«

Die Empfangsdame zog eine Blankokarte heraus. »Isabelle Walman?«

»Genau«, antwortete Fons. Isabelle ließ ihn gewähren. Sie fühlte sich elend, nicht wegen ihrer Erkrankung, sondern weil sie ein ungutes Vorgefühl hatte, wie immer, wenn sie zum Arzt musste. Sie hatte ihr Leben lang Angst vor Ärzten gehabt, wahrscheinlich weil die Beziehung zu ihnen schon mit ihrer Geburt einen denkbar schlechten Anfang genommen hatte. Deshalb hatte sie die ganze Zeit den Kopf in den Sand gesteckt, die Zeit verstreichen lassen und so getan, als sei alles in bester Ordnung.

Fons zeigte auf die Zeitschriften im freundlichen Wartezimmer gegenüber vom Empfang. »Du wirst gleich aufgerufen. Ich gehe solange auf den Markt und komme in einer halben Stunde wieder, gucken, ob du fertig bist.«

Zitternd saß sie auf einem der hellen Holzstühle, als sie den Namen Isabelle Walman hörte.

Doktor Vredeling war um die fünfzig, eine grobknochige Frau mit breitem Gesicht und dunklem grau gesträhntem Haar, das ihr glatt bis zur Mitte der Wangen fiel. Sie stellte kurze, sachliche Fragen, während sie Isabelles Lungen abhörte, ihren Blutdruck maß, den Puls kontrollierte und sie anschließend ohne Umschweife mit gespreizten Beinen auf dem Gynäkologenstuhl installierte. »Alles klar«, sagte sie, nachdem sie fertig war. »Sie können sich wieder anziehen, ich bin gleich nebenan.«

Als Isabelle ins Sprechzimmer zurückkehrte, begrüßte die Ärztin sie mit einem unverbindlichen Lächeln. »Alles in Ordnung«, sagte sie. »Sie sind lediglich schwanger.«

Isabelle starrte sie entsetzt an. Sie war alt genug, um zu wissen, was das Ausbleiben der Regel und morgendliche Übelkeit normalerweise zu bedeuten hatten, hatte sich aber die ganze Zeit einzureden versucht, dass ihr körperliches Gleichgewicht durch die schrecklichen Geschehnisse durcheinander geraten war.

»Wann hatten Sie Ihre letzte Menstruation?«

»Vor drei Monaten«, flüsterte sie. »Es kann auch schon länger her sein …«

»Dann wird es ja wohl kaum eine Überraschung für Sie sein.« Als die Ärztin sah, was Isabelle für ein Gesicht machte, fragte sie etwas freundlicher: »Gibt es Probleme?«

»Nein …« Isabelle dröhnten die Ohren.

»Sind Sie verheiratet?«

»Nein, ich, äh …«, stotterte sie und dachte: Mein Gott. Was jetzt? Natürlich hatte sie ein Problem, sie konnte es nur noch nicht in seiner ganzen Tragweite überblicken.

»Wollen Sie es nicht haben?«

Isabelle hielt den Atem an. Da sie kein Wort sagte, runzelte die Ärztin nach einer Weile die Stirn. »Sie sind ziemlich spät dran damit. Ich mache das sowieso nicht, sie müssten also in eine Klinik gehen. Ich kann diese Entscheidung nicht für Sie treffen, aber ich könnte Ihnen einen Termin besorgen. Haben Sie einen Freund?«

Isabelle schüttelte den Kopf.

Die Ärztin reagierte allmählich gereizt. »Ich kenne Sie ja nicht, aber so naiv sehen Sie doch gar nicht aus«, sagte sie kalt. »Sie wissen über Verhütungsmittel Bescheid und über die Risiken, wenn Sie keine benutzen, und damit meine ich nicht nur, dass Sie schwanger werden können. Sie wussten genau, dass Sie schwanger sind, und Sie können ja wohl nicht im Ernst geglaubt haben, das ginge von selbst wieder vorbei. Warum haben Sie so lange gewartet? Ich hoffe doch, dass Sie wissen, wer der Vater ist?«

»Er war unfruchtbar.«

»Wie man sieht«, antwortete die Ärztin trocken. »Hat er Ihnen das eingeredet?«

»Nein, Sie verstehen das nicht.«

»Stimmt.« Die Ärztin sah, dass sie angefangen hatte zu weinen. »Tut mir Leid«, sagte sie. »Ich rege mich eben immer darüber auf, wenn Frauen sich auf solche riskanten Geschichten einlassen. Aber das hilft Ihnen jetzt wohl kaum weiter.«

»Nicht jeder läuft eben ständig mit Kondomen in der Tasche rum«, stieß Isabelle hervor. Sie wurde wütend, wie immer, wenn sie sich unverstanden fühlte. »Und ich glaube auch nicht, dass wir sie benutzt hätten. Wir sind gar nicht auf die Idee gekommen, es war alles ganz anders …«

Der Gesichtsausdruck der Ärztin wurde sanfter. Sie nahm den Telefonhörer von der Gabel. »Lucy, ich schicke gleich Juffrouw Walman zu dir rüber. Bitte bring sie zum Bluttest zu Hetty, ich mache auf dem Computer ein Rezept fertig.«

Sie legte auf und schaute Isabelle an. »Diese Untersuchung führen wir jetzt auf jeden Fall durch. Lucy wird Ihnen ein Rezept geben und unseren Mutterschaftspass, für den Fall, dass Sie das Kind behalten möchten.«

»Ich muss darüber nachdenken«, flüsterte Isabelle.

»Dazu ist kaum noch Zeit. Im Mutterschaftspass finden Sie den Plan für die Vorsorgeuntersuchungen, aber kommen Sie nächste Woche auf jeden Fall wieder, damit wir das Ergebnis des Bluttests besprechen können. Wenn Sie sich dafür entscheiden, das Kind auszutragen, sollten wir darüber reden, wie es weitergeht, Sie zum Gynäkologen überweisen, überlegen, ob Sie eine Hausgeburt möchten oder lieber ins Krankenhaus gehen et cetera.«

Isabelle nickte und sagte: »Ich danke Ihnen.«

Die Ärztin kam hinter ihrem Schreibtisch hervor und nahm sie bei der Hand. »Ich war vielleicht vorhin ein bisschen schroff«, sagte sie. »Aber ich helfe Ihnen natürlich. Sie können jederzeit zu mir kommen.«

Die Ärztin hatte gütige Augen und das Herz auf dem rechten Fleck. Isabelle fühlte sich schuldig. »Ich muss Ihnen etwas sagen«, bekannte sie. »Ich heiße gar nicht Walman. Ich bin Isabelle Mertens.«

»Aber Sie wohnen bei den Walmans? Da haben Sie es aber gut getroffen.«

Isabelle merkte, dass ihr Name ihr nichts sagte. Sie berührte ihren Bauch. »Der Vater des Kindes ist Ben Visser. Es war unsere erste gemeinsame Nacht; wir haben sie in einem Hotel verbracht. Dabei wurde er erschossen.«

Die Ärztin schnappte nach Luft. »Mein Gott!«, sagte sie. »Ich habe darüber in der Zeitung gelesen.« Sie fasste Isabelle an der Schulter. »Sie armes Kind. Das muss ja ein schreckliches Erlebnis für Sie gewesen sein. Ich könnte mir die Zunge abbeißen.«

Isabelle lächelte. »Ich habe es inzwischen ein bisschen verwunden.«

»Was wollen Sie jetzt machen?«

Im Grunde hatte sie schon die ganze Zeit von ihrer Schwangerschaft gewusst, und sie war sich ganz sicher. »Ich könnte es niemals wegmachen lassen«, flüsterte sie. »Ich will es behalten, und ich will nicht in ein Krankenhaus.«

Die Ärztin schwieg für einen Augenblick und ließ dabei die ganze Zeit die Hand auf Isabelles Schulter liegen. »Ich komme demnächst mal bei dir vorbei, und dann überlegen wir gemeinsam. Okay?«

Ihre Augen brannten, als sie den kurzen Flur entlangging. Fons saß im Wartezimmer, aber Isabelle bedeutete ihm, dass er sich noch einen Moment gedulden müsse, und folgte Lucy in ein anderes Zimmer, wo eine Arzthelferin ihr Blut abnahm.

»Du machst ja richtig die Runde«, sagte Fons, als sie endlich fertig war, und folgte ihr nach draußen. »Bist du krank?«

Sie schüttelte den Kopf und ging ihm hastig durch den Nieselregen voraus am Markt vorbei bis zu dem verwilderten Stück Rasen unter zwei riesigen Linden, wo sie ihr Auto geparkt hatte. Sie schloss die Beifahrertür für ihn auf, half ihm beim Einsteigen und ging um das Auto herum.

Als sie am Steuer saß, steckte sie den Zündschlüssel ins Schloss, aber anstatt zu starten lehnte sie sich zurück und schaute Fons an. Sie wusste nicht, wie sie es ihm beibringen sollte.

»Ist es was Ernstes?«, fragte er besorgt.

»Nein. Aber vielleicht muss ich euch verlassen.«

Er machte ein entsetztes Gesicht. »Verlassen? Gefällt es dir nicht mehr bei uns?«

»Ob es mir nicht gefällt?« Sie biss sich auf die Lippen. Wie er nur auf so eine Idee kommen konnte! »Nein, bei euch ist es am schönsten auf der ganzen Welt. Aber mit dem, was auf mich zukommt, kann ich euch einfach nicht belasten.«

Über seinen hellen Augen bildete sich eine steile Falte. »Ist es was Ansteckendes?«

Isabelle gab ein nervöses Lachen von sich. »Nein. Ich bin schwanger.«

Das verschlug ihm für einen Moment die Sprache. »Von diesem Mann?«

Sie nickte.

Fons nickte auch und legte seine Hand auf ihre, die sie am Steuer hatte. »Bleib doch einfach bei uns«, sagte er dann. »Dann kriege ich ja doch noch so 'ne Art Enkelkind.«

Isabelle fing an zu weinen. Fons legte den Arm um sie und zog sie an sich.

Manchmal fühlte sich ihr Körper an, als blute er noch innerlich. Wenn sie im Bett lag, quälte sie sich oft mit der Frage herum, ob Ben sie wirklich geliebt hatte. Sie war sich dessen sicher gewesen, aber allmählich verlor sie diese Gewissheit, gerade jetzt, wo sie sie am nötigsten brauchte. Es gab keinen Schutz gegen ihre Zweifel. Sie wusste ja noch nicht einmal, wer Ben eigentlich gewesen war.

Sie wusste, dass sie sich entscheiden musste. Sie konnte so weitermachen und ein Leben in ewiger Unsicherheit wählen, oder sie konnte alles daransetzen, um darüber hinwegzukommen. Vielleicht musste sie sich auch an den Gedanken gewöhnen, dass das Wunder dieses einzigen Tages und dieser einzigen Nacht überhaupt kein Wunder gewesen war. Dann war es die Sache nicht wert, dass sie den Rest ihres Lebens unter ihrem Bann verbrachte. Sie durfte nicht zulassen, dass ihre kommenden Jahre von einer einzigen paradiesischen Erinnerung beherrscht wurden, die alles andere in den Schatten stellte. Aber wie sollte man Gefühle auslöschen, die so stark gewesen waren?

Gerben Hinstra wohnte schon lange nicht mehr unter der Adresse, die man Max im Waisenhaus gegeben hatte. Seine Frau war inzwischen verstorben, und es kostete Max einige Zeit im Rathaus von Leeuwarden, um den Witwer in einem großen Komplex für altengerechtes Wohnen am Rande der Stadt aufzuspüren.

»Es ist noch zu früh fürs Mittagessen«, sagte der alte Mann, der ziemlich lange dafür gebraucht hatte, die Tür seiner Wohnung auf der zweiten Galerie zu erreichen. »Also müssen Sie ein Besucher sein. Die sind hier eine Seltenheit.«

Max stellte sich vor und gab ihm seine Karte. Hinstra starrte sie an, als brauche er normalerweise eine Lesebrille. »Geht es um Alex? Bitte kommen Sie herein.«

Hinstra ging ihm langsam durch den winzigen Flur voraus ins Wohnzimmer, das voll gestellt war mit alten Möbeln und Bücherschränken, in denen zahlreiche abgegriffene Taschenbücher, eine Enzyklopädie und andere Nachschlagewerke standen, die wahrscheinlich aus der früheren Lehrerwohnung mit hierher umgezogen waren. Mit einem Nicken wies er auf einen mit verschlissenem grauem Kordstoff bezogenen Armsessel, der schräg zum großen Fenster hin stand. »Der Sessel da ist mein Stammplatz, wie man wohl sieht. Manchmal sitze ich stundenlang da und schaue nach draußen, in der Hoffnung, dass ich vielleicht eines Tages mal für immer darin einschlafe. Immer noch besser, als in einem Krankenhausbett zu sterben.«

Nachdem er sich auf den Sessel gesetzt hatte, beugte er sich vor, griff mit beiden Händen den Stoff seiner grauen Hose an den Knien und stellte die Füße auf ein Kissen, das auf der Zentralheizung unter dem Fenster lag. Durch das Fenster blickte man auf ein Panorama von Rasenflächen und Bäumen sowie in der Ferne auf einen Stadtteil von Leeuwarden.

»Warum glauben Sie, dass ich wegen Alex gekommen bin?«, fragte Max.

»Weil ich nicht annehme, dass ein Unbekannter aus Amsterdam neugierig darauf ist, wie ein ehemaliger Grundschullehrer seinen letzten Atem aushaucht.«

»Na ja, Sie machen mir aber den Eindruck, als könne das noch ein Weilchen dauern.«

»Seniorengymnastik, Bingo, Billard spielen im Gemeinschaftsraum: ganz schön anstrengend, aber nicht so anstrengend wie vor der Klasse zu stehen. Ich bin wie ein abgestorbener Kirschbaum; der steht noch Jahre, aber man darf ihm keinen Stoß versetzen. Hier ist man vor Stößen ziemlich sicher, es geht ungefähr so aufregend zu wie bei einem Nähkränzchen.«

Max nahm sich einen Stuhl und stellte ihn neben den Sessel von Hinstra. »Sind vor mir schon mal Leute bei Ihnen gewesen, die sich nach Alex erkundigt haben?«

Hinstra war ein gebrechlicher Mann von mindestens achtzig Jahren, aber man erkannte noch die Spuren friesischer Gesundheit an ihm, die gegerbten Wangen, die Erinnerungen an Segeln und Schlittschuhlaufen wachriefen, weiße, borstige Wimpern über den eisblauen Augen und dünnes Haar, durch das der mit Leberflecken bedeckte Schädel schimmerte und das von einem so hellen Grau war, dass es fast blond wirkte. Man konnte sich vorstellen, dass er niemals krank werden, sondern einfach einschlafen würde, wie eine Kerze, die erlischt, weil die Substanz aufgezehrt und verbraucht ist. Hinstra schaute aus dem Fenster und sagte ironisch: »Kommt drauf an, welchen Alex Sie meinen.«

»Alex Lafont, aus dem Waisenhaus in Hengelo.«

»Alex war keine Waise, jedenfalls nicht, als er dort vor die Tür gelegt wurde. Vielleicht war seine Mutter unverheiratet oder zu jung, um für ihn sorgen zu können. 1952 sah die Welt noch anders aus, da gab es noch nicht so ein dichtes soziales Netz wie heute.«

»Er war ein Findling?«, fragte Max erstaunt.

»Ja, er lag in einem Körbchen, wie Mose. Dazu ein Zettel, auf dem in etwa stand: Das hier ist Alex Lafont, bitte sorgen Sie gut für ihn, denn ich kann es nicht.«

»Und sein Geburtsdatum?«

Hinstra schüttelte den Kopf. »Das haben sie ihm dort gegeben. Bei Findlingen ist das so üblich. Er war ungefähr einen Monat alt, also pickten sie einfach irgendein Datum vier Wochen vorher heraus. Meine Frau und ich klapperten die Waisenhäuser ab, weil wir ein Kind adoptieren wollten. Meiner Frau Hiske ist der Kleine sofort aufgefallen, er war ein so süßer kleiner Junge. Wir haben ihn offiziell adoptiert, als er sechs Jahre alt war. Von da an war er Alex Hinstra.«

»Gab es da keine Probleme?«, fragte Max. »Ein Findling hat doch Eltern, oder zumindest eine Mutter, auch wenn sie ihn nicht haben will. Sie hätte ja ihre Meinung ändern können.«

»Die Mutter hat nie mehr etwas von sich hören lassen. Man versuchte, sie ausfindig zu machen, aber damals war es einfacher als heute, unterzutauchen. Man ging davon aus, dass Lafont der Name des Vaters war, und auch, dass dieser wahrscheinlich unbekannt bleiben wollte. In den Niederlanden gibt es nur wenige Lafonts, in Frankreich dagegen kommt der Name so häufig vor wie bei uns Jansen. Die Mutter hätte sonstwie heißen können. Daher hat man die Suche bald aufgegeben. Das Waisenhaus machte keine Schwierigkeiten, die waren froh, dass wir Alex zu uns nahmen und sie ihn los waren.«

»Sagt Ihnen der Name Ben Visser etwas?«

Hinstra holte tief Luft und sagte zu Max' Erstaunen: »Ich habe diesen Namen zum ersten Mal unter einem Foto von Alex gelesen, in einer Zeitung, im Mai diesen

Jahres.« Es klang neutral, wie eine Information, die er aufgenommen und verarbeitet hatte.

»Sie wissen also, was passiert ist«, sagte Max nach einer kurzen Stille.

»Ja.«

»Ist die Polizei bei Ihnen gewesen?«

»Nein, die Polizei nicht.«

»Fällt es Ihnen schwer, darüber zu sprechen?«

»Nein, nicht mehr. Was hätte das für einen Sinn? Er ist tot.«

»Ich arbeite für seine Witwe. Sie möchte wissen, warum ihr Mann ermordet wurde.«

Hinstra nickte traurig. »Was ist sie für ein Mensch?«

»Eine schöne Frau, eine Dame. Sie wirkt kühl, aber ich glaube, sie hat ihn sehr geliebt. Sein Tod hat sie stark mitgenommen, vor allem wegen der Begleitumstände.«

Hinstra lächelte bitter. »Das kann ich mir vorstellen. Ich wusste, dass er verheiratet war, in Brabant wohnte und keine Kinder, dafür aber eine Fabrik hatte.«

»Sie hatten also noch Kontakt zu ihm?«

»Kontakt ist zu viel gesagt. Er hat mich einmal im Jahr besucht. An meinem Geburtstag, im April. Das erste Mal kam er vor sechs Jahren, und das war ein ziemlicher Schock, denn ich hatte ihn seit ungefähr zwanzig Jahren nicht mehr gesehen.« Der alte Mann rieb mit den Händen über die verschlissenen Kanten seiner Stuhllehnen.

»Und Sie wussten nicht, dass er sich inzwischen Ben Visser nannte?«

»Nein, woher sollte ich? Ein Sohn braucht doch keinen Pass oder Führerschein vorzuzeigen, wenn er seinen Vater besucht. Seinen Adoptivvater. Für mich war er Alex.«

»Also haben Sie ihn im April dieses Jahres zum letzten Mal gesehen?«

»Ja. Ich hätte gern einmal seine Frau kennen gelernt, aber Alex schob ein Treffen immer wieder hinaus. Ich hatte seine genaue Adresse nicht und konnte seine Telefonnummer nicht ausfindig machen, weil ich natürlich nach Hinstra suchte und nicht nach Ben Visser. Offenbar hatte er gute Gründe dafür, diesen falschen Namen anzunehmen. Aber es hat ihm nichts genützt.« Hinstra rieb sich über die Nase, auf der die Lesebrille Abdrücke hinterlassen hatte, die auf einem Buch auf der Fensterbank lag. »Ein Kirschbaum, der schon abgestorben ist, fällt nach einer Todesnachricht nicht einfach um«, sagte er stockend. »Sie werden sich sicher denken: Was philosophiert der alte Hinstra da über einen Kirschbaum? Aber genauso einen Baum hatten wir in unserem Vorgarten stehen. Ein dicker, halb vermoderter Stamm, an dem nur noch ein lebender Ast wuchs. Der trug im Frühjahr Blüten, aber die Kirschen waren immer krank und faul, weil die Kraft nicht mehr bis obenhin reichte, nur durch die Rinde kam noch ein letzter Rest Saft. Vielleicht haben Sie ihn gesehen, Sie sind doch sicher dort gewesen?«

»Jetzt stehen dort lauter Koniferen«, sagte Max.

Hinstra nickte, als hätte er nichts anderes erwartet, und sagte: »Lassen Sie uns nicht über den Tod reden.«

Max nickte. »Können Sie sich einen Grund vorstellen, warum Alex einen anderen Namen angenommen hat?«

Der alte Mann hob eine Hand und studierte seine Finger. Sie waren mager und rosafarben, fast durchsichtig. Würde man eine starke Lampe darauf richten, könnte man wahrscheinlich seine Knochen erkennen. »Mir kam es so vor, als habe er ein sehr bewegtes Leben geführt ...« Er ließ die Hand wieder auf die Lehne sinken und schüttelte den Kopf. »Er war für mich ein Fremder geworden, ich hatte ihn so lange nicht gesehen. Auch ich war natürlich ein Fremder für ihn, nach all der langen Zeit. Unsere Gespräche glichen oft den Konversationen, die man im Urlaub mit einem freundlichen Touristen betreibt, der sich in der Kneipe auf den Barhocker neben einen setzt. Nicht dass ich noch oft in eine Kneipe ginge.«

»Wie alt war er, als er von zu Hause wegging?«

»Achtzehn. Mit siebzehn ist er von der Fachoberschule abgegangen, er war ein begabter Junge. Er wollte gern die Seefahrtschule besuchen, dafür musste er aufs Internat. Da hat er es ein Jahr lang ausgehalten, dann erhielt ich einen Brief, in dem er schrieb, er habe als zwölfter Steuermann auf einem deutschen Frachtschiff angeheuert. Ich nahm an, das hieß so was wie Schiffsjunge. Er schrieb uns Karten von hier und dort, manchmal auch einen Brief. Dann hörten wir zwanzig Jahre lang nichts von ihm, und plötzlich stand er hier bei mir altem Witwer vor der Tür. Er arbeitete in Sneek.«

CyberNel hatte die Sache mit Sneek überprüft, aber nichts Auffälliges festgestellt. Ben Visser hatte in einem Bungalowpark gewohnt und auf einer Yachtwerft Instandhaltungsarbeiten ausgeführt. Das Einzige, woran sich die Leute dort erinnern konnten, war, dass er nach einem Jahr plötzlich seine Stelle aufgegeben hatte und weggezogen war. »Hat er Ihnen nichts über diese zwanzig Jahre erzählt?«

»Er hat lange in Amerika gelebt.«

»Hat er sich da mal eine Schussverletzung an der Hand zugezogen?«

»Ja. Er arbeitete in Florida als Skipper auf so einer luxuriösen Hochseeangler-Yacht, und es gab eine Schießerei, bei der ihn eine verirrte Kugel traf. Mehr habe ich nicht aus ihm herausbekommen, aber den Zeitungsberichten konnte man das ein oder andere entnehmen.«

Florida und Yachten. Drogen vielleicht, möglicherweise hatte er in irgendeinem Fall als Zeuge ausgesagt oder er war als Kronzeuge aufgetreten und hatte eine neue Identität erhalten, mit den besten Grüßen vom FBI. Darauf spielten jedenfalls die Zeitungen an, und auch die Polizei ließ etwas in der Richtung verlauten. Max wusste, dass er eventuell durch eine Reise nach Amerika dahinter kommen könnte, was aber Kosten verursachen würde, die das Interesse Judith Colijns an der Aufklärung des Falles bestimmt übersteigen würden. Manchmal musste man eine Spur, die aus dem eigenen Aktionsradius herausführte, einfach aufgeben und stattdessen auf etwas anderes zurückgreifen, und wenn es nur eine Eingebung, ein Gefühl war. Max ahnte, dass die beiden verschiedenen Namen etwas Wichtiges zu bedeuten hatten. Vielleicht musste er all seine Theorien umwerfen und noch einmal von vorne anfangen.

Sein System war, dass er meistens kein System hatte. Normalerweise ging er einen Fall an, indem er sich einen allgemeinen Überblick über die grundlegenden Fakten verschaffte. Danach pickte er auf gut Glück lose Fäden und auffällige Elemente heraus und studierte sie, liebäugelte mit Vermutungen und folgte seinen Instinkten. Manchmal lieferte die hartnäckige Verfolgung eines einzigen, absurd erscheinenden Verdachts den Schlüssel zum gesamten Puzzle. Genauso gut konnte ihn so ein Sprung aber auch vor eine undurchdringliche Wand führen, und er musste auf die weniger aufregende, Zeit raubende, klassische Ermittlungsmethode zurückgreifen. Der alte Mann hatte gesagt, dass die Polizei nicht bei ihm gewesen war, aber erst nach einem kurzen Zögern. Vielleicht hatte er Besuch von anderen Leuten erhalten, und die waren nicht wegen Ben Visser gekommen, sonst hätte Gerben Hinstra diesen Namen schon einmal gehört, bevor er ihn in der Zeitung gelesen hatte.

»Hat sich vor mir schon mal irgendjemand nach Alex Lafont erkundigt?«, fragte Max beiläufig.

Hinstra blickte auf. »Ja, das Waisenhaus, aber es ging dabei um etwas ganz anderes. Die Direktorin rief mich an und fragte, ob ich wüsste, wo sich mein Adoptivsohn aufhielte, weil sie von einem französischen Notar schriftlich um Informationen über ihn gebeten worden war. Sie schickte den Brief an mich weiter.«

Max runzelte die Stirn. »Ein französischer Notar? Haben Sie den Brief noch?«

Der alte Mann schüttelte den Kopf. »Er kam letzten Winter. Da ich Alex nicht erreichen konnte, beschloss ich, ihn bis zu seinem nächsten Besuch im April aufzubewahren.«

»Haben Sie ihn gelesen?«

»Ja, ich brauchte ein Wörterbuch dazu, er war im typischen Juristenjargon abgefasst. Es ging darum, dass der Notar auf der Suche nach Alex Lafont war, im Zusammenhang mit dem Nachlass eines gewissen Raymond Lafont.«

»Erinnern Sie sich noch an den Namen des Notars?«, fragte Max.

»Maître Christian Longueteau, aus Nuits Saint Georges, das liegt im Burgund.«

Max nahm sein Notizbuch zur Hand und begann, sich Notizen zu machen, um seine Aufregung zu verbergen. »Was hat denn Alex dazu gesagt?«

Hinstra kniff sich wieder in die Nase. »Er hat sich erst ein bisschen erschrocken, aber dann hat er angefangen zu lachen. Ein Erbe in Frankreich? Er hat den Brief zerrissen und zu mir gesagt: ›Ich bin Alex Hinstra, und sollte jemals wieder ein Mensch nach mir fragen, dann sagst du, ich sei mit achtzehn von zu Hause weggelaufen und du hättest nie wieder etwas von mir gehört.‹ Ich fragte ihn, ob er denn nicht neugierig sei, wer seine Mutter war. ›Meine Mutter ist tot‹, antwortete er, ›sonst gäbe es ja kein Erbe. Bitte tu, was ich dir sage, das ist besser für uns alle, und sicherer.‹« Hinstra schwieg einen Moment, als ginge ihm der Atem aus, und sagte dann: »Und im Mai las ich dann in der Zeitung, dass er ermordet worden war.«

Max beschlich eine unheilvolle Ahnung. »Haben Sie der Direktorin des Waisenhauses gesagt, dass Sie wüssten, wo sich Alex aufhielte?«

»Ich habe ihr erklärt, ich wisse nicht genau, wo er wohne, dass ich ihm aber den Brief geben würde, wenn er mich an meinem Geburtstag besuchen käme.« Der alte

Mann sah Max' betroffenes Gesicht und wurde nervös. »Sie wollte es ganz genau wissen, sonst hätte sie den Brief wieder an den Notar zurückgeschickt. Ich dachte, Alex hätte sicher Interesse an einer Erbschaft. Jedenfalls war das eine Sache, über die er zu entscheiden hatte und nicht ich, deshalb habe ich von seinem Besuch an meinem Geburtstag erzählt. Hätte ich das besser nicht tun sollen?«

Max sah, wie sehr ihn sein Gewissen quälte, und rang sich ein Lächeln ab. »Aber nein«, sagte er beruhigend. »Alles deutet auf eine Verbindung mit Amerika hin.«

Es sei denn, der Mörder wäre von Anfang an auf der Suche nach Alex Lafont aus Frankreich gewesen und hätte sich an einem ganz gewöhnlichen Notarsschreiben orientiert. Er brauchte nur im Waisenhaus anzurufen und danach im Rathaus von Leeuwarden das Geburtsdatum des Adoptivvaters herauszusuchen, um ihm auf die Spur zu kommen. Die Frage war nur, wie sie auf das Waisenhaus gekommen waren, wo Alex ohne Papiere als Findling ausgesetzt worden war.

Max behielt seine Gedanken für sich. Er hatte kein Bedürfnis danach, den alten Kirschbaum vor Reue umstürzen zu lassen.

»Der Mann, der hier war, war der gleichen Meinung«, sagte Hinstra, in einem Ton, als versuche er sich selbst Trost zuzusprechen. »Dass er in Florida in irgendetwas hineingeraten ist und als Zeuge auftrat, wofür er im Gegenzug von den amerikanischen Justizbehörden eine neue Identität erhielt. Man liest so was ja gelegentlich.«

Max fragte gespannt: »Der Mann? Welcher Mann?«

»Er hieß De Kanter oder so. Ein Belgier. Er suchte mich zwei Wochen nach dem Mord auf, im Auftrag des französischen Notars. Er besaß bereits eine Kopie der Adoptionspapiere und eine offizielle Erklärung des Waisenhauses. Außerdem verfügte er über einen Obduktionsbericht, in dem Alex' äußerliche Merkmale aufgeführt wurden, unter anderem die Narbe an seiner Hand. Ich habe eine Erklärung unterschrieben, dass es sich bei Ben Visser, Alex Hinstra und Alex Lafont um ein und dieselbe Person handelte.«

Er schwieg für einen Moment und fügte dann bitter hinzu: »Und alle sind gleich tot.«

9

Es hatte aufgehört zu regnen, aber auf dem Abschlussdeich sprühten die Lkws Wasserfontänen über seine Windschutzscheibe, und über dem Ijsselmeer hingen wie auf einem düsteren Gemälde schwere Wolken, Vorboten des Herbstes.

Die Uhr im Armaturenbrett zeigte Viertel vor fünf an. Vielleicht konnte er die mollige Emma noch erreichen, falls man sich in Hengelo an die Bürozeiten hielt. Max holte sein Notizbuch hervor und klemmte es mit einer Hand aufs Lenkrad, während er es mit der anderen durchblätterte. Mit einem Finger hielt er die Seite aufgeschlagen und wählte die Nummer. Stiftung Talshoeve. Er erkannte ihre Stimme wieder.

»Hallo, Emma, hier ist Max Winter.«

»Oh, hallo … hat es Ihnen was genützt? War es derselbe Junge?«

»Ja, du warst mir wirklich eine große Hilfe.«

Er konnte durchs Telefon spüren, wie sie errötete. »Ach, das war doch gar kein Problem. Ich dachte …«

»Hast du noch mal nachgefragt, ob sich noch andere Leute nach Alex Lafont erkundigt haben?«

»Ja, Mevrouw Van Gestel hat gesagt, Ende letzten Jahres sei ein Brief von einem französischen Notar gekommen, den habe sie an Meneer Hinstra weitergeleitet. Später hat auch noch mal jemand angerufen, aus Belgien, ich glaube, es ging um eine Erbschaft. Der Meneer wollte wissen, ob der Brief angekommen sei.«

»Kannst du dich an den Namen des Meneer aus Belgien erinnern?«, fragte Max.

»Ja, er hieß De Canter, aus Antwerpen, ein Geschäftsfreund des französischen Notars. Ich habe seine Telefonnummer.«

Max schrieb sich die Nummer auf und dankte ihr.

Dem Waisenhaus konnte man keine Vorwürfe machen. Sie hatten keinen Grund, ein Geheimnis aus der Sache zu machen. Im Gegenteil, was sprach dagegen, einem ehemaligen Zögling zu einer Erbschaft zu verhelfen? Wie einfach war es gewesen, die Spur von Alex Lafont, alias Ben Visser, aufzunehmen! Man brauchte nur einen Mann zu dem Seniorenzentrum zu schicken, am Tag von Gerben Hinstras Geburtstag, der dessen Adoptivsohn dann bis nach Brabant folgte.

So ganz sicher war die Sache allerdings noch nicht. Die Figur Ben Visser war immer noch nicht aus dem Spiel, aber Max hatte zunehmend das Gefühl, dass es um Alex Lafont ging.

CyberNel befand sich wohlbehalten inmitten der Elektronik in ihrem chaotischen Dachgeschoss. Sie ging sofort ans Telefon und lauschte geduldig seinem Monolog.

»Wenn es tatsächlich um Alex Lafont ging, habe ich viel von meiner und anderer Leute Zeit vergeudet«, sagte sie zum Schluss.

»Wir müssen die Visser-Option aber trotzdem auf jeden Fall weiterverfolgen.«

»Meiner Meinung nach hat die Polizei das bereits getan und dabei auf Granit gebissen. Dabei können die einfach hingehen und *fragen.* Mein Freund beim CRI geht äußerst vorsichtig mit seinen Quellen um. Das FBI tut alles, um sein Zeugenschutzprogramm abzuschirmen. Im Rahmen dieses Programms verschaffen sie Zeugen eine neue Identität, bringen sie an einen Ort ihrer Wahl, in diesem Fall außer Landes, und garantieren ihnen hundertprozentige Anonymität. Wenn bekannt wird, dass einer ihrer

Zeugen von einem Auftragskiller aufgespürt und um die Ecke gebracht wurde, wird es sich der nächste Kandidat zweimal überlegen, ob er aussagt.«

»Also war Ben Visser einer dieser Kronzeugen? Aber die Schusswunde aus Florida war doch schon acht oder zehn Jahre alt. Laut Polizeibericht fuhr er zu dieser Zeit zur See, das weiß man von dieser Agentur in Singapur.«

Max fing das ungeduldige Blinken einer Lichthupe in seinem Rückspiegel auf, schlich zurück auf den rechten Fahrstreifen, verringerte sein Tempo und stellte die Scheibenwischer auf Intervallfunktion.

»Wann schaltest du endlich dein Gehirn ein?«, fragte CyberNel herablassend. »Alex Hinstra war in Florida, nicht Ben Visser. Nehmen wir mal an, Alex Hinstra hätte einen Mafiaboss hinter Gitter gebracht. Dafür kriegt er die Identität und den Pass eines gewissen Ben Visser. Plus dessen Vergangenheit. Den echten Ben Visser hat es entweder nie gegeben oder er ist schon lange tot. Vielleicht war ein anderer Ben Visser bei der Agentur in Singapur registriert, oder sie haben seinen Namen irgendwie in deren Computer reingeschmuggelt. Das ist keine Kunst, wenn man über solche Mittel wie die verfügt.«

Max nickte, aber das konnte Nel natürlich nicht sehen. Wenn Alex Lafont das Ziel gewesen war, hatte der Mörder sehr viel Glück gehabt mit der Florida-Vergangenheit von Alex Hinstra. Jeder war nur zu schnell bereit, den Mord der amerikanischen Mafia in die Schuhe zu schieben, und niemand kam auf eine Verbindung nach Frankreich.

Max seufzte und sagte: »Ich mag eben keine losen Fäden, weißt du.«

»Der dickste lose Faden scheint mir in Frankreich zu liegen«, antwortete Nel. »Ich hätte nicht übel Lust auf einen Ausflug.«

»Marga wird noch eifersüchtig auf dich.«

Sie kicherte. »Dann nimm sie doch auch mit. Ihr könnt

dann am offenen Kamin roten Burgunder schlürfen, während ich die Arbeit erledige.«

»Warum willst du überhaupt mitkommen?«

Nel sagte einen Moment lang nichts. »Tut meinem Französisch gut«, fiel ihr dann ein.

Isabelle reagierte völlig überrascht, als sie Letty im Dunkeln vor der Tür ihres Häuschens stehen sah. »Was machst du denn hier?«

»Tag, Letty«, meinte Letty scherzhaft. »Wie schön, komm doch rein. Ich freue mich, dass du da bist.«

Verwirrt trat Isabelle einen Schritt zurück.

Letty hängte ihren Mantel an den Kleiderständer, der neben dem Kühlschrank im kleinen Flur stand, folgte ihrer Freundin ins Wohnzimmer und schaute sich um. »Nett. Ich habe zuerst an der Tür nebenan geklingelt, da hat mir ein gut aussehender junger Mann aufgemacht, mit romantischen Augen. Stimmte das wirklich mit der *No-sex*-Masche?« Sie ging zur Terrassentür, zog die Gardine beiseite und blickte in die Dunkelheit hinter der Fensterscheibe. »Sind das Obstbäume?«

Isabelle schaltete den Fernseher aus und ging an die Anrichte.

Letty ließ die Gardine fallen. »Gesund siehst du aus. Hast ein bisschen zugenommen. Kommt das vom Landleben, braune Bohnen mit Speck? Warum sagst du denn gar nichts?«

»Ich mach uns einen Kaffee.«

»Das meine ich doch nicht. Sag, geht es dir gut?«

Isabelle füllte Wasser in die Maschine und holte zwei Milchkaffee-Schälchen von dem Regal aus rötlichem Holz, das über der Anrichte hing. Ihre Hände zitterten ein bisschen. In ihrem abgeschiedenen, ruhigen Leben zwischen den Puten und Schafen hatte sie sich sicher gefühlt. Hier wollte sie versuchen, alles zu vergessen, aber die Welt außerhalb existierte natürlich auch noch, und plötzlich stand sie im Dunkeln vor ihrer Tür. Ihre Augen füllten sich mit Tränen, weil sie das Gefühl hatte, als ginge ein Märchen zu Ende.

»Wie hast du mich gefunden?«, fragte sie.

»Wolltest du nicht gefunden werden?«

Die Kaffeemaschine blubberte. »Ich weiß es nicht«, antwortete Isabelle.

»Ich bin doch deine Freundin. Warum reagierst du so komisch?« Letty ging zu ihr hin und sah die Tränen. »Du brauchst dir keine Sorgen zu machen. Ich habe dich über einen Privatdetektiv gefunden, sein Name ist Max Winter. Ich habe ihm die Anzeige gegeben, weil ich auch gerne wissen wollte, wo du bist.«

»Du hast einen Detektiv engagiert?«

»Nein.« Letty biss sich auf die Lippen. »Es ist ein bisschen kompliziert. Ich habe zuerst gedacht, er würde für deine Tante arbeiten, aber er hat mir versprochen, dass er Maran nichts sagt, bevor ich nicht zuerst mit dir geredet habe. Gestern Abend hat er mich angerufen und mir deine Adresse gegeben.«

»Und, arbeitet er für Tante Maran?« Isabelle spürte, wie ihr vor Widerwillen übel wurde. Ihre Stimme überschlug sich.

Letty nahm sie am Arm und zog sie mit zum Sofa. »Nein, er arbeitet nicht für Maran.« Sie setzte sich neben sie. »Ich war sauer auf ihn, weil er mich damit an der Nase herumgeführt hatte. Aber du brauchst dir keine Sorgen zu machen, er ist ein netter Mann, ich habe Vertrauen zu ihm. Er möchte nur einmal mit dir reden.«

»Warum?«, flüsterte Isabelle.

»Er untersucht den Mord an Ben.«

Isabelle zog ihre Hand weg und stand auf. »Und was ist mit der Polizei?« Sie ging zurück zur Anrichte und fing an, Kaffee einzuschenken, um ihren Händen etwas zu tun zu geben, während sie versuchte, den Schrecken zu überwinden. Sie kleckerte mit dem Kaffee und griff mechanisch nach dem Wischschwamm. »Ich glaube, die Polizei kommt in der Sache nicht weiter. Aber das soll Max Winter dir erklären«, sagte Letty vom Sofa aus. »Jedenfalls hat es nichts mit dir zu tun.«

Isabelle wurde wütend. »Wenn es nichts mit mir zu tun hat, warum will dieser Mann dann wissen, wo ich bin?«

»Vielleicht will Bens Frau es wissen. Judith. Für die arbeitet er nämlich.«

Isabelle fühlte sich verraten. Sie ließ den Schwamm in die Spüle fallen und drehte sich um. »Bitte geh.« Sie ging hinüber zum Sofa. »Erklär ihm, dass es ein Irrtum ist, dass ich gar nicht hier wohne, dass du mich nicht gefunden hast.«

Letty stand auf. Sie erschrak vor ihren eigenen Gedanken. »Warum? Du hast doch wirklich nichts damit zu tun, oder?«

»Geh weg«, flüsterte Isabelle. »Du machst alles kaputt.«

»Du kannst dich doch nicht ewig verstecken. Was sollen denn die Leute denken?«

»Ist mir doch egal, was die Leute denken.«

»Ich bin deine Freundin«, sagte Letty. »Es tut mir Leid, dass ich diesem Mann die Anzeige gegeben habe, aber ich wollte einfach wissen, wo du bist und ob es dir gut geht. Ich habe mir nämlich allmählich große Sorgen gemacht.« Ihre Stimme zitterte. »Ich wusste nicht, was ich machen sollte. Ich konnte mir nicht vorstellen, was los war. Verstehst du das denn nicht?«

»Geh weg.«

Dickköpfig blieb Letty stehen. »Ich war mir nicht sicher, wie ich reagieren würde, wenn ich mich unsterblich verliebt hätte und der Mann meines Lebens ermordet worden wäre, während ich zum ersten Mal mit ihm im Bett liege. Begreifst du das? Ob ich versuchen würde, mich von einer Brücke zu stürzen? Jedenfalls würdest du mich suchen, um mich davon abzubringen, weil du meine Freundin bist.«

Isabelle spürte, wie ihr schwindelig wurde. Sie schwankte und tastete blindlings nach Halt. Letty stieß vor Schreck einen Schrei aus und hielt sie an den Schultern fest. »Was ist denn …« Sie half ihr, sich langsam aufs Sofa sinken zu lassen, setzte sich neben sie und nahm sie in den Arm. »Ruhig, ganz ruhig«, sagte sie. »Ich bin ja bei dir, ich lasse dich nicht im Stich. Atme einfach weiter. Mist, hätte ich nur meinen Mund gehalten.«

Isabelle hielt die Augen geschlossen. Ihr dröhnten die Ohren, und sie hatte Schmerzen in der Brust. Letty drückte sie sanft an die Rückenlehne und ließ sie los. »Hast du Alkohol im Haus?«

Rasch ging sie an den Vorratsschrank, den sie in der Diele gesehen hatte. Unten drin standen Weinflaschen und eine Flasche Cognac. Letty griff nach dem Cognac, kam zurück ins Wohnzimmer und fand auf dem Wandregal Gläser.

»Ich könnte auch einen vertragen«, sagte sie. »Meine Güte, was ist denn bloß los mit dir? Hier, trink das auf ex.«

Isabelle trank und erschauerte. Dann fing sie an zu weinen. Letty nahm ihr das Glas aus der Hand und stellte es auf einen Hocker. Schweigend wartete sie, bis ihre Freundin sich ausgeweint hatte.

»Geht schon wieder«, stotterte Isabelle.

Letty holte ein Küchenhandtuch.

»Soll ich lieber weggehen?«, fragte sie.

»Nein, bleib hier. Ich wollte dich nicht …«

»Du nimmst doch keine Drogen oder so?«

»Nein, ich bin schwanger.« Endlich war es heraus.

Letty guckte Isabelle drei Sekunden lang sprachlos an. »Au weia«, sagte sie dann. »Dann liegt's also nicht an den braunen Bohnen.«

Isabelle war nervös, als der Detektiv zu Besuch kam. Sie wusste, dass sie sich nicht davor drücken konnte, denn sie hatte nicht den geringsten Grund, ihm sein Kommen zu verweigern. Feindselig schaute sie aus dem Fenster über der Anrichte, als der BMW auf das Gelände neben dem Stall fuhr und unter dem gewaltigen Kastanienbaum parkte, dessen Blätter sich schon zu verfärben begannen. Der Mann, der ausstieg, hatte dieselbe Gestalt wie Ben und schien auch im selben Alter zu sein, aber er hatte dunkles Haar, war gröber gebaut und schwerer, und seine Kleidung hing ihm locker und ein bisschen formlos um den Körper.

»Ich habe Ihnen nichts zu sagen«, erklärte sie, nachdem er sich vorgestellt hatte.

»Darf ich Isabelle sagen?«, fragte er.

Isabelle nickte unfreundlich und ließ ihn ein. Er schaute sich ausgiebig um und ging dann, wie Letty es getan hatte, zur Terrassentür und schaute hinaus in den Obstgarten. »Ist es dir hier nicht zu einsam?«, fragte er.

Seine Direktheit erschreckte sie ein wenig. »Nein«, antwortete sie. »Die Leute sind sehr nett, und es gibt viel zu tun.«

Er drehte sich um und lächelte. »Gefällt es dir hier besser als bei Tante Maran?«

Sie zögerte. »Meine Tante meint es nur gut.«

Max nickte. »Sie tut sich schwer mit diesen Dingen. Sie ist nicht an überwältigende Liebe gewöhnt und kann nichts mit Menschen anfangen, die einer spontanen Gefühlsaufwallung nachgeben, anstatt sich an die Regeln zu halten. Als sie dich unter ihre Obhut nahm, hat sie vielleicht geglaubt, dadurch würde sich in ihrem Leben nichts verändern.«

Isabelle schwieg, aber sein Gesichtsausdruck und die Art, wie er über Dinge sprach, ohne dabei ein Urteil über sie zu fällen, beruhigten sie.

»Darf ich mich setzen?«, fragte Max.

»Ja, natürlich.« Sie besann sich auf ihre Umgangsformen. »Möchten Sie etwas trinken? Vielleicht einen Tee?«

Er wählte den niedrigen Lehnstuhl, der rechtwinklig zum Sofa stand. »Lieber nicht. Über mir wohnt eine japanische Geigerin, die mich manchmal zu grünem Tee einlädt. Der ist schrecklich bitter. Dadurch bin ich von Tee so ziemlich kuriert.«

»Eine Geigerin?«, fragte Isabelle. »Für klassische Musik?«

»Sie ist Mitglied des Concertgebouw-Orchesters. Ihr Freund spielt Oboe. Ich höre sie oft. Ich mag es gern, jedenfalls solange sie nicht gerade Bartók übt.«

Isabelle lächelte. Manchmal vermisste sie ihr altes Klavier. »Cognac ist leider keiner mehr da, aber ich habe Wein und Portwein.«

Sie war froh, dass er sich für Portwein entschied, sodass sie ein Gläschen mittrinken konnte. Sie hatte das Bedürfnis, von innen gewärmt und beruhigt zu werden.

Max beobachtete sie, während sie den Portwein in die Gläser füllte, einen für ihn auf das Tischchen neben seinem Sessel stellte und sich mit dem anderen auf dem Sofa niederließ. Er versuchte sich vorzustellen, was Ben Visser auf den ersten Blick in ihr gesehen hatte und was in ihm einen so unbändigen Impuls der Verliebtheit, des Verlangens oder des Besitzenwollens ausgelöst hatte, dass er seine Verpflichtungen vergaß und alles andere beiseite schob. Dabei schien Isabelle ihm nicht der Typ Frau zu sein, in den man sich auf den ersten Blick verliebte. Sie war nett anzusehen, hatte warme hellbraune Augen, die ein wenig dicht beieinander standen, ein ovales Gesicht, dunkles lockiges Haar, eine kleine Nase, einen weichen Mund und schön geformte Lippen. Aber sie wirkte eher wie eine Frau, für die man Zeit brauchte, um sie zu entdecken, man musste etwas länger und genauer hinschauen, um ihre besondere, etwas geheimnisvolle Ausstrahlung zu entdecken, eine Mischung von Unschuld und Zauber, einen Charme, der aus ihrem Inneren kam und nichts Gekünsteltes hatte.

»Ich muss mit dir über Ben reden«, sagte er. »Ich möchte dir nicht unnötig wehtun oder dich aufregen, aber ich brauche deine Hilfe.«

»Ich habe damals der Polizei schon alles erzählt, was ich wusste. Es war nicht viel.«

»Sagt dir der Name Alex Hinstra etwas?«

»Nein.«

»Unter diesem Namen hat er sich im Hotelregister eingetragen.«

Der Gedanke machte sie traurig. Einen falschen Namen gaben Männer bei einem ordinären Seitensprung an. Sie wusste so wenig über Ben, dass sie nur zu leicht von Misstrauen überfallen wurde, eine bittere Vision von einem Leben voller Lügen und geheimer Verabredungen, Telefoncodes, Briefen und Winkelzügen, falschen Versprechungen und Hingehaltenwerden, während alles in dieser Nacht echt und unvermeidlich geschienen hatte, zu ehrlich und zu sauber, um Heimlichtuerei vertragen zu können.

Max sah ihren Gesichtsausdruck. »Es ist nicht so, wie du denkst. Alex Hinstra war sein richtiger Name, seitdem er von einem Lehrerehepaar in Friesland adoptiert worden war.«

Alex, dachte sie. Es beruhigte sie ein wenig, aber sie konnte nur als Ben an ihn denken. Alex passte nicht zu ihm. »Warum nannte er sich dann Ben Visser?«

»Soweit wir es überprüfen können, ist er vor zehn Jahren als Zeuge für die amerikanischen Justizbehörden aufgetreten. Im Gegenzug haben sie ihm eine neue Identität verschafft, um ihn vor der Mafia zu schützen.«

Ich weiß nichts über Ben, dachte sie zum tausendsten Mal. »Aber das hat ihm ja wohl nichts genützt«, sagte sie mutlos.

»Vielleicht passte seine amerikanische Vergangenheit aber auch nur dem Mörder gut in den Kram, weil die Polizei dadurch auf eine falsche Fährte gelockt wurde.«

Isabelle trank einen Schluck von ihrem Portwein. Die Worte »Mord« und »Mörder« im Zusammenhang mit Ben bereiteten ihr noch immer Schwierigkeiten. »Warum hat man ihn dann ermordet?«, fragte sie.

»Hat er etwas über Frankreich erzählt?«

»Nein.« Da war sie sich ganz sicher. Sie konnte sich noch an jeden Satz erinnern, jede Intonation.

»Worüber habt ihr euch unterhalten?«

»Praktisch über nichts«, flüsterte sie. »Wichtiger war das, was unausgesprochen blieb.«

Ja, das war das eigentlich Wichtige gewesen, dachte Max. Ihm leuchtete das ein. »Zwei Menschen sehen sich über einen Saal voller Leute hinweg an, und der Blitz schlägt ein«, hatte Marga gesagt und spöttisch hinzugefügt: »Ich glaube an so was Verrücktes. Du natürlich nicht.« Dabei war das so ungefähr das Einzige, woran er noch glaubte. Nur half es einem leider nicht wesentlich weiter bei dem Versuch, einen Fall aufzuklären. Er schaute Isabelle an: »Kannst du dich noch an alle Einzelheiten dieses Tages erinnern?«

»Ja, natürlich«, antwortete sie beinahe beleidigt, und dann traten ihr die Tränen in die Augen und sie stammelte: »Sogar, dass vielleicht ... wenn ich ihn nicht daran gehindert hätte, die Tür abzuschließen ... er wollte sie zumachen ...«

»Das ist doch Unsinn.« Max verfiel in ein unbehagliches Schweigen und wartete, bis Isabelle mit ihrem Taschentuch fertig hantiert hatte. »Das hätte auch nichts genutzt. Solche Leute lassen sich nicht durch eine verschlossene Tür von ihrem Vorhaben abbringen.«

»Was für eine Art von Leuten?«

»Auftragskiller. Hast du ihn wirklich überhaupt nicht gesehen?«

»Nein. Dafür ging es zu schnell. Ich wurde geblendet. Ich habe auch nichts gehört. Noch nicht einmal den Schuss. Ich muss sofort das Bewusstsein verloren haben.«

»Genau deshalb bist du noch am Leben.«

Sie erwiderte seinen Blick. »Es gab eine Zeit, da wäre ich auch lieber tot gewesen.«

»Aber jetzt nicht mehr?«

Isabelle berührte ihren Bauch und lächelte unsicher. »Er hat mich nicht allein zurückgelassen.«

Es klang wie eine Phrase aus einer Seifenoper, aber nachdem sich Max von seinem Schrecken erholt hatte, wurde ihm klar, dass diese Worte wahrscheinlich exakt ihre Gefühle ausdrückten, und er lächelte sie ebenfalls an. »Machst du dir große Sorgen?«

Sie schüttelte den Kopf. »Ich bin nur durcheinander. Ich würde gern die Erinnerung wach halten, ohne dass sie zu einer Last wird, die ich für den Rest meines Lebens mit mir herumschleppe. Ich wüsste gern, wie ich das anstellen soll. Ich kann das alles noch nicht in den richtigen Proportionen sehen. Ich möchte einfach mein Leben weiterleben. Das ist das Einzige, was mir Schwierigkeiten bereitet.«

Ihr innerer Kampf berührte ihn, aber ihm fiel nur ein klischeehafter Kommentar dazu ein. »Vielleicht wird es mit der Zeit besser.«

Sie nahm es positiv auf. »Das hoffe ich. Aber meine Erinnerungen sind hier drin.« Wieder berührte sie ihren Bauch. »Was wolltest du mich noch fragen?«

Max schwieg für einen Moment und fragte dann: »Ist dir aufgefallen, dass man euch verfolgt hat? Oder dass Ben beobachtet wurde?«

Sie dachte nach, ihr Gesichtsausdruck blieb sachlich. »Das hat mich die Polizei auch schon gefragt. Aber mir ist nichts aufgefallen.«

»Seid ihr zusammen von der Autobahnraststätte aus losgefahren?«

»Ja. Allerdings ist er zuerst rausgegangen. Ich musste mich vorher noch umziehen. Er hat im Auto auf mich gewartet. Als ich rauskam … Ich dachte für einen Moment, er wäre weg, weil ich ihn nicht sofort entdeckte. Auf dem Parkplatz saß noch ein anderer Mann in einem Auto, aber als ich hinging, sah ich, dass es kein BMW war. Dann bemerkte ich ein Stück weiter weg Bens Wagen.«

»Und der Mann in dem anderen Auto?«

»Er las Zeitung, die *Herald Tribune.*«

Futter für die Amerika-Theorie, dachte Max. Für die Frankreich-Theorie hätte eher der *Figaro* gesprochen. »Hast du sein Gesicht gesehen?«

»Er war dunkelhäutig, vielleicht ein Surinamer.«

In den Niederlanden kam man schnell auf Surinamer. »Fandest du es nicht merkwürdig, dass dieser Mann direkt vor einer Raststätte im Auto die Zeitung las, obwohl er genauso gut hineingehen und das bei einer Tasse Kaffee hätte tun können?«

Sie runzelte die Stirn. »Merkwürdig?« Sie schüttelte den Kopf.

Natürlich war die Frage lächerlich. Alles an diesem Tag war für sie ebenso merkwürdig wie unvermeidlich gewesen.

»Was war das für ein Auto, weißt du das noch?«

»Ich kenne mich nicht gut mit Automarken aus. Es war ein großer Wagen, ich glaube, dunkelgrün.«

»Hatte er ein ausländisches Nummernschild?«

»Ich denke nicht, das wäre mir wahrscheinlich aufgefallen.«

Ein Leihwagen, dachte Max. Oder einfach ein Mann, der in seinem eigenen Auto Zeitung las, weil er keine Lust auf Kaffee hatte und nur jemanden abholen wollte.

In der kultivierten Autobahnraststätte bei Utrecht, die Judith ausgesucht hatte, weil sie nicht bereit gewesen war, ihm weiter entgegenzukommen als auf halbem Weg, erstattete Max Bericht über sein Vorgehen und seine Vermutungen. Sie reagierte gereizt.

»Inzwischen ist es so lange her, dass doch niemand mehr dahinter kommt«, kommentierte sie spitz. »Das ist doch eine alte Ermittlerweisheit?«

»Nach den ersten vierundzwanzig Stunden wird es schwieriger«, gab Max zu. »Laut Statistik. Aber wir haben jetzt endlich ein paar konkrete Hinweise, sogar Adressen.«

»Ja, in Frankreich«, bemerkte sie sarkastisch. »Und ich soll bezahlen.« Er wusste, dass ihr das Geld ziemlich egal sein konnte. Er war bescheiden bei seinen Honorarabrechnungen, die er ihr in unregelmäßigen Abständen schickte, aber die Wochen und Monate verstrichen. Sie nippte an ihrem trockenen Sherry und sagte: »Hierbei geht es nicht mehr um den Ben Visser, mit dem ich verheiratet war.«

»Es wäre ein Jammer, zu diesem Zeitpunkt aufzugeben«, meinte Max. »Möglicherweise war er der Erbe eines Vermögens.«

»Wir hatten Gütertrennung vereinbart, also habe ich noch nicht einmal davon etwas.« Judith schnaubte. »Es ging mir nur um dieses Mädchen.«

Max berichtete von seinem Besuch bei Isabelle und fügte widerwillig ihre Adresse hinzu. Er fühlte sich wie ein Verräter. Auf der anderen Seite war Judith seine Klientin und sie hatte ein Recht darauf, alle Resultate seiner Ermittlungen zu erfahren.

»Schwanger?« Angewidert verzog sie das Gesicht zu einer fast hässlichen Grimasse. »Von wem?«

»Es kommt nur *ein* Mann als Vater in Frage.«

»Behauptet sie das?«

Max hatte ihr die Frage noch nicht einmal gestellt. Er hatte keine Sekunde lang an Isabelle gezweifelt.

»Sie lügt«, sagte Judith. »Es kann nicht von Ben sein. Ben war unfruchtbar.« Sie presste die Lippen aufeinander und Max erkannte deutlich ihre Befriedigung. Man konnte ihr ansehen, wie sie dachte: Also doch eine Hure.

Er wusste nicht, warum er das Bedürfnis verspürte, Isabelle zu verteidigen. Oder doch, im Grunde wusste er es nur zu genau. Er hatte sie am Fluss gesehen, Portwein mit ihr getrunken, in ihrem Häuschen gesessen. Wenn Isabelle eine Betrügerin war, war er reif für eine Therapie. »Bist du sicher?«, fragte er. »Hat sich Ben jemals einem Test unterzogen?«

»Wir haben jahrelang versucht, Kinder zu bekommen. Das ist doch wohl Test genug.«

»Könnte es nicht an dir gelegen haben?«

Ihre grünen Augen funkelten vor Wut. »Das geht dich zwar nicht das Geringste an, aber ich bin schon einmal schwanger gewesen. Also kann es nicht an mir gelegen haben, und sie ist genauso, wie ich dachte, was auch immer du für sympathische Dinge über sie erzählst. Sie wohnt dort umsonst, bei einem Vater und dessen erwachsenem Sohn? Vielleicht treibt sie es mit allen beiden.«

»Das bezweifle ich.« Max unterdrückte seine Wut. »Ich kann das für dich recherchieren, wenn du willst. Ben wurde obduziert, und dabei werden heutzutage, um eine eventuelle spätere Exhumierung unnötig zu machen, gleich alle erdenklichen Tests durchgeführt und Proben entnommen, auch Sperma- und DNA-Proben.« Er sah, wie sie zusammenfuhr.

»Ich kann einfach nicht verstehen, warum sie es behalten will«, sagte Judith.

»Das ist ihre Entscheidung.«

Er registrierte, wie ihre Kiefermuskulatur arbeitete, konnte sich aber nicht vorstellen, was genau in ihr vorging. Wut, das Gefühl, verraten worden zu sein, Abscheu und Neid zugleich? Ein Kind machte einen Seitensprung gleich viel bedeutsamer, selbst wenn eine Schwangerschaft im Grunde nur die natürliche Folge daraus war. Aber Judith sah in Isabelle natürlich hauptsächlich die Eintagsfliege, der in den Schoß geworfen wurde, was ihr selbst vier Jahre lang versagt blieb, während ihre biologische Uhr langsam ablief.

»Es kann nicht von Ben sein«, behauptete Judith kalt. »Tu, was du tun musst, und beeile dich in Gottes Namen damit. Allmählich hängt mir das Ganze so zum Hals raus, dass ich bald gar nichts mehr davon hören will.« Abrupt stand sie auf, riss ihren weinroten Mantel von der Stuhllehne und warf ihn sich auf dem Weg zur Tür mit einer zornigen Bewegung um die Schultern.

Max blieb noch eine Weile sitzen und bezahlte dann die Rechnung.

10

»Du kriegst allmählich einen ganz schönen Bauch«, sagte der alte Fons. »Ich möchte nicht mehr, dass du zu den Kälbern gehst, das ist mir zu gefährlich.«

Isabelle stützte sich in dem offenen Stall auf ihre Heugabel. Sie war gerade dabei, Stroh für die Kälber zu verteilen, die ihre Einstreu jeden Tag zu Matsch zerstampften. Sie schaute zu den Kälbern hinüber, die sie mit der Heugabel in eine Ecke getrieben hatte und die frech zurückstarrten, als warteten sie nur auf einen Moment der Unaufmerksamkeit, um sie spielerisch umzustoßen. Sie wischte sich mit dem Handgelenk über die Augen und sagte: »Du machst mir ja richtig Angst.«

»Die Arbeit ist sowieso zu schwer für dich«, sagte Fons. »Das kann ruhig warten, bis Frans nach Hause kommt.« Er lehnte sich an das Geländer. »Komm lieber raus da.«

Sie stapfte mit ihren Stiefeln durch den Mist. Er streckte die Hand aus, um sie zu halten, als sie mit ihren Arbeitshandschuhen das kalte Metall des Geländers umfasste und mühsam drüberkletterte. Sie keuchte; in den letzten Wochen war es, als ginge ihr Atem immer schwerer und lauter. Sie versuchte, es zu verbergen, und spürte, wie sie gereizt wurde, weil Fons Recht hatte. Alles fiel ihr schwerer. »Ich will aber weiterhin meinen Anteil zur Arbeit beitragen, sonst falle ich euch nur noch zur Last«, sagte sie. »Ich kann euch keine Miete zahlen. Ich habe kein Geld mehr, es reicht gerade noch für zwei neue Vorderreifen. In der Werkstatt hat man mir gesagt, mit den alten würde ich demnächst noch einen Strafzettel kriegen oder einen Unfall bauen, wenn es bald anfängt zu frieren.«

»Du kannst den Wagen von Frans nehmen, das Geflügel füttern und das Treibhaus ein bisschen in Ordnung halten.«

Isabelle sah hinüber zu den Pfauen. Frans hatte endlich einen riesengroßen Auslauf gebaut, der ausreichenden Schutz vor den Füchsen bot. Die Hühner und Puten liefen darin herum, aber der Maschendraht war immer noch nicht hoch genug für die Pfauen, die dauernd darüber hinwegflogen und sich an den Pflänzchen im Gemüsegarten gütlich taten, wo sie eine Vorliebe für die zartesten Salatköpfe zeigten und das Unkraut geflissentlich übersahen. Sie konnte nicht mehr hinter den Vögeln herrennen. Oft saß sie einfach nur im Treibhaus, wo es behaglich warm war und sie ihrer Hüfte unter dem riesigen Kletterwein Ruhe gönnen konnte, dessen Triebe rund um das gesamte Dach rankten und dort bereits wieder üppige Seitentriebe und Blätter hervorbrachten. Fons und Frans hingen mit ganzem Herzen an diesem Wein und experimentierten andauernd damit herum. Sie versuchten ihn frühzeitig zum Blühen zu bringen, damit sie schon im Frühjahr Trauben ernten konnten.

»Und dafür kostenloses Wohnen mit Vollpension? Ich esse für zwei!« Sie hatten ihr eine kleine Tiefkühltruhe hinten in ihren Flur gestellt und sie mit Gemüse und Fleisch aus den großen Kühltruhen im Keller des Bauernhauses gefüllt. Sie hatte ständig Hunger und aß wie ein Wolf. »Wenn dein Steuerberater das hört, fragt er sich, ob du verrückt geworden bist.«

Fons zog sein Gesicht in Falten. »Ich habe keinen anderen Steuerberater außer Frans.«

»Und die ganzen Kosten, die das alles noch mit sich bringt!«

»Aber du bist doch krankenversichert?«

Isabelle seufzte. Sie wusste nicht, wie sie es ihm erklären sollte. Für sie war das hier das Paradies, aber der Haken daran war, dass sie sich allmählich immer abhängiger fühlte und den beiden gegenüber Schuldgefühle hatte.

Fons merkte natürlich, was mit ihr los war. »Wir haben dich nicht aufgenommen, um Geld zu verdienen«, sagte er gutmütig. »Das darfst du niemals vergessen. Der Fleischpreis steigt auch bestimmt bald wieder, das meint jedenfalls Frans. Wir mussten uns schon öfter nach der Decke strecken, aber zu hungern brauchten wir auf dem Hof nie.«

Isabelle zwang sich zu einem Lächeln.

Sie spürte, wie das Kind strampelte. Sie war so schwer, dass sie manchmal dachte, ein Riese wüchse in ihrem Bauch heran. Sie trug lächerlich altmodische Kleidung, weil sie nie nähen gelernt hatte. Mit ungeschickten Fingern hatte sie erst begonnen, ihre Röcke mit irgendwelchen Stoffstreifen weiter zu machen, bis Fons auf dem Speicher ein paar alte Umstandskleider von seiner Frau Gertrude entdeckt und sie ihr gegeben hatte. Sie trug dicke Pullover darüber und eine alte Armeejacke von Frans, weil es langsam kälter wurde. Dazu Wollstrümpfe mit noch einem Paar Socken zusätzlich darüber und Gummistiefel oder ein Paar hölzerne Klompen, die Frans ihr geschenkt hatte und an die sie sich erst mühsam hatte gewöhnen müssen. Sie sah aus, als hätte sie ihre Kleidung im Trödelladen in der alten Dorfschule erstanden und war keineswegs passend angezogen für jemanden, der in einem Mercedes vorfuhr.

Der Mercedes hielt neben den großen Stalltüren auf der Einfahrt zum Haus von Fons. Ein Mann in einem dunklen Jackett und Chauffeursmütze stieg aus und schaute prüfend die Hausnummer auf dem grünen Briefkasten an der Stallmauer an. Er nickte der unsichtbaren Person auf dem Rücksitz zu und kam zu ihnen herüber.

Fons kratzte sich unter seiner Schirmmütze und murmelte: »Sieht ja aus wie der Kommissar ihrer Majestät.«

»Guten Tag«, grüßte der Chauffeur in gekünstelt jovialem Ton, während er krampfhaft versuchte, nicht mit seinen gewienerten Schuhen in die Limousinfladen zu treten. »Ich bin auf der Suche nach einer gewissen Juffrouw Mertens. Die soll hier wohnen.«

Er ließ seinen Blick kurz auf Isabelle ruhen, wandte ihn dann aber wieder ab, als komme sie nicht in Frage. Isabelle schwieg.

»Wer sagt das?«, fragte Fons.

»Wie bitte?«

»Wer behauptet, diese Person würde hier wohnen? Sind Sie von der Stadtverwaltung?« Unbekannten gegenüber reagierte Fons immer so, denn sie besaßen nicht die notwendige Erlaubnis, Isabelles Häuschen als ständiges Wohnhaus zu nutzen, und sie war noch nicht einmal hier gemeldet.

»Hier geht es nicht um etwas Offizielles«, sagte der Chauffeur. »Meine Chefin möchte sie gerne sprechen, sonst nichts.«

»Worum geht es denn?«

»Das hat sie mir nicht verraten«, antwortete der Chauffeur.

»Aha. Um wen handelt es sich denn?«

»Mevrouw Colijn.«

Der Name sagte Fons nichts. »Ich glaube nicht, dass hier eine gewisse Wie-war-noch-ihr-Name wohnt ...«, begann er, aber Isabelle unterbrach ihn: »Ist schon gut, Fons, zeig ihnen ruhig den Weg.«

Sie eilte hinter den Ställen entlang, während der Chauffeur behutsam den Weg zurück suchte und Fons ihm in aller Ruhe folgte. Isabelle schlüpfte durch die Hintertür in ihr Häuschen, zog ihre Jacke und die Schuhe aus, wusch sich die Hände und bürstete sich vor dem Spiegel im Flur die Haare.

Sie ging ins Wohnzimmer. Dort herrschte ein ziemliches Durcheinander, aber es war wenigstens warm, seitdem Frans einen Gasofen installiert hatte. In der Spüle stand schmutziges Geschirr, ihr Schreibtisch war ein einziges Chaos, auf dem Sofa lagen Kleidungsstücke und auf einem Stuhl, der mit der Lehne zur Heizung stand, hing Unterwäsche zum Trocknen. Sie raffte die Kleidung zusammen und legte sie in einem Haufen auf das Moltontuch, das auf dem Esstisch lag, packte noch das Bügeleisen dazu und trug das ganze Bündel in den Flur, wo sie es auf den Boden fallen ließ und mit dem Fuß hinter die Gardine des Schranks schob.

»Was für ein Blödsinn«, murmelte sie, während sie die Gardine über das Bündel drapierte.

Sie hörte das Schlagen von Autotüren unter dem Kastanienbaum, zog sich den Pulli über den Kopf, hängte ihn an den Kleiderständer und fuhr sich mit der Hand durchs Haar.

Sie öffnete die Tür. Judith Colijn kam auf sie zu. Sie sah schick aus, attraktiv und schlank, in eleganten Stiefeletten und einem prachtvollen Pelzmantel in einem Grauton mit silbrigem Glanz. Unechter Fuchs, nahm Isabelle an, aber garantiert von einem teuren Modehaus. Sie hatte grüne Augen und einen verkniffenen Mund, der geschickt mit hellrotem Lippenstift geschminkt war. Isabelle war sich dessen bewusst, wie sie selbst aussah.

»Hallo«, sagte Judith. »Ich bin Judith Colijn.« Isabelle erkannte, dass die Verkniffenheit ihres Mundes nicht von der Feindseligkeit ihr gegenüber herrührte, sondern von ihrer nervlichen Anspannung. Dadurch kehrte ihr Selbstvertrauen wieder zurück, oder besser gesagt veränderte es sich in eine Art Gleichgültigkeit, sodass ihr sogar das

Skurrile in der Art und Weise auffiel, wie sie sich die Hand gaben.

»Ich bin Isabelle. Wird dem Mann da nicht kalt?«

Judith zog eine Augenbraue hoch und warf einen Blick über ihre Schulter zum Mercedes. »Er kann ja die Heizung einschalten, nicht wahr?«

Isabelle ließ sie ein und nahm ihr den Pelzmantel ab, der schwer aussah, aber so gut wie nichts wog. Darunter trug Judith ein violettes Wollkostüm. Sie putzte sich ausgiebig und wohlerzogen die Stiefeletten auf der rauen Fußmatte ab. Isabelle reichte an ihr vorbei, um die Wohnzimmertür aufzumachen, und roch dabei ihr Parfüm, angenehm und diskret. Sie merkte, wie sie allmählich eine tiefe Abneigung gegen diesen ganzen geschmackvollen Reichtum zu entwickeln begann. Sie versuchte diese Abneigung festzuhalten und auszuweiten, weil sie spürte, dass sie dadurch gleichgültiger wurde und sich weniger den Kopf darüber zerbrach, was diese Frau wohl von ihr wollte.

Judith stand im Wohnzimmer und blickte sich um. Dabei versuchte sie, sich keinerlei Form von Urteil anmerken zu lassen.

»Ich fühle mich hier sehr wohl«, sagte Isabelle aufsässig. »Ich habe keinen Sherry im Haus, den trinken Sie ja vermutlich um diese Uhrzeit. Nur Tee oder Portwein.«

»Dann bitte ein Gläschen Portwein, wenn es Ihnen nichts ausmacht«, antwortete Judith demütig, als akzeptiere sie die Zurechtweisung. »Darf ich Isabelle sagen?«

»Von mir aus, dann sage ich Judith zu dir.« Isabelle bedeutete ihr, sich aufs Sofa zu setzen, holte den Portwein und schenkte zwei Gläser ein. Sie setzte sich in den Armsessel mit der geraden Rückenlehne, den sie neben ihren Schreibtisch geschoben hatte und in dem sie momentan am bequemsten saß. Sie trank einen Schluck von dem Portwein. »Warum bist du hergekommen?«

»Ist Alkohol denn nicht schädlich?«

Judith gab sich alle Mühe, nicht auf Isabelles Bauch zu schauen, denn sie spürte, wie sie aus dem Gleichgewicht geriet. Sie hatte sich längst mit dem Gedanken abgefunden gehabt, dass sie und Ben keine Kinder bekommen konnten. Es gab noch so viele andere Dinge in ihrem Leben. Aber jetzt war Ben nicht mehr da, und sie saß zwei Meter von Bens Kind entfernt. Sie hätte einfach aufstehen und es berühren können, und nur die Bauchdecke des Mädchens wäre zwischen ihnen. Dadurch wurde etwas in ihrem Inneren ausgelöst, in ihrem eigenen Bauch.

Isabelle zeigte mit einem Nicken auf ihren Schreibtisch. »Möchtest du meine Schwangerschaftsbroschüren lesen?«

Judith zuckte zusammen und sagte nervös: »Ich bin nicht als Feindin gekommen.«

»Warum denn dann?«

Judith stotterte: »Ich war neugierig. Ich wollte wissen, wer du bist, dich kennen lernen.«

»Damit hast du aber lange gewartet.«

»Stimmt.« Judith unterbrach sich wieder und suchte in ihrer Tasche nach Zigaretten. »Aber jetzt ist es etwas anderes.«

Zum Teufel mit dir, dachte Isabelle. »Weil ich schwanger bin?«

Judith errötete und zog eine Zigarette halb aus der Packung heraus, schaute Isabelle an und steckte sie hastig wieder zurück. »Bist du sicher, dass es von Ben ist?«

Isabelle schwieg, um sich ihre Antwort gründlich zu überlegen, und um sich darüber klar zu werden, ob sie ihr die Frage übelnehmen sollte oder nicht. »Ich will versuchen, höflich zu bleiben«, sagte sie schließlich. »Du bist nicht die Einzige, die glaubt, ich ginge mit den halben Niederlanden ins Bett. Ich habe sogar aus diesem Grund meine Arbeitsstelle verloren.«

»Das tut mir Leid«, sagte Judith. »Bitte entschuldige,

aber die ganze Sache war wirklich ein ziemlich harter Schlag für mich.«

Das klang so aufrichtig hilflos, dass Isabelle einen Anflug von Mitleid verspürte und auch ihr Gewissen sich regte. Sie hatte inzwischen so viel Abstand zu den Geschehnissen, die Affäre mit Ben war so lange her, dass sie sich manchmal kaum noch an sein Gesicht erinnern konnte. Sie konnte sich nicht vorstellen, was aus ihrem Leben geworden wäre und wie Ben auf ihre Schwangerschaft reagiert hätte. Manchmal malte sie es sich noch in ihrer Fantasie aus, in allen Tonarten, Dur und Moll, von Schreckensszenarien bis hin zum großen Glück, von der kleinen Wohnung, dem Dasein als Mätresse, den erniedrigenden geheimen Verabredungen und den gestohlenen Nächten bis zur fröhlichen Hochzeit, weil sich Judith als Xanthippe erwies, die die Scheidung verdient hatte. Aber nun saß ihr Judith gegenüber, und kein Mensch war ausschließlich Xanthippe oder Eiskönigin.

»Das verstehe ich«, sagte Isabelle. »Ja, es muss ein harter Schlag für dich gewesen sein.«

»Ich weiß nicht recht, wie ich es in Worte fassen soll«, sagte Judith mit gesenktem Kopf. »Warum wolltest du das Kind behalten?«

Weil es von Ben ist, dachte Isabelle. Weil ich nie auf eine andere Idee gekommen wäre. »Ich glaube, das kann ich dir nicht erklären«, antwortete sie.

Judith nickte. »War es etwas so Besonderes?«

Ja, dachte Isabelle. Das ist das Einzige, dessen ich mir sicher bin, dass es etwas Besonderes war, etwas, womit man einer Ehefrau nur wehtun konnte. Ihr wurde bewusst, dass sie keinerlei Grund dazu hatte, eine Frau zu quälen, die ihren Ehemann verloren hatte und nicht nur den Liebhaber einer einzigen Nacht.

Sie sah, wie es in Judiths Augen verräterisch glitzerte, und sie sagte: »Es tut mir Leid. Mein Kopf war wie leer gefegt, es ist einfach so passiert, ich habe auch nicht an dich gedacht, aber ich bin mir sicher, dass Ben nicht die Absicht hatte, dir wehzutun.« Sie holte tief Luft. »Du hast mehr verloren als ich. Das weiß ich sehr wohl. Und auch, dass wir hier nicht sitzen würden, wenn Ben noch lebte.«

»Wie, meinst du, hätte er reagiert?«, fragte Judith unsicher.

»Ich weiß es nicht.«

Judith zuckte mit den Schultern. »Er wäre zurück nach Hause gekommen ... So etwas ist vorher noch nie passiert. Ich weiß nicht, ob er mich angelogen oder mir die Wahrheit gesagt hätte.«

Ich bin nicht die Einzige, die sich in ihrer Fantasie etwas ausmalt, dachte Isabelle. »Du kannst ruhig eine Zigarette rauchen. Ich rauche nicht, aber von ein bisschen Qualm wird der Kleine schon nicht sterben.«

»Der Kleine?«

»Ich würde mich genauso über ein Mädchen freuen, aber ich bin mir sicher, dass es ein Junge wird.«

Judith griff nervös nach ihren Zigaretten und zündete sich eine an. Die Hand, in der sie das Feuerzeug hielt, zitterte. Sie blies den Rauch in Richtung des Gasofens, weg von Isabelle, und fragte: »Würdest du mir jetzt bitte einfach nur mal kurz zuhören?«

»Willst du mir jetzt erklären, warum du hier bist?«

»Als mir dieser Detektiv berichtete, dass du schwanger bist ...«

»Ich nehme es dir nicht übel, dass du einen Detektiv auf mich angesetzt hast.«

»Gut, aber ich wollte ... na schön. Ich muss akzeptieren, dass es etwas Besonderes war. Sonst wäre ich nicht hier.« Judith suchte mit der Hand, in der sie die Zigarette hielt, ihre andere Hand, Rauch stieg in Kringeln nach oben, während sie mit dem Daumen und dem Ringfinger, wahrscheinlich unbewusst, Bens Trauring drehte. »Ich habe mir immer Kinder gewünscht. Ich dachte, Ben könne keine Kinder zeugen. Weil ich vor langer Zeit einmal habe abtreiben lassen, dachte ich, es läge nicht an mir und ich könnte ganz normal schwanger werden.«

Isabelle verkniff sich eine Bemerkung. Sie versuchte, die Vorstellung von Ben und Judith zusammen im Bett zu verdrängen.

»Deshalb dachte ich erst, es könne nicht von Ben sein«, gab Judith zu. »Aber ich habe mich untersuchen lassen, und das Ganze war sehr unerfreulich. Es lag also tatsächlich an mir. Ich habe ...« Sie schüttelte den Kopf. »Das ist ja auch egal, aber auf jeden Fall steht fest, dass ich keine Kinder bekommen kann. Dagegen geht aus den Laborbefunden im Zusammenhang mit der Autopsie hervor, dass bei Ben alles in Ordnung war.« Ihre Lippen zitterten. »Ich habe Ben geliebt, verstehst du? Ich würde mir nichts mehr wünschen als ein Kind von ihm.«

Isabelle spürte, wie ihr Herz klopfte. »Was meinst du damit?«

»Ich würde es gerne adoptieren«, sagte Judith heiser.

»Das Kind ist nicht zur Adoption freigegeben«, erwiderte Isabelle bissig.

Judith zog an ihrer Zigarette und schaute Isabelle so angespannt an, dass sie nicht mehr an den schädlichen Rauch dachte. »Denk gründlich darüber nach«, sagte sie. »Du bist mutterseelenallein, du bist unverheiratet, du hast kein Geld, du könntest kaum für das Kind sorgen.« Sie deutete mit einer Handbewegung um sich herum. »Bei mir dagegen bekäme er alles, was er braucht.«

»Er gehört mir.«

Judith flüsterte: »Nein, er gehört auch mir, der Kleine ist das Kind, das ich hätte, wenn ich nicht so dumm gewesen wäre ...« Sie dachte an ihre Angst vor Ärzten, ihren Stolz, ihre Ichbezogenheit und ihre verdammte Überzeugung, dass die Fehler immer nur bei anderen lagen.

Isabelle legte in einer unbewusst schützenden Gebärde

die Hände um ihren Bauch. »Ich will versuchen, mich zu beherrschen«, sagte sie. »Am liebsten würde ich jetzt sagen, dass du machen sollst, dass du hier rauskommst, aber ich gebe mir die größte Mühe zu verstehen, wie schlecht es dir geht und dass du eifersüchtig auf mich bist. Du bist doch selbst schwanger gewesen, hast du gesagt. Dann müsstest du doch wissen, was das für eine Frau bedeutet.«

»Ich war noch sehr jung, und es war ein Unfall«, verteidigte sich Judith. »Ich war kaum erst in der vierten Woche, ich habe nichts davon gemerkt.«

Isabelle seufzte. »Sonst würdest du mir so as auch nicht vorschlagen«, sagte sie. »Warum adoptierst du kein Kind aus der Dritten Welt?«

»Ich will nur ein Kind von Ben.«

»Das gehört aber mir.«

»Wenn du es mir gibst, soll es nicht umsonst sein.«

»Ach? Du willst es kaufen?« Isabelle konnte es nicht verhindern, dass ihre ganze Verachtung in ihrer Stimme mitschwang. Allmählich fand sie die ganze Angelegenheit ein bisschen lächerlich. »Du meinst also, dass du mich quasi im Nachhinein als Leihmutter engagieren willst? Hilft dir das, damit umzugehen, dass ich mit deinem Mann geschlafen habe?«

»Bitte hör auf«, sagte Judith. »Damit habe ich mich schon längst abgefunden. Denk darüber nach, mir geht es nur um das Kind, das ich ja eigentlich hätte bekommen sollen.«

»Meinst du, Ben wäre damit einverstanden gewesen?«

»Ich glaube schon.«

»Ich glaube nicht«, erwiderte Isabelle überzeugter, als sie sich fühlte.

Judith drückte ihre Zigarette im Aschenbecher aus und stand auf. Sie schwankte kurz und biss die Zähne zusammen. »Ich hoffe, dass du trotzdem einmal darüber nachdenkst. Es würde alle Probleme lösen, auch für dich. Ich bezahle alle anfallenden Kosten, du bekommst die beste Pflege. Ich würde dir eine Viertelmillion zahlen.«

Isabelle schloss die Augen und sagte: »Ich hoffe, du findest selbst hinaus.«

Bei Nancy kam die Sonne heraus. In Frankreich wirkte alles weitläufiger. Die Autobahn war breit und leer. Die letzte Regenböe verdampfte auf dem Asphalt. Die Landschaft glitzerte. Nel hatte die Lehne ihres Sitzes heruntergedreht und schlief, von ihm abgewandt, mit angezogenen Knien. Sie merkte noch nicht einmal, dass er bei der Mautstelle anhielt, um ein Ticket in Empfang zu nehmen.

Max warf einen Blick zur Seite. Nel, schlafend auf ihrem Sitz, erinnerte ihn an Ingrid. Ingrid in ihrem alten Renault. Ingrid in dem zerstörten Renault, begraben unter den obszönen Farben von Urlaubskleidung.

Max starrte auf die Straße und versuchte sich auf den Mörder zu konzentrieren. Es konnte sich um den Mann handeln, den Isabelle auf dem Parkplatz der Autobahnraststätte in einem Auto hatte sitzen sehen hatte. Vielleicht war er Ben schon seit Tagen auf den Fersen, nach einem Muster suchend, auf seine Chance wartend. Das Täuschendste an ihm war seine Hautfarbe, die auf einen Afroamerikaner hindeutete.

Max wusste, dass ein Profikiller seinem Zielobjekt nicht einfach blindlings in ein Hotel folgen und es dort erschießen würde. Aber vielleicht hatte sein Opfer keine festen Verhaltensmuster und vielleicht gab es keine geeigneten Orte auf seinen täglichen Wegen, was den Mörder dazu zwang, ihm stets zu folgen und seine Chance abzuwarten.

Als sie dann gekommen war, hatte er alle Zeit der Welt gehabt. Er sah Ben zusammen mit einer jungen Frau ins Restaurant hineingehen, die nicht seine Frau war. Letzteres musste er garantiert gewusst haben, und alles Weitere konnte er sich denken. Er brauchte sein Auto lediglich irgendwo in der Nähe abzustellen und zu warten, bis es dunkel wurde. Er war über den Deich spaziert und hatte Position bezogen. Er konnte beobachten, wie sie in den Bungalow gingen. Das war ideal, und ein Profikiller machte es sich nicht kompliziert, wenn er es einfach haben konnte. Die Tür nur mit dem Häkchen gesichert, noch besser. Er hatte draußen gestanden, den Geräuschen der beiden gelauscht und abgewartet, bis es still wurde. Er war lautlos hineingegangen und hatte dem Mann in den Kopf geschossen. Er hatte die Augen des Mädchens im blendenden Licht der Lampe gesehen, hinter dem er selbst unsichtbar blieb, und beobachtet, wie sie die Besinnung verlor. Sie war keine Gefahr für ihn. Sie war als Zeugin ungeeignet, er wurde nicht dafür bezahlt, sie zu töten, und ein weiterer Mord hätte nur weitere Risiken mit sich gebracht.

Die Schritte des Mörders konnte er ohne weiteres nachvollziehen. Aber wer hatte ihn bezahlt? Ein Drogenbaron in Miami oder jemand, der mehr in der Nähe zu suchen war?

Es war halb sechs, als sie die Ausfahrt nach Nuits Saint Georges erreichten. »Der Notar hat bestimmt schon Feierabend«, vermutete Nel, während Max der freundlichen Dame im Mauthäuschen sein Ticket und seine Kreditkarte reichte. »Sollen wir uns erst ein Hotel suchen?«

Vor dem ersten Hotel, das natürlich Saint Georges hieß und am Kreisverkehr kurz hinter der Mautstelle lag, standen entmutigend viele Autos. Max sah keinen freien Parkplatz und stellte seinen Wagen knapp vor der kleinen Eingangstreppe ab. Nel hatte schon den Kofferraum geöffnet und wollte ihre Reisetasche herausholen, aber Max hielt sie zurück. »Lass mich erst mal nachfragen, ob überhaupt noch Zimmer frei sind.«

Nel stand noch genauso wie vorher neben dem Kofferraum, als er wieder herauskam. »Alles voll«, sagte er. »Das

Mädchen am Empfang hat auch im Ibis-Hotel am anderen Ende der Stadt angerufen, aber die haben auch nichts mehr frei. Sie meinte, die Hotels in der ganzen Gegend wären völlig überfüllt. Es findet gerade ein Weinhändlerkongress statt, und außerdem steht eine Weinwoche vor der Tür.«

Nel schlug den Kofferraum zu. »Du hättest reservieren sollen.«

»Warum denn, schließlich ist keine Ferienzeit. Hier kommen sonst nur Touristen hin.«

»Wie man sieht.«

»Ich hasse Frauen, die quengeln und in Panik geraten, wenn man um sechs Uhr abends noch kein Luxushotel für sie gefunden hat.«

Nel kicherte. »Ich glaube eher, du gerätst in Panik, weil du dich zu alt fühlst für Baguette mit Schinken, eine Flasche Wein und eine Nacht mit mir auf der Rückbank.«

Er erwiderte ihr Grinsen. Sie sah aus wie eine Einbrecherin, in schwarzer Jeans, schwarzer Jacke und schwarzen sportlichen Schuhen. »Unsere einzige Chance ist das Hotel Le Sanglier im Zentrum«, sagte er. »Das ist zu teuer für Weinhändler und nach dem Gesicht der Dame zu urteilen auch für mich.«

Das Le Sanglier war ein altes Hotel, zwanzig Meter von der Durchfahrtsstraße entfernt, die das Zentrum in zwei Hälften teilte und auf der vor dem Bau der Autobahn Tag und Nacht Lkws vorbeigedonnert sein mussten. Das Hotel, teils mit Efeu bewachsen, sah aus wie ein umgebautes mittelalterliches Kloster und lag versteckt hinter hohen Ligusterhecken.

Der eine oder andere Jaguar auf dem Parkplatz, schwere Holztüren, gedämpfte Atmosphäre an der Rezeption. Das Personal, in Livree oder dunklem Anzug, sprach Englisch und war darauf trainiert, seine Verachtung für abgewetzte Sakkos und abgetragene Schuhe zu verbergen, da sich manchmal reicher, exzentrischer britischer Adel darunter versteckte. Max zögerte, als es hieß, nur noch eine Suite mit Blick auf den Garten sei frei, aber Nel sagte sofort: »*Splendid, a suite, excellent!*«

Ein junger Mann bemächtigte sich ihrer schäbigen Reisetaschen und zwängte sich mit ihnen in den winzigen Aufzug. Sie folgten ihm über einen knarrenden, dunkel gebohnerten Eichenholzboden durch den Gang bis zu einer metallbeschlagenen Tür, die er mit einem schweren Schlüssel öffnete.

Max gab ihm ein Trinkgeld und schloss die Tür. Nel fand eine Flasche Champagner in einem Kühler neben einer Obstschale im Vorraum und fing an, sie zu öffnen, während sie die in fröhlichen Ölfarben gemalte Weinlese-szene eines lokalen Sonntagsmalers im Schlafzimmer studierte. Das Zimmer bot Aussicht auf ein sorgfältiges Arrangement von Sträuchern und Koniferen rund um einen Springbrunnen. Alles war schwer und gediegen, poliert und blitzsauber. »Besser als der Rücksitz«, konstatierte Nel. Der Korken knallte aus der Flasche und sie kleckerte mit dem Champagner, als sie ihn in die Gläser füllte.

Max griff zum Telefon, um einen Termin mit dem Notar zu vereinbaren. »Ich schlafe freiwillig auf dem Sofa«, sagte er.

»Ach Quatsch. Erstens bist du zu groß und zweitens bist du bei weitem der Ältere von uns beiden.«

»Einverstanden«, antwortete Max. »Ich bin nämlich auch viel zu alt für gute Manieren.«

Die Kanzlei des Notars befand sich offensichtlich in dessen Wohnhaus, und es gelang Max problemlos, den Mann zu erreichen. Er hörte sich jung an und sprach ziemlich gut Englisch. Natürlich könne er sich morgen früh Zeit nehmen für Besucher, die wegen eines Nachlasses extra aus den Niederlanden angereist waren.

Als sie eine Stunde später im Restaurant mit offenem Kamin am Tisch saßen und sich der lokalen Pastetenspezialität, Confit d'Oie – in eigenem Fett marinierte Gänsestücke –, und schwerem Burgunder widmeten, wurde Max wieder von diesem typischen Urlaubsgefühl erfasst. Es stimmte ihn eher wehmütig und traurig anstatt fröhlich. Nel bemerkte, in welcher Stimmung er war.

»Ein Zeichen dafür, dass ich langsam alt werde«, sagte er. »Man vergisst Dinge aus der Gegenwart, während Dinge aus der Vergangenheit einem das Leben schwer machen. So was wie das Koreasyndrom.«

»Ich glaube, du bist zu jung, um in Korea gewesen zu sein.«

Max brach ein Stück von seinem Baguette ab und steckte es in den Mund.

»Du erzählst nie von deiner Ehe«, meinte Nel. »Du warst doch früher mal verheiratet, stimmt's?«

»Das ist lange her. Meine Frau ist tödlich verunglückt. Lass uns lieber überlegen, wie wir die Sache mit dem Notar anpacken.«

»Wieder nichts als Ausflüchte«, sagte Nel.

Sie redeten über den Fall, aber Nel vergaß so leicht nichts. Er war schon fast eingeschlafen, als sie, nachdem sie eine halbe Stunde in dem luxuriösen Badezimmer verbracht hatte, die Lichter ausschaltete und zu ihm ins Bett kroch.

»Ich dachte, du wolltest auf dem Sofa schlafen«, murmelte er.

»Da ist es mir zu kalt.«

Max tastete blind hinter sich. »Du hast ja kaum was an.«

»So schlafe ich immer.« Sie kicherte. »Daran müsstest du dich doch noch erinnern.«

»Ich erinnere mich an gar nichts.«

Nel war sexy und verführerisch, und er wusste nicht mehr so recht, was ihr den besonderen Status verlieh, die einzige verführerische junge Frau zu sein, mit der er im Bett liegen konnte, ohne mit ihr Sex zu haben. Sie rutschte näher an ihn heran, schob freundschaftlich die Hand unter seinen Schlafanzug und fuhr mit den Fingerspitzen über seine Brusthaare, sodass er noch unsicherer wurde, was ihren Status betraf, genauso unsicher wie beim ersten Mal. Damals war er einfach nur betrunken gewesen, aber diesmal war er absolut nüchtern. Er versuchte, an andere Dinge zu denken, weil er Angst hatte, dass sein besonderes Verhältnis zu Nel einen irreparablen Schaden erleiden würde, wenn er sich jetzt umdrehte.

»Worüber amüsierst du dich denn so?« Er spürte ihren warmen Atem auf seinem Rücken, während sie sprach.

»Über die unsinnige Vorstellung, wenn man älter wird, fiele es einem auch leichter, auf seinen Verstand zu hören.«

»So was macht Leute langweilig«, sagte Nel. »Lass uns wenigstens ausmachen, dass wir ein romantisches Sexwochenende in Zeebrugge oder so verbringen, falls wir beschließen sollten, uns zu trennen.«

»Uns zu trennen?«

»Ja, weil ich einen spanischen Stierkämpfer heirate oder du nach Finnland ziehst, das könnte doch passieren?«

Max grinste. »Ich hoffe, dass ich es bis dahin aushalte.«

Sie schwieg eine Weile und hielt ihre Hand still, sodass seine Erektion nachließ und er beinahe einschlief. Das ist die höchste Form der Intimität, dachte er ein wenig bitter.

»Ich weiß noch nicht mal, wie sie hieß«, sagte Nel.

»Ingrid«, antwortete er.

»Wie lange warst du mit ihr verheiratet?«

»Zwölf Jahre, die wir hauptsächlich im Kriegszustand verbracht haben.«

»Hattet ihr keine Kinder?«

»Doch, einen Sohn. Er lebt in Neuseeland, ich habe kaum Kontakt zu ihm. Ich bin kein guter Vater. Jeremy war zehn, als das Unglück passierte, und ich glaube, er hat mich in gewisser Weise dafür verantwortlich gemacht.«

»Und, konntest du etwas dafür?«

Er drehte sich auf den Rücken. »Ich weiß es nicht«, sagte er in die Dunkelheit hinein. »Man könnte natürlich sagen, ich war ihr Ehemann, also war ich dafür verantwortlich.«

Sie unterbrach ihn. »Ich meine nicht im Freud'schen Sinne, sondern auf die Art schuldig, für die sich die Polizei interessieren würde.«

»Jeremy war damals zehn Jahre alt. Er war zu Besuch bei Ingrids Schwester, und wir wollten zum ersten Mal seit zehn Jahren zu zweit in Urlaub fahren. Wir hatten uns vorgenommen, uns nach Kräften zu bemühen herauszufinden, ob es noch irgendetwas auf der Welt gab, worüber wir uns einig werden konnten. Ingrid hatte die Koffer gepackt und ins Auto geladen und rief mich an, dass sie mich von der Dienststelle abholen käme. Ich hätte es ihr verbieten müssen, obwohl sie sich wahrscheinlich nicht darum gekümmert hätte. Sie hatte gerade erst ihren Führerschein gemacht, und wir hatten so einen alten Renault Fregate, viel zu groß für sie, sie war noch nie damit gefahren.«

Nel lag still, die Hand noch immer unter seinem Arm hindurch auf seine Brust gelegt.

»Es passierte ganz in der Nähe der Dienststelle, unten hörte man den Knall. An einer Kreuzung. Vielleicht ist sie aufs Gas getreten anstatt auf die Bremse. Sie kam gerade so an die Pedalen dran, wahrscheinlich wusste sie noch nicht einmal, wie man den Sitz verstellen musste. Sie rammte in voller Fahrt die Flanke eines Tanklastwagens, schob sich halb darunter und musste herausgesägt werden.« Er schwieg einen Moment und überlegte sich, dass er die Geschichte besser zu Ende erzählen sollte. »Was ich sagen wollte, ist, dass ich mir davor oft gewünscht hatte, sie würde bei einem Unfall ums Leben kommen. Ich dachte, ich würde mich erleichtert und befreit fühlen, wenn sie plötzlich aus meinen Leben verschwinden würde. Ich kann das sogar noch gedacht haben, als ich zur Unfallstelle rannte, aber als ich sie in dem Autowrack sah, war alles ganz anders. Um eine Schuld im juristischen Sinne geht es also nicht, aber ich war zutiefst erschüttert, weil sich mein Wunsch erfüllt hatte und weil ich die Wirklichkeit nicht ertragen konnte.«

»Hast du deshalb den Dienst quittiert?«

»Einen Monat später führten wir in einem besetzten Haus, in dem Drogen verschnitten wurden, eine Razzia durch. Ich kriegte eine Kugel ab. Es war mein Fehler, ich war mit meinen Gedanken nicht bei der Sache. Ich wurde zu einem Risiko für die anderen, und mir wurde klar, dass mein Partner sicherer war, wenn ich mich von ihm fern hielt. Man gab mir einen Bürojob, aber ich wusste, dass die Sache mit der Kugel nur eine Folgeerscheinung war, und ich hatte wenig Lust auf die Pflichttherapie. Nachdem ich mich ungefähr ein Jahr lang rumgequält hatte wie Raskolnikow, bin ich schließlich ausgestiegen.«

»Hast du deshalb nie wieder geheiratet?«

»Das müsstest du einen Psychiater fragen. Eine zweite Heirat ist der Triumph des grenzenlosen Optimismus über den gesunden Menschenverstand.« Max lachte leise vor sich hin. »Außerdem hat sich die Frage nicht mehr gestellt. Marga sträuben sich schon bei dem Gedanken daran die Haare, und wahrscheinlich hat sie Recht. Manchmal beneide ich allerdings so jemanden wie Isabelle, die einfach so aus dem Nichts heraus und vollkommen unüberlegt aus Liebe alles fallen lässt. Ich möchte gerne glauben, dass es so etwas gibt, aber mir ist das noch nie passiert. Im Übrigen kann ich mich bei Isabelle des Gefühls nicht erwehren, dass noch etwas anderes eine Rolle spielte als Liebe auf den ersten Blick. Ich weiß nur nicht recht, was und ob es etwas zu bedeuten hat.«

»Was willst du denn noch mehr als Liebe auf den ersten Blick?«

Max hob seinen Ellenbogen in ihre Richtung und tastete im Dunkeln mit der freien Hand nach ihrem Gesicht. »Ich rede zu viel«, sagte er.

Sie blieb still liegen, während er seine Hand über ihre Nase und ihren Mund hielt, sodass er ihren Atem in seiner Hand spürte. Er beugte sich über sie, nahm seine Hand von ihrem Mund und küsste ihre Lippen.

»Gute Nacht.«

»Ich kann in dir lesen wie in einem offenen Buch«, flüsterte Nel. »Ich könnte dich ohne weiteres verführen.«

»Das ist gegen die Abmachung.«

Nel kicherte. »Erzähl du mir was von Abmachungen«, sagte sie, bevor sie gehorsam einschlief.

Maître Longueteau hatte die Kanzlei von seinem Vater übernommen, und auch sein Großvater war hier schon Notar gewesen. Staubteilchen tanzten im fleckigen Sonnenlicht, das von sich verfärbenden Weinranken rund um das hohe Fenster gefiltert wurde. »Hier steckt die gesamte Geschichte von Nuits Saint Georges drin, die Akten reichen hundertfünfzig Jahre zurück«, erklärte der jüngste Spross stolz und zeigte auf die schweren Holzschränke, die zwei Wände seines Büros in Beschlag nahmen. Er prüfte Max' Legitimation, hörte sich seine Erklärungen an und hielt Nels Hand ziemlich lange fest, als Max sie ihm vorstellte. »Tragen Sie auch eine Pistole?«

Nel hatte ihn sofort durchschaut, bedachte ihn mit einem lieben Lächeln und sagte zuckersüß: »Sie werden nie erraten, wo!«

Christian Longueteau grinste. Er sah aus wie eine untersetzte, jüngere Ausgabe von Robert Duvall, mit schütterem Haar, das bis zur Mitte seines Schädels zurückgewichen war, und mit Augen, die eine Mischung aus Integrität und einem Hang zur Korruption auszustrahlen schienen. »Es heißt ja immer, Franzosen sprächen keine Fremdsprachen«, sagte er mit einem herablassenden Lächeln, als Nel ihm ein Kompliment wegen seines guten

Englisch machte. »Aber schon mein Vater sah, wie Weinhäuser und Immobilien in die Hände von Japanern und Briten übergingen, und hat mich für ein Jahr nach Amerika geschickt.« Mit gallischer Freimütigkeit flirtete er mit Nel, die, quasi als Zugeständnis an die Franzosen, ihre Sneakers gegen offene Schuhe eingetauscht hatte und die schwarze Uniform gegen einen meergrünen Rock und eine cremeweiße Bluse, die halb offen stand und den Blick auf einen spitzenbesetzten BH freigab. Christian wandte sich die ganze Zeit fast ausschließlich an sie. »Ich habe mir schon gedacht, dass Sie im Zusammenhang mit dem Nachlass des alten Raymond gekommen sind«, sagte er. »Gewiss haben Sie Verständnis dafür, dass ich das Vertrauensverhältnis zu meinen Mandanten respektieren muss. Ich kann Ihnen daher nicht viel erzählen, außer dass alles ordnungsgemäß abgelaufen ist.«

»Das ist ja wie im Märchen«, meinte Nel katzenfreundlich. »Alex Lafont wird als Baby ausgesetzt, und ein halbes Jahrhundert später lassen Sie ihn im Zusammenhang mit einer Erbschaft suchen. Gewiss können Sie uns weiterhelfen, wir wollen ja nur unsere Ermittlungen abschließen. Wer war Raymond Lafont?«

»Einer der größten Weinbauern im Umkreis. Er ist letztes Jahr an Silvester verstorben, an Krebs.« Der Notar schwieg.

»Lebt seine Frau noch, ich meine, seine zweite Frau?«

»Laurence ist vor sechs Jahren gestorben.« Er seufzte. »Vielleicht haben ihn nach ihrem Tod seine Jugenderinnerungen wieder eingeholt, so könnte ich es mir vorstellen.«

»Meinen Sie, er führte mit Laurence eine glückliche Ehe?«

Christian schüttelte den Kopf. »Mein Vater hat ihn besser gekannt als ich, er hat es mir später erklärt. Seine Eltern haben offensichtlich großen Druck auf ihn ausgeübt, Raymond war ihr einziger Sohn. Laurence war fünf

Jahre älter als er, aber sie erbte große Weinberge, die an den Besitz der Lafonts angrenzten. Ich weiß nicht, ob sie glücklich waren. Manchmal wendet sich bei diesen Zweckheiraten ja alles zum Guten, aber ich habe Raymond nie als glücklichen Menschen betrachtet.«

»Glauben Sie, dass wir mit den anderen Erben sprechen sollten?«, fragte Nel in einem Ton, als verzehre sie sich förmlich nach seinen Ratschlägen. Max hielt taktvoll den Mund.

»Es gibt nur einen, aber ich glaube nicht, dass Didier gerne darüber sprechen möchte«, antwortete Christian. Er zögerte wiederum einen kurzen Moment und sagte dann: »Das Testament war ein Schock für ihn. Er hat immer gedacht, er wäre der einzige Erbe.«

»Ist das Testament geändert worden?«

Der Notar nickte. »Notare fungieren auch manchmal als Beichtväter. Wir bekommen Dinge aus der Vergangenheit zu hören, alte Familiengeschichten ... Kurz vor ihrem Tod werden die Menschen oft von Reue gepackt, als hätten sie Angst, sie würden direkt nach ihrem Ableben zur Verantwortung gezogen. Raymond rief mich drei Wochen vor seinem Tod zu sich ins Krankenhaus. Er hatte einen Entwurf für ein neues Testament ausgearbeitet, in dem er seinen Besitz zu gleichen Teilen Didier sowie zwei Kindern aus einer früheren Ehe mit einem niederländischen Mädchen vermachte.«

»Zwei Kindern?«, konnte Max sich nicht verkneifen zu fragen.

»Ja, ein Sohn und eine Tochter, deren Erbteile automatisch an ihre Kinder übergegangen wären, wenn es welche gegeben hätte, was jedoch nicht der Fall war, wie sich herausstellte. Ich wusste nichts von dieser ersten Ehe und Didier offensichtlich auch nicht. Raymond erklärte es ihm in einem Begleitbrief zum Testament. Er schrieb darin im Großen und Ganzen, dass er seiner ersten Frau großes Unrecht angetan habe.«

»Wollen Sie damit sagen, dass Raymond diese erste Ehe immer geheim gehalten hat, sogar vor seinem Sohn?«, fragte Nel in ungläubigem Ton.

Der Notar lächelte sie freundlich an. »Das meine ich mit alten Familiengeheimnissen. Mein Vater wusste davon, er hat im Nachhinein einen Ehevertrag aufgesetzt, auf Druck der Eltern hin. Die Heirat wurde als Jugendsünde betrachtet, als Fehltritt, und einfach unter den Teppich gekehrt.«

»Mir tut diese Frau richtig Leid«, sagte Nel. »Wie lange hat die Ehe gehalten?«

»Ungefähr drei Jahre. Mein Vater hat erzählt, dass die Lafonts in Panik gerieten, als Raymond mit zweiundzwanzig Jahren auf einmal verheiratet nach Hause kam, mit einem ausländischen Mädchen, das obendrein auch noch schwanger war, und ohne einen Vertrag oder etwas Ähnliches. Das haben die Eltern dann sofort geregelt, und ich könnte mir denken, dass sie alles darangesetzt haben, die Sache zu beenden. Nun ja, und dann hat er im letzten Moment versucht, noch etwas wieder gutzumachen.«

»War das Testament gültig?«

»Es war absolut rechtsgültig; eine Krankenschwester hat als Zeugin unterschrieben, und Raymond war vollkommen klar im Kopf und Herr seiner Sinne. Didier und seine Frau bezweifelten das natürlich, aber sie hatten keinerlei Handhabe. Ich will damit nichts Negatives sagen, Didier ist ein wichtiger Mandant.«

Nel rückte ihren Stuhl ein wenig näher an seinen Schreibtisch heran. Es war ein schweres Exemplar aus Eichenholz. Der Notar saß auf der anderen Seite, aber ihr zugewandt. Max hatte sich in den Lehnstuhl gegenüber gesetzt, mit weichen Kissen, in die er tief versank, sodass er sich praktisch außer Sicht halten konnte. »Didier muss sich ja zu Tode erschreckt haben«, sagte Nel unter ihren Wimpern hervor.

»Würden Sie sich vielleicht nicht erschrecken? Und das ist noch schwach ausgedrückt.« Der Notar seufzte. »Didier arbeitet sehr hart, das Gut ist sein Lebenswerk. Sein Vater war schon ausgeschieden, als er es übernahm, und Didier betrachtete es als sein Eigentum. Plötzlich erfährt er, dass es ihm nur zu einem Drittel gehört. Es war, als würde er vom Blitz getroffen.«

»Ist es viel wert?«

»Ja, es ist ein millionenschwerer Betrieb, zu dem ausgedehnte Weinberge, eine eigene Produktionsanlage und Weinkeller gehören. Das *Maison de Maître* stammt aus dem achtzehnten Jahrhundert. Außerdem ist Lafont zu fünfzig Prozent an einem großen Weinhaus in Antwerpen beteiligt. Vielleicht können Sie das Problem verstehen, vor das Didier sich gestellt sah. Nicht nur hätte er zwei Drittel hergeben müssen, sondern ihm drohte auch das Schreckgespenst, liquidieren zu müssen, wenn die anderen Geschwister nicht an Weinbau interessiert gewesen wären und hätten ausbezahlt werden wollen. Ihm wäre nichts mehr übrig geblieben, nur das Geld oder ein Restanteil des Gutes. Der alte Familienbetrieb hätte aufgehört zu existieren.«

Kein schlechtes Motiv für einen Mord, dachte Max. »Aber so weit ist es nicht gekommen?«, bemerkte er.

Der Notar warf ihm einen verstörten Blick zu.

»Sie haben natürlich versucht, die Erben ausfindig zu machen?«, fragte Nel.

»Natürlich«, antwortete Christian. »Gemäß den Vorschriften. Dabei ist eine Frist einzuhalten.«

»Ich habe davon keine Ahnung«, bekannte Nel. »Wie geht denn so etwas vor sich?«

»Die Ermittlungen über die Behörden brachten kein Ergebnis. Wir haben Anzeigen geschaltet, aber keinerlei Reaktion darauf erhalten. Schließlich habe ich auf Anraten von Didier den belgischen Anwalt beauftragt, der auch seinen Weinhandel in Antwerpen vertritt. Der hat

Nachforschungen angestellt, die dann endlich ein Resultat erbrachten.«

»Hat Didier sich denn keine Hoffnungen gemacht, dass die Frist verstreichen würde?«

Der Notar warf Max einen herablassenden Blick zu. »Sie können sich doch wohl denken, dass er absolut sichergehen wollte? Denn was wäre geschehen, wenn die Frist verstrichen wäre und ein paar Jahre später doch noch Erben aufgetaucht wären? Daraus hätte sich eine juristische Auseinandersetzung ergeben, die sich über Jahre hätte hinziehen können, und in dieser Zeit wären Didier die Hände gebunden gewesen, weil in einem solchen Fall alles, was Lafont einbringt, in einem Fonds eingefroren worden wäre. Das sind keine guten Aussichten, und in acht von zehn Fällen gewinnt der andere Erbe schließlich doch.«

»Sie haben Recht«, sagte Max, »bitte entschuldigen Sie.«

Nel blickte den Notar beschwichtigend an. »Ihre Nachforschungen waren also erfolgreich«, sagte sie in einem Ton, als hätte er dafür eine Medaille verdient.

»Ja. Die Tochter war leicht zu finden. Es stellte sich heraus, dass sie 1974 in einem Krankenhaus irgendwo in den zentralen Niederlanden gestorben war.«

In Max' Gehirn fing etwas an zu summen. »War auch die Todesursache angegeben?«, fragte er.

»Ja, innere Blutungen.« Der Notar sah Nel mit ernstem Blick an. »Dem Sohn kamen wir erst auf die Spur, als in Raymonds Schreibtisch ein alter Brief seiner ersten Ehefrau gefunden wurde. Aus ihm ging hervor, dass sie ihren Sohn vor einem Waisenhaus ausgesetzt hatte, weil sie nicht für ihn sorgen konnte.«

Max war aufgeregt. Das Waisenhaus!

Christian rieb sich über die Stirn. »Das sind natürlich Privatangelegenheiten«, fuhr er fort, »aber als ich diesen Brief las, konnte ich mir vorstellen, dass der alte Raymond unter furchtbaren Schuldgefühlen gelitten haben musste. Er muss gewusst haben, dass seine Frau, als sie ohne einen Franc in der Tasche fortging, nicht nur eine dreijährige Tochter hatte, für die sie sorgen musste, sondern wieder schwanger war. Vielleicht hat er diese Geschichte die ganze Zeit über absichtlich vergessen oder verdrängt, bis kurz vor seinem Tod. Aber es war zu spät, sie sind alle beide tot. Ich nehme an, dass Sie wissen, was mit Alex passiert ist, in Amerika.«

»In Amerika?«

»Nun ja, da ist er doch in kriminelle Machenschaften verwickelt worden. Die amerikanischen Justizbehörden verhalfen ihm zu einer neuen Identität. Er ging zurück in die Niederlande, aber die Mafia hat ihn schließlich doch gefunden. Es ist traurig.«

»Haben die amerikanischen Behörden das bestätigt?«, fragte Max.

»Nein, es wäre auch schwierig, eine solche Auskunft von ihnen zu erhalten, aber es geht aus den Unterlagen aus Antwerpen hervor, denen eine Erklärung der niederländischen Justiz beilag. Für uns war juristisch nur von Interesse, dass hinlänglich bewiesen wurde, dass Alex Lafont beziehungsweise Alex Hinstra mit Ben Visser identisch war und dass dessen Todesursache nichts mit dem Erbe zu tun hat. Damit hat sich der Richter zufrieden gegeben.«

Und Didier köpft eine Flasche Champagner, dachte Max.

»Haben Sie den Brief der ersten Ehefrau noch?«, fragte Nel.

»Nein.« Er lächelte. »Den hätte ich Ihnen sowieso nicht zur Einsicht geben können. Ich bin Ihnen gerne in jeder Hinsicht behilflich, aber das wäre ein Vertrauensbruch.«

Nel erwiderte zweideutig sein Grinsen. Sie blickte verwundert zur Seite, als Max sich mit den Händen auf die

Knie schlug und aus seinem tiefen Sessel aufstand. »Nun«, sagte Max. »Sie haben uns sehr geholfen, und ich glaube, dass wir den Fall jetzt abschließen können. Ich danke Ihnen, dass Sie sich Zeit für uns genommen haben.«

Der Notar stand ebenfalls auf. Max streckte ihm die Hand hin. »Vielleicht fahren wir der Vollständigkeit halber noch einmal bei dem Rechtsanwalt in Antwerpen vorbei. Seine Name ist doch De Canter, richtig?«

»Nein, das ist der Name des Mannes, der die Nachforschungen für ihn durchführte. Der Rechtsanwalt heißt Julius Bocken. Warten Sie, ich gebe Ihnen seine Adresse.«

Nel schaute Max fragend an, während der Notar die Adresse heraussuchte und sie auf der Rückseite einer Visitenkarte notierte. Er reichte sie Max und hielt wieder Nels Hand fest, während er sich nach Kräften bemühte, nicht allzu auffällig in ihre Bluse zu starren. »Bleiben Sie noch lange in Nuits Saint Georges? Morgen beginnt hier eine Weinwoche, mit Ausstellungen und Weinproben ...«

»Nein, wir müssen sofort wieder zurück«, sagte Max streng.

»Ich liebe Wein«, sagte Nel. »Aber mein Chef ist ein schrecklicher Tyrann.«

Das *Maison de Maître* der Lafonts lag inmitten von welligen, bereits abgeernteten Weinbergen außerhalb der kleinen Stadt, am Ende einer langen Auffahrt, die von zwei kerzengeraden Reihen hoher Zypressen gesäumt wurde. Es war ein würdevolles, romantisches Gebäude aus altem Gestein, mit hohen venetianischen Fensterflügeln und schmiedeeisernen Balkonen, einem Portal, das von zwei Sandsteinsäulen getragen wurde, und einer von niedrigen, geraniengeschmückten Mauern umgebenen Terrasse mit weißen Gartenmöbeln sowie einer Dame mit weißem Hut, Sonnenbrille und kariertem Plaid über den Knien, der gerade von einem Dienstmädchen in schwarzem Kleid und weißer Schürze Tee serviert wurde. An den Wänden blühten noch Kletterrosen, und die sorgfältig gepflegten Rasenflächen waren mit Reihen von Lavendelsträuchern abgesetzt. Durch ein offenes Gewölbetor, zwischen Bäumen und Sträuchern hindurch, konnten sie die massiven Gebäude der Weinkellerei erkennen, in die gerade aus einem Lastwagen Holzfässer hineingerollt wurden. Die nostalgische Atmosphäre des alten Burgund lag in der Luft, geschwängert von den süßlichen Gerüchen der gärenden Trauben und der Erwartung neuer hervorragender Weine.

Die Frau auf der Terrasse lupfte ihre Sonnenbrille, als sie den ankommenden BMW auf dem Kies und danach die zuschlagenden Wagentüren hörte. Sie sagte etwas zu ihrem Dienstmädchen, rückte die Sonnenbrille wieder zurecht und blätterte weiter in ihrer Zeitschrift. Das Mädchen kam auf Max und Nel zu.

Max stellte sich vor und fragte nach Monsieur Lafont. Das Mädchen erklärte, Monsieur halte sich die ganze Woche über in Antwerpen auf und werde erst am Sonntag wieder zurückerwartet.

»Geschäfte im Weinhaus?«, fragte Nel.

Das Mädchen schaute sie an und legte eine Pause ein. »Unter anderem«, antwortete sie dann. Es klang wie eine Indiskretion.

»Könnten wir dann vielleicht Madame Lafont kurz sprechen?«, fragte Max.

»Sie trinkt gerade ihren Tee.«

»Das passt ja gut«, sagte Max.

Sie folgten dem Mädchen zur Terrasse. Madame Christine Lafont erklärte sich bereit, ihre Fragen zu beantworten, aber mit sichtbarem Widerwillen. Sie stand nicht auf, als sie sich ihr vorstellten, sondern reichte ihnen im Sitzen die Hand, die sich anfühlte wie ein lahmer Möwenflügel.

»Maître Longueteau hat mich bereits vorgewarnt, dass

Sie eventuell vorbeikommen würden«, erklärte sie in gebrochenem Englisch. »Sprechen Sie kein Französisch?«

»*Je me débrouille*«, antwortete Max, »so einigermaßen. Ich habe in meiner Jugend ein paarmal im Hérault bei der Traubenernte geholfen. Der Wein war weniger erstklassig als der Ihre, aber meinem Französisch hat es gut getan.«

Das schien sie kaum zu interessieren. »Mein Mann ist nicht da, und ich habe kein Bedürfnis, über die Sache zu reden.«

»Welche Sache?«, fragte Max.

»Das Testament, deshalb sind Sie doch gekommen?«

Max wünschte, sie würde einmal ihre Brille absetzen. Sie war klapperdürr, eine Bohnenstange in einem teuren Kostüm aus naturweißem Leinen. Ihr Unterkiefer trat hart und mager hervor, und sie hatte breite Wangenknochen. Im Schatten ihres Hutes wirkte ihr Mund unzufrieden und ihr Teint grau.

Max begriff, dass sie ihnen keinen Tee anbieten würde, also konnte er auch genauso gut direkt zur Sache kommen. »Das Testament ist mir egal«, sagte er. »Ich untersuche den Mord an dem zweiten Erben.«

Ihre Augen hinter den dunklen Gläsern blieben unsichtbar. »Wenn Sie den Bastard meines Schwiegervaters meinen, dann sind Sie hier an der falschen Adresse.«

Max nahm sich unaufgefordert einen Stuhl. »Soweit ich weiß, war Alex Lafont kein Bastard«, sagte er. »Aber sein Tod passte Ihnen gut ins Konzept, nicht wahr? Und dann auch noch genau im richtigen Moment?«

»Ich weiß nicht, worauf Sie anspielen.«

»Ihr Notar stellt Nachforschungen an. Alex wird gefunden. Er trägt zwar inzwischen einen anderen Namen, aber es handelt sich in der Tat um Alex Lafont. Er ist kein Bastard, er hat ein Anrecht auf mindestens ein Drittel des Besitzes, und vermutlich hat er sogar ein Recht auf den Anteil seiner Schwester, eventuell aber auf mindestens fünfzig Prozent. Einen Monat, nachdem er in Friesland von Ihren Leuten gefunden wird und kurz bevor er sein Erbteil beanspruchen kann, wird er ermordet.«

Nel öffnete ein paar Knöpfe unter ihrem Mantelkragen aus billigem Kaninchenfell, setzte sich auf einen Stuhl zur anderen Seite von Christine und nahm sich ein Stück Früchtekuchen von einer Platte. »Ihr Tee wird kalt«, sagte sie.

Christine Lafont ignorierte sie. »Was wollen Sie damit sagen?«

»Das ist ein natürlicher Prozess, bei Tee«, begann Nel mit vollem Mund, aber Max winkte ihr, sie solle still sein. »Was ich damit sagen will, ist, dass manchen Leuten bei den niederländischen Justizbehörden all diese glücklichen Umstände fragwürdig vorkommen.«

»Das soll mir egal sein. Wir haben nichts damit zu tun. Ich will damit nicht behaupten, dass Didier über den Tod seines Halbbruders traurig gewesen wäre, den er ja nie kennen gelernt hat. Er hätte das Testament aber auf jeden Fall angefochten und den Prozess auch gewonnen, denn es war völlig unrechtmäßig. Sein Vater hat sich sein Leben lang nicht um diese Nachkommen gekümmert. Warum hätten wir dann für sie zahlen sollen?«

»Wozu, meinen Sie, hat Ihr Schwiegervater wohl sein Testament geändert?«

Sie bewegte die Lippen, als spucke sie etwas aus. »Weil er nicht ganz richtig im Kopf war. Nach mir die Sintflut. Oder um mich zu ärgern.«

»Warum hätte er Sie ärgern wollen?«

Sie blies Luft durch die Lippen. »Das geht Sie gar nichts an. Aber er hätte auf keinen Fall seinen Willen durchsetzen können. Wir hätten alle Hebel in Bewegung gesetzt.« Es schien, als erschrecke sie vor ihren eigenen Worten. »Natürlich meine ich damit keinen Mord«, korrigierte sie sich hastig. »Wir haben über genügend juristische Mittel verfügt. Das Testament war ungültig, die geistige Gesundheit meines Schwiegervaters angegriffen, und dann diese lächerliche Heirat bei einem Schmied in Schottland – wir hätten alles anfechten können.«

Max starrte sie an. »Bei einem Schmied in Schottland?«

Christine Lafont schob ihren Stuhl nach hinten und stand auf. Sie war exakt genauso groß wie er. »Für uns ist der Fall erledigt«, sagte sie bissig. »Wenn Sie mich jetzt entschuldigen würden?«

Sie drehte sich um und ging durch die Terrassentür ins Haus. Über ihre mageren Waden zogen sich Krampfadern.

»Wow«, meinte Nel.

Max schaute sie an. Sie wusste nichts von Gretna Green. Wie Teile eines verrückten Puzzles hatten die Informationen überall in der Landschaft seines Gehirns verstreut gelegen, und jetzt fügten sie sich wie durch ein magisches Schlüsselwort zu einem Ganzen zusammen. Zwei Hochzeiten bei einem Schmied in Schottland und zwei Mütter mit ungeborenen, vaterlosen Söhnen und das in ein und demselben Fall, das wäre einfach ein zu großer Zufall gewesen.

»Was ist los?«, fragte Nel.

Max wusste nicht, was er mit seinem Wissen anfangen sollte. Er brauchte Zeit, um nachzudenken. Hier war sowieso nichts mehr zu holen. »Komm, gehen wir«, sagte er.

Am Auto blieb er stehen und legte den Arm um Nels Schulter. Er zog sie an sich und blickte an den Koniferen vorbei auf die kahlen Weinberge, wo sich noch einige rote und gelbe Blätter an den Ranken festklammerten, und durch das offene Tor auf das friedliche, erwartungsvolle Treiben rund um die Weinkellerei. Fässer wurden desinfiziert, bevor man den vergorenen Wein hineinfüllte, und stechender Schwefelgeruch wehte durch das Tor.

»Das ist schon was anderes als Amsterdam«, sagte er. »Ich könnte mir gut vorstellen, Winzer zu werden.«

»Aber ich würde mir eine andere *Appellation contrôlée* aussuchen. Hier verirrst du dich nur zwischen dem Natterngezücht von Mauriac«, bemerkte Nel erstaunlich literarisch.

Max grinste. »*Fuck* Mauriac«, sagte er. »Ich habe noch eine hübsche Überraschung für dieses Weib in petto.«

11

Es stellte sich heraus, dass der Abfüllbetrieb sowie das Lager und die Auslieferung des Weinhauses Lafont & De Busselaer schon vor zehn Jahren in ein Industriegebiet am linken Ufer der Schelde umgezogen waren, wo sie für die Tanklastwagen und Lkws besser erreichbar waren als in der Antwerpener Innenstadt. Die Geschäftsräume hingegen waren in dem früheren Gebäude an der Leopoldstraat geblieben, über einem altehrwürdigen Weingeschäft mit demselben Namen wie die Firma. Die Verwaltungsbüros hatten einen eigenen Eingang. Im Erdgeschoss ging man auf einen kleinen, schlichten Empfangsschalter zu. Daneben führte eine terrakottarot geflieste Treppe mit einem auf Hochglanz geputzten Geländer nach oben, an der Wand eine Gemäldegalerie mit den Porträts betagter belgischer Herren.

Eine junge Belgierin mit zu großer Nase meldete, Meneer Lafont sei nicht zugegen.

»Aber seine Frau versicherte uns, er sei in Antwerpen«, sagte Max. »Sie hat uns gebeten, in einer geschäftlichen Angelegenheit bei ihm vorbeizuschauen.«

»Er ist in Antwerpen, aber er kommt meistens nur morgens ins Büro, ansonsten hat er andere Termine ...«

»Könnten wir vielleicht mit Meneer De Busselaer sprechen?«, fragte Max.

Sie lächelte. »Der alte Herr hat sich schon lange zur Ruhe gesetzt. Seine Tochter führt inzwischen die Geschäfte, Mevrouw De Goede. Bestimmt kann sie sich einen Moment Zeit für Sie nehmen ...« Das Mädchen griff zum Telefon.

»Augenblick bitte«, sagte Max. »Können wir Meneer Lafont vielleicht in seinem Hotel erreichen?«

Sie schüttelte den Kopf. »Er hat hier eine Privatunterkunft, eine Wohnung an der Britselei. Soll ich ihn für Sie anrufen?«

Sie drückte auf eine Speichertaste, bevor Max etwas erwidern konnte. In einer gefälligen Geste warf sie ihre blondierten Haare nach hinten und lauschte in den Hörer.

Sie bedeckte das Mundstück. »Der Anrufbeantworter. Soll ich eine Nachricht draufsprechen?«

Max schüttelte den Kopf, und sie legte auf. »Geben Sie uns einfach seine Adresse und seine Telefonnummer, dann versuchen wir es später von unserem Hotel aus noch mal«, sagte er.

Das Mädchen notierte die Angaben auf ein Stück Papier, faltete es in der Mitte zusammen und reichte es Max. »Möchten Sie Mevrouw De Goede trotzdem noch sprechen?«

»Gern«, sagte Max.

Während das Mädchen telefonierte, zog Nel ihn zur Tür. »Gib mir mal seine Adresse«, sagte sie in gedämpftem Ton.

Er drückte sie ihr in die Hand. »Es wäre prima, wenn du etwas mit seinem Telefon anstellen könntest.«

»Dann muss ich ans Auto, ich brauche meine Sachen.«

Max gab ihr die Autoschlüssel. »Ich nehme mir gleich ein Taxi. Aber kein Risiko eingehen. Wenn er zu Hause ist, Finger weg.«

Sie nickte. »Wir treffen uns dann im Hotel.«

»In welchem Hotel?«

Nel stopfte das Papierchen in den Mantel mit dem mottenzerfressenen Kaninchenfellkragen. »In der Meistraat gibt es ein Ibis-Hotel, ganz in der Nähe der Britselei.«

»Zwei Zimmer.«

»Ich glaube, das Hotel hat keine Heizung.« Nel kicherte, drehte sich um, und der Mantel über den schwarzen Jeans und den Sneakers flappte ihr um die Oberschenkel, als sie zu Tür hinausschwebte.

»Sie können jetzt zu ihr«, sagte die Empfangsdame. »Wenn Sie die Treppe hinaufgehen, ist es das Büro am Ende des Flurs.«

Max dankte ihr und ging nach oben. Zu beiden Seiten des Flurs befanden sich Büros mit zur Hälfte verglasten Türen. Angestellte arbeiteten an Computern und Telefonen, umringt von Grafiken, Tabellen und romantischen Postern von Weinbergen. Die Tür am Ende bestand aus solidem Eichenholz. Max klopfte und trat ein.

Er kam in ein geräumiges Büro mit zwei Fenstern zur Straßenseite, schweren belgischen Möbeln, drei mannshohen Ficusbäumen, einem Konferenztisch und einem Teakholzschreibtisch überhäuft mit Mappen und bedrucktem Papier. Eine Frau stand daneben, mollig und selbstsicher, in einem dunklen Kleid mit Perlenkette. Sie hatte ein etwas grob geschnittenes Gesicht, trug eine Brille mit Schmetterlingsgestell und eine violette Locke im blondierten Haar. Max schätzte sie auf etwa Mitte vierzig.

»Meneer Winter?« Sie reichte ihm die Hand. »Marleen De Goede.« Max gab ihr seine Karte. Stirnrunzelnd schaute sie ihn an. »Wollten Sie nicht zu Didier?«

»Ja, aber wo ich nun mal gerade hier bin ... Ich bräuchte noch ein paar Hintergrundinformationen.«

Sie reagierte zurückhaltend. »Über Didier?«

»Eigentlich mehr über seinen Vater. Wir ermitteln im Zusammenhang mit seinem Testament, ich nehme an, dass Sie darüber Bescheid wissen?«

»Ja, natürlich. Ich weiß, dass andere Erben genannt wurden und dass diese verstorben sind. Ich sehe nicht so recht ein ...«

»Hätte es Ihnen ernsthafte Probleme bereitet, wenn es die Erben gegeben hätte?«

Mit festem Blick erwiderte sie: »Nein, keineswegs. Im Gegenteil. Wir versuchen schon seit einiger Zeit, Didier seinen Anteil an der Firma abzukaufen, das ist kein Geheimnis.«

»Es wäre also von Vorteil für Sie, wenn Didier durch andere Erben dazu gezwungen wäre zu liquidieren?«

Sie gab ihm keine Antwort, aber die Sache war deutlich genug.

Sie bedeutete ihm, sich auf einen der lederbezogenen Stühle am Konferenztisch zu setzen, und nahm ihm schräg gegenüber Platz.

»Ich habe ihn noch nicht kennen gelernt«, sagte Max. »Was ist er für ein Mensch?«

»Warum fragen Sie mich das?«

»Sie betreiben gemeinsam ein Geschäft, Sie kennen ihn.«

Sie nickte steif.

Max lächelte. »Warum wollen Sie ihn denn so unbedingt auszahlen?«

Marleen schüttelte den Kopf. »Sie können doch nicht von mir erwarten, dass ich über meinen Partner herziehe. Deswegen sind Sie doch nicht gekommen?«

»Alles kann mir weiterhelfen«, sagte Max. »Was ich hauptsächlich wissen möchte, ist, was sich in Raymonds Jugend abgespielt hat und warum er im letzten Moment sein Testament geändert hat.«

Sie seufzte. »Ich glaube, darüber sollten Sie besser mit meinem Vater reden. Er hat Raymond sein ganzes Leben lang gekannt.«

»Lebt Ihr Vater hier in Antwerpen?«

»In Wijnegem, das liegt nur ein kleines Stückchen außerhalb, an der Turnhoutsebaan. Ich kann ihn gerne anrufen. Möchten Sie gleich zu ihm hinfahren?«

»Wenn das so ohne weiteres möglich ist.«

Sie lächelte wehmütig. »Er hat Zeit genug. Meine Mutter liegt im Krankenhaus, sie wird an der Hüfte operiert, deshalb ist er im Moment allein zu Hause.«

Draußen fiel kalter Regen, unterbrochen von weißen Hagelschauern, doch im Wintergarten von Damiaan De Busselaer herrschte subtropische Hitze zwischen den exotischen Pflanzen, die zu den Fenstern und dem Licht hin wucherten und die die Sicht auf die Rasenflächen, die Bäume und den Verkehr auf der Allee so gut wie ganz verdeckten. Die Hausangestellte hatte Max von seinem Mantel erlöst, bevor sie ihn bat, auf einem niedrigen Gartenstuhl gegenüber dem alten Herrn Platz zu nehmen, aber nachdem sie die Begrüßung einmal hinter sich hatten, zog Max auch sein Sakko aus und lockerte die Krawatte.

»Meiner Frau ist immer kalt. Meistens sitzt sie hier.« Der alte Mann klopfte auf die Armlehnen seines Rattansessels, der mit dicken geblümten Gartenstuhlkissen ausgepolstert war. Er sah gesund aus für sein Alter, fleischig und rosig, so gut wie kahl, mit schlauen Augen. Er war ein wenig kurzatmig, und hin und wieder kam ein leises Pfeifen aus seinen Lungen. In seiner Reichweite stand auf der Glasplatte eines Rattantischs ein Zigarrenkistchen aus Holz, daneben ein Aschenbecher, ein Humidor, ein goldener Zigarrenschneider und Streichhölzer.

»Ihre Tochter hat mir erzählt, dass Ihre Frau im Krankenhaus liegt. Ich hoffe, es ist nichts Ernstes?«

»Nein, nichts Ernstes. Nur der natürliche Alterungsprozess. In einer Woche kommt sie nach Hause, dann hält die Hüfte wieder ein halbes Jahr, und dann kommt das Nächste, die Lungen, das Herz, Rheumatismus. Das geht uns allen so. Ich sollte eigentlich auf meine Zigarren verzichten, aber ich glaube nicht, dass das noch viel ausmacht. Diese ganze Wohngegend ist mehr oder weniger ein verkapptes Altersheim für wohlhabende ältere Leute.

Wenn es dir hier zu warm ist, können wir gerne woanders hingehen. Sag ruhig Damiaan zu mir, wir tun hier nicht so vornehm.«

»Ich heiße Max.«

Damiaan nahm sich eine Zigarre. »Schlecht für die Pflanzen«, sagte er. »Ich muss hier unbedingt mal lüften, bevor meine Frau nach Hause kommt. Der Wintergarten ist hauptsächlich ihr Werk, ihr Bereich, außer dem komischen Clantonwein da.« Er wies mit einem Nicken auf einen Weinstock, an dem hier und da eine Traube kleiner, fast schwarzer Weinbeeren hing. »Das ist eine sehr alte Rebsorte, die irgendwann verboten wurde; sie konnte zum Wahnsinn führen. Vor fünfzehn Jahren habe ich einen Steckling im Wohnwagen rausgeschmuggelt, als wir in den Cevennen waren. Das ist auch vorbei, mit dem Wohnwagen in Urlaub. Jetzt warten wir nur noch auf Godot.« Damiaan ließ ein kurzes Kichern hören. »So nenne ich ihn da oben manchmal. Ich hätte nie gedacht, dass er Raymond früher besuchen würde als mich.«

»Ich bin in Nuits Saint Georges gewesen, auch bei seiner Schwiegertochter ...«, begann Max.

Damiaan unterbrach ihn mit einem abfälligen Laut. »Du willst mir doch wohl nicht weismachen, Christine Lafont hätte dich zu mir geschickt.«

»Manchmal denke ich mir die merkwürdigsten Geschichten aus, um irgendwo reinzukommen«, bekannte Max.

Damiaan grinste. »Christine kann mich nicht leiden. Ich war ein Freund ihres Schwiegervater, und den verabscheute sie noch mehr. Ich bin einmal bei ihnen zu Hause gewesen, als ich Raymond besuchte.«

»Im Krankenhaus?«

»Ja, letztes Jahr im November. Ich bekam einen Brief von Raymond, und daraufhin habe ich mir ein Auto mit Chauffeur geliehen und mich hinfahren lassen. Anderthalb Monate vor seinem Tod. Ich hoffe, dass es ihm bei Godot besser geht.«

»Wussten Sie von dem geänderten Testament?«

»Ich habe ihm sogar dazu geraten. Er konnte an nichts anderes mehr denken. Ich habe zu ihm gesagt, Mann, du hast doch nichts zu verlieren. Du kannst doch zumindest versuchen, etwas wieder gutzumachen. Ein Mann soll ja nicht weinen, aber ich kann dir sagen, mir ist das Herz gebrochen, als ich ihn dort so liegen sah.« Damiaan wandte den Blick ab. »Er war nur noch ein Schatten seiner selbst.«

Max schwieg für einen Moment. Die Hausangestellte kam in den Wintergarten und fragte, ob sie etwas trinken wollten. Damiaan bestellte ein Pils und Max schloss sich ihm an. Die Hausangestellte warf einen strafenden Blick auf die Zigarre, wagte es aber offensichtlich nicht, ohne die Frau des Hauses an ihrer Seite eine Bemerkung darüber zu machen.

»Ihre Tochter sagte, dass Didier eventuell hätte liquidieren müssen, wenn es weitere Erben gegeben hätte, und dass dies Ihrem Vorhaben entgegengekommen wäre, ihm seinen Firmenanteil abzukaufen.«

»Wir sind zwar in erster Linie Geschäftsleute«, sagte Damiaan. »Aber das war nicht der Grund, warum ich Raymond zu diesem Testament geraten habe. Das ist genau das, was ich meine. Man kann Geschäfte machen und trotzdem ein bisschen höflich und ein bisschen menschlich und freundlich miteinander umgehen. Der Kunde ist König. Das verlieren wir manchmal aus den Augen.«

»Sie meinen Didier?«

Damiaan blies Rauch aus. »Er ist anders als sein Vater. Wir waren Freunde, das machte die Sache von vornherein leichter. Aber Marleen und Didier sind nie Freunde geworden. Marleen ähnelt mir, hoffe ich.«

»Aber Didier nicht Raymond?«

Damiaan richtete seine kleinen Augen forschend auf Max. »Mir ist nicht klar, worauf du hinauswillst.«

Max griff nach seinen Gauloises und schaute den alten Mann fragend an. Damiaan nickte. Max zündete sich eine Zigarette an.

Die Hausangestellte trug ein Silbertablett mit zwei Gläsern Pils und einem Schälchen Erdnüssen in den Wintergarten und stellte es auf den Rattantisch.

»Bitte schön«, sagte sie und verschwand wieder.

»Das mit den Erdnüssen macht sie nur, um mich zu ärgern.« Damiaan tippte auf seinen Mund. »Ich habe da so ein Inlay drin, da setzen sich die Krümel von den Dingern überall rein.«

Max sagte: »Ich dachte bloß, dass Raymond bestimmt nicht wollte, dass sein Sohn ermordet wird, als er dieses Testament aufsetzte.«

Damiaan reichte seitlich nach den Büchern und Zeitschriften auf einer unteren Ablage des Rattantischchens und zog eine Rolle trockenen runden Zwieback hervor. Er knibbelte an der Verpackung herum. »Didier macht auf andere Weise Geschäfte als wir«, sagte er bedächtig. »Er wird keinen Umweg machen, wenn er geradeaus gehen kann. Aber ich weiß nicht, ob er den geraden Weg wählen würde, wenn ihm sein Halbbruder im Wege stünde. Der Mord hing doch mit einer Sache in Amerika zusammen?«

»Davon geht man aus.« Max griff nach seinem Glas und trank in großen Zügen von dem Pils. Er war kein Biertrinker, aber im Wintergarten schien es immer heißer zu werden. »Ich untersuche lediglich eine Reihe von Zufällen, die bisher übersehen wurden.«

Damiaan lachte leise. »Ich bin froh, dass das jemand macht. Nicht weil ich hoffe, dass Didier geradeaus marschiert ist. Wenn das an die Öffentlichkeit käme, wäre es schlechte Publicity für Lafont & De Busselaer, aber ich hätte schon gerne Gewissheit über einen Mann, der mit meiner Tochter zusammen die Firma leitet.«

»Sie haben also an diese Möglichkeit gedacht.«

»Viel mehr als darüber nachdenken kann man da ja nicht machen.«

»Betreibt Didier dubiose Geschäfte?«

»Nicht bei uns.«

»Wo dann?«

Der alte Mann biss in einen Zwieback. »Mit Wein wird viel Schmu gemacht. Da stecken Millionen drin. Teure Etiketten auf nordafrikanische Pantschereien, Chemikalien rein, Milch dazu, um den Geschmack der Chemikalien zu überdecken, und dann ab in Länder, wo die Leute mehr Geld als Ahnung von Wein haben. Organisiertes Verbrechen. Die *Union Corse* hat immer noch ihr Hauptquartier in Marseille.«

»Ist das nur so eine Ahnung?«

»Eine Ahnung, die mir sagt, dass es besser ist, sich lautlos aus dem Staub zu machen, bis es mehr als eine Ahnung wird«, sagte Damiaan und fügte unbewegt hinzu: »Marleen möchte Didier eben gerne ausbezahlen.«

Max sagte ein paar Augenblicke lang nichts. »Was halten Sie von Julius Bocken?«

»Er ist unser Rechtsanwalt, und zwar schon seit über zwanzig Jahren. Wenn du da was Illegales suchst, liegst du verkehrt. Bocken ist absolut integer.«

»De Canter?«

»Noch nie von ihm gehört.«

»Er hat die Nachforschungen nach den Erben angestellt, soweit ich weiß im Auftrag von Julius Bocken.«

Der alte Mann schüttelte den Kopf. »Ich kann ihn fragen, wenn du willst.« Er legte seine Zigarre weg und bückte sich zu dem Mobiltelefon, das auf den Zeitungen im unteren Fach des Tischchens lag.

»Ja, aber erwähnen Sie mich bitte nicht«, sagte Max.

Damiaan zwinkerte ihm zu und wählte eine Nummer, die er offensichtlich auswendig kannte. »Hallo, Mathilde«, sagte er in die Sprechmuschel. »Ist Julius da? Ach so. Na, vielleicht kannst du mir auch weiterhelfen. Julius hat doch jemanden für die Suche nach den anderen Erben von Lafont engagiert, weiß du noch? Ja. Hieß der Mann De Canter?« Er hörte zu. »Sjef De Canter, das wird er wohl sein. Hast du seine Adresse? Nein, vielleicht habe ich einen Auftrag für ihn … Schön, danke dir. Ach ja, wie seid ihr eigentlich auf ihn gekommen?« Damiaan lauschte wieder und dankte ihr. Er schaltete den Apparat aus und sah Max an. »Sjef De Canter. Wurde von Didier engagiert und von Didier bezahlt.«

Max notierte sich die Adresse. Er fragte sich, was Nel wohl gerade machte. »Ich will Sie nicht zu lange aufhalten, aber ich wüsste gerne etwas mehr über die erste Ehe von Raymond.«

»Du hältst mich nicht auf, ich muss nirgendwo hin«, sagte Damiaan. »Ich erzähle dir gern, was ich weiß, wenn dir das etwas nützt. Raymond war der einzige Sohn von Bertrand Lafont, einem ungemütlichen Herrn. Ray war natürlich von Anfang an dazu ausersehen, das Weingut zu übernehmen, und sein Vater schickte ihn nach seinem Baccalaureat für ein Praktikum nach Antwerpen, um zu lernen, wie der Vertrieb und der Verkauf funktionierten. Ich war im selben Alter wie Raymond, wir verstanden uns gut und wurden Freunde.«

»Und dieses Praktikum hat so in etwa zwei Jahre gedauert?«, fragte Max.

»Das kann hinkommen. Ray hatte es nicht besonders eilig zurückzugehen, Antwerpen war damals, kurz nach dem Krieg, eine schöne Stadt. Er lernte ganz passabel Flämisch und reiste mit den Vertretern herum, um die Weinhäuser in Belgien und den Niederlanden kennen zu lernen. Später ging er dann alleine auf Reisen, und dabei hat er seine erste Frau kennen gelernt.«

»Haben Sie sie gekannt?«

»Mechthild Mertens? Ja, natürlich. Sie war ein nettes Mädchen, ein bisschen streng erzogen, aber bei den belgischen Mädchen war das damals noch schlimmer.«

Der Name war ein Schock für Max, obwohl er seit der abfälligen Bemerkung von Christine Lafont über die Ehe ohne Trauschein in Gretna Green seiner Sache so gut wie sicher gewesen war. »Wie hat er sie kennen gelernt?«

Damiaan lachte. »Auf der Kirmes in Culemborg. Liebe auf den ersten Blick, aber ihre Eltern wollten nichts von ihm wissen. Mechthild wurde sofort schwanger, und da ging es erst richtig zur Sache. Tja, das waren noch andere Zeiten. Sie sind weggelaufen und haben heimlich in Gretna Green geheiratet, weil sie nie im Leben die Erlaubnis ihrer Eltern erhalten hätten.«

»Und Raymonds Eltern?«

»Die wussten von nichts. Ray hoffte im Stillen, dass sich alles finden würde, wenn er einfach mit Mechthild ankäme, und dass sich seine Eltern sicher freuen würden, wenn ein Enkelkind unterwegs wäre. Ray war ein Optimist, aber vielleicht war er einfach zu jung, hatte kein Rückgrat, jedenfalls nicht, wenn er es mit seinen Eltern aufnehmen musste. Es endete mit einem Drama. Sie wurden von den Eltern unverzüglich zum Notar geschleppt, um einen Ehevertrag abzuschließen. Mechthild sprach kein Französisch, sie konnten sie alles unterschreiben lassen, was sie wollten. Sie hat es ungefähr drei Jahre lang ausgehalten, was eine lange Zeit ist, wenn man bedenkt, dass sie dort zusammen mit den Eltern in einem Haus wohnten, eine eigene Wohnung hatten sie nicht.« Der alte Mann seufzte missbilligend. »Es ging vor allem deshalb schief, weil Raymond zu feige war, sich gegen seine Eltern zur Wehr zu setzen und für Mechthild einzustehen. Mechthild fühlte sich verraten und verkauft. Es war wie in so einer Fernsehserie, wie nennt man das noch, in einer Seifenoper. Ray wusste noch nicht einmal, dass sie wieder schwanger war, als sie ihn zusammen mit ihrer kleinen Tochter verließ.«

Amanda, dachte Max. »Hat sich Mechthild mit der Scheidung einverstanden erklärt?«

»Sie hatten keinerlei Kontakt mehr. Die Scheidung wurde über ihren Kopf hinweg ausgesprochen, vorgeschobener Scheidungsgrund war böswilliges Verlassen oder was immer sie auch erfunden haben. Es gelang ihnen, alles so zu drehen, dass sie das Recht auf ihrer Seite hatten. Franzosen unter sich, die örtlichen Honoratioren. Ein Jahr später war Ray wieder verheiratet, mit dieser Laurence, einer Kühltruhe mit Weinbergen. Er tat mir Leid. Und wütend war ich auch auf ihn. Aber er war mein Freund.«

»Hat er nie mehr etwas von Mechthild gehört?«

»Doch, einmal hat sie ihm noch einen kurzen Brief geschrieben, sieben Monate nachdem sie weggegangen war. Daher wusste er von seinem zweiten Kind, einem kleinen Jungen. Ray zeigte mir den Brief.«

»Was stand drin?«

»Dass sein Sohn Alex Lafont heiße und dass sie nicht für ihn sorgen könne. Deshalb hätte sie ihn bei einem Waisenhaus in Hengelo vor die Tür gelegt. Falls er jemals das Bedürfnis verspüre, Ansprüche auf seine Vaterschaft zu erheben, könne er ihn dort finden.«

»Und, hat er dieses Bedürfnis jemals gehabt?«

Damiaan lehnte sich zurück. »Auf seinem Sterbebett.« Er schwieg eine Weile. »Ray stand unter dem Pantoffel, er hatte wieder geheiratet, er wollte alles vergessen. Wenn man nur genug mit anderen Dingen beschäftigt ist ... Er hat es einfach dabei belassen.« Wieder fiel eine Stille, und er wandte das Gesicht Max zu, als könne er dessen Gedanken erraten. »Was hätte ich daran ändern können?«

»Ich mache Sie für nichts verantwortlich«, sagte Max.

»Wenn man älter wird ... Nein, das ist eine Ausrede. Ich habe den Kopf in den Sand gesteckt. Kein Mensch wusste, wo Mechthild sich herumtrieb oder wie es ihr ging. Jahre später habe ich die Nummer dieses Waisenhauses herausgesucht und einmal dort angerufen. Ich hörte, dass Alex mit sechs Jahren von einem Lehrer und dessen Frau adoptiert worden war. Da dachte ich, na ja, der Junge hat auf jeden Fall ein Dach über dem Kopf. Ich stellte mir auch vor, wie schön es wäre, wenn Mechthild die Frau dieses Lehrers wäre. Das wäre doch möglich gewesen, in der Welt der Seifenoper. Da haben doch auch letztendlich alle irgendetwas miteinander zu tun oder sind miteinander verwandt.«

Nicht nur in Seifenopern, dachte Max. »Haben Sie Raymond von Alex' Adoption erzählt?«

»Ich fragte ihn, ob er nicht wissen wolle, was aus seinen Kindern geworden war. Nein, das wolle er nicht.« Der alte Mann erinnerte sich an die Rolle Zwieback auf seinem Schoß und fing an, einen herauszupulen. »Ray war mein Freund«, sagte er. »Manche Menschen sind eben in der Lage, Dinge zu verdrängen. Ich war froh, dass er zumindest im letzten Augenblick noch versucht hat, etwas wieder gutzumachen. Aber auch das ist ihm nicht geglückt.«

Schlimmer noch, dachte Max. Dieser Versuch hat seinen Sohn das Leben gekostet.

Es regnete immer noch so stark, dass sie sich mit Steaks, Pommes frites und einem kräftigen Bordeaux im Hotel begnügen mussten, anstatt sich auf die Suche nach den feineren Antwerpener Restaurants begeben zu können.

»Didier hat eine hübsche Wohnung und eine sexy Geliebte, Josien De Vos, eine Blondine, an der mehr dran ist als an mir«, berichtete Nel. »Die Wohnung läuft auf ihren Namen. Können wir damit etwas anfangen?«

»Du meinst, Didier erpressen?« Max grinste. »Ich bezweifle, dass es seiner Frau besonders viel ausmacht, dass er eine Geliebte hat. Hast du ihn gesehen?«

»Ja, aber er mich nicht.«

»Gut. Wenn Didier merkt, dass wir hier herumschnüffeln, hetzt er uns Sjef De Canter auf den Hals, und das möchte ich gerne vermeiden.«

»Und wenn Didier es von anderen erfährt?«

»Nicht von Marleen De Goede oder ihrem Vater, die haben so wenig mit ihm zu schaffen, dass sie ihm lieber heute als morgen seinen Anteil abkaufen würden. Seine Frau wird in Anbetracht seiner Geliebten auch kein großes Bedürfnis haben, ihn anzurufen. Hast du das mit dem Telefon geschafft?«

»Ich konnte nicht in ihre Wohnung rein, weil sie zu Hause waren. Ich habe eine Weile gewartet und es dann im Keller angezapft.«

»Hat es dabei keine Probleme gegeben?«

Sie schüttelte den Kopf. »Es ist ein großes Gebäude, und ständig gehen Leute rein und raus. Im zentralen Schaltschrank sind die Leitungen mit den Nummern der Wohnungen versehen. Ich muss das Ding allerdings wiederhaben, so ein ME 426 kostet ein Vermögen und man kommt nur sehr schwer dran. Der Empfänger liegt im Auto, er ist eingeschaltet und an den Kassettenrecorder angeschlossen, aber man muss sich in der Nähe aufhalten, um das Signal empfangen zu können. Diese Massen von Stahlbeton verursachen Interferenzen, wie ein Faraday'scher Käfig, du weiß schon.«

»Ich weiß gar nichts.«

Nel seufzte theatralisch. »Direkt vor der Tür zu stehen wäre am besten. Hat dir das Gespräch mit Marleen De Goede was gebracht?«

»Mehr die Unterhaltung mit ihrem Vater.«

Max blickte in das fragende Gesicht von Nel und schnitt ein Stück von seinem Entrecote ab. Er wusste noch immer nicht so recht, was er mit seiner Sammlung von Schicksalslaunen und den Folgen, die das Ganze womöglich für Isabelle hatte, anfangen sollte. Er wollte das alles so lange wie möglich für sich behalten, aber Nel war seine Partnerin, selbst wenn sie sich hartnäckig weigerte, das auch offiziell zu machen.

»Der alte Raymond hatte zwei Kinder.«

»Das wissen wir ja. Der Sohn wurde ermordet und die Tochter starb 1974 an inneren Blutungen.«

Max trank einen Schluck von seinem Wein. »Ich glaube, dass Sjef de Canter entweder sehr schlampig gearbeitet oder an der Erklärung des Krankenhauses in Culemborg etwas geändert hat. Diese inneren Blutungen waren die Folge einer Entbindung. Ich glaube, in einem Krankenhaus würde so etwas vermerkt. Vielleicht hat De Canter eine eigene Erklärung aufgesetzt, auf der nur die unmittelbare Todesursache stand. Im Krankenhaus würde man so etwas wahrscheinlich unterschreiben, weil ja nichts Falsches drinsteht, sondern nur etwas weggelassen wurde.«

»Moment mal.« Nel verlor den Faden. »Eine Geburt? Gibt es ein Enkelkind?«

»Und was für eins. Die erste Frau von Raymond hieß Mechthild. Ihr Sohn hieß Alex, ihre Tochter Amanda.«

Nels Unterkiefer klappte herunter. »Du meine Güte! Die Mutter von Isabelle? Ist Isabelle die Enkelin von Raymond Lafont?«

»Tja, ich weiß auch nicht so recht, was ich jetzt damit anfangen soll«, bekannte Max.

»Ob du es Isabelle sagen sollst?«

»Oder vielleicht sogar Judith Colijn.«

»Isabelle ist die rechtmäßige Erbin.«

»Und die nächste Kandidatin für einen tödlichen Unfall, sobald es herauskommt.«

Nel schwieg eine Weile nachdenklich. »Sagtest du nicht, du hättest das Gefühl, bei Ben und Isabelle wäre mehr im Spiel gewesen als Liebe auf den ersten Blick?« Sie lächelte ihr katzenhaftes Lächeln. »Meine Eltern haben ein Fahrradgeschäft, mein Bruder ist bei der Marine, ich kenne meine Onkel und Tanten. Ob ich auch so ein Gefühl des Wiedererkennens hätte, wenn ich nichts von ihrer Existenz wüsste und einer von ihnen plötzlich vor meiner Nase stünde?«

»Frag mal einen Psychiater. Vielleicht wird diese Art von Wiedererkennungseffekt aber auch durch Kindheitstraumata verstärkt, und bei den beiden kam noch die extreme Einsamkeit hinzu, in der sie ihre Jugend verbracht haben. Vielleicht sind Waisen auch unbewusst immer auf der Suche und haben einen sechsten Sinn für Blutsverwandtschaft.«

»Und jetzt ist sie auch noch schwanger.«

»Ja, das kommt noch dazu.«

»Machst du dir deswegen Sorgen?« Nel grinste wieder. »In der Geschichte wimmelt es nur so von Onkeln, die ihre Nichten geheiratet haben, nicht nur in der Türkei, und den Kindern fehlte in der Regel nichts. Anton Mussert hat doch in der Nazizeit sogar behauptet, es sei umgekehrt. Hat er nicht gesagt, man müsse seine Tante heiraten, wenn man ein starkes Volk aufbauen will?«

»Das ist es nicht, worüber ich mir Sorgen mache«, sagte Max.

Nel nickte. »Ich weiß genau, worüber du dir Sorgen machst, aber ich glaube, das brauchst du nicht. Ich glaube nämlich, das Krankenhaus hat die Geburt gar nicht erst erwähnt, weil Amanda schon im Krankenwagen gestorben ist, nachdem sie das Kind bereits zur Welt gebracht hatte, und zwar an einem anderen Ort. Didier weiß von nichts.«

»Ich wünschte, ich könnte da ganz sicher sein.«

»Max, jetzt komm schon.« Ungeduldig klopfte sie mit dem Griff der Gabel neben ihrem Teller auf den Tisch. »Die beiden einzigen lebenden Erben lagen zusammen in einem Bett, aber nur einer von ihnen wurde ermordet. Du weißt genauso gut wie ich, warum. Ein Profikiller führt nur seinen Auftrag aus, es sei denn, er ist gezwungen, einen Zeugen zu beseitigen. Das war aber nicht der Fall.« CyberNel fischte ein kalt gewordenes Stück Tomate von der Platte und sagte: »Du brauchst nur Stillschweigen zu bewahren, auch gegenüber Judith Colijn. Isabelle ist in Sicherheit, solange niemand weiß, dass sie erbberechtigt ist. Sobald der Mordfall aufgeklärt ist, geht alles seinen Gang. Wenn Didier nichts mit dem Mord zu tun hat, wird er Isabelle höchstens juristisch Schwierigkeiten machen. Hat er etwas mit dem Mord zu tun, wandert er hinter Gitter, und Isabelle kann ohne Risiko ihr Erbe einfordern.«

In Nels Computerhirn fügte sich alles logisch zusammen. »Ich hoffe, du bist nicht nur ein kluges Mädchen, sondern auch eine gute Schauspielerin«, sagte Max.

Nel saß in der leeren Kneipe, nippte an ihrem Gin Tonic und versuchte die Gedanken der dicken, ziemlich herrisch wirkenden Frau hinter dem Tresen zu erraten. »Ich heiße Tilly«, sagte die Frau. »Dich habe ich hier noch nie gesehen.«

»Hier ist es trockener als draußen«, sagte Nel.

»Bist du am Arbeiten?«

»Im Moment nicht.«

Tilly wischte mit einem Tuch über die Bar. »Ich will dich lieber nicht fragen, was für einem Gewerbe du nachgehst, aber hier gibt es Typen, die dafür sorgen, dass die Mädchen sich an ihren eigenen Bezirk halten.«

Nel kicherte. »Sehe ich wie so eine aus?«

Die Frau musterte Nels schwarzen engen Pullover unter dem Mantel mit dem Fellkragen, den sie sich locker um die Schultern gelegt hatte, und sagte: »Heutzutage kann man nie wissen. Ich wollte dich nur warnen.«

»Ich kann ganz gut auf mich selbst aufpassen.«

Die Frau nickte. »Ja, ja, das sagen sie alle.«

»Gemütlich, Ihre Kneipe«, sagte Nel munter. »Aber wo bleiben die Gäste?«

»Wenn's kalt ist, läuft der Laden, aber Regen ist schlecht fürs Geschäft. Warte nur, die kommen schon noch. Siehst du, da ist schon der erste.«

Ein Mann schloss seinen Regenschirm, während er zusammen mit einer nassen Windböe hereinkam. Nel zweifelte nicht daran, dass es sich um De Canter handelte. Er war nicht gerade gut aussehend, hatte eine gedrungene Gestalt, mit eigenartig tief liegenden Augen in einem grob geschnittenen Gesicht, aber wenn er sich ein Lächeln abgerungen, sich in einen Konfektionsanzug gezwängt und sich eine Aktentasche unter den Arm geklemmt hätte, hätte man ihn für einen Gerichtsvollzieher halten können oder für jemanden, der für einen Rechtsanwalt Recherchen erledigt. Sie grüßte ihn mit einem kurzen Nicken.

»Tag, Tilly«, sagte er und kam auf Nel zu. »Hatten Sie mich angerufen?«

Nel rutschte von ihrem Barhocker, nahm ihr Glas vom Tresen und deutete mit einem Nicken auf die runden, hohen, am Boden festgeschraubten Tische weiter hinten.

De Canter bestellte ein Bier und ging zur Musikbox. Er warf Münzen in den Apparat und drückte auf ein paar Knöpfe. Elvis Presley. Er nahm sein Pils mit zu Nel, die den am weitesten entfernten Tisch ausgesucht hatte.

»Wie war noch Ihr Name?«, fragte er, während er sich auf den Barhocker ihr gegenüber schwang und seine Füße auf die Reling rund um das Bein stellte.

»Ich habe meinen Namen noch nicht genannt«, antwortete Nel.

»Ich lasse mich bei so einem Mistwetter nicht oft von jemandem, den ich nicht kenne, hinter meinem Fernseher hervorlocken«, sagte er und fügte argwöhnisch hinzu: »Sie sehen nicht aus wie ein Bodyguard.«

»Manchmal ist es vorteilhaft, wenn der Schein trügt«, sagte Nel. »Bisher ist keinem meiner Kunden je etwas passiert. Du kannst mich Ciska nennen.«

De Canter musterte sie einen Moment lang. »Warum löst du deine Probleme nicht selbst, wenn du so gut bist?«

»Für das Honorar, das mein Chef bezahlt, kann man erwarten, dass die Leute keine Fragen stellen«, sagte Nel.

»Unseren Informationen zufolge hast du im Übrigen noch genug graue Zellen, um dir die Antwort zu denken.«

»Manchmal kann ich eben sehr dumm sein.«

Nel seufzte. »Während der Mann den Auftrag ausführt, sind meine Arbeitgeberin und ich zusammen mit ein paar hundert Zeugen unterwegs auf einer Kreuzfahrt zum Südpol.«

De Canter trank einen Schluck von seinem Pils. »Dein Chef ist also eine Frau?«

»Du brauchst nur zu vermitteln. Dafür wirst du gut bezahlt. Du bist für nichts verantwortlich, und niemand tut dir etwas.«

»Vielleicht solltest du zu einer Zeitarbeitsfirma gehen.«

»Ich kann mich gerne an eine andere Adresse wenden.«

De Canter schüttelte den Kopf. »Ich habe noch nie was anderes zu hören gekriegt, als dass niemand was riskiert und diesen ganzen Schwachsinn. So läuft das nicht, Kleine. Ich überprüfe alles, das gehört zu meinem Fach. Deshalb bin ich noch am Leben.«

»Du kriegst alle Informationen, die du brauchst, aber nicht bevor wir uns über das Geschäftliche einig geworden sind.«

De Canter beugte sich zu ihr hinüber. »Du vergeudest hier meine Zeit mit nichts als Schwachsinn. Ich kann dich auch quer über diesen Tisch ziehen, dir eine auf deinen Katzenkopf verpassen, dich vernaschen und in deiner Tasche nachgucken, wer du bist und wo du herkommst.«

Nel nickte freundlich und sagte: »Gute Idee, vor allem das mit dem Vernaschen. Warum versuchst du es nicht?«

»Du bist hier in meinem Revier«, sagte De Canter. »Du kommst zu mir, mit einer idiotischen Geschichte über einen Spezialauftrag und ob ich jemand Geeigneten dafür wüsste. Aber ich weiß nie etwas, bevor man mir nicht die entsprechenden Referenzen genannt hat.«

»Die Referenz kommt aus Marseille«, sagte Nel.

»Ich kenne niemanden in Marseille.«

»Dort kennt man dich aber. Du bist dort von einem ihrer Bekannten, für den du Nachforschungen angestellt hast, empfohlen worden, und der Mann, der für die Sache engagiert wurde, hat seine Arbeit so ordentlich ausgeführt, dass die Justizbehörden an einen amerikanischen Profi denken und den Fall ad acta gelegt haben. Man ist daher sehr zufrieden mit dir. Und deshalb bin ich hier.«

De Canters Augen verengten sich. »Von mir kriegst du nichts zu hören«, sagte er. »Und wenn du hundert Mikrofone in der Tasche hättest.«

Nel stellte ihre Tasche aus weichem schwarzem Leder auf den Tisch und hielt sie ihm geöffnet hin, damit er sie untersuchen konnte. De Canter warf einen flüchtigen Blick hinüber zur Bar, wo Tilly gelangweilt in einer Zeitschrift las, und beugte sich über die Tasche. Er fischte mit Daumen und Zeigefinger Nels Taschentuch heraus und wickelte es sich um die Finger, bevor er nach Nels Tränengas-Sprühdose griff, ohne sie aus der Tasche zu ziehen. Damit wühlte er den Inhalt der Tasche durch. Bei einem kleinen amerikanischen Polizeimesser zögerte er kurz. »Keine Papiere?«, fragte er.

»Die habe ich nicht in der Handtasche, wenn ich nachts durch Antwerpen spaziere.«

»Und hiermit hältst du dir die Belgier vom Hals?«

»Wenn ich zu faul bin, mir die Hände schmutzig zu machen.«

De Canter ließ die Sprühdose los, stopfte das Taschentuch zurück und schob die Tasche in Nels Richtung. »Ich werde hier nicht schlau draus«, sagte er. »Über was für einen Betrag reden wir?«

»Du brauchst uns nur den Mann zu vermitteln. Dafür bekommst du zwanzigtausend Dollar. Was du mit dem Mann ausmachst, ist deine Sache, wir denken an hunderttausend Dollar, alles inklusive.«

De Canter schüttelte den Kopf. »Ich weiß nicht, wovon du redest. Ich bin ein ordentlicher Privatdetektiv, registriert und alles. Für einen Auftrag bin ich immer zu haben, aber ich mache keine krummen Dinger.«

Nel begab sich auf dünnes Eis. »Es geht um so etwas wie für den anderen Kunden. War er nicht Winzer? Es hatte mit einem Erben im Norden zu tun, sagen die Leute in Marseille.«

De Canter hatte sich gehörig unter Kontrolle, aber Nel erkannte für den Bruchteil einer Sekunde eine Reaktion in seinen Augen. »Ich kann mich an so einen Klienten nicht erinnern, aber wenn es ihn gäbe, würde ich mich natürlich bei ihm erkundigen, ob das alles seine Richtigkeit hat«, sagte er unbestimmt. »Wie soll der Klient denn heißen?«

»Keine Ahnung. In Marseille ist man genauso diskret und korrekt wie du, und es braucht uns auch nicht zu interessieren. Meine Chefin kennt diese Leute, sie haben geschäftlich miteinander zu tun. Sie hat ein Problem mit einem Partner, der sie übers Ohr haut. Sie fragt dort um Rat. Sie empfehlen dich, weil der Auftrag hier in Antwerpen oder in Brüssel durchgeführt werden kann, wo der Partner regelmäßig Geschäfte macht.«

»Was sind das für Geschäfte?«

Nel schüttelte den Kopf. »Jedenfalls kein Wein.« Sie lächelte. »Dein Mann erhält die notwendigen Informationen, Angaben über seine Hotels, seine Reiseroute, alles. Es ist eine einfache Aufgabe, aber er muss kurzfristig verfügbar sein. Ein Unfall sieht natürlich immer am besten aus, aber meiner Chefin ist es im Grunde egal.«

»Ist das ein Mikrofon da unter deinem Pullover?«

»Nein, ein Nadelkissen, für Typen, die mir auf die Pelle rücken. Und ich zieh jetzt nicht den Pullover hoch.« Nel grinste. »Vielleicht ein andermal, aber ich pflege Geschäft und Privatvergnügen zu trennen. Ist der Mann verfügbar?«

»Ich kenne bestimmt fünf Männer.«

»Aber der eine hat sich bewährt. Kann ich ihn morgen treffen?«

De Canter warf ihr einen schrägen Blick zu. »Ich glaube, ich überprüfe erst mal deine Angaben.«

Nel lächelte lieb und sagte: »Du würdest mich enttäuschen, wenn du das nicht tätest. Ich rufe dich morgen zu Hause an, ist die Nummer sauber?«

»Ich bespreche diese Art von Geschäften niemals am Telefon.«

»Ich auch nicht. Aber man kann doch Zeit und Ort abmachen? Das haben wir ja heute auch so getan. Du brauchst noch nicht einmal selbst mitzukommen, Hauptsache, ich kann mich mit diesem Mann treffen. Das ist doch schnell verdientes Geld?«

»Bis jetzt habe ich noch gar nichts verdient.«

Nel fasste in die Innentasche ihres Mantels und gab ihm einen Umschlag. De Canter hielt den Umschlag auf und ließ die Finger über die Banknoten wandern. Er machte ein unzufriedenes Gesicht. Die Banken waren schon geschlossen gewesen, und zwölfhundert Dollar war alles, was die Hotelrezeption hatte aufbringen können.

»Nur damit du nicht umsonst gekommen bist; betrachte es als ein Zeichen unseres guten Willens«, sagte Nel. »Wenn unser Geschäft nicht zustande kommt, ist es für die Beratung. Wenn wir ins Geschäft kommen, kriegst du trotzdem die vollen zwanzigtausend, und ich nehme an, du wirst deinen Mann instruieren, sich nicht zu rühren, bevor er nicht von dir hört, dass du den gesamten Betrag erhalten hast. Korrekter kann es doch gar nicht ablaufen.«

De Canter steckte den Umschlag in seine Innentasche. »Ich verspreche nichts«, sagte er, etwas milder gestimmt.

CyberNel zog umständlich ihren Mantel an und griff nach ihrer Tasche. Sie schenkte ihm ein Lächeln und sagte: »Ich auch nicht, bevor ich nicht mit dem Mann gesprochen habe.«

Nur wenn man den düsteren Mietshauskoloss an der Britselei längere Zeit beobachtete, bemerkte man hier und da einen Lichtschein, der durch die schweren belgischen Gardinen und Übergardinen drang. Die meisten Fenster waren dunkel. Es regnete noch immer, und abgesehen von einigen wenigen Autos, die mit viel Rauschen und Spritzen vorbeifuhren, war keine Menschenseele auf der Straße.

Max saß geduckt im BMW. Langsam wurde ihm kalt. Er wartete schon lange. Der tragbare Kassettenrecorder rauschte auf dem Beifahrersitz mit herausgezogener Antenne leise vor sich hin. Max hatte die Finger auf die Aufnahmetasten gelegt. Er hätte zur Sicherheit gerne die Lautstärke höher gedreht, hatte aber keine Ahnung, wie der Apparat eingestellt war. Es mussten zwischen 100 und 115 MHz sein, aber wenn er anfing, an den Knöpfen herumzufummeln, konnte er möglicherweise die Einstellung verderben. Er musste CyberNel vertrauen. Er machte sich Sorgen um sie.

Er dachte über ihren komischen Spitznamen nach. Er stammte von ihrem früheren Ehemann, der einmal aus Wut zu seinen Kollegen gesagt hatte, mit dieser Frau könne man nur Sex haben, wenn man selbst ein Computer sei, und irgendwie war der Name »CyberNel« an ihr hängen geblieben. Inzwischen wurde sie von allen so genannt, nicht wegen ihrer Sexpartner, sondern wegen ihrer Talente. Und Nel war stolz darauf. Nel war ein Feld-, Wald- und Wiesenname, den man höchstens zu Nelleke verniedlichen konnte. Aber CyberNel war nur höchst selten ein Nelleke.

Nel sollte dem Mann nur eine nebulöse Geschichte auftischen und ihn mit der Aussicht auf einen gut bezahlten Auftrag ködern. Max sagte sich, dass im wahren Leben niemand entführt oder erschossen wurde, der lediglich einen zwielichtigen Privatdetektiv mit einer Ausrede in eine Kneipe lockte. Falls Gefahr bestand, dann erst zu einem späteren Zeitpunkt. Nel wusste, was sie tat.

Ihm wurde klar, dass seine Unruhe nichts mit dem zu

tun hatte, was Nel in diesem Augenblick ausführte, sondern dass sie von einer anderen Art Spannung herrührte, die immer deutlicher wurde und die nur zu einer Situation führen konnte, in der Nel ausnahmsweise zu Nelleke würde. Und dann?

Das Telefonsignal ertönte. Max drückte die Aufnahmetasten. Er schaute auf die Uhr: halb zwei. Es dauerte einen Moment, bis jemand an den Apparat ging und Didier sich schläfrig und wenig geschäftsmäßig mit dem typisch französischen nichts sagenden »Allô?« meldete.

»Ich bin's, Sjef, bist du allein?«

»Einen Moment.«

Max wartete ebenfalls, während Didier, nackt oder im Pyjama, zu einem anderen Apparat schlurfte, um seine schlafende, gut gebaute Blondine nicht zu stören oder ihr die Unterhaltung zu verheimlichen. Ein Klicken.

»Kann das nicht bis morgen warten?«

»Ich muss mit dir sprechen, bevor ich Bonvenu anrufe.«

»Wer ist Bonvenu?«

Einen Moment blieb es still. »Jetzt stell dich nicht dümmer, als du bist«, sagte De Canter dann. »Hast du mir den letzten Auftrag auf Empfehlung von Leuten in Marseille hin gegeben?«

»Nein, natürlich nicht.«

»Woher wissen die dann alles, sogar das mit dem Winzer und der Sache im Norden?«

»Ich weiß nicht, wovon du redest.«

»Von deinen Connections in Marseille.«

»Jeder hat Connections in Marseille.«

»Ich nicht. Woher wissen diese Leute von mir?«

»Sie kennen deinen Namen und deine Adresse, mehr nicht. Wieso fragst du überhaupt?«

»Eine Dame will, dass etwas für sie geregelt wird, hier in der Nähe. Meiner Meinung nach ist sie Französin. Deine Bekannten in Marseille haben mich empfohlen. Sie hat ihre Leibwächterin zu mir geschickt, um die Sache zu arrangieren.«

Wieder blieb es einen Moment lang still. Das Band lief. Der Empfang war von lauter und deutlicher CyberNel-Qualität.

»Das verstehe ich nicht«, sagte Didier schließlich. »Ich mache Geschäfte in Marseille, aber diese Informationen stammen nicht von mir. Wenn sie auch nicht von dir sind, gibt es nur eine einzige andere Möglichkeit. Und die kann nur von Marseille geschickt worden sein.«

»Aber er ist doch Freiberufler.«

»Voilà.«

»Das passt nicht«, erwiderte Sjef plötzlich. »Wenn Marseille ihn geschickt hätte, hätten sie ihn doch auch sofort zu dieser Frau schicken können und bräuchten mich nicht als Mittelsmann.«

Max' Autotelefon blinkte. Es war Nel. »Alles paletti«, sagte sie.

»Ich zeichne ein Gespräch auf, wir sehen uns gleich im Hotel«, flüsterte Max und legte den Hörer auf.

»Vielleicht hat deine Klientin mit anderen Leuten in Marseille gesprochen«, sagte Didier gerade. »Weißt du, wie die Dame heißt? Ich kann Erkundigungen einziehen. Aber am liebsten will ich nichts damit zu tun haben, es sei denn, an der Sache ist was faul.«

»Ich weiß nicht, wie sie heißt.«

»Traust du der Sache nicht?«, fragte Didier nach einer kurzen Stille.

»Ich traue nie irgendwem oder irgendeiner Sache. Ich frage mich, was dieser Mann noch so alles ausplaudert, wenn er schon mit Hinz und Kunz in Marseille spricht. Aber das ist eher dein Problem als meins.«

Didier gab ein merkwürdiges Geräusch von sich. »Er ist dein Mann, ich kenne ihn nicht. Ich kann dir nicht helfen. Ich habe nur dich bezahlt, und es gibt nichts Schriftliches zwischen uns.«

»Vielen herzlichen Dank.«

»Was erwartest du denn? Ich bin jederzeit bereit, dir zu helfen. Wenn du mir den Namen desjenigen nennen kannst, von dem diese Empfehlung stammt, kann ich mich weiter umhören. Es ist zu riskant, einfach so ins Blaue hinein bei den Leuten in Marseille nachzuhorchen.«

»Ich werde sehen.«

»Halt mich um Gottes willen da raus!«

Es entstand eine kurze Stille, dann legte einer von beiden auf. Max schaltete den Recorder aus. Er blieb noch bis Viertel nach zwei auf seinem Horchposten, aber es tat sich nichts mehr, sodass er den Wagen anließ und das Gebläse einschaltete, um die beschlagene Windschutzscheibe zu trocknen.

Eigentlich hätte der Empfänger unten im Keller angebracht werden müssen, mit einem Recorder, der sich automatisch einschaltete, sobald Didiers Telefon benutzt wurde, aber Nel hatte mit dem, was ihr zur Verfügung stand, rasch improvisieren müssen, und das Ergebnis war auf jeden Fall besser, als er zu hoffen gewagt hatte.

Das Motorengeräusch und der Lärm des Gebläses übertönten die Wähltöne des Telefons, die aus dem Empfänger kamen, und er hatte schon in den ersten Gang geschaltet, als er mit einem Schrecken das Telefonsignal wahrnahm. Hastig drückte er auf die Aufnahmetasten, bevor er den Motor abschaltete.

»Allô?«

»Didier Lafont. Geben Sie mir Monsieur Millessandri.«

»Er schläft.«

»Ist mir scheißegal.«

»Er wird nicht begeistert sein.«

Ein Klicken. Marseille!, dachte Max aufgeregt. Millessandri! Er spitzte die Ohren, um der Unterhaltung, die auf Französisch geführt wurde, folgen zu können, und war froh, dass alles auf Band aufgenommen wurde, dann konnte man es später in aller Ruhe übersetzen. Es dauerte einen Moment, bevor ein gereizter Millessandri an den Apparat kam.

»Was ist los?«

»Excuse-moi, Hector. Ich bin in Antwerpen. Mein Mann hier hat eine Anfrage bekommen. Er soll einer französischen Dame, die ein kleines Problem hat, jemanden vermitteln. Er wurde ihr von jemandem aus Marseille empfohlen. In deiner Umgebung wird anscheinend über meine Erbschaftssache geredet, und zwar in allen Einzelheiten.«

»Ich weiß nichts von einer Dame, das kommt nicht von uns. Kennst du ihren Namen?«

»Nein. Ich frage mich nur, wie die darauf kommen, wo du doch der Einzige bist, der davon weiß, außer dem Mann, den du zu De Canter geschickt hast.«

Millessandri ließ ein ungutes Schweigen entstehen. »Ich kann Unterstellungen nicht leiden, und das hier sollten wir nicht gerade am Telefon bereden.«

»Mein Notar hat Besuch von Leuten aus dem Ausland bekommen.«

»Das ist doch nicht mein Problem, n'est-çe pas?« Die mürrische Stimme hörte sich allmählich gefährlich an.

»Ich rufe deswegen um diese Zeit an, weil mein Mann morgen deinen Mann zu einer Verabredung schickt, und da ich nicht weiß, wer es ist, kann ich ihn nicht erreichen. Kannst du dich auf diesen Mann verlassen?«

»Natürlich. Er redet mit niemandem. Er ist in Paris. Er kommt nächste Woche zurück.«

»Kannst du ihn anrufen und ihn informieren? Die Sache geht De Canter nichts an. Ich hoffe, dass du etwas unternehmen kannst. Es ist auch dein Problem. Ich denke an unsere gemeinsamen Interessen.«

»Das wird kompliziert. Ich werde sehen.« Kurzes Schweigen. »Wann bist du wieder zurück in Saint Georges?«

»Nächste Woche. Warum?«

»Wir müssen uns in dieser Sache beraten.«

Nel lag mit einem T-Shirt bekleidet im Bett, als er Zimmer Nummer 212 betrat.

Im Zimmer war es kalt, vielleicht hatte sie die Heizung heruntergedreht und das Fenster ganz weit aufgerissen. Max hörte den Regen hinter den Gardinen. Er stellte den Empfänger auf das Nachtschränkchen neben ihrer Seite des Doppelbetts und wühlte ihr durch das blonde Haar, bevor er ins Badezimmer ging, um sich warm zu duschen.

Nel lag unter der Decke, als er im Schlafanzug zurückkam. Nur das Lämpchen über ihrer Hälfte des Bettes brannte. Beide Hälften des Doppelbettes waren getrennt bezogen.

»Ich rufe De Canter morgen früh an und vereinbare einen Termin. Es ging ziemlich glatt«, sagte Nel. »Das mit den zwölfhundert Dollar war eine gute Idee. Wenn die Leute Geld sehen, verlieren sie immer ein bisschen von ihrem Argwohn ...«

Max zog das unter die Matratze gestopfte Laken zwischen ihnen beiden heraus und zerrte an den dünnen Decken. Es entstand ein Chaos aus zerknüllter Bettwäsche, und ein kalter Luftzug kroch vom Fußboden her durch die entstandene Besuchsritze.

Nel lag auf der Seite, schaute ihn an und wühlte langsam einen Fuß durch das Durcheinander hinüber zu seiner Hälfte. »Mir wird kalt«, flüsterte sie.

»Augenblick«, sagte Max, setzte sich aufrecht hin, zog die Bettwäsche aus der Ritze, stützte sich mit dem rechten Fuß auf dem Boden ab und schob seine Betthälfte mit einem Knall gegen ihre. »Immer dasselbe Theater«, sagte er.

»Die Kassette ist ein wichtiger Beweis«, murmelte Nel. »Schade, dass der Apparat nicht eingeschaltet war, als er die Nummer in Marseille gewählt hat.«

Max drapierte wie eine fleißige Hausfrau die schmalen Bettlaken übereinander, bis sie mehr oder weniger ein zusammenhängendes Ganzes für zwei Personen bildeten, schlug die Decken aus und breitete sie quer über sie beide, bevor er wieder auf seine Matratze hinunterrutschte.

»Es ist ein zusätzliches Beweisstück, aber man kann nur wenig damit anfangen, wenn man keine harten Fakten vorzuweisen hat«, sagte er. »Nützlich ist es, weil wir damit unsere Schlussfolgerungen untermauern können. Und von denen haben wir mehr als genug.«

Seine Betthälfte war kalt. Er war mit den Gedanken nicht bei dem Fall. Ihre Seite schien Wärme auszustrahlen, und er rückte zu ihr hin, wodurch sein Bett auf dem glatten Fußboden wieder wegrutschte und die Besuchsritze breiter wurde, diesmal ohne Bettwäsche darin, sodass die Kälte ungehindert durchzog. Er spürte, wie die eiskalte Ritze unter ihm über die gesamte Länge seines Körpers hinweg bei jeder Bewegung breiter wurde, als risse bei einem Erdbeben die Erde auf. Sein Körper sehnte sich danach, das warme andere Ufer zu erreichen.

Ihr Fuß kam wieder angewandert, und mit den Zehen schob sie den Baumwollstoff seines Schlafanzugs über seine Waden hoch. Er wagte den Sprung und landete dicht bei ihr. Sie schlang ein Bein um ihn, um ihn festzuhalten, wobei ihr T-Shirt über den Po nach oben rutschte. Sie schob die Hände unter seinen Schlafanzug und streichelte langsam über die Härchen auf seiner Brust. »Du bist ja ganz kalt«, flüsterte sie.

Seine linke Hand schlief allmählich ein, und ihm wurde klar, dass es nur einen bequemen Platz für sie gab, nämlich auf dem weichen Stoff ihres T-Shirts über ihrer linken Brust. Die Brust hatte die Form eines weichen, vollkommenen runden Hügels. Sie erregte ihn. Seine rechte Hand wurde müde davon, auf seiner Hüfte zu liegen, und er schob sie auf ihren Oberschenkel. Ihre Haut war glatt und weich wie Seide. Seine Finger folgten, jetzt unter ihrem T-Shirt, der Wölbung ihrer Hüfte, krochen durch das Tal ihrer Taille und über die schwach fühlbaren Bögen ihrer Rippen.

Er schaute ihr in die Augen, die ihn im spärlichen Licht der Bettlampe still und einvernehmlich anschauten, er trank die Wärme ihres Atems und legte seine Hand zwischen sie beide auf ihre nackte Brust. Er fühlte eine kleine harte Brustwarze. Ihr Becken drängte sich an ihn wie von selbst. Sie hatte ihr Bein immer noch um ihn geschlungen, sodass sich der kleine harte Streifen ihres Schambeins an seine Hüfte presste. Ihre Hand suchte zwischen seinen Beinen, und er fühlte, wie er so hart wurde, dass es schmerzte.

Er wusste, dass es kein Entkommen mehr gab. Ein kleiner werdender, nüchterner Teil seines Gehirns fragte, wie es danach weitergehen sollte. Aber das Stimmchen ertrank allmählich im pulsierenden Rauschen des Blutes in seinem Körper. Sie hob ihr Bein, geschickt und athletisch, und hakte ihre Zehen in den Bund seiner Schlafanzughose ein. Er hob seinen Körper ein Stück an, damit sie die Hose herunterziehen konnte, und er schleuderte sie mit einem Fuß von sich. Dann fasste er sie an den Hüften und hob sie auf sich. Sie war ein warmes und weiches Gewicht, hatte die Farbe von Rahm und roch nach Sahne und Lavendel. Ihre Brüste lagen in seinen Handflächen. Ihr kleiner glatter Bauch rieb über seinen. Er umfasste mit den Händen ihre Pobacken. Samtwarme Rundungen. Er klemmte seine Erektion zwischen ihre Schenkel, sodass er die weichen blonden Härchen auf ihrem harten Hügel spürte, sie war nass, er wollte hinein, es war der einzig denkbare Zufluchtsort.

Sie öffnete die Beine und fasste nach unten, aber er war schon in ihr, tief und feucht, sie stöhnte auf und bewegte sich kaum, er fühlte, wie ihre Muskeln an ihm zogen und saugten, er fasste sie an den Hüften, um ihr zu helfen, und dann kam sie schon zum Höhepunkt, mit einem Schrei der Überraschung. Er spürte die Explosion und seufzte laut vor Verzückung, als er fast im selben Moment in sie hinein leer strömte.

Minutenlang blieb sie regungslos auf ihm liegen. Er war erfüllt von einer wunderbaren Mischung aus Liebe und Freundschaft. Er spürte, wie er aus ihr herausglitt, als sie ein Stückchen nach oben rutschte und ihn lange auf den Mund küsste, während sie mit der Hand nach dem Schalter suchte, um das Licht auszumachen. Ihre Zunge schob sich in seinen Mund, weich und freundlich, nichts schmeckte besser, nichts schenkte mehr Erfüllung. Er hörte fast keinen Laut mehr, es hatte aufgehört zu regnen, nur noch vereinzelte Tropfen flossen über den Rand einer verstopften Regenrinne und zerspritzten mit zufriedenem *plinkplonk* auf einem Betonabsatz unterhalb ihres Fensters.

12

»Der Termin steht«, sagte CyberNel, als sie sich zu Max an das Büfett gesellte, wo sie sich mit Brötchen, Croissants und diversen Sorten Brotbelag versorgte.

»Möchtest du Orangensaft?« Er hielt die Karaffe hoch.

»Und Kaffee.« Sie nahm sich einen Teller und ging zu den Platten mit gebratenem Speck, Wurst und Eiern. »Ich habe Hunger.«

Er füllte Gläser mit Orangensaft und suchte mit dem Tablett in der Hand einen Tisch zwischen den Vertretern und Dutzenden von älteren Damen, die sich alle zu kennen schienen und die wahrscheinlich zusammen in einem Bus unterwegs waren.

Er schnitt ein Brötchen auf, als Nel zu ihm kam, ihr Tablett auf den Tisch stellte und ihn auf die Wange küsste, freundschaftlich wie immer, bevor sie sich auf den Stuhl ihm gegenüber setzte.

»Vielleicht war es keine so gute Idee«, sagte er.

»Du solltest nicht so viel darüber nachdenken.« Sie nahm eine zusammengerollte Scheibe knusprigen Speck zwischen Daumen und Zeigefinger und biss hinein. Sie leckte sich die Finger ab, griff nach einer Papierserviette und bestellte Kaffee.

»Ich überlege, was besser ist – eine Ausrede zu erfinden, damit du gar nicht erst hingehen musst, oder ihm eine Geschichte aufzutischen, die wir niemals wasserdicht hinkriegen. Es ist zu gefährlich, der Mann weiß Bescheid.«

Sie starrte ihn an. »Ach, das meinst du?« Sie versuchte spöttisch zu klingen, aber es gelang ihr nicht so recht.

Max wollte Nel nicht mit einem Kater beleidigen, den er gar nicht hatte. »Was glaubst du denn, was ich gemeint habe?«

Sie schwieg einen Moment. Er sah, dass sie nervös war. Ganz logisch, er selbst war auch nervös. »Was glaubst du denn, was ich dachte, was du meinst?«, fragte sie.

Die Angestellte brachte Kaffee. Er wartete, bis sie wieder gegangen war. »Ich bin verrückt nach dir«, sagte er. »Ich würde mir niemals vergeben, wenn ich dich verlieren würde. Ich kann nicht ohne dich sein, und das nicht nur, weil ich dich brauche.«

Sie entspannte sich ein bisschen. »Du verlierst mich nicht«, sagte sie leise. »Du bist mein Freund. Ich fühle mich sehr glücklich. Du bist mir gegenüber zu nichts verpflichtet.« Erleichtert warf sie einen Blick auf den Kaffee und fing sofort an, mit den Armen zu fuchteln. »Juffrouw? Hallo! Miss Belgien! Juffrouw?«

Die Serviererin blickte auf, genau wie das ganze übrige Restaurant. Sie kam so schnell an ihren Tisch, als wolle sie einen Aufstand verhindern. Nel zeigte auf den Kaffee: »Wir wollten Tee haben. Meneer trinkt ausschließlich Tee zum Frühstück.«

Die Serviererin verschwand mit einem der beiden Kaffeekännchen.

Max sah ihr in die Augen, die fröhlich dreinschauten. »Tee«, sagte sie. »Genau wie beim ersten Mal.«

»Soweit ich weiß, ist das das erste Mal.« Max legte seine Hand offen auf den Tisch, und sie legte ihre ohne zu zögern hinein. Die Selbstverständlichkeit ihrer Geste gab ihm ein warmes Gefühl. Er schloss seine Finger fest um ihre Hand und schaute zum Fenster hinaus ins graue Morgenlicht von Antwerpen, das nicht im Geringsten zu romantisch wehmütigen Gefühlslagen passte.

»Ich habe es mir gewünscht«, sagte er. »Schon sehr lange. Es war mehr als nur Neugier.«

»Ich war aber schon neugierig«, bekannte CyberNel. »Möchtest du etwas über meinen früheren Ehemann wissen?«

»Nein.«

»Ich auch nicht.« Nel kicherte. »Und du brauchst dir wirklich über nichts Sorgen zu machen.«

Sie zog ihre Hand weg, als die Serviererin zurückkam, und nahm der Frau die Teekanne ab. Sie schenkte sein Teeglas voll und sagte: »Vielleicht sollten wir überhaupt nicht darüber reden. Es ist einfach geschehen, und aus. Es ändert nichts zwischen uns. Nein, das ist auch Unsinn, es hat sich etwas verändert, aber ich finde das nicht schlimm. Wieder falsch, ich finde es schön. Ach, ich rede dummes Zeug, aber ich will nicht, dass sich mehr verändert als unbedingt nötig. Das mit unserem Sexwochenende machen wir trotzdem, wenn ich den Stierkämpfer heirate.« Sie seufzte und fragte ihn ohne Umschweife: »Machst du dir Gedanken wegen Marga?«

Vielleicht dachte Marga genauso über Nel wie er über den unbekannten Hendrik. »Marga hat mir aufgetragen, lieb zu dir zu sein.« Er lächelte, ein bisschen bitter, weil er sich wie ein Verräter fühlte.

Nel runzelte die Stirn. »Willst du es ihr sagen?«

Er zuckte mit den Schultern. »Ich glaube, sie wird es uns sowieso ansehen, wenn nicht mir, dann dir. Sie hat den sechsten Sinn.«

»Ich habe nicht vor, Marga zu meiden.«

Sie sah hübsch aus mit dieser nervös gerunzelten Stirn.

»Du hast Recht«, sagte Max. »Wir brauchen nicht darüber zu reden, wir müssen auch keine Abmachungen treffen, das alles klingt nur falsch oder widersprüchlich. Das einzig Wichtige ist, dass ich keine Spur von Reue empfinde.«

»Ich auch nicht.« Ihr Stirnrunzeln verschwand und sie lächelte wieder, sonnig und optimistisch. »Okay.«

Am runden Ende der Bar, das zur Tür hin lag, ließ sich Max von drei Hafenarbeitern bereitwillig in eine Diskussion über die Chancen von Antwerpen gegen Ajax Amsterdam verwickeln. Er bestellte eine Runde Pils, um die Stimmung aufrechtzuerhalten. Das war besser, als sich hinter einer Zeitung zu verschanzen. »Trink doch auch einen mit«, sagte er zu Tilly. »Schlecht für den Sex, aber gut gegen Erkältung.« Die Hafenarbeiter grinsten.

Der Mann kam eine Viertelstunde nach ihm herein. Er schaute sich um und ging an der schwatzenden Männerrunde vorbei ans andere Ende der Bar. Er bewegte sich geschmeidig und entspannt, Muskeln spielten unter seinem dunkelbraunen Anzug, und er trug einen nachtblauen Regenmantel unter dem Arm. Er setzte sich auf einen Barhocker, legte den Mantel zusammengefaltet auf den Hocker neben sich und bestellte ein Tonic. Er war ein großer, breitschultriger tiefschwarzer Mann mit Kraushaar, dunklen Augen und breitem Gesicht. Ein Afrikaner, riet Max, vielleicht aus der ehemaligen Kolonie Belgisch-Kongo oder einer der zahllosen französischen Exkolonien. Sein Alter war schwer zu schätzen, er war in hervorragender Kondition und hätte ebenso gut dreißig wie fünfzig Jahre alt sein können. Der Mann saß in sich gekehrt dort und wartete, mit dem Gesicht zur Tür. Er wirkte entspannt und wachsam zugleich, auf die schläfrige und erfahrene Art von Menschen, die daran gewöhnt sind, an der Front oder bei Einsätzen im Dschungel jeden

Moment der Ruhe auszunutzen. Möglicherweise war er ein ehemaliger Söldner.

»Muss mal kurz für kleine Jungs«, murmelte Max den Hafenarbeitern zu und rutschte von seinem Barhocker. »Trinkt doch noch einen auf mich.« Er gab Tilly das Zeichen für eine weitere Runde und ging an dem Afrikaner vorbei, der seine Bewegungen ausdruckslos verfolgte. Max öffnete eine Tür, an der ein Emailschild mit einem Manneken-Pis festgeschraubt war. Dahinter befand sich ein schlecht beleuchteter Flur, von dem aus kleine Salontüren zu einem Klo mit stinkender Pissrinne, einer Sitztoilette, einem Kondomautomaten und einer Telefonnische führten. Max griff nach dem Hörer, warf Münzen ein und rief in seinem Auto an.

»Ja«, meldete sich CyberNel.

»Ich glaube, dass er hier ist.«

»Du meinst den Schwarzen?«

»Ich bin mir so gut wie sicher.«

»Ich habe ihn schon auf einem Foto mit drauf. Ich mache noch ein paar bessere, wenn er rauskommt. Er ist zu Fuß unterwegs.«

»Ruf jetzt De Canter an. Aber sei vorsichtig!«

Max legte auf und zog demonstrativ an seinem Gürtel, als er an die Bar zurückkehrte. Er nickte dem Afrikaner im Vorbeigehen zu und gesellte sich wieder zu den Hafenarbeitern, die jetzt über die Arbeitsverhältnisse im Antwerpener Hafen sprachen.

Zehn Minuten später klingelte das Telefon hinter der Bar. Tilly ging dran und hielt dann dem Afrikaner den Hörer hin. »Meneer, äh … Ich glaube, das ist für Sie.«

Der Afrikaner ging auf sie zu und nahm ihr den Hörer ab, murmelte etwas und warf einen kurzen Blick auf Tilly, während er zuhörte. Nach zehn Sekunden legte er den Hörer ohne Kommentar wieder auf die Gabel. Er zog ein Portemonnaie heraus, legte zwei Münzen auf den Tresen und ging weg, ohne ein Wort zu sagen.

»Vielen Dank auch«, sagte Tilly. Sie fegte die Münzen von der Theke und rollte die Augen viel sagend zur Decke.

Einer der Hafenarbeiter lachte. Max sagte, er müsse jetzt los, und winkte Tilly, um die Runden zu bezahlen. »Der eine so, der andere so«, sagte er. »Hast du dir zufällig seinen Namen gemerkt?«

»Die heißen anders als wir. Telerama oder so.«

Max gab ihr ein dickes Trinkgeld. »Kommt er öfter hierher?«

»Nein, ich habe ihn noch nie zuvor gesehen. Vielleicht von einem Frachtschiff.«

»Halt die Ohren steif«, sagte Max. Er winkte den Hafenarbeitern zu und verließ die Kneipe. Sein Auto war weg. Der Afrikaner war nirgends zu sehen. Max spazierte zum Treffpunkt auf dem Grote Markt.

Nel war schon da. Sie hatte den BMW aus Parkplatzmangel vor die Nasen anderer geparkter Autos gesetzt und starrte aufmerksam in die Runde, in der Hoffnung, Max würde eher auftauchen als die Politessen.

Er rutschte auf den Beifahrersitz. »Hast du ihn verloren?«

»Man kann einem Mann zu Fuß nicht in einem Auto folgen, ohne aufzufallen«, sagte sie. »Ich hielt es für sinnvoller, loszufahren, bevor er rauskam, und darauf zu spekulieren, dass er zu De Canter geht, der wohnt hier ganz in der Nähe.«

»Und, hat er das gemacht?«

Sie grinste. »Ich stand schräg gegenüber, als Sjef die Tür aufmachte, um ihn hereinzulassen. Die Aufnahmen sind sicher nicht besonders gut geworden, aber ich habe beide zusammen auf einem Foto.«

»Sehr schön.«

»Ist das alles?«

Max schaute sie an. »Du bist ganz wunderbar.«

13

Doktor Vredeling hatte sie die Herztöne hören lassen, leise rauschend, wie von kleinen gedämpften Trommeln, im Gegenrhythmus schlagend, das eine etwas weiter weg, als sei es das Echo des anderen.

»Denkst du jetzt anders darüber?«, fragte Fons, als sie zurückfuhren. Sie saß dick am Lenkrad, hatte sich ins Auto hineinquetschen müssen. Sie wurde immer schwerer und ihre Leisten brannten, wenn sie ihre Beine anheben musste, um auf die Pedale zu treten. Oft hatte sie Probleme mit ihrer Hüfte. Sie watschelte durchs Leben.

Sie hatte Fons unmittelbar danach von dem Vorschlag erzählt, den Judith Colijn ihr unterbreitet hatte. Er gab keinen Kommentar dazu ab und erteilte ihr keinen Ratschlag. Und unter den veränderten Gegebenheiten brauchte sie sowieso keinen Rat, um anders darüber zu denken. Fons war genauso praktisch veranlagt wie sie, aber er hielt den Mund, als sie ihm nicht sofort antwortete.

Sie konnte alles klar vor Augen sehen, Szenen aus dem Alltagsleben mit Zwillingen, den breiten Kinderwagen und alles doppelt: zwei Fläschchen, wenn ihre Brüste der Nachfrage nicht mehr gerecht wurden, zwei Töpfchen, das Gebrüll des einen, wenn das andere gefüttert wurde, Berge von voll geschissenen Windeln, Rotznasen und schlaflose Nächte, durchbrechende Zähne, totale Erschöpfung. Fons würde ihr keine Hilfe sein und Frans wahrscheinlich noch weniger. Sie würde ganz allein mit diesen Problemen fertig werden müssen. Sie konnte mit ein wenig Unterstützung von der Krankenkasse und vom Sozialamt rechnen, aber Isabelle hasste die Vorstellung, von diesen Leistungen abhängig zu sein.

Ein Kind war ein Wunder; zwei Kinder waren ein doppeltes Wunder, das schwer zu verkraften sein würde. Sie hatte mit Bart, dem Nachbarn zwei Höfe weiter, abgesprochen, dass sie im Frühjahr zu ihm zum Spargelstechen käme, und später konnte sie beim Erdbeerenpflücken helfen, um sich ihr Brot zu verdienen. Sie konnte praktisch das ganze Jahr über ungefähr vier Stunden pro Tag bei ihm auf dem Hof arbeiten, aber diese Absprache hatte sie getroffen, bevor sie wusste, dass sie Zwillinge erwartete, die sie die nächsten fünf bis zehn Jahre vierundzwanzig Stunden pro Tag vollkommen in Beschlag nehmen würden. Hätte sie einen Mann mit einem Einkommen gehabt, wäre es vielleicht etwas anderes gewesen. Aber sie hatte keinen Mann, ganz zu schweigen von einem Einkommen. Ihr Mann war tot.

Letty kam sie praktisch jede Woche besuchen. Als sie von den Zwillingen erfuhr, lud sie Isabelle zu einem Essen beim Chinesen am Rijksweg ein. Sie hatten noch nicht mit der Pekingente angefangen, da stellte sie schon die unvermeidliche Frage: »Und, wie denkst du jetzt über das Angebot von Judith Colijn?«

Isabelle schwieg.

»Jetzt ist es doch was anderes?«, fuhr Letty beharrlich fort.

»Irgendwie fühle ich mich schlecht dabei«, sagte Isabelle schließlich. »Ich würde nicht darüber nachdenken, wenn es nur eins wäre. Aber wenn ich jetzt doch darüber nachdenke, weil es zwei sind, ist es so, als wären zwei Kinder für mich weniger wichtig als eins oder als wäre eines von ihnen weniger wert.«

»Das sind doch sinnlose Grübeleien. Dein gesunder Menschenverstand denkt an Windeln.«

»Ich denke die ganze Zeit an Windeln«, gab Isabelle zu.

»Du solltest auch mal an die Kinder denken«, mahnte Letty. »Zwei Kinder mit einer Mutter, die sich keine zwei Dreirädchen leisten kann, die vor lauter Sorgen ewig missgelaunt ist und die schier verrückt wird von den vielen Problemen, die keine Zeit hat zum Geschichtenerzählen und die den chaotischen Haushalt nicht geregelt kriegt. Das gibt ein Geschrei und ein Gebrüll! Vielleicht würden sie später sagen: Ich wünschte, meine Mutter hätte auf diese Mevrouw Colijn gehört, dann hätten wir beide eine schönere Kindheit gehabt.«

»Aber sie hätten sie nicht gemeinsam verbracht.« Isabelle dachte nach. »Die Ärztin meint, die Wahrscheinlichkeit, dass es eineiige Zwillinge sind, sei sehr gering. Aber trotzdem sind es Zwillinge.«

»Sie könnten sich doch sehen.«

»Ich glaube nicht, dass Judith Colijn das begrüßen würde.«

»Dann können sie sich immer noch von sich aus sehen, wenn sie etwas älter sind. Worum es aber geht, ist, dass sie beide sorglos aufwachsen. Du musst praktisch denken.«

Isabelle seufzte. »Ich tue nichts anderes.«

»Mit einer Viertelmillion könnten wir zwei unser hübsches Restaurant in der Veluwe aufmachen.«

»Würdest du das wirklich wollen?« Isabelle schmiedete wahnsinnig gerne derartige Pläne.

»Aber sofort.« Letty nickte. »Ich würde dir Tag und Nacht helfen, wenn ich nur ein vernünftiges Einkommen hätte, aber gerade das ist ja das Problem.«

Isabelle schaute ihre Freundin an. »Du meinst, jetzt hat eine von uns endlich das große Los gezogen?«

Letty erwiderte ihren Blick. »Ich weiß, dass dieses Glück seinen Preis hat. Aber ich glaube, dass du auch ein kleines bisschen an dich selbst denken darfst.«

Lettys Scheinwerfer glitten über die unter der Kastanie geparkten Autos und über Fons, der am Zwischentor stand und sich angeregt mit Max Winter unterhielt. Letty hielt neben dem BMW.

»Kein Wort«, sagte Isabelle.

»Ich schweige wie ein Grab. Soll ich fahren?«

»Warum solltest du?«

Letty schaltete die Scheinwerfer ihres Autos ab und stieg aus.

Fons öffnete die Beifahrertür und beugte sich zu Isabelle hinunter. »Der Detektiv ist schon Ordnung«, flüsterte er beruhigend, bevor er ihr aus dem Auto half.

»Wieso?«

»Er arbeitet zwar für dieses Weib, aber du liegst ihm viel mehr am Herzen, das kannst du mir glauben.«

Fons winkte Winter steif zu und schlurfte auf seinen Klompen davon. Max gab Isabelle die Hand.

»Wenn du lieber allein mit Isabelle reden willst ...«, begann Letty.

»Im Gegenteil«, sagte Max. »Vielleicht kannst du mir helfen, du warst an dem Tag schließlich auch da.«

Isabelle ging ihnen voraus über den Plattenweg, nahm ihren Haustürschlüssel von der Fensterbank und schloss die Seitentür auf.

»Liegt der Schlüssel immer da, wenn du nicht zu Hause bist?«, fragte Max.

»Warum nicht? Hier gibt es keine Einbrecher.«

Max schwieg und folgte ihr ins Haus. Isabelle schaltete das Licht ein und zog die Übergardine vor die Terrassentür. Letty drehte den Gasofen höher.

Max behielt seinen Mantel an und lehnte den angebotenen Kaffee ab. »Ich bin gleich wieder weg. Ich möchte nur, dass du dir ein Foto anschaust.« Er zog einen Umschlag heraus und legte drei auf 18 x 24 Zentimeter vergrößerte Bilder auf den Esstisch.

Letty schaltete die Hängelampe über dem Tisch ein, sah Isabelle über die Schulter und schüttelte den Kopf. »Wer ist denn das?«

Max sagte nichts. Isabelle ließ sich auf einen Stuhl sinken und schaute sich die Fotos an, auf denen ein Schwarzer in einer nassen Antwerpener Straße sowie vor der Bar von Tilly zu sehen war. Sie nickte, sie war sich so gut wie sicher. »Ich glaube, den habe ich gesehen.«

»An dem bewussten Tag?«

Isabelle nickte noch einmal. Sie rief sich den Moment wieder ins Gedächtnis. Alles war so unnatürlich scharf umrissen hervorgetreten, die Farben leuchtend, Nachmittagslicht auf glänzenden Autodächern, und dann dieser kurze Moment der Erwartung und der Enttäuschung, weil Ben nicht da war. Sie erinnerte sich an jede Einzelheit dieses Tages, jede Szene hatte sich tief in ihr Gedächtnis eingeprägt.

»Es saß in einem Auto«, sagte sie. »Er las Zeitung, die *Herald Tribune.*«

»Auf dem Parkplatz?«

»Ja.«

»Hast du ihn anderswo noch einmal gesehen?«

»Nein.« Sie blickte starr auf die grobkörnige Vergrößerung des schwarzen Gesichts. »Ist das der Mann, der …«

»Das wissen wir noch nicht.« Max raffte die Fotos zusammen und steckte sie wieder in den Umschlag. »Vielen Dank.« Er wies mit einem Nicken auf ihren Bauch. »Und, geht's euch gut?«

»Ja.« Isabelle lächelte, aber es kam nicht so recht von Herzen.

Er gab ihr die Hand. »Weißt du schon, was es wird?«

»Nein.«

»Du hast ja meine Telefonnummer, ruf mich an, wenn ich dir irgendwie behilflich sein kann«, sagte Max. Er gab auch Letty die Hand. »Pass gut auf sie auf.«

Die Frauen schauten auf die Tür, die sich hinter ihm schloss. »Lass uns über was anderes reden«, schlug Isabelle vor und ging zu ihrem Schreibtisch.

Letty stand an der Anrichte, um Kaffee aufzusetzen, und schaute sich um. »Was machst du da?«

»Ich rufe Judith Colijn an.«

»Warte.« Letty ging zu Isabelle hinüber, die das Telefon wieder zurücklegte. »Sag ihr noch nichts von den Zwillingen.«

»Warum nicht?«

»Weil sie dann vielleicht weniger zahlt.«

Isabelle starrte sie an. »Du meinst, zwei sind billiger als …« Sie fing hicksend an zu lachen, und dann legte sie plötzlich den Kopf auf die Arme und brach in Tränen aus.

»Mist.« Letty legte die Arme um ihre Freundin, drückte die Nase in Isabelles Locken und murmelte gedämpft: »Das ist schon eine verrückte Welt.«

»Du bist ganz schön weit gekommen«, schloss Inspecteur Kleiweg emotionslos, nachdem er Max eine Viertelstunde lang zugehört und sich die Fotos von dem Schwarzen angeschaut hatte. Sie saßen in einem großen Café am Markt in Den Bosch mit Blick auf das alte Rathaus gegenüber. Trotz des modernen Hotels, zu dem es gehörte, war im Café die gedämpfte Atmosphäre eines altmodischen Teesalons erhalten geblieben, mit vielen Damen, die ihren Einkaufsbummel für ein Stück Kuchen mit Schlagsahne unterbrachen.

Das solide und ziemlich beamtenhafte Äußere von Kleiweg erinnerte Max an Meulendijk, doch er wusste, dass Kleiweg im Gegensatz zu diesem jede Form von Aufsehen verabscheute. Er war noch nie im Fernsehen gewesen und bisher noch in keinem Zeitungsartikel erwähnt worden. Nach Einschätzung von Bart Simons, der für Max recherchiert hatte, wer ursprünglich am Mordfall Ben Visser gearbeitet hatte, war Kleiweg ein Produkt der harten Schulen von Rotterdam und Den Haag und so beharrlich wie ein Barrakuda. Kleiweg hatte intern heftig dagegen protestiert, als ihm der Fall entzogen wurde und an höhere Instanzen ging, wo er, nach einschlägigen Beratungen zwischen den Justizbehörden, Interpol und dem FBI, ad acta gelegt wurde.

Kleiweg hatte zurückhaltend reagiert, als Max ihn angerufen hatte. Seine Verbitterung war offensichtlich. Max zweifelte nicht daran, dass Kleiweg sich auch die Zeit genommen hatte, ihn gründlich zu überprüfen, bevor er sich zu einem Treffen bereit erklärte.

»Warum kommst du damit zu mir?«, fragte Kleiweg. »Ich habe nichts mehr mit dem Fall zu tun.«

»Ich wollte deine Meinung dazu hören. Du warst vor Ort, du hattest mehr damit zu tun als die Bürokraten, die sich anschließend vom FBI haben breitschlagen lassen, den Fall unter den Teppich zu kehren.«

Kleiweg ignorierte seine Bemerkung. »Wenn ich das FBI wäre, würde ich auch alles tun, um mein Zeugenschutzprogramm abzuschirmen«, sagte er. »Aber warum recherchierst du nicht über Meulendijk? Der hat bessere Beziehungen als ich. Du arbeitest doch für Meulendijk?«

»Dieser Fall geht auf meine eigene Rechnung.«

Kleiweg zog eine rechtschaffene Augenbraue hoch. »Dann darfst du auch nicht seinen Namen und seine Karte gebrauchen.«

Max lächelte. Der Inspecteur gefiel ihm immer besser. »Meine Klientin hat sich zunächst an Meulendijk gewandt«, brachte er als lahme Entschuldigung vor. »Meulendijk fand die Sache aber nicht der Mühe wert und überließ sie mir. Bei der Klientin handelt es sich um Judith Colijn.«

»Aha, die also. Und wie lautete der Auftrag?«

Max zögerte. »Sie wollte eine Akte über Isabelle Mertens haben«, bekannte er widerwillig.

Kleiweg nickte bitter. »Sie war geradezu besessen von ihr«, sagte er. »Sie verdächtigte die Kleine, eine Komplizin des Mörders zu sein.« Er schüttelte den Kopf. »Ein nettes Mädchen, sie hatte etwas Apartes. Lebt sie noch bei ihrer Tante?«

»Nein, seit einem halben Jahr wohnt sie auf einem Bauernhof in Limburg. Es geht ihr gut dort. Sie hat es einigermaßen verkraftet.« Max beschloss, Isabelles Schwangerschaft zu verschweigen.

»Das freut mich«, sagte Kleiweg, und es klang aufrichtig. »Ich glaube ohnehin an Zufälle, aber es ist doch schon eine sehr seltsame Laune des Schicksals, dass ihre Mutter die Schwester von Ben Visser war.« Er schwieg einen Augenblick und fragte dann: »Hast du deine Ermittlungen auf eigene Faust ausgeweitet?«

»Na ja, ich hatte das Bedürfnis, alle Informationen noch einmal zu überprüfen. Du weißt ja, wie es einem geht, wenn man sich mit einer Zeugin und einer Angehörigen des Mordopfers beschäftigt.«

Kleiweg lächelte. »Ja, du willst unbedingt das Motiv für diesen Mord herausfinden. War deine Klientin damit einverstanden?«

Max ließ die Frage weitgehend offen. »Sie trägt die Kosten.«

»Und, weiß sie schon hiervon?« Kleiweg wies mit einem Nicken auf den Umschlag.

»Nein, noch nicht.«

»Vernünftig. Es wäre eine Katastrophe, wenn sie sich in diesem Stadium als Erbin melden würde.«

»Sie ginge sowieso leer aus. Sie hat damals mit Ben Visser einen Ehevertrag auf Gütertrennung abgeschlossen, um ihren Familienbesitz zu schützen.« Max lachte leise. »Vielleicht wird ihr das noch Leid tun, wenn ihr das mit der Erbschaft zu Ohren kommt.«

Kleiweg fuhr mit seinen knochigen Fingern über die rosa Tischdecke und sagte ein wenig gekränkt: »Wir hätten das Waisenhaus früher oder später auch überprüft, wenn wir die Gelegenheit gehabt hätten, weiterzumachen. Aber alles wies auf einen Profikiller im Zusammenhang mit der Sache in Florida hin, und das Ministerium ist einfach auf Druck der amerikanischen Justizbehörden in die Knie gegangen und überließ den Fall ihnen. Jetzt haben wir es mit einem *hit man* aus Marseille zu tun und dürfen uns mit den Franzosen herumschlagen.«

»Ich würde mir keine Gedanken darüber machen.«

Der Inspecteur hob den Blick und Max erhielt eine Ahnung dessen, was Bart mit dem Barrakuda-Vergleich gemeint hatte. »Ich mache mir aber Gedanken.« Kleiweg verzog den Mund. »Wie bist du übrigens auf das Waisenhaus und Alex Hinstra gekommen?«

»Einfach im Laufe der normalen Routine-Recherchiererei und mit ein bisschen Glück. Das Waisenhaus war kein Problem, das wurde ja sogar in euren Berichten erwähnt.«

»Ja, einfach als Information.« Der Inspecteur schnaufte missmutig. »Geboren in Hengelo, aber warum sollte man am Geburtsort eines Opfers suchen? Wir sahen keinen Anlass, fünfzig Jahre zurück in die Vergangenheit zu gehen und dort anzufangen zu graben.« Er biss sich auf die Lippe. »Es waren Angaben für die Akten, Name und Daten eines Mordopfers. Dinge, die man einfach als gegeben hinnimmt. Manchmal verlassen wir uns vielleicht zu sehr darauf, aber wenn wir anfangen wollten, alles zu überprüfen ...«

Max nickte und meinte beschwichtigend: »Ich hatte alle Zeit der Welt, da habe ich einfach alles nachgeprüft. Ich dachte mir, Ben Visser wird schon irgendwo in den Registern stehen. Aber das war nicht der Fall. Allerdings gab es einen Alex Lafont, der dasselbe Geburtsdatum hatte wie er. Ich hörte, dass ein Lehrerehepaar ihn adoptiert hatte. Der Name Hinstra ist mir sozusagen in den Schoß gefallen.«

»Woher kanntest du diesen Namen?«

»Von Judith Colijn.«

Kleiweg erwiderte verstimmt: »Dabei hat Judith Colijn behauptet, der Name Hinstra sage ihr nichts.«

»Na ja ...« Max winkte entschuldigend ab. »Schließlich habe ich für sie gearbeitet. Warum habt ihr den Namen in den Berichten verschwiegen?«

»Anfangs, um Informationen zurückzuhalten. Danach auf dringendes Ersuchen der Amerikaner hin.« Kleiweg biss sich auf die Lippe. »Ja, du hattest viel Glück mit dem alten Hinstra.«

»Alles fing an, zusammenzupassen.«

»Hast du die Papiere bei dem französischen Notar gesehen?«

»Nein, aber sie sind vorhanden. Eine Erklärung unserer Justizbehörden zu dem Fall Visser, eine Sterbeurkunde der Tochter sowie Erklärungen, dass Alex Lafont von Hinstra adoptiert wurde und mit Ben Visser identisch ist. Für den Notar war die Sache damit erledigt.«

Kleiweg griff nach seiner Tasse und stellte sie wieder hin. Der Kaffee war kalt geworden. Er winkte einer Serviererin und bestellte zwei neue. Max nahm seine Gauloises. »Zigarette?«

»Nein, danke. Ich habe schon vor zehn Jahren aufgehört.«

Max zündete sich eine an. »Ich versuche es damit, dass ich immer weniger rauche.«

Kleiweg nickte geistesabwesend. »Indizien«, sagte er. »Aber ich muss zugeben, dass es logisch klingt. Millionenerbe. Didier Lafont der Auftraggeber. De Canter in Antwerpen der Mittelsmann. Es wäre zu heikel für Lafont, selbst einen Profikiller anzuheuern, deshalb hat er es über Kontakte in Marseille und über De Canter geregelt.« Er wies mit einer Kopfbewegung auf den Umschlag mit den Fotos. »Was hast du über den da?«

»Isabelle hat ihn als den Mann erkannt, der in einem Auto auf dem Parkplatz des Restaurants saß, als sie von dort aus mit Ben Visser losgefahren ist.«

Kleiwegs Gesicht drückte Zweifel aus. »Nach dieser langen Zeit?«

»Sie hat ein gutes Gedächtnis, und für sie war es ein besonderer Tag. Ich glaube, dass sie sich tatsächlich an den Mann erinnert.«

»Okay. Nehmen wir mal an. Und weiter?«

»Ansonsten weiß ich nur wenig. Er heißt wahrscheinlich Bonvenu, De Canter nannte diesen Namen in seinem Telefongespräch mit Didier, das wir auf Band haben. Ich könnte mir vorstellen, dass er Kongolese ist, seine Personenbeschreibung habe ich schriftlich festgehalten. Es würde mich nicht wundern, wenn er früher in der Fremdenlegion war oder in einer Söldnertruppe. Vielleicht hat die französische Polizei oder der französische Geheimdienst irgendwo Informationen über ihn in seinen Computern. Und die Belgier haben garantiert eine Akte über De Canter. Meine Partnerin versucht, daran zu kommen, aber bis jetzt hat sie noch nichts herausgefunden.«

»Wer ist denn deine Partnerin?«

»Eine frühere Polizeibeamtin, Nel van Doorn.«

Kleiweg hob den Blick. »CyberNel?«

»Ja. Kennst du sie?«

Kleiweg grinste. »Ich kenne das Programm, das sie dem Zentralen Polizeilichen Informationsdienst verkauft hat. Sie ist gut, aber die Spezialabteilung des Kriminal-Informationsdienstes führt sie auf ihrer Liste möglicher Computerhacker.« Er schüttelte den Kopf. »Diese Computerfreaks sind doch alle Egomanen. Sie bilden sich was darauf ein, dass sie in die Systeme reinkommen, und hinterlassen kleine Zeichen.«

»Ich werde ihr Bescheid sagen, dass sie das nicht mehr tun soll«, sagte Max trocken.

Der Inspecteur grinste. Die Atmosphäre entspannte sich. Max griff nach seiner alten Aktentasche und holte einen anderen Umschlag heraus. »Das ist mein Bericht, inklusive der Kassette mit den Telefongesprächen.«

»Und was willst du damit machen?«, fragte Kleiweg gleichgültig.

»Ich habe keine Verbindungen zur belgischen Polizei, aber vielleicht kennst du jemanden, der welche hat. Und zu den Franzosen.«

»Ich bezweifle, dass die Franzosen großes Interesse daran haben.«

»Außer wenn sie nebenbei Didier Lafont und seine Geschäftspartner bei einer groß angelegten Schweinerei mit

Wein erwischen können. Die Franzosen reagieren sehr empfindlich, wenn es um ihren Wein geht.«

»Was meinst du mit ›Schweinerei‹?«

Max legte seinen Umschlag auf den mit den Fotos. »Das steht alles hier drin, bis jetzt sind es allerdings nur Vermutungen, die auf den Aussagen seiner belgischen Geschäftspartner beruhen. Ich glaube aber, dass die De Busselaers mehr haben als nur Ahnungen und dass sie offizielle Ermittlungen unterstützen würden, wenn sie dadurch ihren französischen Partner loswerden könnten, ohne dass der Ruf der Firma geschädigt wird.«

»Schon wieder so ein komischer Umweg, um einen Mordfall zu lösen.«

»Soll ja öfter vorkommen, oder?«

»Stimmt.« Kleiweg lächelte. Für einen kurzen Moment kam die Solidarität der Beamten im Einsatz vor Ort gegen die Bürokratie und die Winkelzüge der Politik zwischen ihnen auf. »Deine Theorie ist stimmig«, sagte der Inspecteur dann. »Dein stärkster konkreter Hinweis ist die direkte Verbindung zwischen Lafont und De Canter ohne das Wissen von Rechtsanwalt Bocken, und das Telefongespräch mit Millessandri in Marseille. Was weißt du über ihn?«

»Hector Millessandri ist Direktor einer Im- und Exportfirma. Ein Familienunternehmen.«

Kleiweg gab einen abfälligen Laut von sich. »Im- und Export. Na ja, dein Material weist jedenfalls auf eine Komplizenschaft hin. Dafür müssen jetzt noch konkrete Beweise gefunden werden, und auch für die Verbindung zwischen De Canter und Bonvenu. Wenn das nicht klappt, ist De Canter nichts nachzuweisen außer normalen Nachforschungen nach Erben.«

»Ein Geständnis wäre natürlich ideal«, meinte Max.

Kleiweg erwiderte seinen Blick. »Jedenfalls wenn es nicht unter Zwang abgelegt wurde. Hast du noch nicht mit Didier geredet?«

»Nein. Was hättest du getan?«

»Ich glaube, dass der richtige Moment entscheidend ist.«

Max lächelte. »Ich habe nicht daran gedacht, ihn mit den Tatsachen zu konfrontieren, sondern eher, auf einen falschen Schritt von ihm zu warten oder ihn bei Widersprüchen zu ertappen. Ich habe damit gewartet, weil ich ihn nicht versehentlich in die Flucht schlagen wollte. Schließlich habe ich keinen Haftbefehl, ich bin ja nur ein einfacher Staatsbürger.«

Kleiweg nickte sachlich. »Ich werde mir das alles genau anschauen und mit ein paar Leuten darüber reden«, versprach er. »Ich halte dich auf dem Laufenden.«

Alles war anders als bei ihrer ersten Begegnung. Judith hatte ihr einen großen Strauß Rosen mitgebracht, in raffinierten orangeroten Farbtönen, die wie das Ergebnis jahrelanger Züchtung und Veredelung aussahen. Jetzt, mitten im Winter, mussten sie ein kleines Vermögen gekostet haben. Als sie sie in Empfang nahm und Judith in die Augen schaute, wurde Isabelle klar, dass sie in letzter Zeit nur noch an sich selbst gedacht hatte und an die Probleme, zwei Kinder unter schwierigen Bedingungen großzuziehen. Erst jetzt begriff sie, dass dank der Zwillinge auch Judiths tiefster Wunsch in Erfüllung gehen konnte, als sei alles so vorherbestimmt.

Alles an Judith wirkte weicher, ihre Stimme, ihre Augen, ihre Bewegungen und ihre ganze Aufmachung. Den Pelzmantel hatte sie locker um die Schultern gehängt, und statt des schlichten, formellen Kostüms wie bei ihrem ersten Besuch trug sie ein weites drei viertel langes Kleid, das blau und seidig um sie herum wallte, als wolle sie ihren Körper verbergen. Isabelle fragte sich, ob ihr an Judith alles deshalb so anders erschien, weil sie selbst eine andere Einstellung hatte und sich jetzt die größte Mühe gab, sie als gute Mutter für eines ihrer Kinder zu betrachten.

»Ich bin sehr froh über deine Entscheidung«, sagte Judith. »Und ich hoffe, dass du auch dabei bleibst. Man hört ja oft davon, dass es sich die Frauen im letzten Moment doch noch anders überlegen.« Ihre Stimme klang freundlich, aber es schwang ein leicht tadelnder, ermahnender und auch besorgter Unterton mit.

Isabelle vergegenwärtigte sich, dass sie sich nicht gut kannten.

»Möchtest du, dass ich dir etwas Schriftliches gebe?«

Judith schüttelte den Kopf. »Ich möchte, dass die Sache ganz unter uns bleibt.« Sie zögerte. »Ich bin Geschäftsfrau«, sagte sie dann. »Wenn ich eine Abmachung treffe, halte ich mich daran. Aber in diesem Fall geht es um eine Abmachung zwischen ungleichen Partnern. Wenn ich mich nicht an unsere Vereinbarung halte, brauchst du unser Geheimnis nur an die große Glocke zu hängen, um mir alles zu verderben. Das ist das Problem, du sitzt am längeren Hebel, ich bin dir ausgeliefert, weil ich dich zu nichts zwingen kann. Ich bin gezwungen, dir zu vertrauen.«

»Jetzt wird es aber kompliziert«, sagte Isabelle. »Was meinst du mit ›unserem Geheimnis‹?«

Judith schaute sie an. »Ich bin seine Mutter«, sagte sie dann.

Isabelle spürte, wie ihr das Blut in die Wangen stieg. »Meinst du, dass sie sich niemals sehen dürften?«, stieß sie hervor.

Sie hätte sich die Zunge abbeißen mögen, als sie das überraschte Gesicht von Judith sah. »Sie?«

Isabelle wandte den Blick ab. »Es sind Zwillinge.«

Judith musste die Information erst verarbeiten. »Hätte ich das nicht wissen sollen?«

Isabelle geriet durcheinander. »Letty dachte, du würdest dein Angebot vielleicht ändern … wenn du von den Zwillingen wüsstest.«

»Wer ist Letty?«

»Meine Freundin.«

»Und sie weiß hiervon?«

Isabelle legte eine Hand auf ihren Bauch. »Das kann ich ja wohl schlecht verbergen.«

»Nein, ich meine, von unserer Vereinbarung.«

»Sie ist meine Freundin.«

Judith seufzte. »Und sicher wissen es auch die Leute hier nebenan, und wer noch alles?«

»Niemand«, sagte Isabelle wütend. »Ich weiß nicht, was du für ein Problem damit hast. Wie wär's, wenn du dich für mich freuen würdest?«

Judith lenkte ein. »Natürlich freue ich mich für dich, und auch für mich selbst.« Sie beugte sich versöhnlich zu Isabelle. »Du hast Recht, bitte sei mir nicht böse. Ich freue mich für dich. Natürlich mache ich mir Gedanken, ich gebrauche nicht nur meinen Verstand, sondern ich habe auch Gefühle. Ich habe darüber nachgedacht, was es für dich bedeutet, das Kleine herzugeben, und habe mich gefragt, ob es überhaupt genug Geld gibt auf der Welt, um so etwas aufzuwiegen. Ich hätte wahnsinnig gern ein Kind, das Kind von Ben, aber ich habe mir die ganze Zeit Sorgen um dich gemacht und mich gefragt, ob ich dir das antun darf und ob ich dir damit nicht zu viel Kummer bereite. Dass es Zwillinge werden, bedeutet eine enorme Erleichterung. Das macht alles einfacher, und zwar für uns beide.«

Isabelle lehnte sich zurück und schloss die Augen. »Ich weiß noch nicht einmal, ob du ihm eine gute Mutter sein wirst.«

Judith presste die Kiefer aufeinander. »Habe ich etwas Falsches gesagt?«

Isabelle schüttelte den Kopf. »Du sagst immer genau das Richtige.«

Judith erwiderte unsicher ihren Blick. »Mir wird jetzt erst bewusst, wie sehr ich mir mein Leben lang ein Kind gewünscht habe«, sagte sie leise. »Ich verspreche dir, dass es ihm an nichts fehlen wird und dass es auch dir an nichts fehlen wird, aber das sage ich nur, weil ich einfach nicht weiß, wie ich dich sonst überzeugen oder beruhigen könnte. Ich weiß, dass es darum letztendlich nicht geht.« Sie schwieg für einen Moment, riss sich zusammen und schaute Isabelle in die Augen. »Ich werde ihm eine gute Mutter sein.«

Isabelle saß schwer in ihrem Lehnstuhl. Sie fühlte sich fit und gesund genug, um sich normal zu verhalten, aber Judith wollte nicht, dass sie Kaffee aufsetzte oder sich sonst irgendwelche Mühe machte. Judith hatte selbst angefangen, mit der Kaffeedose, der Kaffeemaschine und den Tassen zu hantieren, aber ihre Bewegungen waren ein bisschen ungeschickt und wenig routiniert. Bei ihr erledigte solche Sachen natürlich normalerweise das Personal. Geschickter ging sie mit den Rosen um, die sie sachgerecht abschnitt und in aller Ruhe hübsch in einer Vase arrangierte. Die Tatsache, dass Judith Blumen liebte und auch mit ihnen umgehen konnte, vermittelte Isabelle in gewisser Weise ein beruhigendes Gefühl.

Jetzt saß ihr Judith auf dem Sofa gegenüber, das Kleid wie ein Zelt über ihren übereinander geschlagenen Beinen. Rauchen kam für sie jetzt nicht mehr in Frage.

»Aber es sind Zwillinge«, sagte Isabelle.

»Du meinst, es gäbe eine besondere Verbindung zwischen ihnen, aber das wäre hauptsächlich bei eineiigen Zwillingen ein Problem. Wenn du dir Sorgen darüber machst, könnten wir das untersuchen lassen.«

Isabelle schüttelte den Kopf. »Keine Untersuchungen. Ich möchte eine normale, natürliche Geburt, keine in so einer Art Operationssaal.«

»Aber doch auf jeden Fall in einer Klinik?«

»Wenn meine Ärztin es für angebracht hält.«

»Zu welcher Ärztin gehst du denn?«

»Zu Doktor Mary Vredeling.«

Judith holte einen Umschlag aus ihrer Tasche und notierte sich den Namen auf der Rückseite. Isabelle lächelte verbittert.

»Willst du das auch von einem Detektiv überprüfen lassen?«

Judith blickte auf. »Nein, ich will mich nur davon überzeugen, dass du die bestmögliche Versorgung erhältst.«

Isabelle sagte entschlossen: »Ich habe nicht die Absicht, eine Edelpatientin zu werden oder mich wie ein Treibhauspflänzchen behandeln zu lassen. Ich habe nichts Besonderes, ich bin nicht krank, nur schwanger, genau wie andere Frauen auch. Du solltest das ganz mir überlassen, mir und meiner Ärztin. Ich habe hundertprozentiges Vertrauen zu ihr. Ich möchte nicht, dass meine Freunde oder Ärzte belästigt oder kontrolliert werden. Du wirst mir schon vertrauen müssen. Ich gehe zu den normalen Vorsorgeuntersuchungen, ich mache diese verdammte Gymnastik und alles andere, was dazugehört.«

Einen Moment blieb es still, und Judith schien sich mit sich selbst zu beraten. »Du hast dir das alles genau überlegt«, sagte sie dann.

»Natürlich habe ich über alles nachgedacht.«

»Aber du hast meine Bedingungen doch noch gar nicht gehört.«

Isabelle schwieg. Sie trank von ihrem Kaffee, der sehr dünn war.

»Erst das Finanzielle«, sagte Judith. »Wenn du einverstanden bist.«

»Ich vertraue dir.«

Judith nickte. »Weißt du schon, was du damit machen willst?«

»Mehr oder weniger.«

»Der gesamte Betrag wird morgen in Euro auf ein spezielles Konto zu deinen Gunsten überwiesen. Du bekommst einen Auszug, aber vor der Geburt kannst du nicht an das Geld heran. Das Konto wird freigegeben, sobald ich das entsprechende Zeichen gebe, und das wird in dem Moment sein, wo du das Kind an mich abgibst. Morgen wird noch ein zusätzlicher Betrag auf dein eigenes Konto überwiesen, mehr als genug für deine Unkosten und deine Pflege. Es wäre mir lieb, wenn du eine Krankenschwester oder eine Helferin engagieren würdest, die dich versorgt. Möchtest du, dass ich jemanden für dich suche?«

»Ich habe schon selbst jemanden im Auge«, sagte Isabelle.

»Bist du damit einverstanden?«, fragte Judith.

Isabelle nickte. Sie versuchte, ihren Widerwillen zu unterdrücken. Sie sagte sich, dass dies für alle Beteiligten die beste Lösung war. Sie hatte auf einmal eine Zukunft, mit einem Kind, für das sie sorgen konnte, und ihr anderes Kind würde es bei Judith gut haben, davon war sie überzeugt. Sie konnte eine andere, die ansonsten nie ein Kind bekommen hätte, glücklich machen. Vielleicht war Judith nicht die beste aller Mütter, aber ganz bestimmt würde sie das Kind lieben wie ihr eigenes.

»Wie wolltest du das mit der Adoption regeln, wird das nicht ziemlich kompliziert?« Ihr fiel plötzlich etwas ein. »Möglicherweise kannst du es ja gar nicht adoptieren, das dürfen doch nur Ehepaare.«

Judith nickte. »Deshalb müssen wir uns etwas anderes einfallen lassen. Ich bin die Mutter und du bist nur die Leihmutter, jedenfalls von einem der beiden.«

»Ist das legal?«

»Das wird oft praktiziert. Alles eine Frage der Organisation.«

»Ja, aber …«

»Deshalb kannst du es nicht hier zur Welt bringen«, sagte Judith. »Du musst irgendwo anders hin, am besten ins Ausland, ich denke, ich kann das regeln. Es ist die einzige Lösung. Du müsstest dort eine oder zwei Wochen vor der Geburt hingehen. Natürlich könntest du deine eigene Pflegerin mitnehmen, wenn du willst. Und ich komme auch mit.«

»Du meinst, eine Mutter geht rein und zwei Mütter kommen raus?«

Judith suchte nach einer Antwort, aber Isabelle hob die Hand, bevor sie etwas sagen konnte. Ihr wurde allmählich schwindelig. Sie hatte kein Problem mit der Klinik im Ausland oder mit irgendeinem anderen von Judiths Vorschlägen. Judith hatte natürlich Recht, und sie verfügte über die Mittel, alles so durchzuführen. Das war nicht der Punkt. Aber die andere Frage drängte sich wieder auf, die Frage, auf die Isabelle keine Antwort wusste. Sie schloss die Augen und fragte: »Welches von den beiden?«

Judith schaute sie an. »Möchtest du, dass ich es aussuche?«

Isabelle stammelte: »Ich kann keine zwei Babys nebeneinander legen und mir eins aussuchen oder dich eins aussuchen lassen. Das ist doch unmenschlich!«

Sie blickte durch die Tür zum Garten hinaus in das kalte, dunkle Licht des frühen Winters. Der Gasofen war auf heiß gestellt. Nachts fror es, der Boden war hart, und wie kleine Nebelwölkchen sah man den Atem der Schafe, die eine glitzernde, dünne weiße Schicht auf ihrem gelblichen Fell trugen, weil leichter Hagel fiel, der sich von einem Augenblick zum anderen in Schnee verwandeln konnte. Isabelle kam der unsinnige Gedanke, dass Schafe das ganze Jahr über weiß aussahen, und man erst im Schnee erkannte, dass sie eigentlich ein gelbes Fell hatten.

»Ich will das Erstgeborene«, sagte Judith. »Ich denke, das ist am einfachsten für uns alle.«

Isabelle stiegen die Tränen in die Augen. Sie wusste nicht, warum, vielleicht war es schon allein der Gedanke an das alles. Aber sie hatte A gesagt und jetzt musste sie nüchtern reagieren und auch B sagen.

Ihr war egal, welches der beiden. Es war besser, sich für eine Nummer zu entscheiden, als über dunkelhaarig oder blond, Junge oder Mädchen nachzudenken, weil die Kinder dadurch zu Personen wurden. Nummern waren anonymer, man überließ die Entscheidung dem Schicksal. Vielleicht war ihr Kind ein Mädchen. In letzter Zeit hatte sie oft gedacht, dass sie eigentlich am liebsten ein Mädchen hätte, eine Tochter. »Gut«, flüsterte sie.

Nachdem Judith weg war, schenkte sie sich ein Gläschen Portwein ein und blieb eine Weile damit am Fenster stehen. Nachts jammerten kleine Eulen rund um den kahlen Kirschbaum und die Kaninchen hielten unter dem großen Holzstapel ihren Winterschlaf. Sie würde den Bauernhof vermissen, weil hier alles so echt und so unkompliziert war. Sie hatte einmal gelesen, dass es Orte gab, die nicht lügen konnten und sich niemals mit fremden Federn schmückten. Das hier war so ein Ort.

Sie versuchte, ihre Lage ganz nüchtern zu betrachten, und sie wusste, dass sie eigentlich glücklich sein sollte. Sie trug ein Kind von ihrer großen Liebe unter dem Herzen und erhielt ein Vermögen, mit dessen Hilfe sie es großziehen konnte. Ihr Mann würde weiterleben, sie würde ihn jeden Tag in den Augen ihres gemeinsamen Kindes wiedersehen. Schon morgen bekam sie so viel Geld, dass sie sich ein richtiges Klavier kaufen konnte. Sie vermisste ihr Klavier.

Aber ihr Kind war noch nicht da. Es war in ihrem Bauch. Es strampelte immer öfter, fast ständig, so oft und so lebhaft, dass es hätten zwei sein können.

14

Als Judith ihrer Mutter über die Haussprechanlage kurz angebunden mitteilte, sie solle sie bitte auf dem Neujahrsempfang des Lions Clubs entschuldigen, war für Carolien das Maß voll. Erregt eilte sie, in ihrer Hast ohne Mantel, aus ihrem Seitenflügel hinaus und stapfte über den vereisten Kies hinüber zum großen Haus. Die Sonne schien, aber ein kalter Ostwind fegte durch die kahlen Bäume im Garten und blies durch ihr Kleid aus schwarzem Satin, das sie sorgfältig für den Empfang ausgewählt hatte.

Sie fand ihre Tochter am Tisch im Esszimmer. Mary war gerade dabei, das Mittagessen abzuräumen.

»Du siehst aus, als wäre dir kalt«, sagte Judith.

Carolien ignorierte die Bemerkung. »Mary, würden Sie uns bitte allein lassen?«

Judith zog eine Augenbraue hoch. Mary murmelte: »Ja, Mevrouw«, und trug das Tablett aus dem Zimmer.

»Bist du böse auf mich, weil ich keine Lust auf Neujahrsdrinks habe?«, fragte Judith.

Carolien blieb stehen. »Ich bin mir nicht sicher, ob ich böse bin. Ich will nur wissen, was los ist.«

»Was soll denn los sein?«

Carolien seufzte. »Du gehst schon seit Wochen nicht aus dem Haus. Du siehst lächerlich aus, ich weiß nicht, wo du diese verrückten Kleider her hast. Du wirst dick und träge, als tätest du hier den ganzen Tag lang nichts anderes als essen und trinken. Ich hoffe, du mäßigst dich zumindest in Bezug auf das Trinken. Ich wollte dich heute eigentlich Fred Gerlach vorstellen, er ist Auslandsdirektor der ABN-Bank geworden. Aber solange du so aussiehst, glaube ich nicht, dass sich irgendjemand für dich interessiert, ob du ein Vermögen besitzt oder nicht. Was soll das? Willst du Ben heilig sprechen lassen und ins Kloster gehen?«

Judith schaute hinaus. Der Garten lag unter einer weißen Reifschicht, alles wirkte gefroren, zerbrechlich und kalt. »Ich brauche keinen Mann«, sagte sie. »Jedenfalls vorläufig nicht. Und mir fehlt nichts, ich bin nicht krank.«

»Was bist du denn dann? Verrückt geworden?«

»Ich bin schwanger.«

Carolien schnappte vor Schreck nach Luft und stieß ein unangenehmes Lachen hervor, voller Spott und Mitleid. »Also doch übergeschnappt.«

»Ich bin schwanger von Ben.« Judith stand auf und ging zur Tür. »Es ist zwar noch früh, aber möchtest du vielleicht einen Sherry? Wir können nach nebenan gehen, der Kamin brennt.«

Sie drehte sich um. Carolien starrte den Bauch ihrer Tochter an, der unter einem weiten, wallenden Kleid verborgen war. Ihr Gesicht verzerrte sich vor Abscheu und Wut. Sie kam auf Judith zu. »Das ist lächerlich, das weißt du genauso gut wie ich. Was soll dieser Unsinn?« Sie streckte die Hände nach dem seltsamen Bauch aus, aber Judith packte ihre Mutter an den Handgelenken.

»Hände weg.«

»Du bist reif für den Psychiater. Was ist da drunter?«

Judith wandte sich ab und ging vor Carolien her in den Salon. Sie bewegte sich in einem eigenartigen Watschelgang, als sei sie wirklich schwanger, so als habe sie alles sorgfältig einstudiert. Mary musste sich inzwischen daran gewöhnt haben, begriff Carolien, genauso, wie sie selbst sich ganz allmählich an die Flatterkleider und Morgenmäntel ihrer Tochter gewöhnt hatte. Carolien war sich sicher, dass ein Kissen oder Schaumgummipolster darunter steckte, es konnte nicht anders sein, es sei denn, Judith war so neurotisch geworden, dass sie eine Scheinschwangerschaft entwickelt hatte.

»Ich bin nicht verrückt«, sagte Judith. »Setz dich. Möchtest du einen Sherry?«

Carolien nahm im Lehnstuhl am Kamin Platz. Die Wärme der Flammen war wenigstens echt. Sie spürte die Kälte noch auf den Wangen. »Was geht eigentlich in dir vor?«

»Diese junge Frau ist schwanger geworden. Von Ben. Ich habe ihr angeboten, das Kind zu adoptieren, gegen Bezahlung. Sie wollte erst nicht, aber es hat sich herausgestellt, dass sie Zwillinge bekommt.« Judith legte eine Hand auf ihren unechten Bauch. »Und jetzt ist sie bereit dazu. Sie ist die Leihmutter des ersten und die Mutter des zweiten Kindes, und sie bekommt genügend Geld, um für ihr Kind zu sorgen. So sind alle zufrieden.«

Carolien schwieg perplex.

»Wir gehen in eine Privatklinik in Belgien«, erklärte Judith. »Wie Isabelle es formulierte: Eine Mutter geht rein zwei Mütter kommen wieder raus.«

Carolien erwachte aus ihrer Betäubung. Sie blickte in das sachliche Gesicht ihrer Tochter. »Ich kann das kaum glauben. Warum hast du mir nichts davon erzählt?«

»Ich wollte nicht darüber sprechen, bevor nicht alles geregelt war.«

»Du kannst dir doch noch nicht mal sicher sein, dass es von Ben ist.«

»Sie ist für Mitte Februar ausgerechnet. Ich bin mir sicher. Außerdem haben wir Bens DNA-Analyse und können jederzeit einen Vaterschaftstest durchführen lassen, falls Zweifel bestehen sollten.«

Carolien biss sich auf die Lippe und schaute Judiths Bauch an. »Und warum dieses Theater?«

»Ich bin kurz vor seinem Tod schwanger geworden«, sagte Judith.

»Du kannst nicht schwanger sein.«

»Ich habe die Untersuchung in Nimwegen durchführen lassen. Das Ergebnis hat man mir zugeschickt, und es ist höchstens noch irgendwo in einem Computer in Nimwegen abgespeichert. Warum sollte sich jemand dafür interessieren?«

»Es ist nicht nur an dich, sondern auch an deinen Hausarzt geschickt worden.«

»Mutter, jetzt hör doch mal auf herumzunörgeln!« Judith schnaufte gereizt. »Glaubst du denn, ich wäre nicht mehr in der Lage, ein einfaches Problem zu lösen? Ich leite die Firma, sogar von hier aus, ich löse jeden Tag

Probleme. Mein Arzt, Herman Blink, ist hundertprozentig auf meiner Seite. Man kann den Menschen Probleme erklären, manche von ihnen haben ein Herz, und außerdem kann er sich jetzt einen neuen Behandlungstisch kaufen. Und sollte doch einmal jemand unangenehme Fragen stellen, dann war es eben ein medizinisches Wunder.« Judith spannte ihre Kiefermuskeln an. »Ich kann das Kind nicht offiziell adoptieren, ich bin eine allein stehende Frau, die Prozedur würde Jahre dauern. Außerdem will ich es gar nicht adoptieren, ich will, dass es mein eigenes Kind ist.« Sie klopfte sich auf den Bauch. »Es ist Bens Kind. Für alle, die es wissen wollen, bin ich schwanger. Sag das ruhig auf dem Empfang. Mary habe ich es auch weisgemacht. Es ist kalt genug, um mich nicht auf der Straße zeigen zu müssen. Es ist alles ganz normal, ich bekomme ein Kind, niemand stellt Fragen, man schickt mir Blumen und Babysöckchen. Ich verlange nichts von dir, außer dass du hinter mir stehst. Hilf mir einfach dabei, eine Wiege und Babysachen auszusuchen, und unterstütze Johan beim Einrichten des Kinderzimmers. Du brauchst nichts anderes zu tun als die liebe Großmama zu sein.«

Judith ging hinüber zum Büfett mit den Gläsern. Carolien beobachtete ihre Tochter, die ihren Watschelgang keinen Augenblick lang vergaß und dabei ein Hohlkreuz machte, als bereite ihr das Gewicht Probleme. Sie musste zu dem Empfang. Großmutter. Eigentlich hätte sie Judiths entschlossene Dickköpfigkeit bewundern sollen, die Art, wie ihre Tochter alles bekam, wonach ihr der Sinn stand, doch stattdessen wurde sie von einem Gefühl des Mitleids erfasst, das sie sich nicht recht erklären konnte.

Judith hatte immer so getan, als wären Kinder nicht wichtig, als bliebe ihr noch genügend Zeit dafür. Und sie hatte sich so verhalten, als sei auch Ben ihr relativ gleichgültig. Ohne Rücksicht auf Verluste hatte sie ihren Stachel ausgefahren, das Familienwahrzeichen, und ihre Ehe dadurch in Gefahr gebracht. Aber jetzt wirkte sie unsicher, trotz des äußeren Scheins, als hätte Bens Tod eine Lücke hinterlassen, die sie nicht ausfüllen konnte, weil etwas sie in ihrem Innersten berührt hatte, ein verstörendes Warnsignal der Vergänglichkeit.

»Ich hoffe, dass du glücklich wirst«, sagte Carolien.

Judith reichte ihr ein Glas Sherry. Sie richtete sich auf und streckte den Rücken, als leide sie an eingebildeten Schmerzen, die schließlich genauso wehtun konnten wie echte. »Mit Ben war das Glück höchstens zur Hälfte vollkommen«, sagte sie mit dem Anflug eines Lächelns. »Und mit seinem Kind wird es wieder nur ein halbes Glück sein.«

Diese ewige Aufrechnerei ging Carolien auf die Nerven. »Meinst du wirklich, du wärst vollständig glücklich gewesen, wenn du das eine halbe Glück zu dem anderen hättest addieren können?«, fragte sie scharf.

Judith erwiderte ihren Blick. Ihre grünen Augen wurden weicher und ein bisschen traurig, und sie sagte: »Vielleicht kann man einfach nicht mehr erwarten.«

Kleiweg erwartete ihn im düsteren Gebäude der Antwerpener Kriminalpolizei. »Tut mir Leid«, sagte Max. »Ich bin erst heute Morgen wieder ins Büro gekommen und habe da erst deine Nachricht abgehört ... Sind sie schon weg?«

»Ja, sie sind vor einer halben Stunde gefahren. Aber sie wollten uns sowieso nicht dabeihaben, also spielt es keine Rolle. Komm mit.«

Er ging Max voraus durch den Flur und klopfte an eine cremefarbene Tür. Sie kamen in ein helles Büro, blitzsauber, mit hohen Fenstern. Ein schwarzhaariger, breit gebauter Mann telefonierte gerade. »Nein, nichts. Bring ihn mal auf die drei, und zwar rapido. Goverts übernimmt den Fall. Gerade kommen die Leute zur Tür herein.« Er legte auf.

»Das ist Max Winter«, stellte Kleiweg ihn vor. »Inspecteur Conincx.«

Der belgische Inspecteur gab Max seine muskulöse Hand und forderte sie mit einer Handbewegung zum Setzen auf. »Das war gute Arbeit«, sagte er zu Max. »Allerdings hätten wir schon gerne Bescheid gewusst, und das Abhören war natürlich illegal.«

»Mord auch«, bemerkte Kleiweg.

Conincx schaute ihn an und grinste. »Ich höre gerade, dass sie De Canter verhaftet haben. Seine Wohnung wird durchsucht.«

»Hat er Schwierigkeiten gemacht?«, fragte Kleiweg.

»Nicht dass ich wüsste. Er war allein zu Hause. Sie fangen gleich mit den Vernehmungen an. Es tut mir Leid, dass ihr da nach Willen des zuständigen Staatsanwalts nicht dabei sein könnt, aber ihr erhaltet die Möglichkeit, euch mit ihm zu unterhalten.«

»Entschuldige, dass ich frage«, sagte Max, »aber wie sieht's mit Frankreich aus?«

»Die französische Polizei ist über alles informiert«, antwortete Kleiweg.

»Hält sich Didier Lafont in Nuits Saint Georges auf?«

»Das nehmen wir an.«

»Wenn er von der Verhaftung erfährt, ist er auf und davon.«

Kleiweg schaute Conincx an. »Ich dachte, es sollte eine konzertierte Aktion durchgeführt werden?«

Der Belgier verzog das Gesicht. »Das da drüben ist doch der reinste Sumpf. Was die französische Polizei tut, ist für uns undurchschaubar. Du weißt ja, wie die sind und wie die über uns denken.«

Kleiweg nickte. »Völlig unproblematisch sind die Beamten im Einsatz – wenn wir direkt mit denen zusammenarbeiten könnten, gäbe es keine Schwierigkeiten. Das Problem sind die Ebenen darüber, Interpol in Lyon, die *Police Judiciaire* in Paris, von da aus geht die Sache dann zu der Verwaltungsbehörde, zu der Nuits Saint Georges gehört, und die ganze Geschichte mit der Weinpantscherei liegt wiederum bei einer Behörde mit einem langen französischen Namen, dem *Service de Répression de Fraude* et cetera, der sich speziell mit Alkohol und Tabak befasst …«

»Ich glaube schon, dass die hart durchgreifen«, meinte Conincx und zog eine Grimasse. »Dass Lafont einen ausländischen Miterben ausschaltet, ist eine kleine alltägliche Sünde, gemessen an einem Weinskandal.« Er schaute Max viel sagend an. »Wir haben mit Damiaan De Busselaer gesprochen.«

»Und diese Betrugsbehörde muss wiederum mit der Abteilung für Organisiertes Verbrechen zusammenarbeiten, im Zusammenhang mit Lafonts Verbindungen nach Marseille«, fuhr Kleiweg fort, als habe Conincx ihn nicht unterbrochen. »Meine Vorgesetzten hatten den Eindruck, die hätten sich erst für den Fall interessiert, als sie den Namen Millessandri hörten.«

»Meine Güte«, sagte Max. »Du hast Recht, ein richtiger Sumpf.«

»Die arbeiten zwar alle zusammen, aber nicht so gut wie wir hier in Antwerpen«, behauptete Conincx. »Wir müssen unsere Hoffnungen in die Gendarmerie in Nuits Saint Georges selbst setzen. Wenn die rechtzeitig Bescheid bekommen, sorgen sie vielleicht dafür, dass Lafont sich nicht aus dem Staub macht.« Er schnaufte. »Es sei denn, unter ihnen befindet sich ein guter Kunde oder ein Onkel von ihm.« Blindlings griff er nach seinem klingelnden Telefon und meldete sich.

Max blickte Kleiweg an. »Vielleicht wären wir jetzt besser in Frankreich anstatt hier.«

Kleiweg schüttelte den Kopf. »Vergiss es. Die europäische Zusammenarbeit ist eine schöne Sache, aber die Franzosen haben es nicht gerne, wenn man ihnen bei einer Verhaftung über die Schulter guckt.«

Conincx legte auf. »Die kommen mit De Canter nicht weiter. Wir können ihn einen Tag lang schmoren lassen, aber der Kollege Carel Buys meint, er könnte aus dem Konzept gebracht werden, wenn ihr zwischendurch übernehmt. Wir zeichnen natürlich alles auf Band auf.«

Das Vernehmungszimmer sah aus wie alle Vernehmungszimmer: ein rechteckiger Raum mit nackten fahlweißen Wänden, einem vergitterten Fenster, durch das kaltes, hartes Winterlicht hineinfiel, ein Tisch und ein paar Stühle. De Canter saß so, dass er ins Licht schaute. Er hob kaum den Blick, als der Beamte sie hineinließ und den Recorder auf dem Tisch einschaltete, bevor er ging. De Canter sah genauso aus, wie Nel ihn beschrieben hatte: wie ein gedrungener, bedrohlich wirkender Gerichtsvollzieher.

Kleiweg setzte sich auf den Stuhl ihm gegenüber. Max lehnte sich an das Fensterbrett neben die gusseiserne Heizung.

»Ich bin Inspecteur Kleiweg von der niederländischen Kriminalpolizei, mein Kollege arbeitet für den Oberstaatsanwalt«, sagte Kleiweg.

De Canter wirkte unbeeindruckt. »Ich habe nichts mit euch zu schaffen.«

Kleiweg schüttelte den Kopf. »Das ist ein Irrtum. Belgien möchte dich nur allzu gerne loswerden.«

»In einer Stunde bin ich wieder draußen.«

Kleiweg warf Max einen mitleidigen Blick zu. »Wie kann ein Mensch nur so dumm sein?«

Max sagte ins Blaue hinein: »Der einzige Weg, wie er hier wieder rauskommt, ist mit Handschellen an den Handgelenken in einem niederländischen Gefangenentransporter. Er wird ordnungsgemäß ausgeliefert und wandert bei uns in den Knast wegen Mordes.«

»Ich weiß nichts von einem Mord.«

Die Antwort war so abgedroschen, dass wohl jeder Polizist überall auf der Welt nur noch ein müdes Lächeln dafür übrig haben konnte. »Das Problem ist, dass du durchaus davon weißt«, sagte Kleiweg.

»Es gibt noch eine kleine Chance, den Schaden zu begrenzen, sodass du nur eine Anklage wegen Mittäterschaft oder Planung eines Mordes kriegst«, ergänzte Max, »aber dein Problem ist, dass wir im Handumdrehen eine Mordanklage daraus machen können. Mord an Ben Visser alias Alex Hinstra, geborener Alex Lafont. Du hast in den ganzen Niederlanden Spuren hinterlassen. Im Krankenhaus in Culemborg, bei der alten Mevrouw Mertens, beim Waisenhaus in Hengelo, bei Hinstra in Leeuwarden ...«

»Ich habe für einen Rechtsanwalt Nachforschungen wegen einer Erbschaftsangelegenheit angestellt«, fauchte De Canter.

Max schüttelte den Kopf. »Rechtsanwalt Julius Bocken hat noch nie von dir gehört. Du hast in direktem Auftrag für Didier Lafont gearbeitet, der den anderen Erben loswerden wollte. Siehst du, wie sonnenklar das für die niederländischen Justizbehörden ist? Wir haben überall Zeugen. Du hast vor dem Altersheim in Leeuwarden gewartet, bis Alex alias Ben Visser dort am Geburtstag seines Adoptivvaters auftauchte. Du bist ihm einfach gefolgt und hast ihn beobachtet, bis in diesem Hotel an der Linge die Chancen günstig standen. Du wurdest sogar auf dem Parkplatz vor der Autobahnraststätte gesehen, bevor du von dort aus Ben Visser zu dem Hotel gefolgt bist.«

»Kein Mensch kann mich dort gesehen haben, weil ich nämlich gar nicht da war!«

Kleiweg reichte zum Recorder und drückte auf die Pausentaste. Er beugte sich zu De Canter und sagte leise: »Das weißt du und das wissen wir vielleicht auch, aber wir können genauso gut falsch spielen wie du. Der Mörder war dort. Wir brauchen den Fall nur mit einer Verhaftung abzuschließen, und da nehme ich dich genauso gern wie den Profi, der den Abzug gedrückt hat. Ehe du dich versiehst, wirst du über den Tisch gezogen. Das ist keine Kunst.«

Kleiweg ließ den Recorder weiterlaufen und lehnte sich zurück.

Max sah, wie sich auf De Canters Oberlippe kleine Schweißperlchen bildeten. Demonstrativ schaute er auf die Uhr. »In diesem Moment wird Didier Lafont von der französischen Polizei verhaftet«, sagte er. »Wie lange, meinst du, wird dein guter Freund brauchen, um zu erklären, dass er dich nur mit den Nachforschungen beauftragt hat und der Rest auf deine Kappe geht? Er hat dich bezahlt, aber es gibt nichts Schriftliches darüber. Und so was sagt er sogar am Telefon.« Max lächelte. »Er kannte noch nicht einmal den Namen des Mörders. Aber du kanntest ihn.«

De Canter war verwirrt. »Am Telefon?«

»Glaubst du, wir können keine Telefone anzapfen?«

»Alles nur sinnloses Gerede«, sagte Kleiweg. »Es geht darum, dass Didier alles auf dich abwälzen wird. Du wanderst in den Knast, Didier kommt ungeschoren davon. Das haben wir schon öfter erlebt.«

De Canter wurde wütend. »Didier lügt, dass sich die Balken biegen!«

Ein Schweigen trat ein.

»Jetzt kommen wir der Sache doch schon ein Stückchen näher«, sagte Kleiweg. »Du weißt also, wer Didier ist, und du hast schon öfter Geschäfte mit ihm gemacht.«

»Fall doch tot um, Mann.«

»Noch eine Kleinigkeit«, sagte Max. »Eine Viertelstunde, nachdem du ihn angerufen hattest – und dabei hat er mehr als genug auf das Band gequatscht, um dich hinter Gitter zu bringen –, rief dein guter Freund Didier hinter deinem Rücken auch noch seinen Bekannten in Marseille an. Kannst du dir denken, warum?«

De Canter starrte ihn an. Der Schweiß auf seiner Oberlippe schien zu gefrieren.

»Er hat gefragt, ob sie ein Problem für ihn lösen könnten«, erklärte Max. »Ich glaube, er meinte dich. Millessandri, sagt dir der Name was?«

»Vielleicht bist du im Amsterdamer Knast sogar sicherer aufgehoben«, fügte Kleiweg hinzu. Er warf Max einen Blick zu. »Ich denke, ich weiß, wen sie damit beauftragen werden.«

Max nickte. »Der kennt den Weg.«

Sie sahen, wie De Canter allmählich weich wurde. »Ich bin für niemanden ein Problem«, sagte er, ein wenig heiser. »Ich mache meine Arbeit, das ist alles.«

»Wir haben es auf Band«, sagte Kleiweg trocken.

Max zog ein Foto aus der Innentasche. Die Aufnahme war von schlechter Qualität, aber das Profil des Afrikaners war deutlich erkennbar. Er stand De Canter gegenüber, der ihm die Tür geöffnet hatte und in Richtung der Kamera schaute, als erwarte er noch mehr Besuch.

»Bonvenu«, sagte Max. »Wahrscheinlich eine kongolesische Variante für Bienvenu. Willkommen, Meneer Bonvenu. Das kannst du ja zu ihm sagen, wenn er mitten in der Nacht plötzlich mit Pfeil und Bogen vor deinem Bett erscheint.«

Fons stand am Tor hinter dem großen Stallgebäude und wartete. Isabelle ging zwischen den Schafen hindurch über den hart gefrorenen Boden auf ihn zu. »Mach dir keine Sorgen«, sagte er. »Du hast das Richtige getan. Alles wird gut.«

Letty war dabei, ihr Gepäck zu der Luxuslimousine zu schleppen. Der Chauffeur half ihr dabei. Er hatte seinen Wagen auf der Auffahrt zu Fons' Haus geparkt, wie es jeder tat, der sich hier nicht auskannte.

Es war ein stiller Wintertag, und man konnte die klassische Musik und das Klirren von Ketten aus dem Stall hören. Beethoven. Das brachte sie fast zum Weinen. In letzter Zeit konnte sie über alles Tränen der Rührung vergießen: über Fons' altes Gesicht, sein Lächeln, die fehlenden Zähne.

»In ein paar Wochen bin ich wieder da«, sagte sie.

»Dann bist du reich«, sagte Fons. »Dann brauchst du uns nicht mehr.«

»Fons, hör doch auf«, sagte sie.

Frans kam auf sie zu, in seinem blauen Overall und den Gummistiefeln, mit seinen schüchternen Augen und den romantischen Wimpern, von denen Letty stundenlang schwärmen konnte, sodass Isabelle sich immer schwangerer fühlte. »Im Treibhaus ist eine Glasscheibe kaputt, ich glaube, dass der Wein schon erfroren ist.«

»Wir päppeln ihn schon wieder auf.« Fons winkte das Problem mit einer Handbewegung beiseite. »Isabelle fährt weg.«

»Ich weiß.« Frans öffnete das Tor, damit sie durchgehen konnte. Er bot ihr seinen Arm, eine Bewegung, die wirkte, als habe er lange darüber nachgedacht, bevor er sie ein bisschen steif und verlegen ausführte. »Wir werden dich vermissen«, sagte er.

Isabelle stützte sich schwer auf seinen Arm. Sie hatte jetzt fast ständig Probleme mit ihrer Hüfte, und sie sehnte sich nach dem Moment, wo sie dieses ganze zusätzliche Gewicht nicht mehr schleppen musste, erst im Auto und danach in der luxuriösen Klinik. Fons kam auf ihre andere Seite. Sie gingen an dem alten Anbau entlang, in dem der russische Traktor stand, den Frans in einer wagemutigen Anwandlung gekauft hatte. Es war ein altes, aber unverwüstliches Monstrum, was auch gut war, weil es natürlich keine Ersatzteile dafür zu kaufen gab und jedes Teil quasi von Hand geschmiedet werden musste.

»Meinst du nicht, dass es dir sehr schwer fallen wird?«, fragte Frans.

Sie schüttelte den Kopf. »Nein. Es ist alles geregelt.«

»Weiß Doktor Vredeling davon?«

»Das ist gar nicht nötig«, meinte Fons.

Isabelle lächelte Frans unsicher an. »Ich habe ihr erzählt, dass ich eines zur Adoption freigeben würde.«

»Von uns wird niemand etwas erfahren«, erklärte Fons beruhigend. »Du bist schwanger und du bekommst ein Kind. Normaler geht's ja gar nicht.«

Sie blieben stehen und warteten auf Letty, die das Häus-chen abschloss. Der Chauffeur wartete in seinem dunkelgrauen Anzug an der hinteren Autotür.

»Dir wird kalt«, sagte Frans.

Wieder kämpfte sie mit den Tränen. Sie fasste ihn an den Schultern und zog ihn an sich. Er musste sich über ihren Bauch hinwegbeugen, damit sie ihn auf die Wangen küssen konnte. »Vielen Dank für alles«, sagte sie.

Danach küsste sie Fons. »Ich weiß nicht, was ich sagen soll.«

»Am besten gar nichts.« Fons grinste. »Krieg du mal ein schönes Baby, das ist besser, als schöne Reden zu schwingen.«

Sie halfen ihr auf den Rücksitz. Der Chauffeur schloss die Tür und Isabelle schaute durch die Glasscheibe hinaus zu Letty, die Frans den Schlüssel gab und fröhlich Abschied nahm, bevor sie zu ihr in den Fond hineinrutschte.

Der Motor lief fast geräuschlos. Die Limousine rollte rückwärts auf die Straße und richtete ihre lange glänzende Schnauze gen Süden. Isabelle konnte sich nicht umdrehen, aber sie wusste, dass Vater und Sohn auf der Fahrbahn standen und ihr hinterherblickten, bis sie außer Sicht waren.

Sie lehnte sich zurück. Die Rückbank hatte eine breite heruntergeklappte Armstütze in der Mitte, alles war weich, federnd und behaglich warm. Es wurde eine luxuriöse Reise, aber sie fühlte sich so unglücklich wie Eva, die aus dem Paradies verjagt wurde, weil sie den falschen Apfel gegessen hatte.

Das Gesicht von Inspecteur Conincx verhieß nichts Gutes, als sie in sein Büro zurückkehrten. »Ich habe das Gefühl, dass man mich an der Nase herumgeführt hat«, sagte er verärgert. »Ich habe aufgrund von Informationen meiner niederländischen Kollegen und nach Absprache mit meinen französischen Kollegen einen Mann verhaftet, und jetzt stehe ich da wie ein Depp.«

»Was ist passiert?«, fragte Kleiweg.

Conincx schnaubte. »Es ging doch darum, dass De Canter aus dem Verkehr gezogen werden sollte, um zu verhindern, dass er Didier Lafont in Frankreich warnt? Oder war es andersherum? Jedenfalls hat es nichts genützt. Das bedeutet, dass ich nichts gegen De Canter in der Hand habe und ihn wieder laufen lassen muss. Didier Lafont ist über alle Berge.«

Kleiweg entfuhr ein für ihn uncharakteristischer Kraftausdruck.

»Aber sie haben ihn doch observiert?«, fragte Max.

»Das schon.« Conincx spreizte seine Hände. »Ich habe die Gendarmen in Nuits Saint Georges angerufen, weil die *Police Judiciaire* nicht mehr verraten wollte, als dass der Mann verschwunden ist und ein Haftbefehl gegen ihn ausgestellt wurde. Die Gendarmerie hat wenigstens ehrlich zugegeben, dass ihnen Didier Lafont durch die Lappen gegangen ist.« Er seufzte. »Seine Frau sagt, Didier sei heute Morgen zusammen mit zwei Herren aufgebrochen. Nicht in seinem eigenen Auto, aber das kam ihr nicht ungewöhnlich vor. Sie behauptet, Didier ginge häufiger ganz unerwartet mit Geschäftsfreunden auf Reisen.«

»Hat sie das Auto gesehen?«

»Sie meint, sie hätten es vielleicht an der Kellerei abgestellt, aber sie hätte nicht darauf geachtet.« Er schwieg und schaute Max an.

Max zuckte mit den Schultern. »Solange man das Weingut nicht gerade lückenlos umzingelt, gibt es ein Dutzend verschiedene Möglichkeiten, dort unbemerkt hinauszukommen. Aber normale Geschäftsfreunde wären an die Haustür gekommen.«

»Ist das alles, was die Franzosen wissen?«, fragte Kleiweg.

»Vorläufig schon«, antwortete Conincx. »Sie wissen nicht, ob Lafont aus eigenem Antrieb heraus weggefahren ist oder ob die beiden Herren ihn abgeholt haben. Die *Police Judiciaire* hat eine Haussuchung durchgeführt, aber die Gendarmen haben keine Ahnung, ob sie dabei etwas gefunden haben.«

Für einen kurzen Moment sagte niemand etwas.

»Er hat gemerkt, dass er observiert wurde«, sagte Max deprimiert. »Entweder ist Didier gewarnt worden oder die Leute aus Marseille haben Wind davon bekommen. In diesem Fall muss man mit allem Möglichen rechnen, aber Didier werden wir wahrscheinlich nicht mehr wiedersehen.«

»Die französische Polizei ist nicht blöd, die haben das sicher begriffen«, meinte Kleiweg. »Ich glaube, dass sie den Leuten aus Marseille auf den Fersen sind.«

»Gegen die sie allerdings ohne Didier nichts in der Hand haben«, gab Conincx zu bedenken. »Und das weiß Millessandri auch. Hat Sjef De Canter noch irgendwas rausgerückt?«

»Er behauptet, von dem Mord nichts zu wissen, aber meiner Meinung nach hat er eine wahnsinnige Angst vor dem Mann aus Marseille.« Max blickte Kleiweg an. »Ich denke, wir haben jetzt eine ziemlich genaue Vorstellung davon, wie sich alles abgespielt hat.«

Kleiweg nickte und fing an, an seinen Fingern abzuzählen: »Der französische Notar muss Nachforschungen nach den Erben anstellen, so lautet das Gesetz. Er weiß, dass es Verbindungen in die Niederlande gibt, deshalb delegiert er diese Nachforschungen an Julius Bocken, hier in Antwerpen. Bocken fragt Didier Lafont, was er tun soll, und Didier antwortet, er habe jemanden für die Recherchen in den Niederlanden an der Hand. De Canter hat früher schon Aufträge für Didier erledigt. De Canter stößt in den Niederlanden auf einen lebenden Erben, Alex Lafont.«

»Das war gute Arbeit«, sagte Conincx.

»Er hatte alle Informationen«, sagte Max.

»Wie dem auch sei, De Canter gibt seine Ergebnisse ausschließlich an Didier weiter, weil ihm nur allzu deutlich bewusst ist, dass Didier seinen Miterben liebend gerne loswerden möchte. Julius Bocken erfährt von der Existenz Alex Lafonts erst, als der bereits tot ist. Das sind die Fakten, der Rest ist Spekulation. Irgendwelche Telefongespräche auf Band, das Mädchen, das meint, Bonvenu gesehen zu haben ...«

»Im Gegenteil, der Rest ist sonnenklar«, entgegnete Max ungeduldig. »Didier fragt seine Bekannten in Marseille um Rat. Millessandri hat ein Interesse daran, dass Didier alleiniger Besitzer des Weingutes bleibt, aber ihm ist auch klar, dass es zu riskant ist, Didier direkt in die Lösung des Problems mit einzubeziehen. Didier nennt ihm De Canter als Mittelsmann. Er instruiert De Canter, dem Mann, der aus Marseille kommt, die nötigen Informationen zukommen zu lassen, und wäscht seine Hände in Unschuld. Die Leute aus Marseille schicken Noël Bonvenu, einen professionellen Auftragskiller, der zudem noch das unwahrscheinliche Glück hat, dass Alex Lafont unter dem Namen Hinstra in das Zeugenschutzprogramm des FBI aufgenommen worden war, sodass danach allgemein angenommen wurde, er sei von einem amerikanischen Gangster liquidiert worden. Der Name Lafont ist gar niemandem in den Sinn gekommen. Der ganze Mordfall drehte sich um Hinstra alias Visser.«

Conincx wandte sich an Max. »Aber was hatte Bonvenu noch in Antwerpen zu suchen, als du neulich mit deiner Kollegin hier warst und ihr die Fotos von ihm gemacht habt?«

»Bonvenu war gar nicht in Antwerpen. Er ist in der Nacht mit dem Zug aus Paris gekommen. De Canter konnte ihn unter einer Telefonnummer in Paris erreichen.«

»Haben wir diese Nummer?«

»Es ist die Nummer von einem Auftragsdienst. Gib sie den Franzosen, die können da mal nachhören, aber ich glaube, sie werden nichts finden. Marseille hat Bonvenu schon längst zurückgepfiffen und die Schotten dichtgemacht. Bonvenu könnte schon im Kongo sein.«

Conincx schüttelte verärgert den Kopf. »Ich kann De Canter nicht länger festhalten«, sagte er. »Er ist ein widerlicher Typ und ein schlauer Fuchs dazu, die Art von Privatdetektiv, über den zwar Beschwerden kommen, gegen den man aber nichts unternehmen kann. Wenn wir nicht aufpassen, reicht er noch eine Klage ein.«

»Das wird er schön bleiben lassen«, meinte Kleiweg. »Hat man bei der Haussuchung Material über Didier gefunden?«

»Natürlich. Didier ist einer seiner Klienten. De Canter hat ihm eine Rechnung für seine Recherchen in den Niederlanden ausgestellt. Den Bonus streicht er natürlich unter der Hand ein, über die illegalen Sachen gibt es nichts Schriftliches. Ich lasse ihn gleich raus, aber wir werden ihn im Auge behalten. Für den Fall, dass sie Didier Lafont zu fassen kriegen. Oder Bonvenu. Oder falls jemand redet. Falls, falls.«

Seinem Gesichtsausdruck nach zu urteilen machte er sich keine großen Hoffnungen.

Die Klinik lag in den Ardennen. Schnee bedeckte die hügeligen Wiesen und die umliegenden Tannenwälder. Die Luft prickelte, die Sonne schien. In der Umgebung gab es Möglichkeiten zum Skilaufen, und einige Ärzte und andere Mitglieder des Personals hatten Skier auf die Dackgepäckträger ihrer Autos geschnallt.

Sie brauchte nicht mehr zu laufen, und von ihr wurde keinerlei körperliche Anstrengung verlangt, aber Isabelle spürte trotzdem das Gewicht in ihrem Bauch und diesen anderen Druck, der immer schwerer wurde und ihren Blick für konkrete Formen und Dinge zu trüben schien. Dieser Druck war wie der Schnee auf dem Gebäude, einem dreistöckigen Chalet, das auf der Rückseite fächerförmig von drei kurzen, niedrigen Pavillons für die Patienten umgeben war. Der Schnee verdeckte alle Formen, machte die Konturen weicher, verbarg die Details von Schornsteinen und Belüftungsrohren, Antennen, Regenrinnen, Balustraden.

Sie schlafwandelte durch einen Traum. Ihre Suite in einem der Pavillons wirkte nicht wie ein Krankenzimmer. Morgens erhielt sie Besuch von einem indischen Gynäkologen, gefolgt von einer energischen Spezialistin, die Übungen mit ihr durchführte. Schwestern und Angestellte kamen und gingen. Ihre Stimmen klangen gedämpft und unwirklich, als gehörten sie nicht zur realen Welt, sondern zu einer anderen Dimension. Sie brauchte nichts weiter zu tun als zu warten, zu schlafen, zu lesen und im Luxus ihrer Suite vor sich hin zu vegetieren. Es gab einen Großbild-Fernseher, eine private Terrasse, und ihre Gerichte wählte sie aus ledergebundenen Speisekarten aus.

Nachmittags ließ sie sich von Letty in einem komfortablen Rollstuhl herumfahren. Warm eingepackt in Wollplaids ging es über vom Schnee frei geräumte Wege; harte, kalte, dunkle Asphaltstreifen, eingebettet in Weiß, die ihr Schwindelgefühle verursachten. Alle Leute hier waren freundlich, hilfsbereit und verbreiteten eine beruhigende Atmosphäre, sie sahen nicht aus wie medizinisches Personal, und alles an der Einrichtung ihrer Suite, von den sonnigen Gardinen- und Bezugsstoffen bis zu den luxuriösen Möbeln, schien speziell dazu auserkoren, jegliche Assoziation mit Krankheit oder Gebrechen bei den Patienten zu vermeiden.

Isabelle begriff nicht, was mit ihr los war und woher dieser Druck in ihrem Kopf und auf ihrer Brust kam. In der dritten Nacht träumte sie wieder, sie sei ein Fisch ohne Schwanz und Flossen, sodass sie nicht wegschwimmen konnte, als der dunkle Harpunenwurm die Wasseroberfläche durchbrach. Sie wurde wach, weil sie von ihrer in einen Sarong gehüllten javanischen Krankenschwester sanft an der Schulter gerüttelt wurde, die sie vielleicht über die verborgenen Mikrofone hatte weinen hören. »Es war nur ein Traum«, sagte die Javanerin beruhigend. »Ich kann Ihnen etwas zum Schlafen geben.«

Isabelle betastete die Haut unter ihren Augen. Ihre Wangen waren nass. Sie schüttelte den Kopf. Sie fühlte sich dick, aufgedunsen und zutiefst unglücklich. In der Suite herrschte durch die sanfte, indirekte Nachtbeleuchtung eine romantische Atmosphäre. Draußen lag die unberührbare Stille des Schnees. Wieder fing sie an zu weinen. Die Krankenschwester redete beschwichtigend auf sie ein, während sie eine weiße Tablette in ein Glas fallen ließ und es herumschwenkte, um sie aufzulösen.

Letty erschien im Nachthemd. Sie wohnte im Zimmer nebenan, eine Suite mit eigenem Badezimmer, als sei es normal, dass die Patienten ihren Privatbutler, ihre Gesellschaftsdame oder ihren Leibwächter mit hierher brachten.

»Lassen Sie nur, ich mach das schon«, sagte Letty. »Was ist das?«

»Ein leichtes Beruhigungsmittel, es kann nicht schaden.«

»Ich will kein Beruhigungsmittel«, murmelte Isabelle mit geschlossenen Augen. Letty nickte der Schwester zu, die lautlos verschwand. Letty setzte sich an den Rand des Bettes und befühlte Isabelles Stirn. »Was ist denn los?«

»Ich weiß es nicht«, flüsterte Isabelle. Sie legte die Hände auf ihre Brüste. »Ich hatte wieder diesen Traum. Und ich fühle mich so schwer.«

»Durch die geschwollenen Brüste?«

Isabelle schüttelte den Kopf. »Nein, daran liegt es nicht, es geht tiefer. Ich habe noch nie Depressionen gehabt. Ich weiß nicht, was ich machen soll.«

»Vielleicht hilft dir die Tablette.«

»Nein. Bleib doch bitte einen Moment bei mir.«

Letty schaute sie an. »Du hast einen Entscheidungskater«, meinte sie.

»Unsinn.«

Sie hatte ihre Entscheidung getroffen, und das war's. Es gab kein Zurück mehr. Vielleicht hatte sie diese Beklemmungen, weil keine freie Wahl mehr möglich war. Aber vielleicht hatte sie die sowieso nie gehabt. Isabelle biss sich auf die Lippe und schüttelte den Kopf.

»Ich glaube, Judith spürt das auch, und deshalb hält sie sich fern«, sagte Letty. »Sie hat Angst, dass du es dir anders überlegst.«

Es stimmte, dass Judith sich kaum sehen ließ, aber Isabelle glaubte eher, dass sie zielstrebig einem Programm folgte, das darauf ausgerichtet war, einen so großen Abstand wie möglich zwischen ihr und der Brutmaschine ihres Kindes entstehen zu lassen. Eine Brutmaschine konnte sie vergessen. In einer Brutmaschine steckte das eigene Kind, nicht das einer anderen.

Judith wohnte in einem der anderen Flügel. Manchmal kam sie nachmittags für zehn Minuten zu Besuch, trank ein Tässchen Tee, erkundigte sich nach Isabelles Wohlbefinden und redete über das Wetter. Sie trug keine Kissen mehr unter ihrer Kleidung, das war nicht mehr nötig. Sie hatte alles mit den Ärzten und mit der Verwaltung geregelt, inklusive der Vorgehensweise, wie die Klinik im nahe gelegenen Dorf die Geburt von zwei Kindern am selben Tag und fast zum selben Zeitpunkt melden würde. Ein freundlicher Herr in der Verwaltung hatte ihr mitgeteilt, dass man in dieser Art von Gemeinschaft die Regeln leicht ein wenig großzügig handhaben könne. Letty zufolge war das auch viel unkomplizierter, und außerdem wollte niemand Judith und ihrem Geld auch nur im Mindesten in die Quere kommen.

»Ich mache keinen Rückzieher.« Isabelle lächelte mit nassen Augen. »Wolltest du nicht mit mir ein Restaurant in der Veluwe aufmachen?«

»Ich bin froh, dass du deinen Humor wiederfindest. Viel zu lachen hat man hier ja nicht mit dir. Ich bleibe nur, weil ich hier das Doppelte verdiene.«

»Tut mir Leid.« Isabelle knetete ihre Brüste. »Manchmal komme ich mir vor, als sei ich gar nicht mehr ich selbst.«

»Warum willst du nicht mal mit dem Therapeuten reden?«

»Ich muss mein eigenes Leben führen können. Ich bin kein Opfer.«

Letty schwieg für einen Moment und lachte dann spöttisch. »Ein Opfer in einem Fünf-Sterne-Palast, mit einer Viertelmillion auf der Bank, das würde ich mir jeden Tag gefallen lassen.«

Isabelle zwang sich zu einem Lächeln. »Es ist ein Luxusproblem«, gab sie zu.

»Genau. Und jetzt leg dich wieder hin.«

Letty wollte aufstehen, aber Isabelle nahm ihre Hand. »Bitte bleib noch einen Moment.«

Letty spürte an ihrem Griff, wie sehr sie sie jetzt brauchte. »Okay, dann rück mal ein Stück.«

Isabelle verlagerte ihren schweren Leib. Ihr Bauch erhob sich wie ein Berg unter der Bettdecke. Letty schob mit, hob die Decke an und legte sich neben sie auf die Seite. Das Bett war breit genug. Sie legte ihre Hand auf Isabelles Bauch und spürte das leichte Treten und Stoßen. »Es dauert nicht mehr lange«, flüsterte sie.

Isabelle legte ihre Hand auf die von Letty. »Das ist die Hand von deiner Tante«, flüsterte sie ihrem Bauch zu.

Letty betrachtete im sanften Licht ihr Profil. »Ich würde schon gerne Patentante werden«, sagte sie. »Und vielleicht brauchst du ja auch noch einen erziehungsberechtigten Vormund?«

»Du darfst alles werden, was du willst.«

»Wann erzählst du es der anderen Tante?«

»Tante Maran?« Isabelle schüttelte den Kopf. »Manchmal habe ich schon Gewissensbisse, aber ich möchte sie erst besuchen, wenn alles soweit über die Bühne gegangen ist.«

Letty grinste. »Die kriegt einen Herzinfarkt. Das zweitgrößte Ereignis in ihrem Leben. Erst steht deine Mutter hochschwanger bei ihr vor der Tür und jetzt du, schon mit fertigem Baby.«

»Ich gehe nicht zu ihr zurück.« Isabelle zögerte und fügte dann hinzu: »Und ich werde auch nicht sterben.«

Letty rieb über ihren Bauch. Sie schwiegen eine Weile, und dann bekannte Isabelle flüsternd: »Manchmal rede ich mir ein, dass es nur eines ist.«

»Das kann ich gut verstehen«, antwortete Letty, ebenfalls flüsternd. »So versucht dein Verstand, damit umzugehen.«

»Es kommt mir vor wie Verrat.«

Letty erwiderte nichts. Sie konnte nicht wieder mit voll geschissenen Windeln oder dem unhandlichen Kinderwagen anfangen, damit, wie sie zwei Kinder großziehen wollte oder dass sie ein gutes Werk tat, weil der Vater schließlich der Mann der anderen Frau gewesen war, die genauso ein Anrecht auf ihn hatte.

Isabelle schaute zur Seite. »Du brauchst dir keine Sorgen um mich zu machen.«

»Denkst du noch oft an Ben?«

Isabelle antwortete zunächst eine halbe Minute lang nichts und blickte an die Decke. »Weißt du«, sagte sie dann, »ich habe dieses Gefühl, das ich bei ihm hatte, noch nie zuvor erlebt, aber was hat das schon zu sagen, ich bin ja kaum erst siebenundzwanzig. Mit wem sollte ich ihn vergleichen? Vielleicht mit Gerard?«

»Lieber nicht«, meinte Letty.

»Wenn ich fünfzig bin, kann ich vielleicht mal sagen, dass Ben die große Liebe meines Lebens war, und ich bin auch froh, dass ich ein Kind von ihm bekomme und er in ihm weiterlebt. Aber eigentlich betrachte ich ihn schon lange unabhängig von dem Kind. Ben war da, er hat mich überwältigt, ich hatte das Gefühl, dass sich von nun an alles ändern würde und wir zusammengehörten. Aber jetzt muss ich manchmal meine Tasche aufmachen und mir die Fotos aus der Zeitung anschauen, um mir ins Gedächtnis zu rufen, wie er aussah. Und das bringt mich zum Weinen.«

»Eine Frau in deinem Zustand heult wegen jedem bisschen.«

Isabelle spürte, dass ihr wieder die Tränen kamen. »Verstehst du denn nicht, was ich meine?«

»Doch, natürlich verstehe ich dich«, sagte Letty leise. »Deine Gefühle sind ganz durcheinander. Das Einzige, was du nicht haben solltest, sind Schuldgefühle. Und bald siehst du ihn ja in deinem Sohn wieder.« Aufs Neue tätschelte sie Isabelles Bauch.

»Es ist ein Mädchen«, sagte Isabelle.

15

Ein Renault der Gendarmerie stand auf dem gefrorenen, unbefestigten Straßenrand an der langen Auffahrt zum *Maison de Maître.* Zwei Gendarmen in blauen Uniformen und den typischen Schirmmützen auf dem Kopf saßen hinter der beschlagenen Windschutzscheibe und versuchten den Anschein einer Observation aufrechtzuerhalten.

Max hielt in seinem BMW neben ihnen und Kleiweg stieg aus. Ein Gendarm kurbelte die Scheibe herunter und schaute sich flüchtig Kleiwegs Dienstausweis an. Max ließ den Blick über die Weinberge wandern, lange, schnurgerade, wellige Reihen von Rebstöcken, ein Meer gedrungener Stämme und kahler Zweige. Die Sonne schien, die Atmosphäre eines frühen Frühlingsanbruchs hing in der Luft, und weiter oben auf dem Hang bewegten sich die Gestalten der Winzer in Jägergrün im Rhythmus des Klickens ihrer pneumatischen Astscheren.

»Sie sind bereits von ihrer Dienststelle informiert worden«, sagte Kleiweg. »Wir dürfen uns ein bisschen umsehen.«

Sie folgten der Einfahrt durch die Allee aus hohen Zypressen und hielten vor dem Haus. Ohne die Geranien und die blühenden Sträucher wirkte es kälter und unfreundlicher als bei Max' erstem Besuch. Im oberen Stockwerk waren die meisten Fensterläden geschlossen. Aus einem der Schornsteine kringelte dunkler Rauch hervor, als werde der darunter liegende Kamin mit feuchtem Holz geheizt.

Sie warteten unter dem Säulenportal. Max lächelte dem Mädchen zu, das er vom letzten Mal her wiedererkannte. Diesmal trug sie statt der schwarzen Baumwollbluse einen schwarzen Wollpullover unter ihrer weißen Schürze. Sie ließ sie in der Eingangshalle warten und ging über die alten Steinfliesen davon. Kurze Zeit später kam Christine Lafont durch den Flur und blieb unter dem Sandsteinbogen am Ende stehen. Im Herbst, auf der Terrasse, hatte sie klapperdürr ausgesehen, mit eckigen, mageren Schultern, aber jetzt verbarg sie ihre fehlenden weiblichen Formen unter einem weiten Winterkleid aus weichem blauem Mohair. Noch immer fiel ihr unzufriedenes Gesicht mit den dünnen Lippen und der harten Kinnlinie auf, doch ihre Augen, die sie damals hartnäckig hinter einer Sonnenbrille verborgen hatte, erwiesen sich als ihr schönstes Attribut. Sie waren warm und bernsteinfarben mit goldenen Flecken darin, überschattet von langen Wimpern.

»Bonjour Madame!«, rief Max überschwänglich, als trä-

fe er eine alte Freundin wieder. Mit ausgestreckter Hand ging er auf sie zu.

Sie ignorierte die Hand. »Was wollen Sie hier noch?«

»Das hier ist Inspecteur Kleiweg von der niederländischen Polizei«, stellte Max vor. Kleiweg machte eine leichte Verbeugung.

»Zweifellos sind Sie von der Gendarmerie darüber informiert worden, dass mein Mann nicht zugegen ist«, sagte Christine unfreundlich. »Ich verstehe nicht, was Sie hier wollen. Wenn es noch immer um diese Erbschaftsangelegenheit geht …«

Max betrachtete das helle Rechteck an der Wand neben dem Stützbogen, wo jahrelang ein Gemälde oder ein Porträt gehangen haben musste, bevor es unlängst durch einen Druck mit dem Motiv einer blauen Blume ersetzt worden war, einer *Gentiane Primavere,* gerahmt und hinter Glas, wie man sie in Andenkenläden zu kaufen bekam, aber zu klein, um den Schatten der Vergangenheit vollständig zu verdecken. Er schaute zur Seite und sah, dass Christine seinem Blick gefolgt war und in einem Gefühl des Ertapptseins die Lippen aufeinander presste.

»Wetten, dass hier Ihr Schwiegervater hing?«, fragte er. »Der alte Raymond?« Er lächelte, als sie keine Antwort gab. »Raymond im Weinberg? Raymond auf seinem ersten dampfbetriebenen Traktor?«

»Das Haus gehört jetzt mir«, antwortete sie.

Er nickte. »Machen Sie sich denn gar keine Sorgen?«

»Worüber sollte ich mir Sorgen machen?« Es klang herausfordernd, und wieder verzog sie ungeduldig und wütend den Mund, aber ihre Augen verrieten ihre Verletzlichkeit.

»Nun ja, die Polizei will Ihren Mann verhaften, Ihr Haus wird durchsucht, Ihr Mann ist spurlos verschwunden.«

»Das klärt sich schon alles wieder auf, es handelt sich lediglich um einen Irrtum. Wir leben nicht in einem Polizeistaat, wir haben das Recht auf polizeilichen Schutz, so wie jeder französische Bürger.«

»Außer wenn der Bürger Straftaten begeht.« Max wies mit einem Kopfnicken auf die Wand. »Sie können die Vergangenheit nicht einfach mit einem Blümchen zudecken.« Er schaute ihr in die Augen. »Vielleicht haben Sie persönlich ja nie etwas mit diesen Dingen zu tun gehabt. In diesem Fall können Sie froh sein, dass Sie keine gute Ehe geführt haben.«

Das Gold in ihren Augen blitzte auf und ihre Verletzlichkeit verschwand, als schöpfe sie Kraft aus ihrer Empörung. »Ich brauche mich nicht beleidigen zu lassen«, herrschte sie ihn an. »Verlassen Sie sofort mein Haus, sonst rufe ich die Polizei!«

Kleiweg sagte in seinem förmlichen, steif klingenden Französisch: »Die Polizei weiß, dass wir hier sind, Madame. Dies ist ein offizieller Besuch.«

Christines Wut legte sich und Max sah, wie sich eine Falte über ihrer Nasenwurzel bildete, als überlege sie, was das Vorteilhafteste für sie wäre. Sie wusste, dass sie von den Gendarmen weder Unterstützung noch Mitleid erwarten konnte. Die Polizei wollte lediglich ihren Mann verhaften und kümmerte sich nicht um sie, außer es sollte sich herausstellen, dass sie in die Sache verwickelt war. Max hatte nicht den Eindruck, als wäre sie an der Planung des Mordes an Alex Lafont beteiligt gewesen. Aber vielleicht hatte sie manches aufgeschnappt und ihre Schlussfolgerungen daraus gezogen, ohne sie jemals auszusprechen. Nach einer lieblosen und unbefriedigenden Zweckehe, die zwanzig Jahre lang gedauert hatte, würde sie jetzt, wo ihre auf Sand gebauten Träume zu zerplatzen drohten, hauptsächlich an ihre eigenen Interessen denken.

»Es geht uns nicht um teure Etiketten auf billigem Wein, oder um eine Ernte, die fünfmal größer ist als das, was ihre Weinberge einbringen«, sagte Max. »Das ist ein

Fall für die französische Polizei. Wir sind wegen des Mordes hier.« Christine drehte sich brüsk um und ging über den breiten Flur davon. Max folgte ihr, zwischen den hohen Wänden, die mit einer cremefarbenen Mischung aus gelbem Sand und Kalk verputzt waren, wie es in alten Klöstern üblich war. Hier hingen Luftaufnahmen des Landbesitzes, eine lange Reihe eingerahmter Schwarzweißfotos der alten Weinkellerei. Raymond Lafont war auf keinem von ihnen zu sehen.

»Es hat keinen Sinn, wegzulaufen wie Didier.« Max hörte Kleiweg hinter sich und drückte gegen eine zuschlagende Tür aus Eichenholz. »An das Weglaufen sind Sie wohl gewöhnt?«

Christine blieb abrupt mitten im Raum stehen, den Rücken zu ihnen gewandt.

Max betrachtete die antiken Büfetts, die schweren Stühle und die dunklen Rücken gebundener Bücher hinter Glastüren und dachte bei sich, dass es das niederländische Wort *gezelligheid* wohl deshalb in keiner anderen Sprache gab, weil es ausschließlich zu den langen Wintern, den verregneten Herbsttagen und den Nikolausabenden der Niederlande gehörte. Er richtete den Blick auf den blauen Mohairstoff von Christines *ongezellig* hartem Rücken: »Glauben Sie wirklich, dass er jemals wieder zurückkommt?«

Christine drehte sich um. Ihre Augen blickten stumpf. »Was wollen Sie von mir?«

»Warum schützen Sie Didier?«

»Weil er mein Ehemann ist.« Es klang ziemlich emotionslos.

»Ich will Sie ja nicht verletzen«, sagte Max. »Aber warum haben Sie eigentlich keine Kinder?«

Christine setzte sich in einen Stuhl mit hölzernen Armlehnen und wandte sich an Kleiweg. »Warum sind Sie hier?«, fragte sie unvermittelt.

»Ich bin in meiner Funktion als Verbindungsbeamter

zur französischen Polizei hier«, antwortete Kleiweg. »In den Niederlanden wurde ein Mord begangen, und dies ist Sache der niederländischen Justizbehörden.«

Starr erwiderte sie seinen Blick. »Kann schon sein, dass jemand ermordet wurde, aber das hat nichts mit der Erbschaft zu tun.« Sie schaute Max an. »Ich habe Ihnen doch schon gesagt, dass wir das Testament für null und nichtig hätten erklären lassen können.«

»Wir?«, fragte Max.

»Wie meinen Sie?«

Max setzte sich ihr gegenüber hin. »Ich dachte, Sie seien unter den üblichen Ehebedingungen mit Didier verheiratet. Ich fragte mich, wer wohl Erbe seines Vermögens ist, deshalb wollte ich von Ihnen wissen, warum Sie keine Kinder haben.«

»Ich erbe Didiers gesamtes Vermögen«, antwortete sie. »Regulär nach dem Gesetz. So, wie er meines erben würde, wenn ich vor ihm sterben sollte. Wer sonst sollte es bekommen? Der Staat? Ich bin doch nicht verrückt. Didier hat keine anderen Erben.« Und bissig fügte sie hinzu: »Nein, wir haben keine Kinder.«

Max schwieg eine Weile. »Hassten Sie Ihren Schwiegervater, weil er plötzlich diese anderen Erben ins Spiel brachte?«

»Raymond?« Sie gab einen abfälligen Laut von sich und wandte ihren Blick nach draußen auf den Gürtel kahler Laubbäume und kalter Koniferen rings um die Weinkeller. »Sie schätzen Raymond wohl sehr hoch ein. Der heilige Raymond. Dieser *salopard.* Keine Frau war vor ihm sicher. Wenn Didier auf Reisen war …« Sie seufzte hörbar. »Er kam in mein Schlafzimmer, um mir ein Kind zu machen, weil Didier seiner Meinung nach nicht den Mumm dazu hatte. Ich habe ihm die Augen ausgekratzt. Das Schwein. Alle Lafonts sind Schweine.« Sie schloss die Augen und lehnte sich zurück, winkte in Richtung Tür. »Ich bitte Sie.«

Kleiweg räusperte sich. »Es tut mir Leid. Wir werden Sie gleich allein lassen, Madame, aber wir haben noch ein paar Fragen ... Als Ihr Mann wegfuhr, hat er Ihnen da nicht gesagt, wo er hinwollte?«

Sie schüttelte den Kopf. »Nur, dass er für ein paar Tage wegmüsse.«

»War das nicht ungewöhnlich?«, fragte Max.

Ihre Stille sagte mehr als tausend Worte.

Kleiweg fragte: »Hat er Gepäck mitgenommen?«

»Eine Reisetasche und seinen kleinen Computer.«

»Einen Laptop?«

Sie nickte mit geschlossenen Augen. »*Le portable.* Den nimmt er immer mit.«

Max fragte: »Hatten Sie den Eindruck, dass er freiwillig mit den beiden Herren mitging?«

»Ich war oben. Didier kam seine Reisetasche holen und erklärte, dass er für ein paar Tage wegmüsse.« Das alles klang abgemessen, als wolle sie sie einfach nur so schnell wir, möglich loswerden.

»Hat vorher jemand angerufen oder hat er die Leute von sich aus kontaktiert?«

»Das weiß ich nicht.«

»Wie sahen die Herren aus? Waren es Geschäftsfreunde, die Sie vorher schon einmal gesehen hatten?«

»Der eine sah aus wie ein Geschäftsmann, aber er hat sich mir nicht vorgestellt. Der andere wartete am Seitenausgang, es war ein Schwarzer, meiner Meinung nach der Chauffeur. Sie sind hinten durch die Weinkellerei gegangen, vielleicht hatten sie dort ihr Auto geparkt. Ich bin im Haus geblieben und habe sie nicht wegfahren sehen.«

»Ein Schwarzer?«, fragte Max. Er versuchte, seine Stimme neutral klingen zu lassen. »Haben Sie sein Gesicht gesehen?«

»Kaum ...«

Max holte das vergrößerte Foto von Nel hervor und hielt es ihr hin. Sie schaute in das breite schwarze Gesicht von Noël Bonvenu und zog beunruhigt eine Augenbraue hoch. »Wieso haben Sie ein Foto von diesem Mann?«

Kleiweg räusperte sich.

Max steckte das Foto weg und drehte sich um. Zwei Gendarmen standen in der Tür, zusammen mit dem Dienstmädchen, das nervös wirkte. Die Gendarmen drehten ihre Mützen in den Händen. In ihren Haaren war ein Abdruck der Ränder zu erkennen. *»Pardon, madame Lafont«*, sagte der ältere der beiden.

Christine stand auf. »Was gibt es denn noch?«, fragte sie mit arroganter Ungeduld, die falsch und gepresst klang, weil die Antwort schon an ihren Gesichtern abzulesen war. »Haben Sie Neuigkeiten von meinem Mann?«

»Oui, madame«, antwortete der Gendarm. »Ein Unfall ... Er ist ertrunken. Wir möchten Sie bitten, uns zu begleiten, um ihn zu identifizieren.«

Sie stieß ein heftiges Keuchen zwischen den bleichen Lippen hervor und sank zurück auf den Stuhl. »Ertrunken?«

Der Gendarm warf stirnrunzelnd einen Blick auf Max und Kleiweg. »Vielleicht sollten Sie jetzt besser ...«

Sie nickten und machten sich auf den Weg, während sich der Gendarm über Christine beugte und leise auf sie einzureden begann.

Der Renault des Observationsteams stand neben Max' BMW vor dem Haus und ein weiterer Streifenwagen traf gerade ein, als sie herauskamen. Der Vorgesetzte des Gendarmen, mit dem sie am Morgen gesprochen hatten, stieg aus und schüttelte ihnen mit französischer Flüchtigkeit die Hand. *»Voilà«*, sagte er. »Für euch ist die Sache damit wohl erledigt.«

»Wo ist es passiert?«, fragte Kleiweg.

Der Vorgesetzte zuckte mit den Schultern. »Ein Parkwächter hat ihn im Lac du Temple gefunden, in einem Naturschutzgebiet bei Troyes.«

»Was hatte er da zu suchen?«

»Didier? Nichts wahrscheinlich. Ich glaube, dass die anderen Herren einen abgelegenen Ort suchten, wo sie ihn loswerden konnten. Es sieht nach Ertrinken aus, aber er wird zur Autopsie nach Dijon gebracht. Ich muss ...«

»Er hatte einen Laptop bei sich, einen *portable*«, sagte Max. »Hat man den gefunden?«

Der Vorgesetzte ließ ein abfälliges Lachen hören. »Da die wissen, dass wir keine Sekunde lang an einen Unfall glauben, brauchten sie auch nichts von Didier zurückzulassen, um es realistisch aussehen zu lassen. Vielleicht steckte etwas in diesem *portable* drin, vielleicht aber auch nicht. Die brauchen nur dafür zu sorgen, dass wir ihnen nichts nachweisen können.« Er wies mit einem Nicken auf die Tür. »Ich muss mich jetzt mit der Witwe unterhalten.«

»Augenblick noch«, sagte Max. »Habt ihr das schon?« Er zog das Foto von Bonvenu aus seiner Tasche. Der Vorgesetzte schaute es sich an und schüttelte den Kopf.

»Das Foto ist über Interpol der *Police Judiciaire* übermittelt worden«, sagte Kleiweg.

Der Gendarm warf ihm einen ironischen Blick zu. »Aber nicht an uns. Wer ist dieser Mann?«

»Noël Bonvenu«, antwortete Max. »Interpol versucht ihm auf die Spur zu kommen. Ich glaube, dass er ein Auftragskiller ist, der für Millessandri in Marseille arbeitet. Er wurde an dem Tag, als Alex Lafont ermordet wurde, in den Niederlanden gesehen. Christine Lafont hat in ihm soeben einen der beiden Männer wiedererkannt, die Didier abgeholt haben. Behalt das Foto ruhig. Man weiß ja nie, vielleicht ist er von Leuten hier in der Gegend gesehen worden, oder vielleicht sein Auto ...« Den Rest ließ er unausgesprochen, denn vermutlich brauchte er den Gendarmen nicht zu erklären, wie sie eine Befragung der Bevölkerung durchzuführen hatten.

»Vielen Dank.« Der Chef nahm es dankbar an. *»Merde!«*, sagte er verärgert. »Wenn die uns das früher gegeben hätten, hätten wir ihn vielleicht sogar mit eigenen Augen gesehen.«

»Troyes«, bemerkte Kleiweg verwundert. »Was hatten die denn da zu suchen? Das liegt doch auf dem Weg nach Paris?«

»Von hier aus mehr in Richtung Reims oder Belgien«, sagte der Chef.

»Ich würde da nichts hineininterpretieren«, sagte Max. »Ihr einziger Grund dafür, in diese Richtung zu fahren, war wohl, dass es entgegengesetzt von Marseille liegt.«

Der Schmerz raste in ihrem Unterleib. Sie verlor das Bewusstsein dafür, wo sie war und wer bei ihr war. Der indische Arzt war zugegen, Krankenschwestern, Judith schien an der Tür zu stehen, die Hand vor den Mund geschlagen, Letty war ganz in ihrer Nähe, in einem grünen Kittel und mit einem grünen Lappen über dem Mund. Sie selbst lag in diesem komischen Stuhl, in den Kniekehlen gepolsterte Bügel, unter einem orangeroten Laken, in einem Zelt aus Schmerzen.

Isabelle schrie, lange und laut, dann erstickt, unter Lettys Hand auf ihrem Gesicht. Sie krümmte sich wie eine Blattfeder nach hinten und schüttelte wild mit ihrem verschwitzten Kopf zu dem orangefarbenen Zelt hin: *Weg, weg, weg!*

Ein Hindernis, ein Ding, sie konnte es noch nicht einmal als Kind betrachten, sie verspürte nur den übermächtigen Drang, davon erlöst zu werden. Sie presste es heraus, eine Welle des Schwindels, als der Abgrund aufriss, dann eine neue Flutwelle von schwarzer Leere und Erleichterung, als der Abgrund sich wieder schloss und sie wie ein Ball in den leeren Raum katapultiert wurde, plötzlich befreit von ihrem Körper.

Sie blickte an sich hinunter, erfasste aus den Augenwinkeln heraus das orangefarbene Zelt, Instrumente, Leute um sich herum und etwas, das sich in ihren Händen wand und Laute von sich gab. Dann funkelten die fernen Sterne. Der Schmerz war weg und sie taumelte durch die Nacht. Sie spürte Kühle auf ihrer Stirn. Letty lächelte sie an, tupfte ihre Stirn ab. Der laute Wasserfall, als sie das Tuch über einer Metallschüssel auswrang. Krankenhausgerüche, Desinfektionsmittel, Jod.

»Es kann noch eine halbe Stunde dauern«, sagte Letty.

Isabelle drehte den Kopf. Tageslicht fiel in den Raum. Judith war weg, der Arzt auch. Eine Krankenschwester befand sich hinter dem orangefarbenen Zelt, sie spürte ihre Hände und die leicht brennende Flüssigkeit, mit der die Reste des alten Schmerzes weggewischt wurden. Der Schmerz glühte, eine brennende Erinnerung, und dahinter wühlten die Tentakel einer neuen Pein, wie ein heraufziehendes Unwetter.

»Was war es?«, flüsterte sie.

»Es ist weg.«

Das Versprechen, dachte Isabelle. *Ich habe den Preis bezahlt.*

»Ich habe es gerade von der Gendarmerie erfahren«, sagte Maître Longueteau. »Das ist ja furchtbar.«

»Vielleicht ist es besser, als wenn er den Rest seines Lebens hinter Gittern gesessen hätte«, sagte Max auf Französisch.

»Ich dachte, Sie würden kein Französisch sprechen.«

Max lächelte. »Meine Assistentin spricht besser Englisch als Französisch, und da Sie die Sprache auch beherrschen, war es praktischer so.«

»Ah, Ihre Assistentin. Ist sie diesmal nicht mitgekommen?«

Er schüttelte bedauernd den Kopf. »Ich bin mit einem Inspecteur der niederländischen Polizei hier. Er ist gerade in der Gendarmerie. Und zwar geht es um den Nachlass.«

Christian Longueteau warf ihm einen eigenartigen Blick zu. »Von Didier Lafont?«

»Beziehungsweise um den seines Vaters, Raymond Lafont.«

Der Notar verlor den Faden. Er ging zu seinem Schreibtisch. »Ich weiß nicht so recht, was es darüber noch zu sagen gibt.«

Max setzte sich in denselben Sessel wie beim letzten Mal, drehte ihn aber diesmal so, dass er sich voll im Blickfeld des Notars befand. Das Licht schien heller als im Herbst, weil die Weinranken über dem Fenster ihre Blätter dem Winter geopfert hatten.

»Hatte Didier bereits ein Testament gemacht?«, fragte Max.

»Hören Sie …« Der Notar zögerte und beschloss dann offensichtlich, dass er mit dieser Information keinen Schaden anrichten konnte. »Nein, es gibt kein Testament, Didier war noch nicht dazu gekommen, nach all den Scherereien. Ich glaube, er hatte es nicht eilig damit, weil er wahrscheinlich vorher noch etwas an dem bestehenden Zustand ändern wollte.«

»An welchem bestehenden Zustand?«

»Dem Ehevertrag mit seiner Frau. Dieser tritt jetzt automatisch in Kraft. Da die beiden keine Kinder hatten, fällt der gesamte Besitz an Christine.«

»Sie meinen das Drittel, das Didier von Raymond erbte.«

Auf der Stirn des Notars bildete sich eine Falte. »Pardon?«

»Das Testament von Raymond ist doch noch gültig?«

Longueteau schwieg einen Moment lang. »Ja, das ist es.«

»Ganz offiziell?«

Der Notar stützte die Ellbogen auf seinen Schreibtisch und verschränkte die Finger. »Als sich herausstellte, dass es keine weiteren Erben mehr gab, hat Didier das Testament nicht länger angefochten. Er wollte so schnell wie möglich über sein Erbe verfügen können, und es war dann ja auch egal. Das Testament von Raymond wurde vor zwei Monaten von einem Richter offiziell für rechtsgültig erklärt.«

Max legte seine Hände auf die Knie. »Das ist alles, was ich wissen wollte, *maître*«, sagte er. »Das letzte Testament von Raymond Lafont ist also das einzig rechtsgültige. Der Besitz sollte zu gleichen Teilen auf seine Kinder übergehen, auf seinen Sohn Didier sowie seinen Sohn Alex und seine Tochter Amanda aus erster Ehe mit der Niederländerin Mechthild Mertens.«

»Das stimmt, aber wie wir wissen …«

Max hob die Hand. »Haben Sie bitte noch einen Augenblick Geduld mit mir. Was wäre, wenn eines der niederländischen Kinder noch gelebt hätte?«

Der Notar blickte ihn unwillig an. »Da im Testament von gleichen Teilen die Rede ist, hätte dieses Kind die Hälfte bekommen.«

»Gilt das auch für die Nachkommen dieses Kindes?«

»Nur in direkter Linie.«

»Sie meinen also, es müsste der Nachkomme eines legitimen Kindes von Raymond Lafont sein und nicht eine entfernte Nichte oder eine wohltätige Stiftung?«

Aus den Augen von Longueteau sprach eine gewisse Beunruhigung. »Richtig, aber Alex und Amanda sind tot und hatten keine Kinder.«

»Amanda hatte eine Tochter«, sagte Max.

Der Notar starrte ihn ungläubig an. »Das ging aber aus dem Nachforschungsbericht nicht hervor!«

»Haben Sie die Erklärungen aus den Niederlanden noch?«

»Ja, natürlich, aber …« Er drehte den Kopf hin und her, als summe eine lästige Fliege um ihn herum.

»Ich glaube, es ist auch in Ihrem Interesse, wenn die Sache so schnell wie möglich geklärt wird«, sagte Max. »Es würde ein ziemlich schlechtes Licht auf Sie werfen, wenn bekannt würde, dass Ihre Kanzlei den Weg für den rechtmäßigen Erben blockiert …«

»Sie brauchen mich nicht auf meine Pflichten hinzuweisen«, unterbrach ihn Longueteau pikiert.

»Es tut mir Leid. Wegen dieses Nachlasses wurde bereits ein Mord verübt, und ich ...«

»Das können Sie nicht beweisen.«

»Doch, das kann ich allerdings«, erwiderte Max. »Und jetzt langt's mir einfach. Ich weiß, dass Sie nichts damit zu tun haben, aber es reicht auch schon, dass Sie sich so stark auf die Belange Ihres Mandanten konzentriert haben. Sie haben das Material nicht sorgfältig genug studiert, und so konnte man Sie wunderbar zum Narren halten.«

Der Notar schien zwischen Wut und Frustration zu schwanken. »Können Sie die Existenz dieser Tochter beweisen?«, fragte er.

»Natürlich. Sie wird, falls es nötig sein sollte, einen Rechtsanwalt einschalten, aber im Augenblick vertrete ich sie. Sobald ich zurück bin, schicke ich Ihnen eine Geburtsurkunde zu und anbei alle Unterlagen, die Sie sonst noch brauchen.«

Der Notar stand auf, öffnete einen seiner antiken Schränke und zog eine Mappe hervor, die er vor Max auf den Schreibtisch fallen ließ. »Zum Narren gehalten?«

Max öffnete die Mappe. Berichte von De Canter, Erklärungen der Justizbehörden, von Gerben Hinstra, dem Waisenhaus, sämtlich mit angehefteten, offiziell beglaubigten und gestempelten französischen Übersetzungen. Maran Mertens wurde jedoch mit keinem Wort an irgendeiner Stelle erwähnt, und als Sterbeort von Amanda wurde Culemborg angegeben. Er zog die beigefügte Erklärung des Krankenhauses zwischen den Papieren hervor. »Der Tod Amandas«, sagte er. »Können Sie sich an die Todesursache erinnern?«

»Innere Blutungen«, antwortete Longueteau und runzelte die Stirn.

»Genau«, sagte Max. »Und als Folge wovon? Einer

Schusswunde? Eines Unfalls? Nein. Der Mann, der die Erklärung im Krankenhaus abgeholt hat, hat wahrscheinlich darum gebeten, die Todesursache unerwähnt zu lassen, um die Angelegenheit für Didier nicht unnötig zu verkomplizieren. Und auch in seinem eigenen Interesse, denn sonst hätte er noch einen Erben aufspüren können, der dann ebenfalls hätte ausgeschaltet werden müssen.«

Der Notar starrte ihn an.

»Amanda Mertens, Tochter von Mechthild und Raymond Lafont, gebar eine gesunde Tochter. Es gab Komplikationen und die Mutter starb im Krankenwagen auf dem Weg in die Klinik. Die Tochter wuchs bei einer unverheirateten Tante auf. Hätte Mechthild nach der Scheidung nicht wieder ihren Mädchennamen angenommen, hieße die Tochter ganz einfach Isabelle Lafont.«

Max lehnte sich zurück. Der Notar setzte seine Lesebrille auf und studierte die Erklärung. »Und, äh ... Amanda wurde tatsächlich ehelich geboren, also noch bevor Raymond und Mechthild geschieden wurden?«

Max verlor die Geduld. »Es bestehen nicht die geringsten Zweifel bezüglich der Vaterschaft, falls Sie das meinen. Amanda wurde in Nuits Saint Georges geboren und ich nehme an, dass ihre Geburt hier im Rathaus registriert wurde. Ihr Vater hat sie wahrscheinlich noch als Kleinkind auf den Knien geschaukelt.«

Christian Longueteau nahm die Brille ab und rieb sich die Augen. »In diesem Fall ... eine Enkelin. Isabelle?« Er schüttelte den Kopf. »Wer ist der Vater?«

»Unbekannt. Die Mutter war nicht verheiratet. Ich nehme jedoch nicht an, dass das juristisch gesehen einen Unterschied macht?«

»Nein ... wenn sie ausreichende rechtsgültige Beweise vorlegen kann ...«

»Das ist kein Problem.«

»Unter diesen Umständen ... hätte sie Anrecht auf einen gleichen Anteil. Die Hälfte des Nachlasses.«

»Vielen Dank, *maître.*« Max griff nach seiner Jacke.

»Warten Sie. Weiß Christine schon davon?«

»Nicht von mir. Am besten erklären Sie es ihr so bald wie möglich, bevor sie sich falsche Hoffnungen macht.«

»Ja, Donnerwetter noch mal …« Der Notar kaute an seiner Unterlippe. »Haben Sie irgendeine Vorstellung davon, was Ihre Klientin mit ihrem Erbe vorhat?«

Max hatte keine Ahnung. »Was hätte Christine damit angefangen?«

»Wenn sie alles bekommen hätte? Ich nehme an, sie hätte ihre Verwandten in den Betrieb mit hineingenommen. Das sind alles Winzer.«

Max dachte an Nels Bemerkung über das Natterngezücht und grinste. »Ich glaube nicht, dass Isabelle sich an den Weinbau wagt.«

Der Notar fand das nicht komisch. »Das würde Liquidation … Es sei denn, Christines Familie springt ein und zahlt Ihre Klientin aus. Ich muss Sie allerdings warnen: Wenn die Gerüchte über den Weinskandal stimmen und der gute Name der Marke in Verruf gerät, könnte der Betrieb erheblich im Wert sinken. Die Justizbehörden können ihn sogar beschlagnahmen. Natürlich wäre das alles nur vorübergehend. Dabei bin ich mir sicher, dass Christine mit alldem nichts zu tun hat und ihre Rechte geltend machen kann.«

»*Maître,* ich werde nicht mit Ihnen verhandeln. Lassen Sie sie erst einmal ein Angebot unterbreiten, dann werden wir schon sehen, wie Raymonds Enkelin darauf reagiert.«

Max grinste noch immer, als er das Haus des Notars verließ und in seinen BMW stieg, um Kleiweg abzuholen.

Das Wasser brodelte weiß und trübe über ihr, es war, als schaute sie durch eine regennasse Brille oder durch einen Block von geborstenem Eis, alles war unscharf und verzerrt. Etwas brach durch den Spiegel, diesmal kein Boot, sondern eine Unheil verkündende Dunkelheit, keine

Harpune, sondern ein stumpfer Gegenstand, der an irgendetwas dranhing, ein Arm, ein Mann, und jetzt sah sie, im Bruchteil einer Sekunde, bevor es hinter der Explosion aus blendendem Licht verschwand, das Gesicht.

Isabelle drehte den Kopf weg, als sie in den Abgrund gezogen wurde, in einen schwarzen Schacht voller süßlicher, widerlicher, Übelkeit erregender Gerüche. Ein Gewicht wurde von ihr weggenommen, und dann kam der Schmerz. Sie riss den Mund auf, um zu schreien.

Das kühle Tuch lag auf ihrer Stirn. Isabelle öffnete die Augen. Ihre Knie hingen nicht mehr in den Bügeln, der Schmerz brannte noch nach, ihr war schwindelig. Letty war bei den anderen, sie standen alle vor der Konsole an der Wand, wo sich hinter ihren Rücken etwas bewegte, zwischen den Waagen und den Instrumenten. Es war seltsam still.

Jemand blickte sich um, und die Schwester trug es zu Isabelle und legte es auf ihren Bauch, klebrig und schwarz.

16

Ein Auto mit ausländischem Kennzeichen und einem grünen Kleeblatt auf der Stoßstange stand im schmelzenden Schnee unter dem Apfelbaum, und als Max den Bauernhof betrat, sah er einen großen, mageren Mann mit Bart gegenüber von Marga vor dem brennenden Kamin im Wohnzimmer sitzen. Die Szene besaß eine merkwürdige Intensität, so, wie sie dasaßen, der Mann in einem Lehnstuhl und Marga auf dem Sofa, die Köpfe dicht beieinander über dem niedrigen Wohnzimmertisch, als schmiedeten sie ein Komplott. Als sie aufschauten, zeichnete sich eine Art Erschrecken und ungeschickte Verlegenheit auf ihren Gesichtern ab. Marga errötete. »Max!«

»Hallo, Schatz.« Sie stand hastig auf, und er küsste sie und spürte, dass sie versuchte, die Begrüßung flüchtig zu halten, als hätte sie Angst, ihren Gast in Verlegenheit zu bringen.

»Das ist Hendrik. Max Winter.«

Der Mann war aufgestanden und gab ihm die Hand. »Hendrik Vermeer.« Er schien nervös. Die ganze Szene wirkte wie aus einem schlechten Film.

»Ah, Vermeer. Deshalb malen Sie also Rembrandts.«

»Rembrandts?«

»Max!«, sagte Marga warnend, nachdem sie sich wieder von dem Schrecken erholt hatte.

»Sie malen doch im Stil der alten Meister?«, erkundigte sich Max.

»Ach so, die flämische Schule, ja, die mag ich.«

Marga hatte erzählt, dass Hendrik seine Kunstwerke auf künstlich gealtertem und geborstenem Leinen malte und sie in schwere, vergoldete Rahmen fasste. Früher fand sie das lustig, aber jetzt schien sie nicht in der Stimmung für Witze zu sein. Max fragte sich, in was für einer Stimmung sie überhaupt war. Er spürte undeutlich eine Atmosphäre der Aufregung und Vorfreude, wie bei Abenteurern, die Pläne für eine Landrover-Expedition durch die Sahara schmiedeten.

»Gibt es denn dafür noch einen Markt?«, erkundigte sich Max, der es einfach nicht lassen konnte. »Ich meine, weil es doch nicht die echte flämische Schule ist?«

»Max, du bist unausstehlich«, sagte Marga.

Er versuchte sie mit den Augen an ihre eigenen Witze zu erinnern, bis ihm einfiel, dass sie die vielleicht nur gemacht hatte, um Hendrik ihm gegenüber neutral und nicht bedrohlich erscheinen zu lassen. »Ich verstehe nichts von Kunst«, sagte er aufsässig. »Ich bin nur neugierig. Lasst uns einen Schnaps trinken.«

»Vielleicht sollte ich besser gehen«, meinte Hendrik.

»Ach, Quatsch. Was trinkt ihr denn da?«

»Jameson«, antwortete Marga. »Und um deine Frage im Voraus zu beantworten: Das ist irischer Whiskey, er stammt von einer irischen Fähre.« Sie holte ein drittes Glas und ging damit zum Tisch, um aus der Flasche etwas einzuschenken. »Max ist normalerweise ein sehr netter Mann«, sagte sie zu Hendrik. »Aber manchmal benimmt er sich wie ein Schuljunge. Achte einfach nicht auf ihn.«

Hendrik lächelte betreten, setzte sich wieder hin und griff nach seinem Glas, in das sie ihm noch Whiskey nachschenkte. »Na gut, noch einen Augenblick«, sagte er.

»Ich muss ein paar Anrufe erledigen«, sagte Max. Er fragte sich, was er von Hendrik halten würde, wenn er ihn unter anderen Umständen als beim trauten Zusammensein mit Marga kennen gelernt hätte. Trotz seines Berufs als Maler pseudoantiker Bilder war er ein ziemlich imposanter Mann, groß und mager, mit etwas fahler, bleicher Hautfarbe, was vielleicht durch seinen langen Aufenthalt in Irland kam, mit blauen Augen und intensivem Blick in einem Gesicht, das übertrieben Vertrauen erweckend wirkte. Aber Marga war ja nicht blöde.

»Setz dich«, sagte Marga und klopfte neben sich auf das Sofa.

»Gut. Die Anrufe können auch noch einen Augenblick warten.« Max prostete Hendrik gehorsam zu und trank von dem Whiskey, der wirklich gut zu dem Kaminfeuer passte. »Ich habe schon viel von dir gehört«, sagte er. »Nett, dass du mal vorbeischaust. Hier ist es schön warm. Besser als draußen. Bleibst du zu Besuch hier?«

Marga trat ihm auf die Zehen.

»Ich wohne in einem Hotel in Amsterdam«, erklärte Hendrik.

»Eine verderbte Stadt. Bist du geschäftlich in den Niederlanden?«

Hendrik fand sein Gleichgewicht wieder, etwas später als Marga, aber genauso gründlich; er ignorierte den Spott. »Ich bin vor allem deswegen gekommen, weil ich mit Marga reden wollte«, sagte er ruhig. »Über meine Pläne in Irland. Wir haben uns das letzte halbe Jahr regelmäßig deswegen geschrieben.«

»Aha«, sagte Max. »Ich lese ihre Post nicht. So was tut ein Gentleman nicht.« Er sprach heiter und gelassen, fühlte sich aber immer schlechter.

»Ich wollte dich nicht beunruhigen«, sagte Marga.

»Aber jetzt schon?«

Sie sah Hendrik an. »Ich weiß es noch nicht.«

Hendrik holte Luft und wandte sich ausdrücklich an Max. »Ich habe die Möglichkeit, ein ehemaliges Internat zu kaufen, direkt am Meer. Mir schwebt ein Projekt vor, aber ich habe nicht genug Geld, um es zu realisieren. Ich suche einen Partner. Wir könnten dort Kurse geben wie Malen, Schnitzen, Töpfern, Musik machen, was auch immer, in Kombination mit Planwagenausflügen, eben die Art von kreativem Urlaub anbieten, nach der im Moment große Nachfrage besteht.«

Max schoss eine ganze Flut ironischer Bemerkungen dazu durch den Kopf, aber er brachte keine davon über die Lippen. Er streckte den Arm aus und fand Margas Hand, die auf ihrem Oberschenkel lag. Er tätschelte sie, ohne Marga anzuschauen, und sagte: »Dafür müsstest du deinen Bauernhof verkaufen.«

Sie drehte ihre Hand um und hielt seine fest. »Ich bin hier ganz allein«, sagte sie, »und manchmal wird mir das Alleinsein zu viel. Hier geht es um mich, nicht um dich.«

Er drückte ihre Hand. »Es regnet dort viel«, sagte er.

Hendrik stand auf, als habe er über einen unsichtbaren Ohrstöpsel eine Nachricht empfangen, und sagte: »Ich muss jetzt gehen.«

Max verabschiedete sich höflich von ihm und wünschte ihm viel Erfolg bei seinem Unternehmen. Marga begleitete Hendrik zum Auto, und Max blieb etwas verdattert zurück, bis er der kindlichen Versuchung nicht mehr widerstehen konnte, ihnen durch das Atelier und die

Tenne zu folgen. Es war schon dunkel draußen, und unter dem Reetdach hervor konnte er sie auf dem fahlen schmelzenden Schnee nicht gut erkennen, bis sich durch den Bewegungsmelder automatisch der Scheinwerfer einschaltete, den befreundete Gebrauchtwagenhändler aus Sorge um ihre Lieblingstöpferin auf der Garage montiert hatten.

Da sah er, wie sie dort standen, dicht beisammen, leise miteinander redend, das Komplott weiterschmiedend. Er sah, wie sie sich küssten, ob auf die Wange oder auf den Mund, konnte er nicht erkennen. Das Einzige, was er erkannte, war, dass es ihn traurig machte.

»Carolien Colijn.«

»Hier spricht Max Winter. Habe ich die falsche Nummer gewählt?«

»Nein, ich bin gerade in der Wohnung meiner Tochter.«

»Ich würde gerne einen Termin mit ihr machen. Ist sie zu Hause?«

»Worum geht es?«

»Meine Ermittlungen sind beendet, ich möchte Judith meinen Bericht aushändigen und den Fall abschließen.«

Ein kurzes Zögern. »Meine Tochter hat mich gebeten, Ihnen auszurichten, dass sie keinen Bericht benötigt«, sagte Carolien förmlich. »Ihre Rechnung können Sie mit der Post schicken.«

Max wusste nicht, was er davon halten sollte, und entgegnete widerspenstig: »Das kann ich gerne tun, aber es erscheint mir nicht mehr als korrekt, dass ich einige mündliche Erklärungen hinzufüge, und Ihre Tochter wird gewiss Fragen haben. Dafür wird sie doch wohl Zeit erübrigen können.«

»Sie hat sehr viel zu tun«, sagte Carolien.

Max seufzte. »Könnten Sie sie vielleicht kurz ans Telefon holen?«

»Das geht schlecht, sie ist oben.«

Seine Geduld war allmählich zu Ende. »Und dort gibt es kein Telefon?«

»Vielleicht können Sie es später noch einmal versuchen«, sagte Carolien. »Sie ist gerade bei dem Baby.«

Max glaubte, er hätte sie nicht richtig verstanden. »Bei dem was?«

»Dem Baby. Judith hat vor zwei Tagen einen Sohn bekommen.«

Eine halbe Minute lang wusste Max nicht, was er sagen sollte. Er bemerkte kaum, dass die Verbindung unterbrochen wurde, während sein Gehirn das Chaos von Fakten und Vermutungen verarbeitete und endlich zu dem Schluss kam, dass von allen Beteiligten nur eine schwanger gewesen war und ein Baby bekommen sollte. Und das war Isabelle.

Die winterliche Morgensonne fiel strahlend auf den Obstgarten und auf das Häuschen, aber es war niemand zu Hause und die Seitentür war abgeschlossen. Max ging über den Plattenweg zum Zwischentor und stapfte vorsichtig durch den Matsch und am Misthaufen auf dem mit Beton ausgegossenen Mistplatz vorbei. Er hörte eine Symphonie von Mahler hinter den beschlagenen und verdreckten Stallfenstern. Er hatte es nicht eilig, denn er hatte das Gefühl, dass es nicht mehr viel zu lösen gab und dass jede weitere Einmischung von seiner Seite her nur einen Eingriff ins Privatleben verschiedener Menschen bedeutet hätte.

Er lief um das Stallgebäude herum, drückte eine der großen Türen auf und folgte dem offenen Durchgang zwischen den hohen Wänden aus aufgestapeltem Heu, immer dem Klirren der Ketten und der Musik von Mahler nach. Das ganze Gebäude war durchdrungen von Gerüchen nach Mist und Heu und der ranzigen Wärme von Tieren. Ein Schaf stand mit zwei neugeborenen Lämmern in einem Verschlag aus aneinander gebundenen Bretterwänden und Paletten. Das Schaf, das man wegen der Kälte hereingeholt hatte, atmete Dampf durch die Nasenflügel aus und folgte ihm mit den Augen.

Max blieb in der Öffnung zum Stall stehen und fragte: »Hallo?«

Alle Kühe blickten auf. Sie standen in einer Reihe, die braunen gehörnten Köpfe zwischen Holzpfählen, um die Hälse Ketten. Sie schauten Max an, lauschten Mahler und beugten ihre glänzenden Hälse wieder hinunter zu dem Heu, das vor ihnen aufgeschüttet in der Futterrinne lag. Alles roch und fühlte sich an wie in früheren Zeiten, wie auf Bildern in alten Dorfschulen, wie auf einem anderen Planeten. Er verstand, warum Isabelle sich hier zu Hause fühlte. Sie sah ja selbst aus wie eine der Frauen auf den alten Bildern aus früheren Zeiten.

Max verließ den Stall und folgte dem Weg zum anderen Haus, das hinter hohen blattlosen Eichen und winterlichen Grasflächen lag. Auf halbem Weg sah er die Gestalt des alten Mannes im Treibhaus hinter dem brachliegenden Gemüsegarten. Er ging hin, klopfte an die Glasscheibe und öffnete die Tür. »Tag, Fons«, sagte er. »Ich habe euch schon überall gesucht.«

Fons hockte mit einer Astschere bewaffnet hinten im Treibhaus zu Füßen eines Weinstocks, richtete sich auf und sagte ein wenig zischend: »Ah, der Meneer Detektiv.«

»Max.«

»Weiß ich doch noch.« Fons legte die Astschere auf ein Gartentablett und massierte seine schmerzenden Knie. »Und, hast du inzwischen noch was Schönes erlebt?«

»Na ja, manches davon nimmt allerdings eine ziemlich unerwartete Wendung«, antwortete Max. Er wies mit einer Kopfbewegung auf den komplett heruntergeschnittenen Weinstock. »Ob der sich je wieder erholt?«

»Eine Scheibe ist kaputtgegangen, als es draußen fünfzehn Grad minus waren. Er hat schon geblüht, und das konnte er natürlich nicht vertragen. Aber ich kriege ihn schon wieder zum Austreiben, solange noch Kraft in den Wurzeln steckt. Das ist genau wie im richtigen Leben. Man muss optimistisch bleiben.« Fons legte sich die Hand auf den Mund. »Ich habe mein Gebiss nicht drin. Das lasse ich manchmal zu Hause, wenn ich alleine bin. Für mich selbst brauche ich nicht schön zu sein und ich kann mich auch ohne Zähne verstehen. Komm, in der Küche steht heißer Kaffee.«

Max folgte ihm den Weg entlang. Im Raum neben der Küche lag ein alter Hund in einem Korb, den Kopf auf den Rand gelegt. Das Tier warf einen flüchtigen Blick auf Max und machte dann die Augen wieder zu.

»Er scheint ja nicht besonders wachsam zu sein«, meinte Max.

»Ach, dieses blöde Gebell nützt doch niemandem was.« Fons schlüpfte aus seinen Klompen, und Max putzte sich gründlich die Füße ab und hängte seinen Mantel an die Garderobe zu den vielen Overalls und den natoolivgrünen Arbeitsjacken. Hinten in der kleinen Küche fischte Fons sein Gebiss aus einem Porzellanschälchen und steckte es in den Mund. Er nahm die Kaffeekanne aus der Maschine und bedeutete Max, sich an den Tisch zu setzen. »Oder möchtest du lieber ins gute Zimmer?«

Der Stuhl mit dem verschlissenen Kordbezug auf Rücken- und Armlehnen war durch lebenslange Abnutzung leicht als der von Fons erkennbar, deshalb wählte Max einen anderen, ihm schräg gegenüber.

»Wie geht es Isabelle?«, fragte er.

»Gut, denke ich. Sie ist eine gesunde junge Frau.« Fons stellte die Tassen mit dem Kaffee auf den Tisch.

»Wo ist sie denn?«

Fons setzte sich und wich der Frage aus. »Sie kommt diese Woche wohl wieder nach Hause. Vielleicht am Wochenende.«

Max lächelte schwach. »Zu meinen eigenartigen Erlebnissen in letzter Zeit gehört, dass Judith Colijn ... Du weißt doch, wer Judith Colijn ist?«

»Allerdings«, antwortete Fons. »Die Witwe von Ben Visser. Ich habe sie einmal hier gesehen. Nimmst du Milch in deinen Kaffee?«

»Ich nehme von dem Pulver.« Max griff danach. »Judith Colijn ist unerwarteterweise in den Besitz eines Babys gelangt«, sagte er dann wie nebenbei. »Sehr schwanger ist sie mir allerdings nicht vorgekommen. Sie kann noch nicht einmal eigene Kinder kriegen. Es grenzt an ein Wunder.«

Fons zögerte kurz. »Ja, ein Wunder, an dem wir alle mitgewirkt haben«, sagte er dann. »Es ist kein Verbrechen, und niemand wird ihr die Suppe versalzen.« Er ließ seine blauen wässrigen Augen auf Max ruhen und sagte dann: »Also ist alles gut gegangen. Was ist es denn?«

»Ein Junge.«

Fons nickte. »Genau das hat sich Judith erhofft. Ein Erbe.«

»Stört es dich, wenn ich eine Zigarette rauche?«, fragte Max und zog seine Gauloises hervor.

»Nein, ich würde auch gern mal eine probieren«, sagte Fons. »Sind das die starken französischen?« Er pulte mit ungeübten Fingern eine Zigarette aus dem Päckchen, hielt sie an die Flamme von Max' Feuerzeug und hustete, als er einen Zug nahm.

»Was heißt hier die Suppe versalzen?«, fragte Max.

Fons nickte. »Ich will es dir erklären, schließlich bist du Detektiv und würdest sowieso dahinter kommen. Außerdem bist du gar kein so übler Kerl.«

»Vielen Dank«, erwiderte Max.

»Diese Judith wollte also das Kind gern adoptieren. Sie hatte sich schon immer ein Kind gewünscht, Ben war ihr Mann, nun ja, das brauche ich dir ja nicht zu erklären. Isabelle wollte nichts davon hören, obwohl sie ihr eine Viertelmillion anbot plus die Pflege in einer Luxusklinik und die Vergütung aller Unkosten.«

»Hast du sie dann von ihrer Meinung abgebracht?«

»Jetzt warte doch mal.« Fons rührte in seinem Kaffee. »Isabelle gehört quasi zur Familie, und in meiner Familie braucht niemand etwas gegen seinen Willen zu tun. Aber wir können unseren Verstand einsetzen, auch wenn unser Betrieb nach den Regeln der modernen Wirtschaftswissenschaft vielleicht nicht gerade effizient oder produktiv ist. Letztens kam hier so ein Bauer aus dem Flevopolder an ...«

»Fons, bitte!«, unterbrach ihn Max.

Die blauen Äuglein funkelten amüsiert. Fons liebte es, Leute zu foppen. Er liebte es auch, zu erzählen, und er mochte Besucher, und ihm war jedes Mittel recht, einen Besuch auszudehnen. »Computer«, fügte er noch hinzu. »Aber was Isabelle betrifft: Die ganze Sache sah schon anders aus, als sich herausstellte, dass sie Zwillinge erwartete.«

Max starrte ihn an und fing leise an zu lachen.

»Na und?«, fuhr Fons pfiffig fort. »Kannst du dir Isabelle als unverheiratete Mutter mit zwei Babys vorstellen, für die sie ganz alleine sorgen muss? Ich habe ihr gleich gesagt: Mädchen, du musst praktisch denken. Es ist das beste für dich und auch für die Kinder. Dafür braucht man keinen Computer aus dem Flevopolder, sondern nur ein bisschen Sinn fürs Praktische. Isabelle ist nicht dumm. Sie hat ihr Baby und will zusammen mit ihrer Freundin ein Restaurant eröffnen. Das wollte sie schon immer, aber jetzt hat sie endlich genug eigenes Geld, um sich den Rest von der Bank leihen zu können.«

Max musste diese Informationen erst einmal verkraften. Er dachte bei sich, dass Isabelle nicht nur genügend Geld besitzen würde, um sich ein Vier-Sterne-Hotel leisten zu können, sondern auch genug, um für Sechslinge zu sorgen. Wenn er Isabelle von der Lafont-Erbschaft erzählt hätte ... Aber er sagte nichts. »Wo ist Isabelle denn jetzt?«, fragte er.

»Alle sind jetzt zufrieden«, sagte Fons, als hätte er seine Gedanken erraten. »Ich nehme an, dass Isabelle noch in dieser Klinik ist, in den belgischen Ardennen. Sie braucht ein paar Tage, um sich zu erholen.«

»Hast du ihre Adresse?«

»Das kommt darauf an.«

Max dachte nach. »Hat sie es offiziell adoptiert?«, fragte er.

Fons schüttelte den Kopf. »Nein, und das meinte ich damit, dass wir ihr die Suppe nicht versalzen wollen. Es zu adoptieren war gar nicht nötig, und das hätte sie als Witwe wahrscheinlich sowieso nicht gekonnt. Sie sind beide in diese Klinik gegangen. Dort haben sie alle beide ein Kind bekommen, und die Geburten wurden offiziell gemeldet.«

»Einfacher geht's nicht«, lautete Max' ironischer Kommentar.

»Mevrouw Mertens empfängt keine Besucher«, behauptete die keimfreie blonde Belgierin an der hypermodernen Rezeption, die sich hinter der romantischen Fassade eines Schweizer Chalets verbarg. Der Schnee auf den Rasenflächen hatte angefangen zu schmelzen, doch die Kiefern auf den umliegenden Hängen standen noch gebückt unter der schweren Last.

»Vielleicht macht sie eine Ausnahme«, meinte Max. »Wenn Sie sie vielleicht anrufen und ihr Bescheid sagen würden, dass Max Winter hier ist?«

Das Mädchen zuckte mit den Schultern. »Bitte setzen Sie sich einen Moment«, sagte sie und wartete, bis Max zu einer Sitzecke mit niedrigen Gartenstühlen und Tischen mit Zeitschriften hinübergegangen war, bevor sie den Hörer abnahm und mit gedämpfter Stimme hineinzusprechen begann.

Fünf Minuten später betrat Letty die Rezeption.

»Hallo, Max«, sagte sie und reichte ihm die Hand. »Das

ist aber eine Überraschung! Kommst du mit?« Er folgte ihr, und sie kicherte. »Gleich wirst du erst mal eine Überraschung erleben!«

Eilig ging sie ihm voraus, durch einen hohen, stillen Flur des Chalets zu einem niedriger gelegenen Pavillon, der mit seinem kostspieligen Teppichboden und der Mahagonivertäfelung auch die Dependance eines sehr teuren Hotels hätte sein können, wenn nicht eine Bahre auf Rollen an einer Seitenwand gestanden hätte und ihnen einige Krankenschwestern begegnet wären, die man in ihren eleganten zart orangefarbenen Ensembles allerdings kaum als solche erkannte.

»Das ist unsere Suite.« Letty hielt ihn vor einer mit Einlegearbeiten verzierten Tür zurück. »Warte, vielleicht stillt sie es gerade.« Sie öffnete die Tür und steckte den Kopf um die Ecke. Es wurde kein Wort gesprochen, als reiche ihnen ein Gesichtsausdruck und eine Handbewegung. Dann durfte er eintreten.

Isabelle lächelte ihn zur Begrüßung an. Sie saß in einem Weidensessel, ein Plaid über den Knien, und hielt ihr Baby, das in eine kleine rosa Decke gewickelt war, in der Armbeuge. Das Köpfchen guckte heraus.

Max verschlug es vor Schreck die Sprache. »Mein Gott«, stieß er hervor, bevor er sich rechtzeitig bremsen konnte.

»Und, ist sie nicht ein Schatz?« Isabelle strahlte. »Meine Tochter.« Sie schlug die kleine Decke zurück und zeigte ihm das glänzende schwarze Körperchen, die dunklen kleinen Augen in Seen von strahlendem Weiß, das Näschen, den schwarzen Flaum auf dem markanten knochigen Schädel.

Er sah den Gesichtsausdruck von Isabelle. »Sie ist wunderschön.« Er setzte sich neben sie und hörte, wie Letty sich hinter ihm leise und fröhlich über seine Verblüffung lustig machte. Max streichelte mit dem Finger über die gerunzelte Stirn und das platte Näschen. Das Baby war warm und weich und duftete nach Milch. Isabelle wickelte es wieder in die Decke ein und drückte ihre Tochter an die Brust. »Sie heißt Amanda Laetitia«, sagte sie. »Nach meiner unbekannten Mutter und meiner besten Freundin. Ich werde sie in der Kirche bei Fons und Frans taufen lassen. Du bekommst eine Einladung.«

»Das lasse ich mir nicht entgehen«, sagte Max.

»Sie hat ja keine große Familie, nur ihre Mutter.« Isabelle blickte ihm fest ins Gesicht, als wolle sie ihm eine eindringliche Botschaft übermitteln.

»Sie hat eine starke Mutter«, sagte Max.

Isabelle schaute hinüber zu Letty. »Ihr könnt euch ruhig besaufen. Ich amüsiere mich schon mit Amanda.«

Es klang ein bisschen wie vorher einstudiert.

»Ich habe noch eine Überraschung für dich«, sagte Max.

Er erkannte einen Schimmer von Unruhe und Angst in ihren Augen und begriff, dass Isabelle keine Überraschungen mehr vertragen konnte, weil sie ihre Entscheidungen getroffen hatte und nicht davon abweichen wollte. Sie war glücklich und zufrieden mit ihrer Tochter. Sie war ihre Mutter.

»Es geht um etwas Geschäftliches«, beruhigte er sie. »Es geht nur um Geld. Deine Mutter war die legitime Erbin der Hälfte eines französischen Weinhauses.«

Isabelle blickte ihn verwirrt an und sagte dann: »Ich brauche kein Erbe. Ich habe Geld genug. Letty und ich eröffnen ein Restaurant. Ich habe alles, was ich mir wünsche.« Sie drückte das Baby an sich, schaute wieder Letty an und schüttelte den Kopf.

»Betüttel du nur weiter deine Bossche Bol«, sagte Letty, »dann berede ich mit Max das Geschäftliche.«

Max stand auf. »Ich komme noch mal zu dir und sage dir auf Wiedersehen«, sagte er.

Er folgte Letty ins Restaurant im Hauptgebäude. Es war eingerichtet wie eine österreichische gute Stube, mit gepolsterten Holzbänken zu beiden Seiten von hellen Tischen, die an den Fenstern standen und von denen aus man einen Blick auf die Winterlandschaft hatte. Der Duft von brennenden Eichenholzscheiten aus dem offenen Kamin, antikes Kupfer und Schmiedeeisen, eine lange Holztheke, Flaschen und Spiegel. Die Serviererinnen trugen schwarze Röcke, bestickte Blusen und weinrote Westen. Max bestellte einen Cognac; den konnte er jetzt gebrauchen. Letty entschied sich für Weißwein und bestellte eine Wurst- und Käseplatte dazu. Er lauschte amüsiert ihrer Geschichte über Judith, die wochenlang mit immer dickeren Kissen unter ihren Kleidern herumgelaufen war, um für alle Welt wie eine echte Mutter auszusehen.

»Du brauchst nicht zurückzufahren«, sagte sie, als der Cognac kam. »Es gibt hier einen schönen Gästetrakt, und alles wird automatisch auf die Rechnung von Judith Colijn gesetzt. Da du ja für sie arbeitest, ist das schon okay.«

»Wie lange wollt ihr noch hier bleiben?«

»Bestimmt noch die ganze Woche. Es war nicht leicht für Isabelle, und dann diese Überraschung ... das hat ihr schon einen harten Schlag versetzt.«

»Ich nehme an, dass der Junge hellhäutig ist?«

Letty kicherte. »Kannst du dir vorstellen, dass Judith Colijn einen schwarzen Sohn akzeptieren würde?«

Er erwiderte ihr Lächeln.

»Sie hatten abgemacht, dass das Erstgeborene Judith gehören sollte«, erklärte Letty. »Zwischen den beiden Geburten lag mehr als eine Stunde. Das Erste war ein Junge, Isabelle hat ihn nicht gesehen, Judith war schon mit ihm weg, bevor das Zweite kam.« Sie hob eine Hand. »Das war so abgemacht. Isabelle hatte keine Probleme damit. Sie wollte es sogar selbst so. Ich hatte den Eindruck, dass sie sich in den letzten Wochen eingeredet hat, dass sie nur ein Kind trug, und zwar ihr Kind.«

Sie sah an seinem Gesicht, dass er Bedenken hatte. »Nein, Isabelle ist nicht verrückt, wenn du das vielleicht meinen solltest. Sie weiß genau, was sie will. Sie rückt alle Dinge um sich herum an ihren rechten Platz, sodass sie dazwischen ihren Weg finden und ein normales Leben führen kann. Natürlich denkt sie auch an die Folgen für später, zum Beispiel daran, dass ihre Kinder sich vielleicht eines Tages sehen möchten, oder daran, was sie ihrer Tochter einmal erzählen soll. Aber sie kann diese Dinge verschieben, auf später, verstehst du?«

»Ich hoffe, dass ihr das gelingt«, sagte Max.

Letty blickte ihn eindringlich an. »Sie weiß, was passiert ist. Sie weiß, dass Frauen Kinder von verschiedenen Vätern bekommen können. Ich habe mir das hier von einem Arzt erklären lassen müssen, ich habe immer gedacht, das ginge nur bei Hunden und so. Isabelle weiß, dass es geschehen ist, während sie bewusstlos war, aber sie hat sich entschieden, die Tatsache zu ignorieren, um sie einfach zu vergessen. Wie sollte sie sonst mit ihrer Tochter umgehen können?« Letty schwieg für einen Moment. »Ich bin nicht ganz damit einverstanden«, sagte sie dann. »Aber alles andere hat keinen Sinn und würde nur Unglück bringen. Schau dir doch nur mal das schwarze Schätzchen an. Da ist doch gar kein Platz für Unglück.«

Frauen, dachte Max. Männer vergeuden ihre Zeit mit Rachegefühlen und Frustrationen und verderben alles, indem sie solche Fragen stellten wie: Was wirst du dem Kind erzählen, wenn es achtzehn ist? Frauen waren da praktischer und weiser. Sie stellten weniger Fragen und beschützten ihr Nest. Jedenfalls waren Frauen generell weiser als er.

Max dachte an das, was Kleiweg ihm über den Tatort an der Linge erzählt hatte, und dass die Position der Körper im Verhältnis zur Flugbahn der Kugel nicht gestimmt hatte. Dass es so ausgesehen hatte, als hätte der Mörder den Mann beiseite gerollt und die Frau auf dem Bett ein Stück nach unten gezogen, als habe er im Schein der Taschenlampe kontrollieren wollen, ob sie wirklich bewusstlos war und keine gefährliche Zeugin, die aus dem Weg geräumt werden musste. Vielleicht hatte er das getan, aber dann hatte ihn wohl das, was da so wehrlos vor ihm lag, auch erregt. Es war niemand in der Nähe, der Mörder ging keinerlei Risiko ein, er konnte tun, was immer er wollte.

Max schwieg. Es hatte keinen Sinn, über Dinge zu reden, die jeder sich denken konnte, weil das Resultat klar vor Augen lag. Es war schade, dass er Isabelle mit dem Foto hatte konfrontieren müssen, wodurch der abstrakte Mörder ihres Geliebten und der Vater ihres Kindes nun auch zu einem Mann aus Fleisch und Blut geworden war, der einen Namen trug: Noël Bonvenu. Max hatte ihre Augen gesehen, als sie ihre Tochter anschaute, und er dachte, dass Isabelle wahrscheinlich genügend innere Kraft besaß, um das ganze Drama von sich abperlen und ihr Leben und das ihrer Tochter nicht davon vergiften zu lassen.

Letty lächelte schelmisch. »Und, zu welchem Schluss bist du gekommen?«

Max zuckte mit den Schultern. »Ich glaube nicht, dass noch viel darüber in die Öffentlichkeit gelangt. Die Justizbehörden geben nicht gerne zu, dass sie sich geirrt haben, und werden äußerst zurückhaltend reagieren. Der Mann, der den Auftrag für den Mord an Ben Visser erteilte, ist tot. Das alles liegt jetzt in der Hand der Franzosen, und ein Mord an einem ausländischen Erben erregt bei denen sehr wahrscheinlich weniger Aufsehen als ein Weinskandal.« Er skizzierte ihr die Sache in groben Zügen.

»Das ist ja ganz schön verwickelt«, sagte Letty, die die Sache mit dem Natterngezücht der Blutsverwandten rasch begriff. »Jetzt könnte man ja sagen, dass es noch einen dritten Erben gibt, aber natürlich nicht unsere Bossche Bol, denn wir können ja schlecht behaupten, dass sie eine Tochter von Ben Visser ist.« Sie fing an zu kichern.

»Lass uns die Sache nicht unnötig verkomplizieren.«

Max war sich sicher, dass Judith es sich zweimal überlegen würde, bevor sie jemals auf die Idee käme, auf das französische Erbe zu spekulieren. Der Junge war ihr eigener Sohn, Ben Visser junior, der alleinige Erbe der Firma Colijn. Wenn sie davon abwiche, käme sofort ans Licht, dass sie nicht seine leibliche Mutter war. Der medizinische Beweis war leicht zu erbringen. Außerdem gab es für Judith keine finanziellen Gründe, denn Geld hatte sie genug. Es ging ihr um die Erfüllung ihres Lebens, das Mutterglück, auf das sie auch nicht für noch so viele Millionen verzichten würde.

Max erkannte die Ironie des Ganzen, weil sie eigentlich dabei waren, dasselbe zu tun wie De Canter mit seiner Krankenhauserklärung. »Es gibt kein Kind von Alex Lafont. Isabelle ist die Erbin ihrer Mutter. Der französische Notar meint, dass die Witwe von Didier Lafont versuchen wird, ihr ihren Anteil abzukaufen, und zwar mit Hilfe ihrer Familie. Ich habe ihm mitgeteilt, er solle einfach ein Angebot unterbreiten, dann würde er schon hören, was Isabelle dazu sagt.«

»Niemand wirft so einfach ein Vermögen zum Fenster raus«, sagte Letty nüchtern.

»Ich habe dem Notar versprochen, dass er die nötigen Dokumente bekommt«, sagte Max. »Im Fall von Isabelles Mutter ist das kein Problem, sie wurde in Frankreich geboren und ihr Tod wurde registriert. Bei Isabelle brauchen wir nur zu beweisen, dass sie die Tochter von Amanda Mertens-Lafont ist.«

»Das kriegen wir schon hin«, meinte Letty.

Er zögerte. »Jetzt, wo sie das ganze Geld bekommt ... Meinst du, Isabelle wird es jemals bereuen, dass sie eines ihrer Kinder weggegeben hat?«

Letty dachte nach und schüttelte den Kopf. »Sie kann es niemals ungeschehen machen. Sie, Judith, die Klinik ... Alle zusammen haben an einer Art Betrug mitgewirkt, oder wie soll man das nennen?«

»Vielleicht Verwaltungsbetrug?«, schlug Max vor. »Eine saftige Geschichte für die Boulevardblätter.«

»Aber das ist nicht der Hauptgrund«, fuhr Letty fort. »Isabelle ist einfach ein guter Mensch, sie hat ein gutes Herz, deshalb ist es manchmal leicht, sie übers Ohr zu hauen, aber sie, sie würde nie einen anderen Menschen betrügen. Sie könnte Judith das nicht antun. Sie hält ihre Versprechen, und das hat nichts mit Geld zu tun. Deswegen ist sie meine beste Freundin.«

Es war still in der Suite. Isabelle hielt ihre Tochter in den Armen. Die späte Wintersonne fiel auf ihr vollkommenes Gesichtchen. Amandas Haut glänzte goldfarben, beinahe wie richtiges Gold.

Isabelle dachte nicht mehr an den Mann, der in das Restaurant gekommen war und der, wie sie es gleich geahnt hatte, ihr Leben von Grund auf verändert hatte.

Sie war jetzt eine andere, sie war eine Mutter.

Sie konnte lernen, die Welt so zu sehen, wie ihre Tochter sie sah, mit ihren großen Augen, eine Welt, die ganz neu war, rein und unbefleckt, etwas ganz Besonderes und nur für sie gemacht, in diesem Augenblick.

Krimis von Felix Thijssen

»Felix Thijssen ist ein guter Erzähler, er nimmt sich Zeit für seine Figuren und für die Motivationen der Bösen wie der Guten; nichts gerät ihm aus den Fugen und nichts gibt er zu früh preis. Dafür hat man ihm völlig zu Recht den holländischen Krimipreis gegeben.« Heilbronner Stimme

»Thijssen bietet dem Krimi-Leser eine beachtliche Menge: Volumen ohne Leerlauf, eine distanzierte Liebeserklärung an seine niederländische Heimat, das Flair weiterer europäischer Landschaften und Spannung, die sich nicht an der Anzahl der Leichen misst.« Rheinische Post

»Max Winter und CyberNel sind ein tolles Gespann, und was die beiden herausbekommen, ist verdammt spannend.« WDR

Cleopatra
Max Winters erster Fall
ISBN 3-89425-504-8

Isabelle
Max Winters zweiter Fall
ISBN 3-89425-513-7

Tiffany
Max Winters dritter Fall
ISBN 3-89425-520-X

Ingrid
Max Winters vierter Fall
ISBN 3-89425-524-2

Caroline
Max Winters fünfter Fall
ISBN 3-89425-530-7

Charlotte
Max Winters sechster Fall
ISBN 3-89425-536-6
Rosa
Max Winters siebter Fall
ISBN 3-89425-541-2

Aus dem Niederländischen von Stefanie Schäfer

grafit

Krimis von Jac. Toes

Auf der Strecke geblieben

Ein Fall für Fred Benter und Donald de Wacht
Aus dem Niederländischen von Stefanie Schäfer

Der Anwalt Fred Benter und der Journalist Donald de Wacht kommen einer vertuschten Affäre aus den Achtzigerjahren auf die Spur und geraten dabei selbst in Lebensgefahr.

»Subtil die Morde, subtil aber auch die Personen, die letztlich für Aufklärung sorgen. Toes baut dabei Spannung auf, die den Leser fesselt, ihn nicht mehr loslässt.« Emsdettener Volkszeitung

Tief gesunken

Der zweite Fall für Fred Benter und Donald de Wacht
Aus dem Niederländischen von Stefanie Schäfer

In der Arnheimer Mafia rollen Köpfe. Eine Abrechnung unter Kriminellen? Oder hat die Polizei ihre Finger im Spiel?

»Der Leser wird durch eine hervorragend konstruierte und entwickelte Handlung geführt, die fast atemlos geschilderte Einsatzszenen ebenso enthält wie absolut glaubwürdige Psychologisierungen der handelnden Personen.« Bergsträßer Anzeiger

Verrat

Der dritte Fall für Fred Benter und Donald de Wacht
Aus dem Niederländischen von Stefanie Schäfer

Der Tod einer jungen Prostituierten führt Fred Benter nach Südamerika. Währenddessen steckt Donald de Wacht in einer schweren Lebenskrise.

»Toes liefert mit ›Verrat‹ eine unterhaltsame, spannende, aber auch Hintergründe aufzeigende Story mit reichlich Action. Die Probleme bleiben nicht oberflächlich, ihnen geht er nach.« NRZ

Fotofinish

Aus dem Niederländischen von Stefanie Schäfer

In vier Marathonläufen kämpft Stan Dewende um den ersten Platz – und um das eigene Überleben.

»Diese genial konstruierte Erzählung ist viel mehr als bloß ein Krimi.«
Badische Neueste Nachrichten

Spannung aus den Niederlanden

Henk Apotheker
Ayse ist weg

Aus dem Niederländischen von Stefanie Schäfer
Deutsche Erstausgabe
ISBN 3-89425-511-0

Arnheim: Ein vierjähriges türkisches Mädchen wird vermisst. Die Kripobeamten Klein Drienen und Peter Kressen beginnen mit den Nachforschungen im so genannten ›Türkenhaus‹ – und stoßen auf eine Mauer des Schweigens. Dennis Hiemstra, werdender Vater und Jungunternehmer, gerät durch seine Bekanntschaft mit dem türkischen Jungen Ibrahim in den Strudel der Ereignisse.

»Apothekers Schreibkunst, die auch eine Heilkunst ist, hat einen lebenswarmen Kern: Es ist das Mitgefühl mit ihren Figuren. Die Geschichte geht anders als erwartet aus, auf berückende Weise gut, ohne Happy End. Ein Kind ist gestorben, ein anderes wird geboren. Das gab es noch nie im Krimi: Das Timing wird bestimmt vom Verlauf einer Schwangerschaft.« Die Zeit

Jacob Vis
Der Kopf von Ijsselmonde

Aus dem Niederländischen von Stefanie Schäfer
Deutsche Erstausgabe
ISBN 3-89425-538-2

In einem Wald bei Ijsselmonde findet ein Arbeiter den abgetrennten Kopf eines Farbigen. Wer der Mann ist, erfahren Inspecteur Ben van Arkel und sein Team noch am selben Tag, doch warum Ronnie van Splunter umgebracht wurde, bleibt im Dunkeln. Der Schlachthofangestellte Mulder will der Polizei einen heißen Tipp geben, doch das bekommt ihm nicht gut: Mit einer Sendung tiefgekühlter Schweine verschwindet er nach Italien – fachkundig in zwei Hälften zerlegt.

»Ein äußerst clever konstruierter, dabei spannender und fesselnder Kriminalroman mit einer überaus überraschenden Schlusspointe.«
Bergsträßer Anzeiger

grafit

Finnischer Blues

Pentti Kirstilä
Tage ohne Ende

Aus dem Finnischen von Regine Pirschel
Deutsche Erstausgabe
ISBN 3-89425-537-4

Lauri Hanhivaara, Kriminalhauptmeister bei der Kripo in Tampere, freut sich auf eine ungestörte Mittsommernacht allein in seiner Stadtwohnung. Doch seine Freundin Maija überredet ihn, mit ihr in das nahe gelegene Sommerhaus ihres Bruders zu fahren. Er wäre besser standhaft geblieben, denn am nächsten Morgen stolpern die beiden bei einem Waldspaziergang über eine Leiche.

Mit Lauri Hanhivaara hat der Autor eine bemerkenswerte Figur geschaffen: eigenwillig, illusionslos, zynisch und im Kern sehr menschlich – ein finnischer Philip Marlowe.

»Ein mitreißend und sachkundig geschriebenes Buch. Kirstilä beherrscht die Kunst, den Leser zu bluffen.«
Aamulehti; Morgenzeitung, Tampere

»Der Finne Pentti Kirstilä ist unter den nordischen Krimiautoren der Franzose. Durch Selbstironie und -reflexion signalisiert er dem Leser: Achtung, hier wird scharf mit Platzpatronen geschossen!«
Die Zeit

»Tage ohne Ende *ist ein Meisterwerk!«*
Badische Zeitung

»Lesenswert – ausgesprochen lesenswert! Und der beste Beweis dafür, dass ›die Skandinavier‹ auch vor Mankell und nach Sjöwall/Wahlöö wussten, was sie, in literarisch-krimineller Hinsicht, taten.«
www.krimi-forum.de

»Wer dieses Buch zur Hand nimmt, sollte es an einem Tag tun, an dem er genug Zeit hat, es ohne Unterbrechung in einem Schlag auszulesen.«
Deutsch-Finnische Rundschau